モーパッサンの修業時代

足立和彦

モーパッサンの修業時代

――作家が誕生するとき

水声社

モーパッサンの修行時代　◉目次◉

［凡例］

一、本書では、詩集・戯曲・長編小説のタイトルは『　』で、詩篇・短編小説および時評文のタイトルは「　」で記す。文中の引用は「　」内に記し、原文でイタリックの箇所は訳文に傍点を振り、大文字で強調されている語は〈　〉で記述する。また、地の文において強調する場合にも〈　〉を用いることとする。

一、モーパッサンの主な作品は以下のように略記する。

CN. I : *Contes et nouvelles*, tome I, édition établie par Louis Forestier, Paris, Gallimard, coll. « Bibliothèque de la Pléiade », 1974.

CN. II : *Contes et nouvelles*, tome II, édition établie par Louis Forestier, Paris, Gallimard, coll. « Bibliothèque de la Pléiade », 1979.

R. : *Romans*, édition établie par Louis Forestier, Paris, Gallimard, coll. « Bibliothèque de la Pléiade », 1987.

Corr. : *Correspondance*, édition établie par Jacques Suffel, Evreux, Le Cercle du bibliophile, 3 tomes, 1973.

FM. : Gustave Flaubert – Guy de Maupassant, *Correspondance*, texte établi par Yvan Leclerc, Paris, Flammarion, 1993.

Chro. : *Chroniques*, édition complète et critique présentée par Gérard Delaisement, Paris, Rive Droite, 2 tomes, 2003.

DV. : *Des vers et autres poèmes*, textes établis, présentés et annotés par Emmanuel Vincent, Publications de l'Université de Rouen, 2001.

Th. : *Théâtre*, texte établi par Noëlle Benhamou, Paris, Éditions du Sandre, 2011.

Rh. : *La Comtesse de Rhétune*, drame en 3 actes en vers, 79 feuillets, dans la Bibliothèque municipale de Rouen, cote : MS. g333.

序章　作家はいつ誕生するのか

あなたの気質に従って、あなたに最もふさわしい形式で、私に何か美しいものを作ってください。

――「小説論」（一八八八年）

一人の作家はいつ〈誕生〉するのだろうか。それは、彼ないし彼女がペンを手に取り（今ならパソコンを前にして）初めて作品を執筆した時だろうか。それとも新聞や雑誌に作品が初めて掲載された時だろうか。あるいはそうした経験を重ねた後、めでたく最初の著作が刊行された時だろうか。それとも、（場合によっては何冊も出版した後で）初めて〈成功〉と呼べるものを勝ち得た時だろうか。こうした幾つかの決定的な時の中のどれをもって、一人の作家が誕生したと言うべきなのだろうか。

恐らく、その答はそれぞれの作家によって異なることだろう。文字通り最初の作品から際立った個性を示すがために作家という呼び名にふさわしい者がいる一方で、数多の習作を経た後にようやく傑作をものにし、作家と認められる者もいるだろう。だとすれば、そうした違いを越えて、色々な作家の〈誕生〉を決定づける共通の要因というものは存在するのだろうか。その条件をクリアした時に、いわばアマチュアからプロになり変わる明確な一線のようなものが存在するのだろうか。

本書は、十九世紀後半を生きたフランスの作家ギィ・ド・モーパッサン（Guy de Maupassant, 一八五〇—一八九三年）を具体例として検証しながら、一人の作家が〈誕生〉するということの意味を考えようとするものである。それによって、「作家はいつ誕生するのか」という大きな問いに答を出すことはできないとしても、一つの示唆は得られるのではないかと考えている。それというのも、モーパッサンが作家になるまでに辿った道のりは決して平坦なものではなかったからである。幾つもの段階を経た後で、彼はようやく一人前の作家と呼ばれるようになるのであり、〈作家の誕生〉という問題を検討する事例としてふさわしいように思われるのである。

もっとも、モーパッサンがいつ作家になったのかという問いに対する答は、一般的にはとてもはっきりしている。つまり、短編小説「脂肪の塊」« Boule de suif » を含む共作短編集『メダンの夕べ』*Les Soirées de Médan* が刊行された一八八〇年四月こそが、小説家モーパッサンのいわば公認の〈誕生日〉となっているのである。実際、「脂肪の塊」が華々しい成功を収めたという事実は、モーパッサンの伝記の中で必ず強調される事柄であるし、この作品の公刊直後から散文作家としての活動が本格的に始まることを考えれば、この時点をもって作家が誕生したと考えることに異論を差し挟む余地はないように見える。

なるほど「脂肪の塊」が著者にとって決定的な作品となったということは確かだとしても、しかし、では何故、（それ以前の他のどれでもなく）この作品こそが決定的なものとなったのかと問うてみるなら、その問いに対する答はそれほどはっきりとしないようである。また、何故この一八八〇年四月という時点で——それより早くもなく遅くもないこの時点で——モーパッサンはこの小説を書くことができたのかと問うなら、それに答えるのはより一層簡単ではないだろう。

実のところ、一八八〇年に至るまでのモーパッサンの執筆活動の多くは詩に捧げられていた。そのことは、「脂肪の塊」発表の一カ月後に、その名も『詩集』*Des vers*（文字通りには複数の「詩句」）と題する作品集が、最初のまとまった著作として刊行されたという事実に明らかである。この青年見習い作家は、一八七〇年代を通して韻文詩および（韻文の）戯曲の制作に精を出し、もっぱら詩人としての成功を夢見ていたのである。確かに、彼は同時期にすでに散文（時評文および短編小説）にも手を染めており、処女長編の構想も温めてはいたが、しかし彼の自己規定の第一が詩人であったことは確かである。だとするなら、一編の短編小説の成功が、彼のその後の散文作家としての経歴を決定づけたという事実には、一抹の運命の皮肉が感じられるかもしれない。そして何より、自らをもって詩人と任じる青年が、どうして傑作と呼ばれるに値する小説を突然に（と周囲の目には映ったはずだ）生み出すことができたのかという問いは、一つの謎として我々の前に存在しつづけている。

本書は、一八八〇年四月に至るまでのモーパッサンの著作（詩・戯曲・散文）を総合的に検討することを通して、二十代の青年見習い作家が何を試み、何を実現し、また何を実現できなかったのかを明らかにするものである。文学のみならず人生そのものの師とも呼ぶべき先輩作家ギュスターヴ・フロベール（一八二一―一八八〇年）の弟子として文学修業をする中で、彼は何を学び、何を目指したのか。従来、習作として真剣に検討されることの少なかった作品を一つ一つ丁寧に読み込むことを通して、青年の夢と現実の軌跡を辿りたい。

必然的に、本書で扱うモーパッサンの作品は、「脂肪の塊」を除いて今日ではあまり知られることのないものが大半を占めている。フランス本国においても、戯曲はもとより『詩集』の作品も（「雪の夜」などの数篇を除いて）、今日、読まれることは少ない。しかしながら二十代の作者によって書かれたこれらの作品にも、それぞれに面白い点は色々と存在しているし、作品の隅々にまで良い意味での若さが横溢する点は、後の小説作品には見られない貴重な特色である。そして、一八八〇年代の中短編小説において重要となるテーマが形式の相違を越えてすでに現れていることに、モーパッサンの愛好家であれば必ず気がつくことだろう。したがって、一八七〇年代に書かれた作品を繙くことによって、今日短編小説家として名高いモーパッサンという作家をより深く理解することができるようになるのみならず、そこに見出だされた青年詩人の姿は、八〇年代の散文作家のイメージを改めて問い直すきっかけともなるだろう。

第一章　ポエジー・レアリスト

まったく残念なことだ！　私が偉大な詩人でないのなら、せめて偉大な小説家になろう。

――「エミール・ゾラ」（一八八三年）

「脂肪の塊」による華々しい成功を収める前、一八七〇年代を通して、モーパッサンは自らを詩人と規定していた。その主な成果は、一八八〇年春、共作短編集『メダンの夕べ』に遅れること約十日、同じシャルパンティエ書店より刊行された『詩集』に収録された十九の詩篇である（加えて、韻文戯曲『昔がたり』も収録されているが、これについては次章で検討する）。ゾラを首長とする自然主義流派のマニフェストとも言うべき『メダンの夕べ』が、自らの詩集への「完璧なお膳立て[1]」になったというモーパッサンの言葉の裏に、単独の著作にかける彼の期待のほどが窺われるだろう。

同時期に韻文詩と散文による小説の執筆に取り組んでいたモーパッサンは、詩と散文というジャンルの相違を十分に意識していたに違いない。だとするなら、この青年詩人にとって〈詩〉とは何を意味するものだったのだろうか。彼が韻文という形式の中で実現しようとしたものは何だったのか。そして、この時期の詩作の経験は、後に生まれる散文作家に何をもたらしたのだろうか。こうした問いに答えるには、まずは『詩集』に収められた作品を丁寧に読むことから始めなければなるまい。
初めに、一八八〇年に至るまでのモーパッサンの文学的経歴を確認しておこう。

少年から青年へ

ギィ・ド・モーパッサンの詩作品として現存している最古のものは、一八六三年に書かれた二篇である。(2) つまり、十三歳でイヴトーの神学校に入学した頃から、彼は韻文を綴り始めたということになる。もっとも、実際に多くの作品が残っているのは十七歳以降であるが、いずれにせよ、ルイ・フォレスティエが言うように、ある者が少年時代に詩を書いたという事実だけでは、彼が「詩人であるという証拠にはならない(3)」だろう。青春時代に一度は創作を試みたことがある者はいつの時代にも数多いに違いない。そして実際のところ、これら十代に書かれた詩篇を見る限り、モーパッサンが当時から詩人として大きな野心を抱いていたようには見えないし、さらに言えば（残念ながら）そこに特別な才能がきらめいているようにも見受けられない。幾篇かの詩が友人や親戚に宛てて書かれているところを見ると、この文学好きな少年にとって詩作は一種のコミュニケーションの手段であったかもしれない。そして、そんな作品の中ではっきりしているのは、彼にとって詩は素朴な感動を表明するために存在していたということである。そこでは、自然の美しさや純朴な恋愛感情によってもたらされる感動が、平明な言葉によって表現されている。
たとえば、一八六八年、神学校在籍時に友人に宛てて書かれた「ある著者は不当にも主張した……」で始まる詩篇では、自然のもたらす甘美な喜びが称えられている。

僕は君に美しい自然を教えよう

だって僕は野原や森を愛することを知っている
その匂い、その緑の宝石、
その深い沈黙と、その優しい声。
僕は朝が好きだ、生まれたばかりの曙光が
美しい太陽のために天の扉を開く。
僕は晩が好きだ、太陽がその最後の光で
広大な海を黄金に染める。

(*DV.*, 155.)

一読して、ここに見られる表現の単純かつ素朴な様子には驚かされるほどである。使われている単語の平凡さや同形表現の単調な繰り返しが全体に平板な印象をもたらしているし、「天」Cieux や、太陽を表す「星」astre といったお決まりの詩語が目につき、比喩も凡庸なものでしかない。ここに天才詩人を感じさせるものがあるとはお世辞にも言い難いだろう。韻を踏むことを素朴に楽しんでいるこの田舎の少年は、時代の流行や作品の独創性といったものにまだほとんど関心を払っていないことが見て取れるのである。同じことは恋愛を歌った作品についても指摘できる。一八六七年の「月明かりの下での夢想」« Rêverie au clair de lune » は、次の一節で終わっている。

僕には恋人がある、今日の日に祝福あれ！
僕には恋人がある、聖者の集団が、
主にお香を捧げるのを忘れたとしても、
僕の恋人を祝し、僕の幸福を歌ってくれますように。(4)

(*DV.*, 144.)

ここでも、清純な恋の喜びが簡明な言葉で言い表されている。過剰な気取りがないぶん読者をほほ笑ませるかもしれないが、とりたてて特筆すべきものは認められない。総じて初期の作品はこのように素朴な感動を歌うことで成り立っているが、しかしその純朴な感情を表す言葉は、実のところは慣習的な表現の集積なのである。ここに見られるのはギィ少年の実感としての個別的な感動である以上に、〈素朴な感動〉という定型的な表現だと言うべきだろう。恐らく最初は誰もがそうであるように、定型的な言葉に自らの感情を当てはめることからモーパッサンの表現活動は始まったのである。彼が自身に固有の感情を表すための言葉を探し始めるのは、もう少し後のことになるだろう。

同じ年に書かれた「僕は無邪気な思いが……」で始まる詩の中で、この少年詩人は、自分の内面の感情を素直に打ち明けるのだと宣言している。

僕は無邪気な思いが流れ出るに任せる
それが訪れてくるままに、僕は文字に記す
思考はお化粧なしの顔のように純朴で単純
風に髪をなびかせて、それは気ままに飛び回る
羽虫や、微笑みや、雲を追いかけて。
口づけ一つあれば、野生的にもなるだろう。

(*DV.*, 146.)

ここに言われる「無邪気さ」は、詩の内容のみではなく、形式に対する無頓着さにも表れている。実際、この頃の作品にはソネのような定型詩はほとんど見られず（もっとも、この点は『詩集』に至るまで変わらない）、作

品の構成についての造形的な関心の低さが窺われる。詩句はまさしく思考の流れを辿り、思考の完結するところが作品の終わりとなるかのようである。「夢想の中でのように、詩はいささか無頓着なものです[5]」と、ある書簡の中で述べられているが、この言葉はこの時期の詩作全体に当てはまるだろう。

さて、このような素朴な詩を書いて楽しんでいた少年は、一八六八年五月にルーアンの高校に入学した後にはより真剣に詩作に取り組むようになる。同時に、多くの青年にとってそうであるように、恋愛が詩の重要なテーマとなってゆく。そして（やはり多くの青年にとってそうであるように）先行する時代の詩人の存在が視野に入ってくる。モーパッサンの場合には、とりわけロマン派を代表する詩人の一人であるアルフレッド・ド・ミュッセ（一八一〇―一八五七年）の影響が明白である。一八三〇年代に流行したロマン派詩人の詩作品が、六〇年代から七〇年代にかけての青年の感性にもなお十分に適合するものであったという事実を、モーパッサンの事例はよく示しているように思われる。

そのまま「ミュッセの夜」« Les Nuits de Musset » と題された詩も一八七〇年に書かれるが、「最初の雷」« Premier Éclair »（一八六八年八月執筆）という詩篇は詩人とミューズとの対話からなっており、ここにもミュッセの有名な「夜」連作の影響が明らかである。この詩の中では、愛し合った後に自分のもとを去って行った恋人に対する喜びと苦しみの思いが吐露されている。ロマン主義的な修辞に溢れる詩句を通して浮かび上がるのは、憂鬱に取りつかれた繊細な〈詩人〉のイメージである。

かくしてこの瞬間、急激な苦しみが
僕の心臓を捉え、荒れ狂う波のように迫り上がり
僕を押し潰し、息喘がせる。目には涙ではなく
血が流れる……。　　喉は渇いて、燃えるようでいながら

額は冷たい。鋭く激しい無言の苦しみが、
僕を切り裂く……。　僕は広大な嗚咽を堪えるが
それが喉を詰まらせ、心臓から脳へと上がって来るのだ。

(*DV*., 170.)

誇張に溢れたレトリックを用いて、青年は自分の苦しみを崇高なものへと昇華させようとしている。だがここに描かれている詩人の姿は、少なくとも現在の視点から見るなら、ほとんどロマン派詩人の戯画のように見えるだろう。お決まりのようにこの詩人は自殺の観念に取りつかれているということを付け加えてもよい(「おおミューズよ、僕は死ぬ、おお、僕の勇気を支えてくれ」*DV*., 174.)。また、これもごく当然のように、彼は〈崇高な自然〉と親密な関係を取り結ぶ。

海はうねり、空には嵐、
だが何も僕の心を揺り動かさない。至高の幸福の中で、
僕は岩に向かって叫んだ。「彼女が僕を愛していると知っているか!」
僕は愛の証人として呼びかけた、大きな森に、
谷と川の流れに……。そして僕はたえず駆け続けた[6]……。

(*DV*., 173.)

アルマン・ラヌーはモーパッサンの伝記の中で、師たるフロベールに「君の詩は少なくとも五十歳だな![7]」と言わせている。この台詞は著者の想像のものだが、いかにも本当らしく思われよう。実際、これらの詩篇の向こうにありありと見えるのは、ロマン派の熱狂的な自我の叫びにかぶれた一青年読者のうぶな姿なのである。

もっとも、当時のミュッセの流行ぶりに関しては、エミール・ゾラが一八七八年に現代詩についての記事で語

っている事柄が、当時の一般的状況を理解する助けとなるだろう（彼は約二十年前、つまり一八五〇年代のこととして語っている）。

『最初の詩篇』、『新詩篇』の売上は莫大なものだった。とりわけ地方においては、最も小さな町においてさえ、この二冊を持たない少女や不良中学生はいなかった。詩人のこの人気ぶりは容易に説明がつく。彼は一般的な精神のある状態、生きて愛したいという欲求に応えたのである。ヴィクトル・ユゴーの壮大さ、その止むことない誇張に恐れをなす者は、アルフレッド・ド・ミュッセの内にこそ、自分の心のドラマの深く魅力的な反映を見出だしたのだった。(8)

モーパッサンも文学青年の一人としてご多分に漏れず、この時期にミュッセを夢中に読み耽ったに違いない。模倣の跡の明らかな六八年から七〇年の詩篇がそのことを証しているが、なにもモーパッサンが特別に時代遅れだったわけではなく、ロマン主義作家の詩篇は当時まだ盛んに読まれ、大きな影響力を持っていたのである。もっとも、ロマン主義全盛の時代を知るフロベール（一八二一年生）や、ロマン主義を捨てきることができなかったと自ら告白するゾラ（一八四〇年生）の世代と比較してみるなら、一八六〇年代後半に十代を過ごしたモーパッサンが被った影響はそれほどに深刻なものではなく、文字通り一過性のものだったようである。実際、ミュッセをはじめとするロマン主義詩人の影響は、七二年以降の作品にはほとんど認められなくなる。

重要な点として指摘しておくべきは、この時期にモーパッサンは（学校教育やあるいは友人との交流を通して）初めて本格的にフランス詩の伝統に触れたという事実である。そうした読書体験によって、青年詩人は自らの詩作についてのはっきりとした自覚を抱くようになっただろう。加えて次のようにも言えるかもしれない。つまり、これ以降、モーパッサンにとっては、ロマン主義という一時代の思潮と、抒情詩という詩のジャンルとが不可分に結びつくことになるのである。ロマン主義者とはすなわちミュッセのような抒情詩人を指し、抒情詩とはつまり（ミュッセや、十代の彼自身が書いたような）自らの感情を崇高なものとして吐露するようなロマンチックな詩のことなのである。このような認識はモーパッサンにおいて後々まで変化することはない。必然的に、やがて彼がロマン主義的な心性を徹底的に否定しようとする時、同時に彼は抒情詩というスタイルそのものを放擲することになるだろう。

さて、一八六八年に、モーパッサンはルーアン在住の詩人ルイ・ブイエ（一八二二―一八六九年）と出会う。二人の最初の出会いについては後に彼についての記事の中で語られるが、その回想によるなら、ブイエの詩集『花綱と玉縁』（一八五九年）を読んで感動したギィ青年は、自らブイエの家を訪問したのだという(9)。以後、二人の交流は約半年間続き、モーパッサンは彼から文学の手ほどきを受けた。

ところが、六九年六月にブイエは急逝する。当時モーパッサンが彼に捧げた詩が残されており、悲しみの大きさが推察される（もっとも表現はまだ素朴なものであるが）。「彼が死んだ、彼、我が師。彼が死んだ、何故なのか？／とても善良で、とても偉大な、僕を歓迎してくれた彼が」（「ルイ・ブイエの死について」« Sur la mort de Louis Bouilhet », *DV.*, 196.）。

ブイエとの出会いはモーパッサンに何をもたらしたのだろうか。実際のところは、「マンダランの眠り」« Le Sommeil du mandarin »（一八七二年）というブイエへのオマージュと取れる作品がただ一篇存在するのを除けば、当時の詩篇の中に直接の影響を認めることは難しい。地方に暮らしつづけたブイエの作品には高踏派の美学との共通点が多く、たとえば古代や中国といった異郷への憧憬が顕著に認められるが、そうしたエキゾチックな趣味もモーパッサンには縁遠かった。

もっとも、モーパッサンがブイエの詩を熱心に読んだことは疑いない。一八八〇年代に、彼はこの忘れられた詩人の復権のために何編もの記事を執筆し、その中で彼の詩句を引用しているが、その数の多さだけからしても、ルイ・ブイエこそが終生、モーパッサンの最もお気に入りの詩人だったと言えるだろう。したがって、ごく短い期間だったとはいえ、ブイエがモーパッサンにとって最初の文学の導き手となったことは間違いない。そして、ブイエの教えの核心は、『ピエールとジャン』*Pierre et Jean*（一八八八年）冒頭に置かれる「小説論」« Le Roman » の中に記されることになる。一個の作品の完成は持続的な努力あってこそ生み出されるものだと、詩人は語ったという。

持続的な労働と仕事に対する深い理解が、明晰かつ力に溢れ、鍛錬を経たある日に、精神のあらゆる傾向によく調和した主題との幸運な出会いによって、短くても唯一無二で、能うる限り完璧な作品の開花をもたらしてくれるだろう。(10)

それまでのモーパッサンは、気の赴くままに詩句を書きなぐる気ままな文学青年に過ぎなかった。そんな彼が、ブイエを通して創作という営みの困難とその栄光を初めて知ることになった。この最初の薫陶は、彼が本気で詩人になろうと決意する際にも大きな影響を及ぼしたことだろう。ただし一言付け加えておくなら、ここに述べられているような芸術と労働への信奉は、後にモーパッサンが私淑するフロベールも友人ブイエと分かち持っていた思想である。それゆえに、二人の師を区別してモーパッサンの内にブイエ固有の影響を指摘することは困難だと言わざるをえない。

ともあれ、出会いから突然の別れまでをごく若い時期に体験しただけに、青年の内面において年輩詩人の印象は一層純化され、理想化されることとなっただろう。詩人ルイ・ブイエのイメージは、イヴァン・ルクレールの言葉を借りれば、「大衆に知られることはないが幾人かの文学者には愛された、詩人＝芸術家の模範像」(11)として、モーパッサンの内に生きつづけることになる。

高校を卒業後、一八七〇年、モーパッサンはいったんパリに出るが、すぐに普仏戦争が勃発する。二十歳の青年は従軍し、後に「脂肪の塊」冒頭に描かれるようなフランス軍の敗走を我が身をもって体験し、辛酸を嘗めることとなった。そしてこの戦争の経験によって、モーパッサンの生活状況、および精神状態は大きな変化を蒙ることとなる。その変化を一言で要約するなら、青年の心の内にペシミズムが深く根を下ろしたと言えるだろう。「偉大なるコロンブスが……」に始まる詩篇（一八七一年、パリ）は、そのことをはっきりと示す作品である。

遠くの岸辺を夢見るコロンブスのように、
なんと多くの者が旅立ったか、心は陽気で勇ましく、
匂い立つ風が港から遠くへ彼らを押しやったのだ
夢が花開く見事な国々へと。
〔……〕
だが天蓋が崩れるように波はやがて崩れ、
嵐を前にして、各人が希望もなく逃れてゆく、
黒い脇腹を持つ大きな雲、〈疑い〉が通りすぎたのだ
彼らに道を示していた輝く太陽の上に。(12)

（*DV.*, 204.）

十代の詩と比べると、作品のトーンに明らかな違いが見られる。少年時代の無邪気さは霧散し、暗い影が希望を覆っている。翌年に書かれた別の詩篇（「人が熟視する時……」、一八七二年、ルーアン）でも、否定的な言辞の積み重ねによって同じように無力感が表明されている。

深い奈落の他に何にも辿り着けない時、
世界の舞台裏に入り込んでしまい、
幻想で描かれた背景画を見てしまった時、

疑いと呼ばれる嫌悪に襲われた時には、
憔悴して、道の端に横たわるのだ。
「陽気な道連れよ、お先にどうぞ！」

(*DV.*, 212.)

同じ一八七二年には、醜い娼婦の容貌を描写した八行の断片「昨夜通りで見たもの」« Chose vue hier soir dans la rue »、および「青春はもはやなく……」に始まる悲観主義の濃い詩一篇が書かれている。そこにも鬱屈した青年の心情が投影されているが、頽廃的なイメージには『悪の華』の詩人ボードレールの影響も感じられる。また、同じ年には、先に触れた「マンダランの眠り」と題するブィエのパスティーシュと呼べる作品や、「十六世紀」« XVIe siècle » と題された牧歌的な詩篇（ロンサールを意識しているかもしれない）が残されており、青年詩人が自身固有の詩情を求めて試行錯誤を始めた様子が窺われる。

戦争が終わり軍を除隊した後、モーパッサンは一八七二年三月に海軍省に入り（後に一八七八年に文部省に転勤）、ここから役所勤めの陰鬱な日々が始まる。「たった一年の間に、高校を出たばかりの若者は、苦しみ多く、うんざりして怒りっぽい人間へと変わってしまい、彼は自分で稼ぎを得なければならなくなる」[13]。待っていたのは退屈な仕事と困難な生活である。そして一八七〇年代後半には（梅毒を原因とする）病気の症状が早くも出始めることも付け加えておかなければならないだろう。一八七八年七月五日の書簡の中で、モーパッサンはフロベールに向けて愚痴を並べているが、そこには当時の彼の精神状態が垣間見えている。

あらゆるものの無用さ、被造物の無意識的な意地悪さ、（いかなるものであれ）未来の空虚さについてのはっきりとした認識が時々やって来て、あらゆるものに対する無関心に襲われるのを感じますし、隅っこで希望もないかわりにうんざりすることもないまま、じっと静かに留まっていたいだけなのです。[14]

当時のモーパッサンについて一般的に流布しているイメージは、週末に郊外へ出かけて友人たちや娘たちとボート遊びに興じる屈強で明るいボートマン、というものであろう。そのイメージが間違っているわけではないにせよ、そうした陽気な表面の下に悲観主義的な思想が深く根を下ろしていることを見逃すべきではないだろう。七〇年代に書かれる詩篇の多くには、表面的な陽気さの背後に、常にこの陰鬱な世界観が横たわっているのである（それは最初の小説『エラクリユス・グロス博士』にも顕著に見られるだろう）。

ところで、モーパッサンの文学的経歴の上で最も重要な出来事と言えば、間違いなく一八七二年頃より始まる小説家ギュスターヴ・フロベールとの交際である。[15] 青年時代のフロベールは、ギィの母ロールの兄、アルフレッド・ル・ポワットヴァン（一八一六—一八四八年）と大の親友だった。それゆえにモーパッサンの一家とルーアンの大作家とは元々無縁ではなかったのだが、七〇年代に入ってから二人の交流が実際に深まってゆくのである。モーパッサンは後年、『ボヴァリー夫人』の著者との出会いを回想している。「私は彼に、彼が失った青春時代をもたら」し、また「彼にとって私は一種の〈昔〉の幻影だった」と述べた後、以下のように続けている。

彼は私を惹きつけたし、彼は私を愛した。彼は、人生の中でいささか遅れて出会った者の中で、私が深い情愛を感じ取った唯一の人物である。彼の愛情は私にとって一種の知的な保護であったたし、彼はたえず私にとって良きもの、有用なものであろうとし、自分の経験、知識、労働と研究と芸術的陶酔の三十五年の中から、私に与えることのできるものすべてを与えようとしてくれたのだった。(16)

一八七三年、交流が本格化し始めた頃の書簡で、モーパッサンは自分の気持ちをフロベールに打ち明けている。「毎週の私たちのおしゃべりが私にとって習慣となり、必要なものとなったので、手紙でもう少しおしゃべりしたいという欲求に抵抗することができません。(17)」冬を過ごしにフロベールがパリに出てくると、役所勤めをしているモーパッサンは毎日曜日の昼食をフロベール宅で共にするようになり、そのようにしてフロベールの指導のもとでの文学修業が続いていくことになる。

先の手紙より少し前の時期に、母親ロールが息子の文学的展望について助言を求めたことがあった。フロベールは次のように答えている。

あなたの息子さんが詩句に抱いている興味を励ましてやらねばなりません。それは高貴な情熱であり、文芸は多くの不幸な者を慰めてくれるのであり、恐らくは彼には才能があるからです。誰に分かるでしょうか(18)？

実際にフロベールはたえず青年詩人を励ましつづけ、時には怠慢を叱りもするだろう。同じ書簡の中で彼は続けている。「我々の若者はいくらか怠け者で、凡庸な程度にしか仕事に熱心ではないようです。たとえひどいものだったとしても、彼がもっと息の長い作品に取り組むのを見てみたいと思っています。」

一八七六年の夏に、彼はモーパッサンに書き送っている。「注意したまえ！　すべては到達したいと思う目標にかかっている。芸術家を自任した人間にはもはや、他人と同じように生きる権利などないのだ(19)。」「ああ！〈人間の愚かさ〉が君を憤慨させていると！　大西洋に至るまで、それが君の邪魔をしていると！　君が私の年齢になったら、若者よ、君はなんと言うだろうね！」[20]二人の関係は徐々に親密さを増してゆき、モーパッサンは師の世界観や芸術に関する思想を貪欲に学び、吸収していく。その学習内容がどのようなものであったかについて、我々はこれから確認してゆくことになるだろう。

なお付け加えるなら、フロベールとの出会いの重要さは彼の師としての役割の大きさに留まるものではない。まず、彼は雑誌『文芸共和国』や日刊紙『国家』等にモーパッサンを推薦して、作品を発表する機会を与えた。また、一八七五年以降、師の仲介を経ることによって同時代人との交流が始まってゆく。それはたとえばテオドール・ド・バンヴィルやカチュール・マンデスといった高踏派の詩人たちであり、エドモン・ド・ゴンクール、アルフォンス・ドーデ、イヴァン・トゥルゲーネフ、エミール・ゾラといった小説家たちである。[21]ゾラの周囲に集う同世代の若者たちとの関係も広まっていくだろう。彼らと接する中で、モーパッサンは現代文学の動向を見聞きし、その問題意識を共有することになる。先輩作家たちに囲まれながら自らも作家になることを希望するこの青年は、自分に固有の領域を見出だす必要性を日に日に痛感することになるだろう。そうした点をすべて考慮に入れるなら、作家モーパッサンの〈誕生〉に関するフロベールの寄与は計り知れないものがあったと言うべきである。もちろんモーパッサン自身の才能と努力がなければ、フロベールの貢献が実を結ぶこともなかったに違いないが、彼との出会いがなくてもモーパッサンが現在我々の知るような作家に成長しただろうとは、およそ考えられないほどなのである。

ここで、『詩集』所収の作品がいつ頃執筆されたのかを確認しておこう。

最も古い詩篇「発見」« Découverte » は一八六九年に書かれたことが分かっており、「十六歳の散歩」« Promenade à seize ans » もまた十代に書かれたかもしれない（いずれも後に推敲された可能性はある）。この二篇は共に『詩集』に初めて掲載された。他はすべて二十代の作品である。まず一八七一―一八七二年の作としていずれも小品の「鳥刺し」« L'Oiseleur »、「征服」« Une conquête »、「雪の夜」« Nuit de neige » がある。「慎みのない請願」« Sommation sans respect » は恐らく七五年に執筆された。

一八七五年、『両世界の文芸・科学・芸術・産業についての挿絵入り雑誌』の一―三月号に、それぞれ「恐怖」初稿 « La Peur »、「野雁」« Les Oies sauvages »、「鳥刺しキューピッド」« L'Amour oiseleur »（「鳥刺し」の初稿）が、ギィ・ド・ヴァルモン Guy de Valmont の名で発表される。

一八七六年には、カチュール・マンデスが編集を務める雑誌『文芸共和国』に発表の場を得て、長篇詩「水辺にて」« Au bord de l'eau »（三月）、短篇の「日射病」« Un coup de soleil »、「雪の夜」、「恐怖」« Terreur »（六月）、長篇「最後の逃走」« La Dernière Escapade »（九月）が、ギィ・ド・ヴァルモンの筆名で発表される。七八年三月に日刊紙『ゴーロワ』に（本名のモーパッサンで）「最後の逃走」が再掲される機会を得るが、その時期に、質量共に最大となる長篇「田舎のヴィーナス」« Vénus rustique » が書かれる。なお「水辺にて」、「最後の逃走」および「田舎のヴィーナス」が『詩集』の中核をなす主要な三篇であり、七六年から七八年にかけてモーパッサンの詩学は形をなしたと言えるだろう。

一八七九年には「壁」« Le Mur »、「愛の終わり」« Fin d'amour » が書かれている。なお、この七九年十一月に「水辺にて」（掲載題は「ある娘」）、翌八〇年一月に「壁」が『現代自然主義誌』（知人の作家フェリシヤン・シャンソールが編集に関わっていた）に掲載されるが、とりわけ前者について当局より風俗壊乱の嫌疑がかけられるという事件が起こる。雑誌発行地のパリ郊外の町エタンプにおいて予審が開始され、モーパッサンは判事の尋問を受けた。この時、彼はフロベールに弁護のための公開書簡の執筆を依頼する。その手紙は二月二十一日付『ゴーロワ』紙に掲載され、そのお蔭もあってか、事件は不起訴に終わることとなった(22)。これは一見些細な事件のように見えるが、役所勤めのモーパッサンにとっては裁判沙汰になれば自分の職に関わる問題であり、二足の草鞋を履く見習い作家の苦労が書簡を通して窺われる。同時に、この事件は、自身の芸術の社会的な意味について考える機会をモーパッサンにもたらしただろう。
「祖父」《L'Aïeul》、「欲望」《Désirs》、「通りの言葉」《Propos des rues》の三篇は一八八〇年前後に制作されたと推測されている。残る収録作「チュイルリー公園の愛の使い」《Envoi d'amour dans le jardin des Tuileries》、「月光の歌」《La Chanson du rayon de lune》に関しては、執筆年は特定できていない。

以上、おおよその制作年を並べてみると、『詩集』は一八七〇年代全体に及ぶ詩人としての活動の成果だということが分かる。制作期間が長年にわたることから、仔細に見るならモーパッサンの詩への姿勢の変化をある程度辿れるかもしれないが、以下の本論では『詩集』を一括して一個の詩的世界と見なし、それについて考察を加えていくこととしたい。そうすることによって、詩人モーパッサンの試みを総体として検討し、意義づけることが可能となるだろう。

なお、この時期のモーパッサンの文学理念を知る上での手がかりとして、当時彼が著した評論を見過ごすことはできない。まずは一八七六年十月に『文芸共和国』に掲載された「ギュスターヴ・フロベール」《Gustave Flaubert》である。この記事の第一の意義は、弟子が師の美学を十分に理解し、またそれを共有しているということを、まずもって師その人に示してみせることにあったように思われる。フロベールは書簡の中で記事を読んだ喜びを弟子に伝えているが、それこそがモーパッサンの最も望んだ反応であっただろう。「親しい友よ、君の記事にお礼を言おう。君は私を息子のような愛情をもって扱ってくれた。姪は君の作品にすっかり感激している。彼女が言うには、伯父について今までに書かれた中の最良のものだという。私もまたそんな風に思うけれど、あえてよく言わないよ。(23)」

もう一編の重要な評論は、そのフロベールの仲介を得て七七年一月十七日付『国家』紙に掲載された「十六世紀のフランス詩人たち」《Les Poètes français du XVIe siècle》である。直接的にはサント゠ブーヴ『十六世紀フランス詩およびフランス演劇の歴史的・批評的概観』再刊についての書評であるが、その中でもっぱら著者自身の見解が述べられており、詩人モーパッサンの詩学の表明として読むことができる。これらの評論の執筆は、著者自身が自らの理念を確認し、またそれを公に示す機会を彼にもたらしたのである。

さらに、この時期に書かれた書簡の中で最も重要なものとして、一八七七年一月十七日のものがある（宛先はポール・アレクシと考えられている）。ここに披瀝されている「文学的信仰告白」は、当時のモーパッサンがどれほどにフロベールの教えを信奉していたかを如実に示すものであり、我々の考察に重要な鍵を与えてくれるものである。

以下ではこうした資料を参照しながら、『詩集』所収の十九篇の詩篇を一まとまりの作品として検討してゆく。それによって、青年ギィ・ド・モーパッサンにとって〈詩〉とは何であったのかを明らかにしてゆきたい。

抒情性の排除

すでに見たように、一八七〇年の戦争を挟んでモーパッサンの詩のトーンは大きく変化する。少年時代の純朴な理想や無邪気さは、時に残酷、時に卑俗な現実を前に生き延びることができなかった。以後、素朴な詩情と呼べるものは完全に姿を消すが、それに代わるかのように、一つの世代に共通するものとして〈喪失〉の意識が述べられるようになる。次の引用は「青春はもはや……」で始まる、七二年に書かれた詩篇である。

青春はもはやなく、打ち倒された我々の種族は
そこを飲み屋として、そこでは皆が体を売る
入ろうとする者は敷居に置いていかねばならない
残った勇気や誇りのすべてを。

そして、心も、知性も空っぽなまま、
蒼ざめた青年時代がゆっくりとくずおれるのだ[24]。

(*DV.*, 214.)

もしこの詩人が青春を歌うとすれば、その調子には無垢な幼年時代を懐かしむノスタルジーが伴うだろう。それが「発見」や「十六歳の散歩」といった詩である。「僕は子どもだった」から始まる前者においては、騎士道物語に憧れていた幼年時代が回想される。後者の冒頭においては、過去時制が現在との隔たりを強く感じさせる。

大地は空に向かって微笑んでいた。緑の草は
まだ露の雫に覆われていた。
世界中で、僕の心の中で、皆が歌っていた。
茂みに隠れた、からかい好きのツグミが
鳴いた。――僕を笑って？――そんなことは思いもよらなかった。

(*DV.*, 85.)

詩は幸福な、いささか牧歌的な幼年時代のイメージから始まるが、後にはすぐに粗暴な現実が続く。「僕たちの両親は喧嘩していた、朝から晩まで／戦争状態だったから。もうその理由は分からない。」そして末尾では汚れのない恋愛が思い返されるが、そこにも一抹のアイロニーが込められていよう。

その時、僕には思えた（きっと僕は間違っているんだろう）
僕たちの若い心に、僕たちの視線がたくさんの別の思いを
生まれさせたと。そして目は小声ながら、僕たちよりも

ずっとうまく話し合い、口にはできないことを告げていると。

（*DV.*, 85.）

ノスタルジックな思い出を通して透けて見えるのは、むしろ幻滅を知った現在の詩人の姿であり、その姿は『詩集』全体を通して見出だされるものだろう。たとえば「欲望」は恋愛についての一種の教訓で終わっている。語り「――この果物には、歯をつけるだけにしなくてはいけない。／奥には苦味があるものだから」（*DV.*, 75.）。語りの軽い調子とは裏腹に、ある種のニヒリズムが顔を覗かせているのが見て取れる。このように、一八七〇年代の詩篇の全体には幻滅と失望の思いが通底している。そのことは、老いと死（「最後の逃亡」、「祖父」）や、愛の不可能性（中でも「愛の終わり」）が主題として取り上げられていることとも無関係ではないだろう。そして、こうした悲観主義的な世界観においては、理想主義的、あるいはロマン主義的な抒情性がもはや説得力を持たないことは明らかなのである。

『詩集』未収録ではあるが、一八七二年の作「ポエジー、ある哲学者の思想」« Poésie. Pensée d'un philosophe » は、幻滅を体験した青年の目にそれまでのロマンチックな「ポエジー（詩、詩情）」がどのようなものとして映ったかを示している。

空ろな亡霊に心を奪われて、我々は追いかけてゆく
人がポエジーと呼ぶ、大きく輝くあの星を
その気まぐれと空想の風に任せて
ポエジーは高みから精神の集団を導いてゆくのだ。

（*DV.*, 216.）

ここでのポエジーとは、むき出しの現実を理想というヴェールで覆い隠すものである。明晰な人間であればその

欺瞞に気づくことができるが、その時、彼を待っているのは失望と幻滅に他ならない。「こうして僕の心に疑いが育っていくのが見える」と詩は続いている。

かくして青年詩人の前には、一方には現実を偽るものとしてのロマン主義的な抒情詩（それは失われた自らの青春時代とも重なる）、他方には凡庸な日常、人間性が内に秘める惨めさと愚かさ、一言で言うなら理想のはがれたむき出しの現実が存在している。芸術表現の上でこのアポリアを解決し、両者の間の乖離を埋めるためにはどうすればいいのだろうか。そのような問いこそが、因習を排して真に自立した詩人になろうとする時に、青年が直面した切実な課題だったのである。

そこでモーパッサンが取った解決策の第一は、ロマン主義的な思想を偽物のポエジーとして断罪することだった。ここに言うロマン主義とは、必ずしもヴィクトル・ユゴーやアルフレッド・ド・ミュッセといった前世代の詩人とその作品を直接に指すのではなく、彼らの影響下にありつづける当時の詩の大勢を指している（そこにはミュッセにかぶれたかつてのモーパッサン自身も含まれよう）。エミール・ゾラは一八七〇年代に、小説と同様に詩も自然主義の方向へ「進歩」するべきだと度々主張したが、その際に、詩の世界においてロマン主義が根強く生き残っていることを批判している。「詩的資本を刷新できるどんな強力な人物も現れなかったと言えるだろう。この点で、我々は一八三〇年の見事な開花の上に生きつづけている。[25]」詩の領域に残るロマン主義の残滓を払拭するべきだと考える点で、モーパッサンはゾラと意見を共有している。そのようにして詩の内容を刷新することが、新しい詩の創造のために必要だと考えられていたのである。

偽りのポエジーを断罪するこのモーパッサンの方法を、イヴァン・ルクレールは〈脱詩化〉dépoétisation の語で呼んでいる。「脱詩化とは、表現様式としての詩を否定するのではなく、現実を歪め誇張する麗しき精神が犯す詩的美化、ないし偽りの理想化を断罪することである。[26]」実際、たとえば「壁」においては、恋人同士の愛の高揚が壁に映った「驚くような、滑稽な光景」（*DV.*, 43.）に還元されて示される。それによって恋愛感情を理想的に歌い上げる代わりに、恋愛遊戯が戯画的に描き出されている。別の詩篇「愛の終わり」は、移り気な男と感傷的な女との平凡な不和の有様を語っており、やはり感動の理想化があからさまに忌避されている。そこに描かれる凡庸な人間の姿は、(青春時代のモーパッサンの詩に見られたような) ロマン派詩人の正反対をなすと言えるだろう。このように、これらの詩においては、「恋愛」とそれにまつわる感情を美化する姿勢を作品から排除しようとする意図が明確に読み取れる。

恋愛を〈脱詩化〉しようという意思表明を、『詩集』の中でさらに徹底して行っている詩篇が「征服」である。そこにはロマン主義的な詩および詩人像の完全な戯画が認められる。この詩は、純朴で夢見がちな詩人が理想の恋人の姿を思い描くことから始まるが、この恋の冒険は、当の彼女の現実における卑俗な姿を発見することで終わる。モーパッサンはこの青年＝ロマン派詩人の姿を諷刺とユーモアを込めて描き出す。

まず彼が感じたのは真の憂鬱、
それから、罰を受けた魂のように、あちこちへさ迷い、
ヴァラス式給水泉で額を冷やすと、
夜には随分早く、眠りに帰った。

彼の魂はあまりにうぶだとおっしゃるのでしょう。
もしまったく夢を見ないなら、何をするというのです?
風が音を立てる時には、魅力的ではないでしょうか
火の傍で、美しい見知らぬ女性を夢見ることは?

この短い瞬間のために、一週間、彼は幸福だった。
彼の周りを、輝く夢想が群をなし、
恋する心の内に絶えず呼び覚ます
最も甘美な思いと、最も甘美な偽りとを。

(*DV*., 47.)

読者に向かって呼びかける語り手の存在によって登場人物の姿が客体化されており、話者と主人公との間のこの距離によって、主人公の感情（憂鬱や幸福）が批判的に読者に提示される。一方で、憂鬱に囚われた孤独な彷徨というロマンチックなモチーフは「ヴァラス式給水泉」と並置され、詩人の抱く夢想は「甘美な偽り」と呼ばれるなど、ロマン主義に似つかわしいイメージは絶えず現実の位相にひきずり下ろされている。詩はこの後も、主人公の平凡な日常を描いてゆく。「そこで彼は召使を呼び、ベッドから飛び出すと、／服を着て、食事をとり、駅へと向かい、／穏やかに煙草を吹かしながら出発し、／やがてマルリーで仲間たちを見つけた」(*DV*., 49.)。従来の詩では言及されることのなかったような卑近な行為が、あくまで日常的な用語で述べられており、ここにも〈詩化〉を拒絶しようという姿勢が表れている。

この〈脱詩化〉の対象は男性だけに限定されるものではない。〈理想の女性〉というイメージも同様にその価値を引き下げられる。詩人は、ひと目見た理想の美女と一緒に体験する冒険をあれこれと夢想する（そこでもロマン主義が諷刺されている）が、一週間後に現実に再会した彼女は、ボート仲間の内の一人の平凡な娘に過ぎない。

彼女は彼らと一緒にいて、アブサンを飲んでいた！
彼は押し黙った。――ふしだらな女は微笑み、彼を呼んだ。——彼は驚いたまま。——彼女は続けた。
「おばかさん、本当にあたしを聖女だとでも思ったの？」

(*DV.*, 50.)

ここでは、（伝統的な詩が描くような）理想の世界と、平凡な現実との間の落差こそが詩の主題となっている。同時に、理想的なイメージという虚偽の覆いを暴いてみせる行為によって、詩が実際に描き出す世界の〈現実感〉が強められているのである。詩人は、この徹底して日常的、通俗的に描かれる世界それ自体を否定したり批判したりするのではない。偽りの介在しない現実の世界を（諦めと幻滅を伴うとしても）むしろ肯定的に受け止めようとする姿勢がそこにはある。

さらに、通俗化したロマン主義的思想の廃棄の延長線上で、モーパッサンは慣習的な〈詩的なもの〉の存在をやり玉に挙げて批判するが、これも〈脱詩化〉の営みの一環だろう。評論「十六世紀のフランス詩人たち」の中では次のように述べられている。

この時代のほとんどすべての作家たちにおいて批判されるべき最大の過ちは、詩情は一定の事物の中にのみ見出だされるのだからと、他のものをすべて除外したことであり、一定の事物とはすなわち、春、露、花、太陽、月や星といったものである。[27]

モーパッサンが何世紀も前の過去の詩人をわざわざ批判しているのは、そうまでして自己の思想を表明したいという思いの強さゆえであろう。では実際のところ、詩人モーパッサンがこうした事物をどのように扱っているかと問うならば、必ずしも〈詩的なもの〉がシステマティックに排除されているわけではないようである。たとえば右の引用に挙げられている例の中の〈露〉を取り上げれば、それは「十六歳の散歩」の中で葉を覆っているし、

「愛の終わり」の中でも輝いている。もっともこれらの事例では、〈詩的な〉雰囲気は意図的に持ち出されているとも考えられよう。前者においてはノスタルジックな情感を掻き立てるためであり、後者にあっては通俗的な現実と対比させるためというように、慣習的な意味作用をわざと利用しているようにも見受けられる。

別の例として、詩篇「壁」の中に登場する〈月〉を見てみよう。この月は絶えず詩人を観察する者として擬人化して描かれる。それは「魅惑的な光」で人々の恋情を誘い、語り手をからかって「笑っている」ように見え、また勝ち誇って「明るく陽気に輝く」(*DV.*, 42.)。アイロニーを含ませることでロマンチックな詩的表象とは距離が置かれており、ステレオタイプな表現を避け、事物の慣習的な理想化を敬遠する姿勢が認められる。

ここまで見てきたように、ロマン主義的かつ慣習的な詩情に対する異議申し立てを『詩集』の重要なテーマの第一として挙げることができるとすれば、それがさらに進んだ先には、抒情詩というスタイルそのものの拒絶があるだろう。自身の内面の思いを縷々吐露することによって個人の感情を理想化し、崇高なものとして表現するような振る舞いは、詩人の真実の感情を裏切る行為として否定されるのである。

ここではジャンルの定義に関する議論を避け、ごく単純に、詩人の内面の感情を一人称によって表明するものを抒情詩と呼ぶことにしよう。(28) その時にまず着目できるのは、全十九篇の詩の内には、「最後の逃走」のように全篇が三人称で語られる作品が多いことである。また、一人称で語られる「水辺にて」のような作品においても、そこでは一つの筋を持った物語が語られており、そのことによって感情の表明という抒情詩としての性格が薄められている。その点を踏まえた上でさらに個別に作品を見るなら、「日射病」の語る物語は純粋に想像的なものであり、「恐怖」は幻想にまつわる事件を語っており、いずれも内面の吐露という抒情性からは遠い。また、「チュイルリー公園の愛の使い」や「慎みのない請願」は、恋愛詩として他人(子どもおよび恋人)への呼びかけからなっている。それ自体は必ずしも抒情詩の性質に反するものではないが、ここでは恋愛感情はギャラントリーや諷刺に覆われており、詩の要点はむしろ誘惑のレトリックの巧みさに認められる。以上のように見てくると、十代の頃に盛んに著したような抒情詩のスタイルが、『詩集』から意識的に排除されていることは明白なのである。

ここで例外として残るものがあるとすれば、それは「欲望」の一篇である。なるほどこの作品は、「僕が望むのは」« Je voudrais » という表現を繰り返して詩人の願望を述べている点で抒情詩と呼べそうである。だが、そこで詩人が実際に主張するのは、なんのためらいもない束の間の身体的欲望の成就なのである。

僕に対して、どんな女性も貞淑でなければいい
今日、一人の女性を選び、明日はまた別の彼女。
何故なら、通りすがりに愛を摘み取りたいから
手を伸ばして果物を摘み取るかのように。

(*DV.*, 74.)

このように感情を抜きにして身体的欲望をあけすけに告白するという振る舞いは、それもまたロマン主義的な感情重視の姿勢への抗議の意味を持っているだろう。そして、ここに見られるような感情よりも衝動、感傷よりも欲動を重視するという態度こそがモーパッサンの詩の最大の特色を形成するのだが、この点は後に改めて検討しよう。

抒情詩の排除という点に関して「雪の夜」の推敲は示唆的である。この作品は草稿では十節まであったが、『詩集』所収の決定稿では末尾の四節が削除されることになった。詩篇は厳しい冬の光景と、森の中で凍える鳥たちの姿を描いているが、草稿の末尾では外の光景と対比させる形で、恋人と一緒に暖かい屋内にいる幸福が歌われていた。

というのも、家では素敵な火が僕たちを待っているのを知っているんだ
僕のベッドはとても暖かく、部屋はしっかり閉じられていて
二人で腰かける大きな肘掛け椅子は柔らかく
僕のそばには大好きな恋人がいて
外が寒い時には、人は一層愛しあうんだ。

(*DV*., 351.)

安易な抒情表現の削除によって、詩篇は厳冬の情景だけを描くものになったが、それによってより深い余韻を残す作品に仕上がったと言えるだろう。

ところで、一人称による感情吐露を排除することが『詩集』のテーマの一つであったとするなら、その要請は、すでに見たように、作者の悲観主義的な世界観に基づくものであると同時に、師フロベールの教え――つまり作品における〈非人称性〉impersonnalité の要求――にも由来しているのではないだろうか。モーパッサンは一八七六年に発表したフロベール論の中で、〈非人称性〉について次のように述べている。

したがって、フロベール氏はまず何よりも一人の芸術家である。すなわち、非人称的な作家である。誰であれ彼のすべての著作を読み終えた後で、私生活における彼、日々の会話の中で彼が考え、語ることを見抜けるとは思われない。[29]

ここでいう〈非人称性〉とは、著者の人となりが作品の中に透けて見えてはならないという規則を意味している。フロベールにとって芸術作品とは作家の個人的な感情の吐露ではなく、世界を何らかの形で映し出すものであり、

作品世界は作者と独立して存在するものでなければならなかった。引用の中でモーパッサンが「芸術家」と「非人称的な作家」を「すなわち」の一語で結びつけ、その等式が自明の理であるかのように述べているのは、非人称性こそが芸術の必要条件であるという意見を強調するためであろう。そこには、作品の中で自己を主張して止まない、バルザックやユゴーに代表されるロマン主義時代の芸術家に対する批判も込められている。確かにモーパッサンに関して問題となっているのは小説ではなく詩であるが、しかしこのように強調される〈非人称〉の美学に当時の彼が無関心でいられたとは考えがたい。

　この点に関して、フロベールがモーパッサンに直接にどのように話していたかは分からない。だがその代わりとして、ここで別の事例を挙げることができる。モーパッサンより二十年前に、フロベールは当時の恋人であったルイーズ・コレに対して、彼女の詩作法について幾度も助言を与えていたことを思い出そう。たとえば一八五四年四月十八日の書簡において、彼女の詩の一篇を添削した後でフロベールは次のように述べている。

> ラマルティーヌ風の尻尾と縁を切り、芸術を非人称にする必要があるのです。あるいは個人的な抒情詩を作るのなら、それは奇妙で、調子外れで、あまりに強力であるがゆえに一個の創作とならなければいけません。誰もが少しばかり感じていることを弱々しく述べるなどというのでは駄目なのです[30]。

フロベールにとって心情の吐露は芸術表現としては価値の低いものだった。彼は別の書簡において、「芸術を情熱のはけ口だと考えたくはない[31]」とも述べている。必然的に、彼はミュッセやラマルティーヌのような詩人に厳しい評価を下していた。そうであってみれば、二十年後の今、フロベールが新しい弟子に同じような理念を説いた可能性は十分にあるだろう。実際、『詩集』刊行直前の書簡の中で、フロベールは「欲望」の一篇に「嘆かわしい安易さ[32]」を認め、この作品を詩集に含めないように助言しているが、そこにも彼流の抒情詩批判が見て取れる（もっともモーパッサンはこの忠告には従わなかったが）。

以上見てきたような状況にあって、モーパッサンの詩は伝統的な抒情詩と決別する。このことが興味深く思われるのは、一八七〇年代当時、抒情性こそが詩的インスピレーションの源泉であると一般的に認められていたと思われるからである。たとえば高踏派の詩人テオドール・ド・バンヴィルは、一八七二年に刊行した『フランス詩小綱要』の中で、「今日、詩人の名にふさわしい者は誰でも抒情詩人である」と断言し、彼なりの仕方で抒情詩を定義している。

抒情とは何か？

それは我々の内にある超自然的なもの、物質的で地上的な欲望を超越するもの、一言で言うなら、我々の感情や思考の内の〈歌〉によってしか現実的に表明できないものの表現である[33]〔……〕。

この高踏派詩人の高説とは正反対の姿勢を示すかのように、まさしく「物質的で地上的な欲望」をこそ、モーパッサンは自らの詩の中で追い求める。それが、抒情性を排除し、伝統的な詩を拒絶しようとする彼の詩的試みの、一つの必然的帰結だったのである。

現実の中に詩を

先にモーパッサンの〈脱詩化〉の試みを検討したが、イヴァン・ルクレールは〈脱詩化〉の例として詩篇「最後の逃走」を挙げている。実際、ここに描かれるのは若い恋人ではなく、「醜悪なしかめ面で微笑みあう」老人のカップルであり、あたかも「詩人に親しい、翼を持った動物をその足で立たせる[34]」ためであるかのように、モーパッサンは「太った百歳のヒキガエル」（*DV.*, 80.）を、老いたカップルの昔の恋の証人として登場させている。この動物の醜い姿は老人たちの容貌と対をなし、蘇ってくる思い出に感極まる彼らの感情を映す滑稽な鏡として機能している。確かにこのヒキガエルは、詩の伝統的なテーマ（ここでは恋愛）を〈脱詩化〉しようとする著者の意図を具現化するものだろう。

しかしながら同じ蛙ではあっても、「水辺にて」の中で「大騒ぎ」をする「蛙の集団」（*DV.*, 57.）には否定的なニュアンスはなく、むしろ田園の幸福な雰囲気を掻き立てるのに一役買っている。だとすれば、慣習的な詩的オブジェの〈脱詩化〉と、平凡な事物の新たな〈詩化〉とは密接に連関しているのではないだろうか。伝統的に詩的とされる事物を〈脱詩化〉するという営みは、詩的ならざるものを〈詩化〉するという行為を伴う、あるいは両者は一枚のコインの表裏であろう。実際、あらゆる事物は詩の対象となりうるというのが、評論「十六世紀のフランス詩人たち」におけるモーパッサンの重要な指摘であった。

美はあらゆるものの内に存在するが、しかしそれを出現させることができなければならない。〔……〕詩的なものが存在しないのは、まったく詩的でないものなど存在しないのと同じである。それというのも、詩とは実際には、それを見る者の脳の内にしか存在しないからである。そのことを理解するには、ボードレールの素晴らしい「腐肉」を読みさえすればよい[35]。

詩とは見る者の視線の内にこそ存在し、一般的に詩的でないとされるものも詩人の視線によって詩的なものとなりえる、とモーパッサンは言う。ここで問題となる〈詩化〉は、しかし日常的な卑俗な事物を理想的なものとして美化して描くことであってはならないだろう。現実を歪曲してしまうのであれば、「グロテスク」なものを称揚したロマン主義が陥ったのと同じ種類の過ちを犯すことになる。であるならモーパッサンの意図は、日常生活に存在するごく平凡な事物の中に、慣習化されていない新しい〈詩〉を見出だそうとする試みに認められるはずだ。そのように考えるなら、「壁」の中で恋人たちの影を滑稽に映す白い壁や、「水辺にて」の主人公である無名の洗濯女、「最後の逃走」の年老いたカップル、そして「田舎のヴィーナス」といった事物や人物の内に、〈脱詩化〉と新たな〈詩化〉というモーパッサンの目指す詩学の両面が窺えよう。

詩は日常的な平凡な事物の中にも存在しうる。この〈現実の中の詩〉の探索は、具体的には「野雁」や「雪の夜」のような風景を主題とした詩に見て取れる。前者においては家鴨（囚われの者）と対比的に、野雁（空を行く旅行者）が自由への欲求を象徴する。詩篇は目立った特徴のない風景を描くことから始まっている。

すべては無音、鳥ももう声を上げない。
陰鬱な平野は、灰色の空の下、遠くに白い。
ただ黒い大烏たちばかりが、獲物を探して、
嘴で雪を漁り、その白さに染みを作る。

（*DV.*, 64.）

冒頭では夕べの静けさが強調され、風景はごく簡略に描写されている。そしてこの白黒の背景の上に二種の鳥の対比が鮮明に浮かび上がる。空に野雁が現れ、去ってゆく一方で、家鴨は地上で「絶望の叫び」を上げる。上下の対立に合わせて水平的な広がりも喚起される。「今、地平線上に騒ぎが持ち上がる。／近づき、やって来る、それは雁の群。」そしてこの空を行く群れの描写が続く。

空の巡礼者たちを導く先導者は
海を、森を、砂漠を越えて、

遅すぎる進み具合を急き立てるかのように
しばしば、鋭い叫びを上げる。

二重のリボンのように隊列は波を打ち、
奇妙なざわめきを立てて空に繰り広げるのは
翼を持つ大きな三角形、広がりながらなおも飛びゆく。

(*DV.*, 64.)

直喩や隠喩がイメージをより強く喚起するように働きかけることで、平凡な光景が様式的に〈詩化〉されていると言えよう。「二重のリボンのように隊列は波を打」つ一方、「ぼろを着た子供が、口笛吹きつつ進ませる鴨たちは、／ゆっくりと揺れる、重たげな船のよう」と、やはり比喩によってコントラストが強調され、軽さと重さ、速さと遅さといった対比が重ねられている。確かに、野雁と家鴨を自由と隷従の象徴にするという発想自体にはさして驚きはないかもしれないが、特定の視線と概念化によって平凡な情景を〈詩〉に変化させようという、詩人の意図と苦心を認めることは妥当であろう。

先に推敲を確認した詩篇「雪の夜」では、慣習的な詩的題材である「春」の代わりのように冬景色が取り上げられ、凍える鳥たちの様子が描かれている。

霜の覆う大きな裸の木立の中
彼らはそこにいる、震えながら、何物にも守られずに。
不安気な目で雪を眺め、
夜明けまで、訪れぬ夜を待っている。

(*DV.*, 52.)

「訪れぬ夜」という言葉は、寒さで眠れない夜を比喩的に示している。動物が擬人化されることで、さして特徴のない情景が陰鬱で悲しげなイメージに仕立て上げられている。こうした詩では、感情にまつわる表現を排除して情景だけを提示することによって、読者の感動を掻き立てることが目指されている。見る者（読者）の内に喚起される感情こそが、これらの作品の持つ〈詩情〉なのである。

他の詩篇においても、田園、平野、畑、森や川といった自然が取り上げられている。それらは特別な奇観で耳目を打つわけではない。一般的で平凡ではあっても、自然のただ中において人が受ける五感の刺激とそこから生まれる感興に、詩人が本物と認める詩情が存在した。そして、その自然の中において、しばしば人間は己が内の自然の働きとしての官能に目覚めるだろう。自然の中における、あるいは自然状態におけるこの恋愛の目覚めが、モーパッサンの詩の中心的主題を構成するのである。

「始めに女があった」[36]と、福音書をもじってマリアヌ・ビュリーは冗談を述べているが、明らかに女性と恋愛は『詩集』の中心に位置するテーマである。実際、十九篇の内、十三篇[37]までがこの主題と関係を持っている（韻文劇『昔がたり』の主題も恋愛である）。もちろん、伝統的な抒情詩において恋愛は常に重要なテーマである。その中にあってモーパッサンの詩に特徴があるとすれば、すでに触れた点であるが、男女の恋愛関係を覆う感傷的なヴェールを排除しようとする意図に認められるだろう。たとえば「愛の終わり」の中では、恋から覚めた青年は次のように述べる。

彼は言った。「――どうしようもないよ。人生はそういうものさ。
この世では、どんな喜びも決まって完全ではないんだ。
幸福は一時でしかない。僕は約束なんかしなかったそれが墓の縁まで続くだろうなんてことは。

(*DV.*, 93.)

明白な〈脱詩化〉の作用によって、恋愛を取り囲む(はずの)永遠性という幻想がやり玉に挙げられている。甘美な幻想が取り除かれ、恋愛は絶えずその地上的な次元に引きずり下ろされる。さらには身体的欲望を積極的に肯定することで、モーパッサンの詩はマリアヌ・ビュリーの呼ぶ「詩的唯物論というオリジナルで興味深い事例[38]」を提示するに至るだろう。実際、これらの詩篇中の男女の恋愛においては、心の働きは居場所を持たないかのようでさえある。感情を置き去りにした後に詩がもっぱら描き出すのは、衝動的で荒々しい身体的欲望が自然のただ中で目覚める様である。「壁」、「水辺にて」、「最後の逃走」、そして「田舎のヴィーナス」といった『詩集』の主要な作品は、そろってこの官能の目覚めを歌い上げている。たとえば「壁」の語り手は次のように言う。

私は隣の女性を窺い、そして感じた
痙攣する私の存在の内に、感覚の内に、魂の内に、
我々の内側で、欲望の興奮が沸き立つ時に
女が我々を投げ込む、奇妙な苦しみが大きくなるのを!

(*DV.*, 42.)

『詩集』を読み進める中で、読者は「欲望」désir、「欲求」besoin、「羨望」envie、「本能」instinct、そして最も基本的な「(恋)愛」**amour** といった語を至る所で目にするだろう。美しい女性を前にして掻き立てられる欲望は抑えがたく、その衝動は理性を超えたものである。「愛の最中に内蔵をかき乱す/あの源は一体何であり、どこから来るのだろう?」(「水辺にて」*DV.*, 57.)。そう問いかける詩人は、ただ「愛の本能が我々を追い立てる」(「征服」*DV.*, 46.)という事実を確認するばかりである。「水辺にて」では「抑えがたい羨望」(*DV.*, 61.)が男を

捉え、「褐色の瞳に欲望の火を灯して」（*DV.*, 60.）娘は現れる。そして田舎のヴィーナスは、周囲の男たちすべての欲望を掻き立てずにはおかない。

遠くから彼女を目にして男たちは身を起こし、
欲望が身をかすめた時のように身を震わせ、
大きく息をして吸い込んでいるかのよう
彼女の体から漂う、震えるような香り、
この生きた花の大いなる愛の匂いを！

（*DV.*, 103.）

モーパッサンにあって特徴的なのは、情熱や欲望がまるで物質として存在するかのように表現されることである。たとえば「田舎のヴィーナス」の中では「愛の炎」（*DV.*, 105.）が心を燃え立たせ、体を焼く。内面の力はしばしば擬人化されて描かれる。「一層強い欲求が／僕らに働きかけ、二人の血を混ぜ合わすことを命じる」（*DV.*, 61.）と、「水辺にて」の語り手は言う。欲望の物質化とも言えるこうした表現が、人間の内にあるその抗しがたい存在感を強調する。この詩集を読む読者は、そこに「愛の欲求」（「チュイルリー公園の愛の使い」*DV.*, 53.）が溢れんばかりだという印象を持つだろう。エミール・ゾラはこの青年詩人のもたらす「官能の大きな発作」を称えた。「ここに頑強で力溢れる青年がいて、彼が女性を愛する様は、偉大なる自然の中で人が愛するのを宇宙が望むかのようである。〔……〕それは健康的であり、誠実さゆえに私は彼を好む。ここには一個の雄が存在している。[39]」実際、健康さと男性性とは『詩集』に顕著な特徴であるが、そこではゾラの言うように「偉大なる自然」が重要な役割を担っている。自然こそが人間の内の欲望と官能を掻き立てる。いわば内と外との〈自然〉が融合し、人間は自然の一部と化すかのようである。「穏やかな夜は人々に愛を抱かせ、／視線の奥に火を点す」

(「壁」*DV.*, 40.)。

人間社会から離れた時に、愛はその自然状態において現れるが、その時、感情を排した情動の支配する男女の関係は、しばしば争いの様相を呈する。「取り乱した戦い」(「壁」*DV.*, 42.) や、「闘いのようなこの死すべき結合」(「水辺にて」*DV.*, 62.) といった言葉が『詩集』には読まれる。「田舎のヴィーナス」では、ヴィーナスの愛を得るために男たちは文字通りの死闘を繰り広げ、女神は老サタンとの凄絶な「戦い」の果てに息絶える。人間の内に存在する獣性は、「壁」においてもはっきりと表現されている。

私の喉は渇いていた。熱情に駆られた震えに
捕われて、歯がかちかちと鳴った。
反抗する奴隷の興奮、そして喜び
獲物のように、高慢にして静かなこの女性を
捕えることができるという力を感じて。突然に
その穏やかな軽蔑を、泣かせてしまうこともできる!

(*DV.*, 42.)

「喉」や「震え」といった語で身体が強調され、動物性に焦点が当てられている。自然主義の理論家ルイ・デプレは『自然主義の進化』(一八八四年)の中で、モーパッサンを「愛の獣性の詩人(40)」と呼んだ。この「獣性」こそ自然の力であり、それと共に人間は文明化されていない(したがって堕落していない)自然状態において現れる。そこでは、もはや言葉が発されることもない。「僕らは決して話もしない。この女の傍では/愛の叫びしか存在しない。いななく鹿の叫びだ」(「水辺にて」*DV.*, 61.)。この時、内なる自然の発露としての動物性は、人間の〈真実〉の証とも言うべきものとなる。〈反ロマン主義〉の論理的帰結は、このような力強い「物質主義的ポ

なのである。

エジー[41]」へと行き着く。自然状態において感じる感覚の喜びこそが、現実に幻滅した詩人が見出だした真の詩情なのである。

ここでイヴァン・ルクレールに倣って[42]、一八八一年にモーパッサンがある女性に送った手紙を見てみたい。「なんと、奥様、あなたは私を物質主義者だとお思いですか。ああ！　あなたはフォーヌ（半獣神）をお好きではないのですね。でもそれこそが奥様、唯一の詩人なのです。森と平野と泉、木々の樹液、そして花々と、大地の真のポエジーと共に暮らす者こそがです。[43]」詩人とは自然の中に浸り、感覚に喜びを見出だす者であるとモーパッサンは言う。同じ女性に向かって語る言葉の中では、文明、感情、（ロマン主義的な）詩は、それぞれ自然、感覚、身体的な官能と対比されている。「感情とは夢であり、感覚こそが現実」である。詩人とは「感覚に反応する一種の楽器であり、この楽器を響かせるのは曙、真昼、夕暮れ、夜、その他たくさんのもの」であり、「草や川や海を愛するのと同じ愛情でもって女性の肉体を愛する[44]」という。ここには女性を誘惑するための挑発的な物言いが顕著だが、それでもこのフォーヌ＝詩人の姿を『詩集』の著者と結びつけることは妥当だろう。ここで改めて「水辺にて」を取り上げ、感覚、官能、欲望と動物性を、詩人がどのように結びつけているかを確認してみよう。

僕は彼女の指を手に取り口づけした。彼女は震えた。
彼女の手は瑞々しく、漂う香りはラヴェンダー、
そしてタイム。彼女の服もその香りに包まれて。
僕の唇の下、彼女の胸はアーモンドの味、
野生のローリエや、香り立つミルク
山間で、ヤギの乳房から飲むように。

彼女は暴れる。でも僕は彼女の唇をとらえた！
それは永遠のように長い口づけ
僕たち二人の体を不動の中で硬直させた。
彼女はのけぞり、僕の愛撫にあえぐ。
押しつぶされた胸が愛情に硬くなり、
長いすすり泣きと共に激しく喘いだ。

（*DV.*, 58.）

ローリエやヤギのミルクといった自然の要素による比喩が、女性を動物と近づけている一方、男はまるで獲物に飛びかかる獣のように彼女を求める。嗅覚、触覚、味覚、視覚そして聴覚と、五感のすべてが共同して詩人を官能の中に溺れさせている。(45) 原初的な自然の中で感じ取られる力強い官能性の内に、真の詩情が見出だされるのである。

さて、ここまで見てきた〈脱詩化〉と〈詩化〉に関する事柄を、モーパッサン自身がある書簡の中で語っている。一八八〇年の年頭、出版者シャルパンティエに『詩集』の印刷を急ぐように説得してほしいと師フロベールに頼んだ後に、弟子はこう続けている。

シャルパンティエは私に対して決して熱意を持っていないので、断られないとしても、ずっと長い間待たされる危険があります。それというのも彼が普通に出版するような詩句は、私が彼に預けたものの調子の中にはわずかしか見られないからです。彼はいわゆる詩的なもの、感傷的で無味乾燥なものを好んでいて、〈詩〉の領域は〈星〉から〈露〉まで、そして〈露〉から〈星〉までだと、もしも何か物質的なものを歌うとすれば、バラとその香りを選ぶものだと決め込んでいるのです（たとえばその葉というようなことは決してありません)[46]。

モーパッサンの詩の計画(その核心はすでに「十六世紀のフランス詩人たち」に述べられていた)が、ここにはっきりと表明されている。すなわち伝統的な慣習を排除し、〈詩的〉ではないと考えられている事物、それもとりわけ「物質的なもの」を詩の中に導入するという考えである。ここでモーパッサンが「歌う」という語を強調している点に注意しよう。「何か物質的なもの」、それもとりわけ肉感的で官能的なものを「歌う」、つまりは褒め称えることこそ、詩人としてのモーパッサンが追い求めたことだったのである。

詩から感傷性を、そしてロマン主義的な抒情性の表現を追放しようとするモーパッサンの試みは、その論理的帰結として、官能的レアリスム、さらには物質主義的ポエジーに到達した。長篇詩「最後の逃走」を『ゴーロワ』紙に掲載する際に、彼は母に向けて次のように述べている。「次の点によくご留意ください。現実の中に詩を理解するということこのようなやり方は、因習に閉じ籠る者、理想の監視人、〈崇高〉を歌う手回しオルガンどもを驚かすでしょう[47]。」現実を偽って美化するのではなく、あくまで現実の世界の中に詩情を見出だそうとする姿勢のゆえに、我々はモーパッサンの詩を〈ポエジー・レアリスト(現実主義詩[48])〉と呼ぶことにしたい。

ところで、このようなモーパッサンの試みは必ずしも時流に乗ったものではなかったことを指摘しておこう。フロベールの推薦つきで雑誌『新評論』に持ち込んだ「最後の逃走」は、編集長のジュリエット・アダンによって掲載を拒否される。モーパッサンは彼女の言葉を次のように記している。「だって私たちには公衆がいて、彼らの影響を受け、また彼らを満足させなければいけませんもの。私たちは彼らの趣味を知り、また見抜かなければいけないのです[49]。」つまり、モーパッサンの詩は一般読者に好まれないだろうというのである。自然主義に理解のある出版人シャルパンティエも、先に見たように『詩集』出版に乗り気ではなかった。現実主義詩人モーパッサンが乗り越え、また廃棄しようとしたものは、まさしく一般に見られるこの種の詩と〈現実〉との隔たりだったのであり、その意味において、モーパッサンは確かに当時の詩の前衛に立っていたのである。

現実を詩の中へ

ここでもう一度一八六〇年代に戻り、見習い詩人の〈描写〉を確認したい。一八六九年の「ある友人への手紙」« Lettre à un ami »では、田舎の風景は次のように描かれていた。

友だちよ、もし君が田舎は美しいと知っていたら、
新しい季節に草が緑になる頃に、
一人、夢見ながら森に散歩に行く頃に、
どれほどに緑の木の中、樹液は中心へとのぼっていくか。
もし君が見たら、牧場を、白いマーガレットを、
香り立つ梨の木、エニシダ、ツルニチニチソウを、
神が、青空の大きな紺碧のマントの
一部分で作った、春の甘美な花たちを。

(*DV.*, 192.)

ここには際立った特徴は認められない。植物の名前が「緑の」や「甘美な」といった平凡な形容詞と共に並べられているのを見ても、この青年が事物の描写に大きな関心を抱いていないことは明白だろう。また、「最初の雷」(一八六八年)における女性の描写を見ても、同じように表現は素っ気なく、イメージも凡庸だと言わざるをえない。

その時、突然に浮かび上がるのが見える、汚れなきイメージ、
十五歳くらいの子ども、その顔は純粋で美しい。
彼女は泣くが、しかし愛がその目に輝いている。
どんな網からも自由に、長い黒髪は
首まで落ちかかり、優美に漂っている……。

(*DV.*, 170.)

この時期に書かれた詩の性質はそれぞれのタイトルがよく表している。まずはギィ少年に親しかった「夢想」があり、「散歩途上に作られし、羊についての夢想」、「月明かりの下での夢想」や「チャペルでの夢想」(三篇とも一八六七年)などの詩篇がある。その他に「シャルルマーニュの考えたこと」(一八六九年)、「ポエジー、ある哲学者の思想」(一八七二年)といったタイトルが見られるが、これらの詩篇は気ままなものであれ論理的なものであれ、ある考えや概念を語ることを主題としている。また一方では、多くの詩が他者への呼びかけからなっている点も(それはタイトルに表れている場合とそうでない場合がある)、この時代の特徴と言えよう。「僕を野蛮だと思ったX……夫人に」(一八六七年)、「イヴトーの神学校の奥より送られし詩」(一八六七年)、「わが友ルイ・ル・ポワトヴァンに、結婚を祝して」(一八六八年)などがその例である。こうした抒情詩においては、詩人が自分の考えや感情を読者に向けて率直に表明することが目的であった。「幸いなるかな、幸いなるかな、自らの魂を/霊感を、希望を、陽気な夢想を/そして悲しみと涙を、一人の女性の胸に打ち明けられる者は/それは苦しみの神秘なる忘却を汲みし川の流れ」(「青春」« Jeunesse » 一八六九年、*DV.*, 195.)。先にも触れたように、こうした表現は一見して率直なものであるとしても、実際にはしばしば慣習的な言葉で表現されており、それゆえに個性に乏しい。つまるところ、これらの詩はごく私的なものであり、芸術作品として広く読まれるこ

とはまだ考慮されていなかったのである。

二十代になった青年詩人は、ブイエやフロベールの薫陶のもと、より広い読者に読んでもらうことを目的とする芸術としての詩作を目指すようになる。その時、同時代の詩的動向の内に厳然と存在しているロマン主義の影響、すなわち誇張を伴った感情の吐露や、定型的な自然の賛美など、現実を偽り、これを理想の色に染めようとする傾向を否定した。その上で、五感が捉える直接的な感覚や官能を力強い言葉で表現することを目指し、日常的で具体的な現実の内に詩情を見出だそうとしたのだった。そして、彼がロマン主義的な抒情性を排し、詩を〈非人称〉的なものにしようとした時、感情表現に代わるものとして、イメージが存在したと言えるだろう。主観的な感情表現の代わりに事物や人物を外面から捉え表現すること、つまりは〈描写〉が、モーパッサンの詩の中心を占めることになる。言い換えるなら、新たに見出だした〈現実〉を詩の中へ導入するためには、それにふさわしい技術／芸術が必要となるのである。

描写の重要性という点に関しても、フロベールの教えを無視することはできない。後年、著名な小説家となったモーパッサンが一八八八年に発表する「小説論」の中には、フロベールの「観察の理論」について語る有名なくだりがある。それによれば、師は弟子に向かって、周囲の事物について目に見える表面だけでなく、その内的な性質さえも「イメージの巧みさ」(50)によって提示してみせることを習練として課したという。注意深く事物を観察し、それを目に見えるイメージに変換するという訓練を、実際にモーパッサンがどの程度実践したのかは定かではないが、この一事からも、視覚的なイメージがモーパッサンの詩学において重要なものとなることが理解できよう。(51)評論「十六世紀のフランス詩人たち」の中でも、モーパッサンはイメージこそが「詩の魂」だと述べていた。

ジョアシャン・デュ・ベレーと共に初めて、感情と、真の感動というものが現れた。文芸改革において彼はロンサールに先行し、彼の内に人はイメージを見出だすようになるのだが、それこそが詩の魂であり、作家の才能を計る基準なのである[52]。

この論考の中では十六世紀詩人の詩句が幾つか引用されているが、その引用の選択にも、この時期のモーパッサンのイメージへの関心のありようが見て取れる。それはデュ・ベレーの「好色なる葡萄枝の長き抱擁」という一行であり、マチュラン・レニエの「我々の毛と同様に、我らの欲望も白く染まる」という詩句である。前者では葡萄枝のからまる様子が「好色な」という擬人化によって鮮やかに表現され、後者では年齢による内面の変化が、白髪に喩えられることで視覚的に印象深く表現されていると言えよう。

詩におけるイメージの具体例として、ここで挙げられているのが隠喩や直喩といった比喩表現であることに注目しよう。『詩集』の中にも比喩は頻繁に登場するが、それらを検討してみれば、〈見えるように〉描こうとする詩人の配慮が読み取れるのではないだろうか。

幾つか例を挙げてみよう。「焼けついた土からは、照りつけられながら働く／喘ぐ牛のように湯気が立っていた」(*DV.*, 60.)、「太陽は火の雨を降り注ぎながらも」(*DV.*, 76.)、「切れたばねのように女は倒れた」(*DV.*, 82.)、「あたかも外に出る前に、顔や手を／カーマインの染料に浸したかのように」(*DV.*, 113.)。こうした比喩はより馴染み深く視覚的な事物に喩えることで、表現したいイメージを具体的なものとして提示するのに役立っている。後年の批評文「スティリアナ」« Styliana »(一八八一年)において、事物を「目に見える」ように想起させるための「はっきりとしていて絶対的に正確なイメージ[53]」の必要性が説かれているが、そうした認識は七〇年代の詩篇の内にすでに見て取れるのである。

こうして比喩はイメージの明確化に寄与しているが、アナロジーの役割は視覚的なものに留まらない。目に見えない事物に関しても同じように具体化のために使用されている。「この騒ぎが、酔いのように僕の頭を乱した」(*DV.*, 44.)、「鍛冶の炉のように、熱い空気が僕を打ちつけた」(*DV.*, 56.)、「二人の声は雌山羊の鳴き声に似ている」(*DV.*, 78.)。さらには抽象的な事物が物質的なものに喩えられることもあるが、それによって読者の理解を容易にする狙いがあるだろう。「嵐に打たれた鳥さながらに、／私の思考は、恐怖に狂ったようにさ迷っていた」(*DV.*, 45.)、「僕の過去は涸れた水のように消え去った！」(*DV.*, 56.)、「突風のように恐怖が彼を襲った」(*DV.*, 82.)。

このように、直喩や隠喩はイメージを視覚化したり具体化したりすることで、読者に対して印象を高めるのに役立っている。「チュイルリー公園の愛の使い」の中で「口づけの荷」に託される「愛の呼び声」(*DV.*, 53.)や、「慎みのない請願」の中で「膀胱」(*DV.*, 88.)に喩えられる愛人の夫、「雪の夜」の中で急いで逃げて行ったり(*DV.*, 52.)、「壁」の中で恋人たちをからかったりする「月」(*DV.*, 41.)といったように挙げていけば、『詩集』の中にはイメージが溢れていると言えるだろう。

ところで、先に引いた評論「十六世紀のフランス詩人たち」の中で、モーパッサンはサント゠ブーヴが触れてはいないロンサールの詩句をあえて引用していて、その詩句に対する思い入れの強さを窺わせている。

春が、寒い冬の
刺すような霜を砕く時、ノロジカが
蜜のように甘い葉を食べるため、
森を出て、夜明けと共に、駆け出し、
一匹、犬からも騒ぎからも遠いことを確信し、
時に森の上、時に谷底へ、
時に、離れて隠れる波の近くへ、

脚の赴くままに、自由に楽しむように。(54)

「ロンサールにおいてはしばしば真の才能が見られ、それは洗練され、イメージ豊かで、動きに富んでいる」とコメントされているが、この詩行が選ばれているのは、ノロジカのイメージがまさしく動きに富んでいるからだろう。つまり映像は動きの中において捉えられるべきだというのが、イメージを描く際のもう一つの要点なのである。単純かつ正確な語によって動きの中にある一瞬のイメージを掴み取ること。それが詩人モーパッサンの描写の基本原則であり、その理念は後の散文作家にも引き継がれるだろう。

イメージが動きと密接に結びついていることを示す例は、『詩集』の中に多数存在している。たとえば「水辺にて」の冒頭、洗濯女の登場の場面を見よう。

そして僕がまどろんでいる時に、目に入ったのは、
まばゆい光と灼熱の下をやって来る
しっかりとして素早い足取りの一人の娘、
両腕を宙に上げて支えているのは、
頭の上の洗濯物の大きな包み。
腰幅は広く、身なりはほっそり、さながら
大理石のヴィーナスのように、彼女は進んで来る
まっすぐに、いくらか腰を振りながら。

(*DV.*, 55.)

使われているのは普通の語ばかりだが、揺れながら歩く姿が、腕を上げる動作とあわせて、娘のイメージを生き

生きとしたものにしている。「大理石のヴィーナス」の比喩は目新しくはないとしても、彼女の存在に堂々とした様子を付け加えているだろう。別の例として、「田舎のヴィーナス」において互いに争う男たちを見れば、こちらは動きが一層劇的かつ様式的に描かれている。「突然に目に入る、平野の頂にそびえ立った／二人の黒い巨人のような、ライヴァル同士の農夫が、／太陽の中に立ち、鎌でもって戦うのが！」(*DV.*, 103.)。「突然」の語が瞬間性を強調する一方、「巨人」という比喩によって、無名の一般の人間に叙事詩的なスケールが与えられている。付け加えておけば、この二例のようにイメージはしばしばある視点を通して提示されるという点にも注意したい。イメージとはある特定の視点によって切り取られた一個のヴィジョンなのである。

動きの中でイメージを捉えている別の例として、『詩集』には収録されていないが、「鴨」« Canards » と題された作品を見てみよう。

日光が現れる。太陽は黄金に染める
水に流れるヴェールのように
まだ漂っている細い霧を。
舟の舳先に立って、
釣り人は窺い、待ち、確かな手つきで、
投げた投網を揺り動かす。
網は広がりながら、
大きな円を描いて落ちてゆき、
底に触れつつ獲物を探す。

(*DV.*, 239.)

冒頭に時間の推移が示された後、現在形の動詞によって目の前で光景が展開していくかのように語られてゆく。動詞だけを並べることで詩人が目で追う釣り人の動きが簡潔に示されつつ、「確かな手つきで」という語で熟練振りが示唆されている。続いて鴨の群の様子が描かれた後、詩は次の詩句で終わっている。

それから、皆がぶつかりあいながら、
お尻を上げて、頭を突っ込む。
尖った尾の房が漂うのが
見える、まるで島が
軽やかな波に揺すられるよう。

（*DV.*, 239-240.）

「見える」« l'on voit » という表現があるように、ここでも〈眺める者〉の視点が明示され、また、餌をとる鴨の動的なイメージが「島」の比喩によって定着されている。この「鴨」という詩篇は小品ではあるが、〈眺める詩人〉モーパッサンの詩的描写の訓練の内実を示す一例として、特に興味深いものと言えよう。「田舎のヴィーナス」の冒頭では、赤子を見つけた釣り人が去った後、残された浜辺に焦点が合わせられる。

やがて彼はもう捉えどころのない点でしかなくなり、
広い地平線が彼の上に閉じられた。
輝く波打ち際に続いているのは、
砂の上に途絶えることのない彼の足跡。

（*DV.*, 99.）

誰が見ているのかは明確ではないが、ここでも情景を一つのヴィジョンとして提示しようとする作者の意図が窺える。まるでビデオカメラを持つように一つの視点から情景を動きの中で捉え、それを詩句によって生き生きと表現しようと詩人は努めているのである。最後に「壁」を取り上げよう。ここではまさしくイメージ、すなわち白壁の上に投影された影が、決定的に重要な役割を演じている。

そして、荒々しく跳ね起きて、我々が振り返った時に、
驚くような、滑稽な光景に出くわしたのだった。
光の中に並外れて大きな二つの体を描いて、
我々の影が奇妙なマイムを演じており、
順々に、近づき、離れ、抱き合っていた。
何か滑稽な芝居を演じているように、
怒りに駆られた操り人形のような狂った身振りで、
キューピッドの諷刺画を滑稽に描いていた。

(*DV.*, 43.)

白壁の上に影絵のように映し出された男女の姿。それを見るのは当の男女であり、また詩人でもあると言えよう。視覚的なイメージを喚起力のある形で提示することによって、読者にもそのイメージを〈見させ〉、詩人が感じたのと同種の感興を感じさせること。そこに、モーパッサンの詩学が存在している。

ここまで見てきたように、モーパッサンは具体的な現実の中に新しい詩情を見出だし、それを読者に〈見させ〉、感じさせようと努めている。しかしながら、ここで問題となっているのがいわゆる文学におけるレアリスム（現

実主義）の実践というだけなら、青春時代の詩作品は、結局のところは、後の散文作家を準備するものだったと意義づけるだけで済まされるかもしれない。実際、これらの作品は、従来、習作として研究者からも顧みられることが少なかったのである。

しかしながら、モーパッサンにとって韻文詩は、多くの文学青年にとってのように、個人的な表現を容易にしてくれる既成の形式というだけのものではなかった。彼は自らの青春時代の安易な抒情詩を否定し、新しい時代の詩のあり方を彼なりの仕方で模索していたのである。したがって、彼は詩というジャンルの持つ固有の性格に無自覚だったわけではない（だからこそ彼はこの時代、詩のかたわらで短編・長編小説の執筆も手がけていた）。であるなら、モーパッサンの詩作品は、後の優れた短編小説を準備した習作というだけのものではないはずである。それならば、詩人モーパッサンが詩の中でこそ表現しようとしたもの、それが何だったのかを明らかにすることが必要となるだろう。

そこで改めてモーパッサンの詩を読み返してみよう。すでに見たように、そこでは人間はもっぱら自然状態において捉えられている。自然や身体を重視するという姿勢はレアリスム的世界観に基づくものだが、しかし仔細に検討するなら、そこには通常の意味でのレアリスムを超えたものが存在するのではないだろうか。

実際、モーパッサンの詩的世界に登場する人間においては、本能が全面を占めることによって、思考や感情といった精神的な要素はほとんど考慮されなくなる。非言語的コミュニケーションが中心となることで、人間は動物に近い状態に陥ってゆくわけだが、詩人は、この人間の動物化と言うべき事態をその極限まで推し進めてゆくのである。この点で「田舎のヴィーナス」は、獣人としての人間のありようを最も大胆に提示する作品だろう。ヴィーナスの愛を得るために争う男たちは、動物的本能と物理的な肉体に還元されている。

けれど突然に一個の体が彼女の体に襲いかかった。

燃えるような唇が彼女の唇に押しつけられる。
寝台の様にやわらかく、深い芝草の中で、
男の震える二本の腕が、その力を結び合わせる。
すると突然、新しい一撃がこの男を倒した
地面の上に、打ち倒された牛の如く。
また別の男が膝の下に彼を捕らえ
首を絞めて喘がせる。

(*DV.*, 104.)

描写は身体の部位(唇、腕、膝、首)に焦点を当て、身体性と荒々しい力とを強調している。言葉はなく、ただ動物の「うめき声」が聞かれるのみであり、「発情した男たちの争い」(*DV.*, 104.)の中で、個人は全体の中に溶解してゆく。もはや人間と動物との間に一切の区別は存在しなくなる。実際、動物も人間と同じようにヴィーナスを愛している。

動物もまた奇妙なことに彼女を愛した。
彼らに対しても彼女は人間のように愛撫した。
彼女のそばでは動物たちも恋人のようだった。
彼女の体に自分の毛をこすりつけた。
犬は彼女の踵をなめながらその後を追った。
彼女は、遠くから、牡馬をいななかせ、
牝牛のそばにいるように、牡牛を後足で立たせた。

(*DV.*, 106.)

身体の部位や叫び声に焦点を合わせる描写の類似によって、ヴィーナスの愛を求めて戦う動物たちは人間に類似してゆく。「水辺にて」の詩人の自問が思い出される。「この穏やかな夏の夜に、どれくらいの者が／苦悩に掻き立てられ、本能によって結びつけられているのだろう／人間たちの間でと同じように動物たちの間でも」（*DV*., 58.）。愛を前にして人と動物はまったくの同類となるのである。「動物の番いは／僕たちを恐れなかった。僕たちも同じことをしていたから」（*DV*., 60.）。

人間の動物化と並行して、自然はしばしば擬人化されて描かれる。たとえば〈月光〉が歌う。「森に住む動物や、／うっとり歩く恋人たち、／より愛し合おうと、僕を追う」（*DV*., 89.）。「愛の終わり」では、あらゆる生物が互いに愛し合っている。「愛情の呼び声が風の中に響いていた。／暖かい夜明けの下、すべてのものに愛する相手がいるのだった」（*DV*., 91.）。動物ばかりでなく、花や昆虫たちも愛し合い、さらには細菌までもが「朝陽の光に、愛の原子を混ぜ合わせる」。ここでは比喩は単純なレトリックではなく、擬人化の作用によって、〈愛〉が世界に偏在するという特殊なヴィジョンが提示されるのである。詩の結末は、この〈愛〉に溢れる異質な世界を要約している。

彼女は至る所に感じた、再び緑に返った森の下、
情熱的で優しい息吹が、駆け巡り躍動するのを。
その時、空に向って目を上げ、彼女は言った。
「——愛！　人間は愚かすぎて、決してお前を理解できないのよ！」

（*DV*., 94.）

文明化された人間だけが、自然界の至る所で「盛大な祝祭のように」（*DV*., 92.）溢れる普遍的・宇宙的な〈愛〉

から疎外されている。凡庸な男女の別れ話を語ることで、恋愛にまつわるロマンチックな詩情の〈脱詩化〉を宣言するこの詩篇は、その裏面においては、文字通りの意味で〈汎愛〉的とも呼ぶべき特異な世界を構築しているのである。

一方、長篇詩「水辺にて」においては〈愛〉は空気中に漂っている。

風は遠くの愛を運んで来るかのようで、
接吻に重たくなり、熱い息吹に溢れている。
その息吹が長い震えと共にやって来るのが聞こえ、
火事の熱気を運んで過ぎてゆく。
生ぬるい微風から力強い発情が降り注いでいた。
(*DV.*, *57.*)

単純な文飾を超えて、〈愛〉は物質として実体を持つかのように描かれる。その時、〈愛〉は動物的本能を世界の基本原理に変えてしまうと言えるだろう。ルイ・デプレは『詩集』の詩人を「汎神論者、自然主義者の中の自然主義者」[55]と呼んだが、実際、モーパッサンの詩的世界は、汎神論的とも原始的とも呼べるだろう。そこにおいて人間と自然は完全に調和して一体をなしている。人間を単純化し、動物状態に還元して描き、さらにそのイメージを誇張を恐れずに純化することで、モーパッサンは〈本当らしさ〉[56] vraisemblance の境界を越えていないだろうか。この詩人は、一方では物質主義的な世界観に基づいてロマン主義的な詩の〈脱詩化〉に励んだが、他方では、具体的でマテリエルな現実世界から出発しながら、そこに留まらずに独自の詩的世界を創り出しているのである。

オリジナルな解釈

モーパッサンが詩作品の中である種の原始的な世界観を表明しているのなら、そこで詩は現実の〈神話化〉の作用を担っていると言えるだろう。[57] その時、『詩集』中の一番の大作「田舎のヴィーナス」は、地上の美を神格化することによって現実を〈神話化〉しようとする意図を、最も端的に示すものである。そこでは個別性よりも普遍性に重きが置かれている。愛の女神とはすべての人間や動物を惹きつけ、本能的欲望を掻き立てる存在であり、一言で言うなら、モーパッサンは彼女を「肉体の象徴[58]」として描いている。「肉体の象徴であるこの田舎の女神を作ることで、モーパッサンは物質主義的な神話というものを練り上げようと試みている」とマリアヌ・ビュリーは述べ、「物質主義的象徴主義[59]」という表現を提示している。そこで、もし「田舎のヴィーナス」に〈神話化〉の意図が明確だとするなら、なにもこの作品だけが例外なのではなく、『詩集』の他の作品にも同様の試みを指摘できるのではないだろうか。

たとえば「鳥刺し」は、鳥を捕まえるために罠を張るキューピッドを描いているが、エマニュエル・ヴァンサンが指摘するように、この詩は「愛の誘惑のアレゴリー[60]」として読むべきものだろう。そもそもそうでなければ、「鳥刺しキューピッド」といった風変わりな存在がどうして取り上げられるだろうか。また別の詩篇「日射病」も、現実主義と象徴主義との混淆、あるいは一方から他方への変化という点で見逃せないものである。一人の青年が一人の女性と出会う。彼女は彼の内の欲望を掻き立てる。詩はまるで短編小説のように始まるが、その展開は急で、いささか乱暴な結末が待っている。

　それから、突然に、力を込めて彼女を抱え上げると、

僕は足で大地を蹴った。そして太陽に輝く
空宙の中に、一気に、彼女を運び去ったのだ。
体を合わせ、顔を重ねて、僕たちは天を進んだ。
そして僕は、絶えず、燃え上がる太陽へと昇りながら、
力を込めて、胸に彼女を押しつけていたので、
痙攣する僕の腕の中で、彼女が生き絶えているのが見えた……。

(*DV.*, 44.)

イタリアの作家アルベルト・サヴィニオは、「詩人は何について語るのであれ、それが最も重いものであっても、上昇させる能力を持っている。雌牛も空に飛ばさなければならない。この上昇の能力がモーパッサンには欠けていた[61]」として、モーパッサンは詩人ではないと述べたが、少なくともこの詩には天空への飛翔が描かれている。情熱のほとばしりが物理的な力として表現され、それがカップルを天空へと運び去るのである。ここにも身体的愛の〈物質主義的象徴化〉の一例を見ることができるだろう。エロスとタナトスが緊密に結びつく情景の内に、性的衝動の芸術的昇華が認められるかもしれない。

ところで、「日射病」にも現れているように、〈死〉は〈愛〉と同じほどに重要なテーマである。実際、モーパッサンの想像世界においてあたかも愛は不可避的に死を招くかのように、「水辺にて」、「最後の逃走」、「田舎のヴィーナス」という『詩集』の重要な三篇の主人公は、全員が愛の衝動に駆られて死を迎えている。では、愛と死を巡るどのような〈神話〉が語られているか、やや詳細に検討してみよう。

まず、「水辺にて」の語り手の「僕」は、ある日出会った洗濯女と宿命的に結ばれる。二人は「牧場のそば」で逢引を重ね、関係は五カ月間続く。「毎晩、岸辺で、／決して弱まることのない熱狂に満たされ、／ベッドの中でのように草むらの上で／この見事で、無知で、官能的な娘を愛撫した」(*DV.*, 59.)。この詩は全体が四つの

セクションからなっており、最初の三部は過去形で語られている。最終セクションの中盤、「死に至る愛に捕えられた」ことを知って、「僕」と女は別れを決意するが、翌日には「慣れた木の下」に二人とも戻って来る。ここから時制が変わり、以後の語りは現在形になる。「その時から、奇妙な熱に捕えられ、／僕たちを食い尽くすこの愛を、僕たちは休みなく急がせる。／死が僕たちに勝利するとしても、一層強い欲求が／僕らに働きかけ、二人の血を混ぜ合わすことを命じる」(*DV.*, 61.)。さらに結末では、「僕」は自分たちの将来を未来形で語る。「いつかの朝、僕たちが出会っていた木の下、／水辺で二人の体が見つけられるだろう」(*DV.*, 62.)。二人の遺骸は「罪を犯した者の亡骸のように」穴に投げ込まれるだろう。末尾の予言は、いささかなりと民間伝承的な要素を含んでいる。

でもその時、幽霊が戻って来るというのが本当なら、
僕たちは戻ってこよう、夜、高いポプラの木の下へと。
そして土地の人はいつまでも思い出しては、
結ばれあった僕たちが通り過ぎるのを眺めつつ、
十字を切り、心の内で祈りながら言うだろう。
「あれが洗濯女との愛に死んだ男だよ」と。

(*DV.*, 62.)

こうして、過去形で語られ始めた平凡なカップルの性愛についての個人的な物語は、最後に至って(未来の)無時間的〈神話〉へと転じる。この〈神話〉において、愛の本能は個人には抵抗不可能な宿命として立ち現れるのである。

「最後の逃走」は一見したところは一層散文的である。老カップルが舞台の前景に登場し、昔の愛の思い出に生

気づくが、恐怖に駆られて逃げ出し、翌日に死体となって発見される。詩はセクションによって分割され、全体が一編の短編小説のように過去時制で語られている。さらに言えば、三人称の語りは（「醜悪なしかめ面」といった表現で）老いを笑いものにし、二人の主人公と距離を取り、それによってロマンチックな感傷性を〈脱詩化〉している。結果として、『詩集』所収の作品の中でも最も散文的という印象を与える一篇であろう。しかしながら丁寧に読むならば、この詩篇もまた詩人モーパッサンの求める〈愛〉についての〈神話〉の一翼を、確実に担っているのである。

試みにモーパッサン以上により散文的に、つまりはより合理的な立場からこの作品を解釈してみよう。すると幾つかの疑問が浮かび上がってくる。結局のところ老婆は何が理由で亡くなったのか。「あたかも道が彼らの辿った跡を守ってきたかのよう」に、二人にとって親しい場所だったはずなのに、何故老人は「アラベスクのように複雑な道」（*DV.*, 82.）に迷ったのか。二人をここまで連れて来た召使たちは何故二人を連れに戻って来なかったのか。何故、最初は晴天だったのに突然に嵐がやって来るのか。こうした答のない疑問を挙げてみると、この一見単純な物語に、論理的因果関係や〈本当らしさ〉が欠落していることが理解できるだろう。この詩において真に重要なのは物語の本当らしさなどではなく、一組の老カップルが、年齢に不相応で過度に刺激的な愛の息吹に囚われたがゆえに息を引き取る、という単純で明快な主題なのである。その主題を提示するために、詩人は不要な要素や合理的な説明を排除し、最大限に筋を単純化している。その時、偶然的な出来事の連続が通常の因果関係に取って代わることで、作品固有の内的な論理関係が構築され、結果として愛と死が不可避的に結びつけられる。この作品の論理に従うなら、愛とはその本質において宿命的で、致命的なものなのだ。実際、老カップルが愛の危険を予感するのは、喜びが再生したまさにその瞬間である。「二人は目を閉じ、憔悴し、急速に訪れた／大変な恐怖に絞めつけられた。さながら／死の苦悶のように！……／――『行こう！』と男が言った」（*DV.*, 81.）。ひとたび捕まったなら人間はこの宿命から逃れられない。この時点まで世界は友和的で、すべての存在が生命に満ちているようだった。木々は「樹液に震え」、「燃え立つ生命の熱気が駆け抜け」た（*DV*., 78.）。だがいったん老人たちの心に恐怖が入り込むと、すべての様相が急変する。「彼らは苦しみに呻いた。そして二人の背に天蓋は／一滴一滴、雨のように重たい冷気を注いだ」（*DV*., 82.）。「氷のような息吹」や「黴臭い匂い」が彼らの息を詰まらせる。そして老婦人は突然に地面に倒れ、男は道に迷って助けも得られない。詩的世界の内的論理において、老人の彷徨は逃れようのない運命を象徴している。

木々は彼を弄び、互い互いに
押しやり、突き返し、この苦悩を
意地悪くも楽しんでいるかのようだった。
彼は恐ろしい戦いが終わりを迎えたのを理解した。
そして溺れる者のように、小さな
嘆きの叫び声を発し、顔から地面に倒れた。
か弱い呻き声を、どんな風も運びはしなかった！

（*DV*., 83.）

擬人化された木々は、自然がもたらす喜びを享受する資格を持たない者に対して、自然が示す悪意を表していよう。自然を相手としたこの「恐ろしい戦い」において、人間の側に勝算はない。死は、この規則違反に対するいわば罰として与えられるのである。それがモーパッサンの詩の世界における掟なのだ。したがって詩篇は全体としてアレゴリーに接近しているが、もちろん作者による注釈が明示されるわけではない。

最後に「田舎のヴィーナス」に戻ろう。ヴィーナスは性愛の「戦い」の最中に「老いたサタン」に殺されるのであり、エロスとタナトスはここでも緊密に結びついている。「書物の中で最も美しく最も完璧な詩篇[62]」とテオドール・ド・バンヴィルは褒めたが、アントナン・ビュナンは『詩集』についての長い評論の中で、「田舎のヴィーナス」に留保を示している。彼によれば「道を誤って精彩を欠くアレゴリーに対する気負いによって、著者は詩の根本を台無しにしてしまった」[63]。この批評家は、サタンとヴィーナスの戦いによって作者はキリスト教と異教との対立を象徴させたかったと考えるのである。

ところで、この作品は全部で五百八行からなっているが、第五部までが二百四十六行なのに対し、第六部だけで二百六十二行ある。詩篇は前後半の二部に分かれるかの様相を呈しており、後半部は前半部とは半ば独立した一個の物語となっている。

この後半部においては、羊飼い（サタン）の誕生から、二人の神の戦いを経て、ヴィーナスの死と老サタンの孤独までが語られ、始まりから結末までの完全な物語を形成している。「田舎のヴィーナス」は、誰からも愛される地上の女神の物語であるだけでなく、二人の神によって表される愛と憎しみの対立という普遍的な神話を描いているのである。

この作品は、明らかにモーパッサンの詩における〈神話化〉の頂点をなすものである。詩人が〈本当らしさ〉の規則を超えるのも厭わずに、性愛に関する普遍的な〈神話〉を生み出そうとする時、伝統的な形象を利用するのはごく自然なことだっただろう。確かに、それによって安易な紋切り型に堕してしまう危険性はあるだろう。それでも、伝統的な様式をあえて利用することによって、モーパッサンは愛についての自身の思想を総括することを選んだのだった。そこでは愛と自然の力に支配される人間の姿を描くことはすでに問題ではなく、この世界を統べる原理そのものを象徴的かつ具象的に表現することが課題となっているのである。実際、二人の神によって受肉化されたアレゴリーの意味については、作品の中でも明示的に示されている。

——彼女は〈美〉を持ち、彼は〈策略〉。必要だったのだ

二人の内の一人が斃れることが。等しい二つの〈力〉は
いつでも共に君臨はできない。敵対する二人の〈偶像〉は
天を分け合うことはできない。そして、醜い神は
決して美しい神を許すことはない。――

(*DV.*, 114.)

ヴィーナスは美しく、若く、純粋で、サタンは醜く、年老いて狡猾だというように、対照性は明瞭である。「美しい神」が「醜い神」を恐れるとすれば、「醜い神」はヴィーナスの持つ「愛の身体」に対して「激しく容赦のない嫉妬の念」を抱き、「残酷な復讐をしたいという漠然としながら強い欲求」(*DV.*, 112.)を感じる。女神が生命を象徴する(「命の薔薇色に染まる愛らしい体」)一方、サタンは死をもたらす存在だという対立も付け加えておこう。つまり、ここには『詩集』中のほとんどすべてのテーマが顔を揃えている。愛と憎しみ(性愛の戦いに潜む残虐性)、喜びと恐怖、生と死、若さと老い(「祖父」)、無垢さと狡知(「鳥刺し」)、美と醜(ブルジョアの諷刺画)。我々は改めて、こうした二項対立が組み合わせを変えながらその他の作品を構成していることに気づかされる。エマニュエル・ヴァンサンは詩集の構成について指摘している。「ある詩篇は他のものと対をなしたり、対比的なモチーフを形成したりしている。したがって冒頭から結末まで一個のテーマが追求されるというよりも、テクスト間の関係性によって作品集は成立している。[64]」なるほど『詩集』の一貫性と多様性はテクスト間の関係に基づくと考えられるが、だとすれば「田舎のヴィーナス」は、その関係網の中心に位置する作品だと言えるだろう。

対立する二人の神の内に諸概念を受肉化させ、また分割することによって、モーパッサンは自身の世界観における価値の体系を明確にしている。言うまでもなくヴィーナスはその肯定的な面を代表するが、結末が彼女の死であることを考えれば、ここに示される世界観もまた悲観主義に染まっていると言えよう。一方で、この多重の

二項対立の中に、作者は必ずしも善と悪という道徳的対立を含めてはいない。サタンがヴィーナスを殺すとしても、それによってサタンが罰されるわけではない。「二人の内の一人が斃れること」は必要だったのであり、この世界を支配するのは宿命である。「彼らは漠然と感じていたのだ／この死の上に〈宿命〉のようなものが漂っているのを」（*DV.*, 114.）。詩篇の末尾はサタンの孤独に焦点を当てている。

だが牧人は、孤立した小屋に閉じこもり、
自分の周りに恐ろしい孤独を感じている、
あたかも宇宙全体が彼から逃げたかのように。
外に出ても、凍った平野しか目に入らない！……
恐怖が彼を締めつける。――それ以上一人でいられなくて、
彼は自分の大きな犬たち、善良な二匹の番犬を呼ぶ。
犬たちが走って来ないので、彼は驚いて眺める。
だが田野を跳ね回る姿は見えない……。
――その時、彼は叫ぶ。――雪がその強い声をかき消す……
彼は狂人のようにうめき声をあげ始める！
犬たちは、皆の出発に引きずられていくように、
主人を捨てて、死んだ女を追いかけていったのだった。
（*DV.*, 116.）

このサタンはあまりに人間化されているので、己の悲劇的運命の犠牲者であるようにさえ見える。もしも「田舎

のヴィーナス」が安易なアレゴリーに留まることを免れているとするなら、それはこの人物の具体性によるところが大きいだろう。たとえば、不幸な生い立ちがあればこそ人間に対する憎しみが生まれるのであり、欲望や嫉妬の感情が彼を身体という地上の現実に結びつけている。田舎のヴィーナスが男たちの接吻を「宿命のように」受け入れるように、他人の「運命」を導くことのできるサタンも、自らの本能には盲目的に従わざるをえない。「彼は／彼女を目にした時に、日射病のように衝撃を受け、／あまりに彼女が美しかったので、欲望に震えた」(*DV.*, 109.)。この点において、神々と人間たちの間に根本的な相違は存在しない。言い換えるなら、神々は人間の身体の象徴という位置に留まっている。彼らが表しているのは原初の状態における男と女であり、そして両者は永遠に相いれない存在なのである。「田舎のヴィーナス」はいわば「愛の終わり」の神話版であり、ヴィーナスの死は、理想の愛の不可能性を象徴的に示している。

かくしてモーパッサンは愛についての〈神話〉を作り上げるが、それは具象的な現実世界を単純化し、誇張し、象徴化し、さらには純化させることを通してであった。この詩的世界において、自然によって掻き立てられる愛の罠にひとたび落ちたなら、人はそれから逃げることはできず、不幸な結末が避けがたく待っている。そのような物語を通して、原初的かつ神話的、そして悲劇的な世界に我々は投げ込まれるのである。

ここでモーパッサンの「文学的信仰告白」を引用しよう。

プラトンは確かこう言ったと思う。美とは真実の崇高さである。僕はまったくこの意見に与するし、もしもある作家のヴィジョンが常に正確であることにこだわるとすれば、そのことが、その作家の解釈がオリジナルで、真に美しいものであるために必要だと信じるからだ。けれども文学が現実に持つ力、天才、才能は、解釈の内に存在する。眺められた事物は作家を通り、彼の精神の成熟の度合いに比して、個別の色合い、その形態、その発展、その帰結を獲得することになる。(65)

モーパッサンは世界についての正確なヴィジョンに基づく〈解釈〉の重要性を説いている。まずヴィジョンは正確でなければならない。世界をしっかりと観察することによって明確なヴィジョンを持たなければならないが、しかしその世界像に与える作家の〈解釈〉こそが、作品を独自なものにする上で不可欠なのである。つまり、物質主義的な世界観がモーパッサンの詩を現実世界に結びつけているとしても、より重要なのは、この〈現実〉を解釈し、それに「個別の色合い」を与えることなのだ。詩人モーパッサンの〈解釈〉は現実世界を単純化し、明快で力強いヴィジョンに還元してみせる。そこでは〈本当らしさ〉、現実世界と想像世界の鏡像的な類似性はもはや問題とはならない。何故なら、詩人の掴み取った世界の原理が真であるならば、それは〈解釈〉によって歪められるのではなく、むしろ純化した形で提示されることになるからだ。そしてその力強いイメージによって読む者の内に喚起される感動こそが、モーパッサンの求める新しい真のポエジーなのである。

フロベールはかつてルイーズ・コレに宛てた手紙の中で次のように語っていた。「詩とは外的な事物を知覚する一つの方法、物質を篩にかける一個の器官でしかなく、それは物質を変化させずに、それを変容させるのです。」[66] モーパッサンの詩学はまさしく〈変容〉transfiguration の内にあると言えるかもしれない。それは詩人の前に現れる現実世界を〈変化〉させるのではなく、それを〈解釈〉の力によって凝縮し、鮮明なものに〈変容〉させることで〈美〉に到達する。すでに引いたように、「詩とは実際には、それを見る者の脳の内にしか存在しない」のである。

モーパッサンの詩学

前節において、モーパッサンの詩の中核には動きを伴ったイメージが存在することを確認した。だがまさしくその点に、彼の詩法が内包していた矛盾があると言えるのかもしれない。というのも、動きを持ったイメージを描く文は、文そのものが躍動感や固有のリズムを備えるのではないだろうか。だとすれば、定型の詩句の中に固有の動きを持った文を導入しようとする時、そこには齟齬が生じざるをえない。したがって、エクリチュールが固有の運動を獲得すればするほどに、詩法の規則はより拘束的なものとなり、伝統的な韻律法と自由な言葉とが衝突しているかの印象を読者は受け取ることになる。実際のところ、モーパッサンの詩におけるこの種の内容と形式との不一致は批評家の目を引いてきたのであり、彼らがそこから導き出す結論は、ほぼ統一されたものであった。すなわち、モーパッサンの詩句は「散文家」のそれだというのである。

この点に関しては、アンリ・ルジョンの証言が明快である。当時駆け出しの詩人だった彼は、雑誌『文芸共和国』の編集に携わっている時に、初めてモーパッサンの「水辺にて」の原稿を読んだ。「私は当時若い見習いで、まったく物知らずで、初心者にふさわしく一徹な確信を抱いていた。貪欲な詩の読者として、形式に則って彫琢されていない詩句を疑う点では、高踏派の理論の上を行くほどだったのだ。」この若きパルナシアンの目に、未知の詩人の詩はまさしく唾棄すべきものと映った。

まず、この原稿の一切が私には衝撃だった。主題の卑俗さ、暗喩の安易さ、リズムのだらしなさ、韻の散乱、殴り書きのような文体。この詩句は私が排斥すべきと信じていたタイプに従ったものだったのだ。[67]

ルジョンは以下のように結論している。「彼は最初のもの以上でもなければ以下でもない詩句を作りつづけた。それは詩の周縁に位置する、官能的で冗長な詩句。一流の散文家の手になる詩句であった。[68]」語の日常的な意味において「散文的」は「詩的な」と対立する。「散文的」という語は、詩の内容と形式の両面について言われうる否定的な評価であろう。形式に関しては、韻文定型詩の持つ規則性や韻律に見られる音楽性に欠けている文が

『詩集』に対する当時の批評の中では、しばしば「リズム」について指摘されているが、ここで言う「リズム」とは、伝統的に詩の韻律を表す言葉である。「リズムの興奮」[69]の欠如（ドーデ）、「この悪しきリズム」[70]（バンヴィル）、「リズムのだらしなさ」（ルジョン）。ジャン・リシュパンも「いささかたるんだリズム」[71]を指摘している。加えて、バンヴィルやルジョンのような高踏派詩人にとっては、詩句の「彫琢の欠如」は深刻な問題だった。結局のところ、「散文家の詩句」という批評は、モーパッサンが伝統的な詩法の規則を軽視していたということを示している。ジェラール・ドゥレーズマンも、詩人モーパッサンを「規則や構造を安売りした芸術家」[72]と呼んでいる。

内容に関してはどうだろうか。「散文的」という語は、比喩的な意味で「優雅さ」や「気品」に欠けるものとされ、「高貴な」とか「理想的な」という語と対をなす。この意味では、卑俗な日常的光景の内に詩を求めるモーパッサンの現実主義詩は、不可避的に「散文的」なものに近づくだろう。〈脱詩化〉と散文性とはいわば同一のものを指している。ルジョンは「水辺にて」における「主題の卑俗さ」を指摘していたし、「モーパッサンは地上に留まっている」[73]と書いたアルベルト・サヴィニオも、それによってモーパッサンは詩人ではないと判断したのだった。そこにはポエジーの定義についての避けがたい対立があるが、伝統的な立場からすれば、モーパッサンの〈散文的〉な詩は容認しがたいものであった。

あらためて形式に話を戻そう。詩句の散文的性格が明らかだとするなら、モーパッサンは韻律や詩的破格（韻文に限って許された文法的逸脱）といった詩法の伝統的規則を意識的に蔑ろにしたのである。そもそも一八七〇年代には、新しい世代の詩人たちにとってこれらの規則はすでに古いものとなっていた。ジャン＝ミシェル・グヴァールは次のように言う。「一八七〇年代以降になって、詩人たちは規則から自由になるのだが、規則の人工的性格はアカデミックな詩の象徴となり、年長者たちの保守的なものと判断されるようになったのだ。」[74]自分なりの仕方で新しい詩を求めるモーパッサンは、そうした時代の傾向と無縁だったわけではない。そしてこの青年詩人は、一個の芸術作品を完成させるためには才能だけでは不十分であり、「言語の絶対的な科学」が必要だと主張している。この「科学」は単純に詩法の規則を意味するのではない。規則とは、それを踏み越えるためにこそ存在するのだと彼は言う。

規則を課すことで、ある言語を不毛に追いやるというようなことはない。勇気があり自由な才能の持ち主は、無用な境界線からのように、いつでも言語を規則から解放する術を知っているものだ。規則が邪魔をするのは、ただ凡庸な詩人たちだけであって、彼らをどうにか我慢できるようにさせるのである。[75]

詩句の散文的性格は、なにも天性の散文家の存在を示すのではない。モーパッサンにおける散文性とは、あくまで彼の詩学に属するのであって、詩人としてのモーパッサンの意識的な努力をこそ我々は散文性の内に認めるべきであろう。ここでポール・ブールジェの証言を思い出したい。彼によれば、八〇年代のモーパッサンはルイ・ブイエについての記事を書く計画を抱いていたという。「この計画が実現されなかったのは二重に残念なことである。この考察の中で、詩句の技法に関するとても新しい理論の幾つかを彼は記したことだったろう。私はそれを何度も彼の口から聞いたものだった。[76]」モーパッサンは詩法に関して独自の理論を持っていたという。そもそも、彼の唯一の詩集のタイトル *Des vers* は文字通りには「詩句」を表すわけだが、詩人が自らの詩法に自信を持っていなければ、彼はこのようなタイトルを付けただろうか。であるなら〈散文化〉とは、古びた規則を乗り越えるための新しい試みの必然的な結果だったと考えるべきだろう。

そこでモーパッサンの詩句の〈散文化〉の実態を検討したいが、その前に、彼は原則的には伝統的な詩法を守っていることを確認しておこう。彼は分音、合音についての伝統的使用法を守り、母音衝突を避け、jusques à（本来は jusqu'à）、encor（encore）や、gaîté（gaieté）といった幾つかの詩的破格を用いている。こうした点において、モーパッサンはある程度まで保守的なように見える。

ところで詩的破格に関して言うなら、テオドール・ド・バンヴィルは、『フランス詩小要綱』（一八七二年）の中でその存在を批判している。

まず「詩的破格」と題された章の精神と字句をよく理解したまえ。私は君たちのために特別にそれを記そう。

詩的破格

そんなものは存在しない。[77]

バンヴィルによれば、韻文定型詩だからというのを口実に文法を違反してはいけない。反対に、「詩人は文法規則の最も細かい部分までしっかりと遵守しなければいけない」のだという。同じことを、彼は倒置についても指摘し、「決してその必要はない」[78]と断言している。バンヴィルは破格や倒置を古典主義時代の遺物として批判するのだが、その時代にこうした規則が存在したのは、中庸、礼節を重んじる当時は、詩の中に使える語句がごく限られていたからなのだという。しかし、ユゴーとロマン主義の登場以降、詩は「空の星と同じだけの語句」を手に入れるに至ったのであり、もはや文を「たわめ、切断し、よじり、脱臼させる」必要はなくなった。翻ってモーパッサンの詩を眺めると、彼はバンヴィルの指導にある程度まで従っているように見える。『詩集』には破格や倒置は存在するが、倒置はごく少なく、破格の使用もごく限定的なものに留まっているからである。

『フランス詩小要綱』におけるバンヴィルは、基本的にロマン主義の美学に忠実である（詩法の上で、高踏派はロマン派を継承する位置にあり、それに反旗を翻すようなことはなかった）。したがって、ボワローがその理論面を代表する古典主義に対して、バンヴィルの批判は手厳しい。そうした意味からすれば、一八七〇年代における彼の立場は前衛的というよりはむしろすでに保守的なものだったかもしれない（たとえば彼は散文詩の存在を認めていない）[79]。実際、「学生のためのマニュアル」として『小要綱』を執筆するという行為は、十分に権威主義的な振る舞いであろう。とはいえ、彼はロマン主義（および高踏派）の美学が容認する範囲において進歩的な面を見せているのであり、破格や倒置の排除は世紀末の新しい詩的傾向とも一致するものだった[80]。

バンヴィルと彼の『小要綱』の影響がどの程度であったにせよ、モーパッサンの詩学が高踏派の師のそれとある程度まで類似しているのは、理由のないことではないだろう。共に古典主義的な規則全体を破壊することは望まないが、古くなったと感じられる規制を改革したいという意欲は持っていた。バンヴィルが前衛と伝統との中間に留まったように、ブイエの影響とフロベールの指導の下にあるモーパッサンの詩学も、詩法の伝統的な規則を超越してしまうことはない。ラフォルグ、ヴェルレーヌやランボーの同時代的な試みと比較するなら、モーパッサンの立ち位置は言うまでもなく保守的なものである。だがそれでも、彼が盲目的に規則を遵守していたわけではないのである。

バンヴィルとモーパッサンの間の最も根本的な相違は、韻の扱いにあるだろう。バンヴィルにとって韻は詩句の魂である。モーパッサンはと言えば、逆に韻の重要性を無視しているかのように見える。イヴァン・ルクレールはモーパッサンの詩における韻について次のように要約している。「大抵の場合に不完全か充足押韻であって、完全押韻であることはほとんどなく、平韻、交韻、抱擁韻を混ぜ合わせた多様な組み合わせで配置されている。耳はもはや体系的に予測可能な位置への韻の回帰を期待することはできない。したがって韻は境界画定の役割を弱められることになる[81]。」詩篇において韻が重要でなくなるのは、韻律の構造よりも文法構造に優位が置かれるからである。規則正しく韻を踏むのをやめることで、韻はその反復的な性格と響きを失うか、少なくともそれを弱めることになる。

実はこの傾向はモーパッサンの詩作の中ではかなり早くから現れる。一八六九年以降、「ある友人への手紙」や「ルイ・ブイエの死について」などの詩篇の中で、彼はすでに三つの韻のタイプを混ぜ始めている。以後、この三種の韻の混合は恒常的で、ほとんど体系的であるとさえ言える。初めは少年の投げやりか、あるいは規則の違反を楽しむつもりでもあったろうものが、大人になって詩を発表し始めた時には、より重要な意味を持つようになる。それはその時代の権威や詩的伝統に対する反抗の意図として読み取られるだろう。

韻の豊かさに関して言うなら、『詩集』の中に完全押韻が少ないのは、モーパッサンがなるべく似ていない語を韻に選んでいるからのようである。韻に関する文字上の慣習の違反は、その印象を一層強めているだろう。古典的な規則においては、「同じリエゾンを聞かせる語尾でしか韻を踏ませることはできない」[82]ことになっていた。つまり、発音しない語末の子音も同じ文字でなければならないのだが、この規則を違反している例として、たとえば「田舎のヴィーナス」においては次のような組み合わせが指摘できる。« lui » / « luit » ; « beaucoup » / « cou » ; « puissant » / « sang » ; « blanc » / « élan » ; « mont » / « démon » ; « coup » / « debout » ; « hiver » / « couvert » ; « eut » / « poilu » ; « glissant » / « sang » ; « effroi » / « froid » ; « éblouissant » / « sang ».

確かに、モーパッサンは古典的規則を刷新しようとする同時代の動向と無縁ではなかったが、彼は、象徴派の詩人たちが行うように詩的慣習を完全に破壊し刷新するのではなく、その拘束および人為的性格を最低限のものにすることで、その慣習の存在を目立たないものにしようとしているのである。韻に関する文字上の慣習の無視は、視覚的に似ていない語を結びつけることによって韻の存在を隠すのに役立っている。モーパッサンは韻そのものを無視したのではなく、韻律の規則を自ら規定し、詩的言語をいわば個人化することを試みていると言えるだろう。

韻の処理に次いで、イヴァン・ルクレールは「頻繁な句またぎ」をモーパッサンの〈散文化〉の特徴として挙げている。この点を最初に指摘したのは、恐らく、モーパッサンと同時代の批評家ジュール・ルメートルだろう。

彼は述べている。「文は、韻や詩節の体系から独立して動き、展開し、絶えずそこからはみ出ていくのである。[83]」ルメートルの見解を検証するために、彼が例証として挙げている「壁」の冒頭部を確認してみよう。

窓は開かれていた。部屋には
灯がともり、火事のような光を注いで、
強い明かりは芝生の上を駆けていた。
向こうの公園は、オーケストラのメロディーに
応えるかのようで、遠くにざわめきが起こっていた。
葉と干し草の匂いですっかり一杯の
夜の暖かな空気は、柔らかな吐息のように、
やって来ては肩を撫で、混ぜ合わせる
木々や平原から発散されるものと
匂い立つ体から放たれるものを。そして
振動で蝋燭の炎を震わせてもいた。
野原の花と、髪にさした花の香りが嗅がれた。
しばしば広がった影を通して、
冷たい息吹が煌きに満ちた空から降りてきて、
我々のもとまで、星々の香りを運んできた。
女たちは、ぐったりと腰を下ろして眺めていた、
Les fenêtres étaient ouvertes. Le salon
Illuminé jetait des lueurs d'incendies ;
Et de grandes clartés couraient sur le gazon.
Le parc, là-bas, semblait répondre aux mélodies
De l'orchestre, et faisait une rumeur au loin.
Tout chargé des senteurs des feuilles et du foin,
L'air tiède de la nuit, comme une molle haleine,
S'en venait caresser les épaules, mêlant
Les émanations des bois et de la plaine
À celles de la chair parfumée, et troublant
D'une oscillation la flamme des bougies.
On respirait les fleurs des champs et des cheveux.
Quelquefois, traversant les ombres élargies,
Un souffle froid, tombé du ciel criblé de feux,
Apportait jusqu'à nous comme une odeur d'étoiles.
Les femmes regardaient, assises mollement,

口を閉ざし、瞳を潤わせたまま、間を空けて
ヴェールのようにカーテンが膨らむ様を。
そして夢に見る、この金の空を通って、
星々の大海へと出発することを。〔……〕　(*DV.*, 39.)

Muettes, l'œil noyé, de moment en moment
Les rideaux se gonfler ainsi que font des voiles,
Et rêvaient d'un départ à travers ce ciel d'or,
Par ce grand océan d'astres. [...]

空白までの最初の十五行の詩句において、まず複数の句またぎの存在が指摘できる。韻に関しては、交差韻の間に平韻（五―六行目）が混ぜられている。豊かさについて言えば、不完全押韻が二、充足押韻が四、完全押韻が一（« haleine » / « plaine »）となっている。最も重要なのは、ルメートルが指摘するように、文法的なシンタックスが韻の単位に対応していないことであろう。各詩節（韻の単位）の終わり（四、六、十、十四行目）は、文法的には必ず次の行を必要としているのである。最初の十五行は六文からなっているが、最初の一文は短すぎて詩句の最後まで到達しておらず、その他の文の終わりも（三、五、十一、十二、十五行目）、すべて韻の単位と合致していない。そして、十五行目は空白を越えて新しい韻を招き入れる（« d'étoiles » / « voiles »）。文の長さの不均衡も指摘できる。一文目と五文目が一行しか占めないのに対し、四文目は六行に及んでいる。

　こうした諸点の結集した結果はどのようなものだろうか。頻繁な句またぎは、半句ごとの規則的な区切れ（エミスティッシュ）がもたらす二項的なリズムを、完全に廃棄しないにしても明らかに弱めている。音や繰り返しの点で韻そのものの効果が弱められていることもあり、シンタックスと韻の単位とが一致していないことから、まさしくルメートルの言うように、文が韻や詩句の体系から独立して展開しているような印象をもたらすだろう。構文が多様であり、文法的な語順のねじれや倒置が排除されている点も、韻律法に対する文の自由さをより強調している。

　ロマン主義的な叙情を拒み、〈非人称性〉を求める詩は、情景をその動きの中で捉えようとする。動詞の連続

が動きを表すことになるが、それによって韻律法の枠組みに対するエクリチュールの相対的な自由が導入される。韻の単位によって構成される詩句の枠組みを文が「絶えずはみ出ていく」印象を読者が受けるのは、モーパッサンが古典的詩法の硬直した規制から逃れ、独自の詩的リズムを得ようと努めているからに他ならない。

ところで、詩におけるリズムに関して言えば、モーパッサンは忘れられた詩人ルイ・ブイエを再評価する時に、彼の詩のリズムについて語っている。

　ブイエの中心となる特質はリズムである。彼は響きのよい立派な詩句を作る術を、その詩句に、言葉が表現している思想がちょうど含んでいるだけの響きを与える術を、誰よりもよく知っていた。(84)

モーパッサンの用語ではリズムと響きが混同されているようにも見えるが、彼にあってはリズムの概念は文体の概念と密接に結びつくものだったという点が重要である。彼は「リズムの微妙な繊細さ」、「音調の良い語句の配列」、「調べと概念との一致」について語るが、彼が重視するのは定型詩としての反復的なリズムではなく、むしろ詩人固有の文体がもたらす調和なのである。「リズムの芸術は、ニュアンス、かすんだ音、秘密の調和、事物と用語との釣合いのとれた結びつきからなる」とモーパッサンが語る時、問われているのは韻文・散文の対立を超えたところにある文体の理想だろう。

その理想の文体においては、事物と言葉、内容と形式の一致が求められているが、それこそは、フロベールがモーパッサンに教えたことの中でも最も重要な点であるだろう。一八七六年、フロベールの芸術を説明する中で、モーパッサンは「形式」こそが「作品そのもの」であると述べて、次のように言う。「感覚、印象、様々な感情に合わせて無限に変化しながら、形式はそれらのものに密に接し、離れることがない。それらのもののどのような表明のあり方にも従いながら、形式はそれぞれの状況、それぞれの効果に即した、常に正確にして唯一の言葉、拍子、リズムをもたらし、この不可分の結合によって、文学者が文体と呼ぶものを創り出す。」リズムもまた、既成の規則にではなく、文体に基づくのである。モーパッサンはフロベールの文体についてさらに強調している。

フロベールは彼固有の文体を持たない。そうでなく、彼は唯一の文体を所有しているのだ。すなわち、何らかの思想を表明するにあたって彼が用いる表現や文章構成は、常に絶対的にその思想に適ったものなのである。作家の気質が現れるのは言葉の正当さによってであり、その特異さによってではない[85]。

もちろんここで問題となっているのは第一義的には散文である。しかしながら、〈非人称性〉と同様に、フロベールの美学の核心としてモーパッサンが強調している理念と、同時期の彼の詩学とが無関係にあるとは考えがたい。だとすれば、モーパッサンの試みた詩句の〈散文化〉とは、伝統的な韻律法の枠組みの中において理想的な文体を実現しようとする、奇妙であると同時に興味深い試みであったと言えるだろう。

そして、このような試みは必然的に、モーパッサンが自身の文体を意識することに大きく影響したに違いなく、拍子やリズム、そして語られる内容にふさわしい形式としての文のあり方についての意識が磨かれた。韻文の定型を超えたものであったがゆえに、文体についての理念と実践は、後の散文家の誕生を準備することにも繋がっただろう。

しかしながら、理想はどのようなものであれ、詩の〈散文化〉とは結局のところはパラドクサルで実現不可能な試みだったのではないだろうか。詩の〈散文化〉の行き着く先は、散文そのもの以外にありえないのではないだろうか。実際、モーパッサンの試みが成功すればするほど、韻文詩が韻文詩であることの必然性を失ってしまうように見える。だとすれば、なるほど詩人から散文家への転身は、遅かれ早かれ必然的だったのかもしれない。

モーパッサンの『詩集』に次はないだろうと予言したドーデやバンヴィルは、そのことを見抜いていたのかもしれない。[86]

だがそれでも、一八七〇年代の詩の置かれた状況を考慮するなら、モーパッサンの試みには十分な意義が存在したということを強調しておきたい。ルイ・フォレスティエは次のように述べている。

いくらか散文的である詩句は、したがって来たるべきエクリチュールの最初の経験と捉えられるだろう。恐らくはそうである。だがそれは、あまりに硬直した形式を詩から取り払い、私が進んで「芸術的散文化」と呼びたい〔……〕新しいリズムを発見しようとする試みでもあったのだ。[87]

今日に至るまで、モーパッサンの詩作品は散文作品に比してマイナーなものに留まっている。その理由の一端は、彼の詩学が、象徴主義が代表する世紀末の動向と隔たっていた点にあるだろう。それでも、たとえば高踏派との関係で言うならば、彼の詩は内容・形式の両面において著しい対照をなしているのは事実である。当時の詩の世界においてオリジナルなものであったからこそ、同時代の批評は『詩集』を好意的に迎えたのでもある。ゾラやセアールといった自然主義者は、『詩集』の内に高踏派との相違を認めて評価した一方、ジャン・リシュパンは「自然主義的なところは何もない」[88]と断言している。フロベールその人も、この詩集は「高踏派でも現実主義でも（あるいは印象派でも自然主義でも）ない」[89]と評価したのだった。この美学的独自性は一八八〇年の文学の世界において注目に値するものだったのであり、何人かの批評家の目には「一流の詩人」の存在の証とも映ったのである。ゾラは書評の最後に述べていた。「我々の詩が刷新されなければならないなら、それはこのようにしてであろう。[90]」別の評論「現代詩人たち」の中でも、彼は「新しい詩的言語[91]」を要求している。モーパッサンが試みたことは、まさしく詩的言語の刷新だったのである。ミシェル・アキヤンとジャン＝ポール・オノレは記している。「十九世紀の詩的変革への貢献に、新しい形式を開拓した詩人たちだけを数えるべきではなく、伝統的な詩句においてであっても、別な仕方で詩を考えたすべての詩人を加えるべきである。[92]」モーパッサンは紛れもなく「別の仕方で」詩を考えた一人だった。

付け加えて述べるなら、モーパッサンの詩的試みを検討することは、一八七〇年代に詩のおかれた状況を改めて検討することにも繋がるだろう。アンリ・ド・レニエはある記事の中でこの時代を回想して、「一八七五年には高踏派の作品は完成していた。〔……〕実際のところ、十年にわたって〈詩〉は眠りについていた[93]」と述べている。この「眠り」の時期にこそ、モーパッサンは文学的流派とは距離を置きながら、彼なりに詩というジャンルの刷新を試みたのだった。韻文定型の伝統がまだ十分に根強い一方で、その規則の多くが因習的なもの、不必要なものとして批判的に検討されるようになっていた一八七〇年代において、その規則を最小限に留めることで、韻文定型詩の中に作家固有の文体の躍動感を導入しようとするモーパッサンの試みには、必然的な存在理由があったのである。

一八八〇年代に入ると象徴主義が盛んとなり、マラルメ、ランボー、ヴェルレーヌの詩が広く認められ、それによって二十世紀に向かう詩的動向が決定される。詩は語りや直接的な描写を排除し、全般的に反レアリスムの傾向を示すようになるだろう。[94]同時に、自由詩や散文詩が一般化することによって、韻文定型詩をその内部において改革することは、もはや詩人たちの主要な関心ではなくなっていく。確かに歴史の流れはモーパッサンとは別の道筋を選び、結果として〈ポエジー・レアリスト（現実主義詩）〉は詩史の中でも傍流に位置づけられることとなった。

だがモーパッサンの詩は、一八七〇年代において詩に開かれていた可能性を指し示しているように思われる。象徴主義が花開く以前、詩はレアリスムと決定的に離反してはいなかったし、詩と現実とをいかに結びつけるかという課題は、常に詩人に突きつけられていたはずである。であるなら、モーパッサンの詩を読み直すことは、十九世紀末の詩の歴史をもう一度検討し直すことに繋がるのではないだろうか。

一八八〇年、モーパッサンは詩集の公刊を計画する。タイトルを決めなければいけない。そこで一月十五(または十六)日の書簡で、彼は自分の案を示して師の意見を伺っている。フロベールは弟子に答える。「タイトルはいい!〔……〕それを維持したまえ。[95]」そのタイトルが『詩集(詩句)』だが、それにしても、内容には一切触れず、ただ形式について言及するだけの素っ気ないタイトルを、何故モーパッサンは選んだのだろうか。

恐らくは、一八七七年に『三つの物語』*Trois contes* を発表したフロベールに倣ったのではないだろうか。フロベールの短編集がコント(短編小説)という形式だけに言及するように、モーパッサンの『詩集』もまた、形式に対する作者の配慮が第一であることを、そしてそれによって作者は一人の〈芸術家〉であることを暗に示しているのである。

『詩集』冒頭に掲げられた献辞は、師フロベールの存在の重要さを十分に語っている。「ギュスターヴ・フロベール/全愛情を込めて敬愛する、高名にして父なる友/また、何にもまして賞賛する完全無欠な師へ」(*DV*., 33.)。友人にして師、打ち明け相手にして保護者、一言で言ってフロベールは〈絶対的な者〉である。実際、ここまでにモーパッサンの詩を検討する中で、我々は繰り返しフロベールに出会ってきた。非人称の美学、観察と描写の重要性、そして形式と文体についての意識。弟子が心に刻んだのはそのような大原則であり、根本理念であった。モーパッサンの一連の詩作品は、フロベール美学の吸収の過程を十分に表している。そしてこれらの原則は、流派に捕われない文学創造の根本に関わる普遍的な事柄であるがゆえに、ジャンルの相違を越えて、一八八〇年代の散文家モーパッサンを導く原則ともなることだろう。〈ポエジー・レアリスト〉は、散文家モーパッサンが築くはずの「現実的なものの詩学[96]」と決して無縁ではない。後者は前者の内に、密かに、しかし確実に準備されていたのである。詩から散文へと間断なく続いてゆくものが、疑いなく存在している。

そして忘れてならないのは、そのフロベールの教えこそが、モーパッサンに何よりオリジナルであるようにと命じたことである。たとえフロベールの影響がどれほど大きいものであるにせよ、弟子は師を模倣したのではない。一八七七年の「文学的信仰告白」の中で、彼は宣言している。

> 僕らの才能の性質がどのようなものであろうとも、オリジナルになろう（オリジナルと奇抜であることを混同してはいけない）。何物かの〈オリジン〉になろう。何の？　僕にはどうでもいい。それが美しくさえあれば、そして、すでに完結した伝統と結びついてさえいなければ。[97]

自らの存在を主張するためにはオリジナルでなければならない。ブイエとフロベールによって与えられた教訓はモーパッサンの中に深く根付いていた。この点に関して言えば、モーパッサンが詩というジャンルを選んだのは、そのこと自体がフロベール、ゾラやゴンクールといった身近な先輩作家たちと距離を取るための一つの方法だったかもしれない。もっとも、だからといってその選択が安易なものだったわけではない。モーパッサンは形式と内容との両面において、オリジナルな〈詩〉を追い求めたのである。

　結局、モーパッサンにとって〈詩〉とは何だったのだろうか。一八七八年、フロベールに宛てた書簡の中では、世界に対する軽蔑の思いがこぼされている。「私には物事は茶番、茶番、茶番に見え、他のものは悲しく、悲しく、悲しく、結局のところすべては愚か、愚か、愚か、どこもかしこもです。[98]」それが、しがない小役人として働く芸術家見習いの青年が抱く率直な思いであったとするなら、詩人としてのモーパッサンが追い求めたものは、この人間的愚かさの対局にあるものではなかっただろうか。自然のただ中における官能の陶酔。それこそが地上における唯一可能にして本当の詩情であるとして、彼はそれを作品の中に結晶化させた。モーパッサンの詩的世界には確かにペシミズムが認められるが、重要なのは、彼が身体的感覚のもたらす幸福な瞬間を純化し、昇華させようとしたことの方である。悲観主義的な世界観が基調にあるからこそ、コントラストが強調され、特権的な瞬間は一層にまばゆく輝かしいものとして描き出されるだろう。たとえ卑俗な日常性の中に埋もれていようとも、探し出された世界の美を〈歌う〉、つまりは称えつづけることこそが、詩人モーパッサンが自らに託した使命だったのである。

しかしながら、詩集の発表から一カ月後にフロベールが急死するという事件が起こり、その直後に、モーパッサンは詩の制作を放棄する。結果として、最初にして唯一の詩集は、詩人モーパッサンの最終的な到達点を示すものとして残された。『詩集』は青春の結晶であり、同時に、詩との離別は青春との決別を意味することにもなるだろう。それにしても一八八〇年五月、何故彼は詩作を捨ててしまうのだろうか。

この重要な問いに答えるためには、その前に、一八七〇年代に彼が残した詩以外の作品を再検討することが不可欠である。つまりは戯曲、そして小説である。

第二章　演劇への挑戦

もし僕が演劇で成功できたら、この疑似文学的な取引を乱用することなく
穏やかに眠ることができるでしょう。

——母親宛書簡（一八八七年九月）

劇作家モーパッサンの試行錯誤

一八八〇年の「脂肪の塊」で成功を勝ち得る前、七〇年代のモーパッサンは詩篇の他に何本かの戯曲も執筆している。十九世紀を通して演劇は絶えず文学者たちを魅了しつづけてきたことを思えば、それ自体は驚くべきことではないだろう。実際、ユゴーからゾラに至るまで、ほとんどの作家は舞台に挑戦した経験を持っている。演劇こそは伝統を受け継ぐ「特別に高貴な芸術」であると同時に、「文学活動の中で最も収益力のあるもの[1]」でもあった。では、そのような状況の下で、モーパッサンは演劇において何を目指したのだろうか。初めに、一八七〇年代に絶えず戯曲を試みていたこの青年の歩みを確認しよう。

まず詩人としてのモーパッサンの歩みを簡単に振り返ろう。詩作の試みは一八六三年頃に始まり、とりわけ六八年以降に本格化した。ミュッセをはじめとするロマン派の影響を受けながら、青年詩人は感情を誇張するレトリックを用いて恋愛を声高に歌ってみせた。だが一八七〇年の戦争の経験が、ロマンチックな青年の夢と理想を一気に打ち砕く。戦後、モーパッサンはパリに居を定め、役人生活のかたわら詩作を続けるが、この頃からフロベールとの交流が本格化する。幸福なロマン主義の時代が遠く過ぎ去った後、自身固有の詩の主題を模索する青年の試行錯誤が始まってゆく。

こうした中で、一八七四年以降、モーパッサンは戯曲も手がけるようになる。七四年秋の母親宛ての書簡の中では、戯曲をコンクールに出す計画について触れられている。

> ゲテ座のコンクールの締め切りは三月十五日まで延ばされたので、とても都合がよくなりました。今からそれまでに何か仕上げる時間があるでしょう。僕はボーフルトン氏のプランを修正して、今ではうまく行きそうだと思っています。[2]

今日、「ボーフルトン氏」の登場する韻文戯曲の草稿の存在が知られている。[3] モーパッサンはこの作品を完成させられなかったようであるが、この時期から自身の文学活動の一環に演劇も含めていたことが分かる。結局、彼は別の一幕の韻文劇を書き上げ、これに『昔がたり』*Histoire du vieux temps* というタイトルを付ける。そして、この作品をゲテ座のコンクールに出すより前に、オデオン座に提出しようとしたようである。[4] より正確に言うなら、モーパッサンは原稿をフロベールに渡し、フロベールがそれをヴォードヴィル座支配人のレーモン・デランドに渡すことを請け負ったらしい。[5] さらにモーパッサンは同時に『結婚の申し込み』*La Demande* の原稿もフロベールに送ったようなのだが、今日その戯曲の存在は不明である（ただし当時の書簡に「理性的結婚」と題された劇のプランが詳しく語られていて、これが関係しているかもしれない。このプランについては後に触れる）。『昔がたり』をオデオン座またはゲテ座のコンクールに提出するという計画がその後どうなったのかは不明であり、モーパッサンが手紙に述べたように行動したのかどうかは分からない。行動したとしても、劇場の支配人たちは作品に関心を示さなかったのだろう。したがって最初の演劇の試みは、いわば失敗に終わったことになる。

この時期、イラリオン・バランドが支配人を務めるデジャゼ劇場（当時は第三フランス劇場と名乗っていた）が、比較的寛大に新人作家を受け入れていたらしいのだが、モーパッサンはそこには自分の作品を持って行きたくないと述べている。「バランドのマチネに何かを提出したいとはあまり思いません。この無名作家協会の規約に従うと、彼らによって上演されるか後援を受けた作品は、半分は彼らのものになります。つまり、それがどこの劇場で上演されようとも、彼らは永久に著作権の半分を得るのです。[6]」演劇の試みにおいては、最初から金銭的な動機も無視できないものだったことが窺われる。

次に、一八七五年十月六日の書簡の中で、モーパッサンは一篇の「喜劇」、『稽古』*Une répétition* の執筆を始めたと告げている。[7] この一幕の戯曲も韻文で書かれている。五カ月後、この新たな試みの結果が友人のロベール・パンションに報告される。

僕の方は、今は芝居には手をつけていない。劇場の支配人は、彼らのために仕事をしてやるに値しないと決定的に分かったのさ!!! 本当のところ、彼らは僕らの作品に魅力があるとは認めるのだが、上演はしないんだ。僕としては、出来が悪いと思いながら上演してくれるほうがよっぽどいいと思う。レーモン・デランドが僕の『稽古』をヴォードヴィル座でやるには繊細すぎると判断したなんて、言うまでもないことさ。僕もそんなに頑張ったわけでもないしね。[8]

今回は、フロベールが実際にモーパッサンをヴォードヴィル座の支配人に紹介したようだが、二度目の試みも良い結果を生まなかった。ここで、支配人の口実（作品が「繊細すぎる」）が注意を引くが、それというのも、ちょうど同じ時期にモーパッサンは大変に「猥褻な」作品に関わっていたのである。それが『バラの葉陰、トルコ館』*À la feuille de rose, maison turque*、一幕散文の喜劇である。「何人かの友人たちと僕で、ルロワールのアトリエで絶対的に猥褻な作品を上演します。フロベールとトゥルゲーネフが来てくれるでしょう[9]」と、モーパッサンは一八七五年三月八日の書簡で母親に（！）告げている。さらにフロベールの友人エドモン・ラポルトには次のように書き送っている。「二十歳以上の男性と、事前に処女を喪失済みの女性しか入場を認められないでしょう。[10]」四月十九日、画家モーリス・ルロワールのアトリエで私的な上演が行われた。フロベールは少なくとも稽古に立ち会ったようである。

二年後の一八七七年五月十七日には、画家ベッケールの家で二度目の上演が行われ、ゾラ、フロベール、エドモン・ド・ゴンクールが参加したが、ドーデとトゥルゲーネフは欠席だった。[11]ゴンクールが日記に書き留めたフロベールの言葉が知られている。「そう！　とっても溌剌としているね！」そしてゴンクールはこの言葉にコメントを残している。「この卑猥さに対して溌剌とは、まったく思いがけない言葉だ。[12]」『バラの葉陰』の猥褻な笑劇は、気取りや上品さを一切免れた気晴らしであり、つまりは公式の「繊細すぎる」作品の代償とも言うべきものだったのである。

さて、先の二つの小品の上演失敗にもかかわらず、モーパッサンは舞台で自分の作品を上演させるという野心を捨てはしなかった。一八七六年の末、彼は新しい戯曲の執筆に取りかかるが、今度はより長く、内容も重厚な作品を構想した。それはどのような作品だったのだろうか。モーパッサンはフロベールに自信を持って宣言している。

　私は目下、自然主義演劇についてのゾラの考えに反して、歴史劇を執筆しています——それも〈刺激の強い〉ものを[13]!!!

明けて七七年二月にはロベール・パンションに向けて、劇の第三幕を執筆中だと告げている[14]。作品が完成するとフロベールに送るが、師の返答は厳しいものだった。「結局のところ、それはたいへん結構で優れた作品だと思う。だがそのままでは決して上演してもらえないだろう。――あまりに猥褻すぎるからね[15]。」

ここで問題となっているのは、『リュヌ伯爵夫人の裏切り』*La Trahison de la comtesse de Rhune* という三幕韻文の歴史劇である。この戯曲は、ボート仲間のレオン・フォンテーヌが所持していた原稿を、ピエール・ボレルが一九二七年に初めて公表したことによって知られるようになった[16]。なお、このボレル版の原稿は一九九八年に競売にかけられる。

ところでこの戯曲には、ボレル版とは別のヴァージョンが存在することが古くから知られていた。メダンの仲間であるレオン・エニックが所有していたその原稿は、後に著名な収集家ジックル伯爵の手に渡ったが、そのコレクションが一九三八年に競売にかけられた。競売のカタログには三幕韻文劇『レチュヌ伯爵夫人』*La Comtesse de Rhétune* の名が見られ、以下の説明が付されていた。「この作品の最初のヴァージョンの手書き草稿、一八七六年から七七年にかけて制作され、作者によって何度も書き直されたもの[17]。」恐らくはこの情報が元になり、『レチュヌ伯爵夫人』が書き改められて『リュヌ伯爵夫人の裏切り』になったと長らく考えられていたが、実はその順序が逆だったことが今日判明している。

それというのも、一九九二年に『レチュヌ伯爵夫人』の原稿が競売に出され、ルーアン市立図書館がこれを購入したのである。それによって二つのヴァージョンを見比べることがようやく可能となった（ただし『レチュヌ伯爵夫人』のテクストは二〇一七年時点では未だ公刊されていない）。だが、どちらが先に書かれたかはどうすれば決定できるだろうか。この点に関しては、フロベールが残したコメントが貴重な証言となっている。先に見たように、フロベールはモーパッサンのテクストの「猥褻さ」に懸念を表明していた。我々は後ほど、モーパッサンが『リュヌ伯爵夫人の裏切り』の推敲に際して、大胆すぎる箇所をどのように削除しているかを詳しく見ることとしよう。

両テクストの前後関係に関しては、さらにはっきりとした証拠が存在している。それもまたフロベールのコメントであり、『リュヌ伯爵夫人の裏切り』、つまりはボレル版の原稿に挟まれていたメモである。四頁からなるそのメモの中で、フロベールは戯曲についてより具体的な意見を述べていた。ただしその内容については、今日、我々は一九九八年の競売カタログに引用された部分しか知らないのだが、それでも推敲の方針について大変に示唆的なものである。つまるところ、モーパッサンはフロベールの批評に従って『リュヌ伯爵夫人の裏切り』を修正し、『レチュヌ伯爵夫人』に改題したのである。

一八七七年三月二十一日のフロベールの書簡によると、彼はモーパッサンの原稿をオデオン座に推薦しようと計画している。[18] しかしその翌日に改めて厳しい意見(「猥褻すぎる」から上演できないだろうというもの)を弟子に送っていることを考慮すると、この推薦が実際に行われたかどうかは疑わしい。我々がモーパッサンの戯曲に再び出会うのは十二月で、この時点で彼は劇を「やり直し」ている最中であり、「すっかり手直し」したと告げている。[19] 七八年冒頭、モーパッサンはもう一度原稿をフロベールに提出する。今度はフロベールも「十分に上演可能」と判断したが、「あまり乗り気にはなっていない」ように弟子には見えた。いずれにしても、フロベールはフランス座の支配人ペランに推薦することを請け負い、一方でゾラが、女優のサラ・ベルナールのもとへ「自分で原稿を持って行く」[20] ことを引き受けた。サラは当時コメディー＝フランセーズの団員だった。今日、ルーアン市立図書館に保管されている『レチュヌ伯爵夫人』の原稿は丁寧に清書されているので、筆耕に払う「二四フランを節約するために」[21] 著者自ら清書した二部の内の一方だと推察される。この時点でヒロインの名はリュヌからレチュヌに変わっていたはずである。

その後、モーパッサンは自らサラ・ベルナールに会いに行く。彼女は「愛想がよく、ほとんどよすぎるくらい」だったというが、すべては「インク壺であり、そこから何が出てくるか知ることは不可能[22]」な状況だった。彼は一カ月の間劇場からの返事を空しく待ちつづけた後、戯曲が「受け入れられることはない[23]」と確信するに至る。そして四月三日、「僕の劇はフランス座から最終的に拒絶されました[24]」と母親に告げられる。三度目の試みもこうして失敗に終わった。モーパッサンはロベール・パンションに宛てて次のように結論づけている。「僕は劇を書き直すのに一冬全部を無駄にしたし、結果は僕自身にも気に入らないものだ。[25]」とはいえ、今度はこの友人のパンションが、彼と関係のあった第三フランス劇場の支配人バランドにモーパッサンの戯曲を推薦することとなる。

彼はモーパッサンの劇に優れた性質を認めた。だが、というのもこの種の事柄にはいつでも「だが」がついてくるものだが、この芝居が要求する演出について、彼の劇場の貧弱な資産ではその危険を冒すことが許されなかった。「君の友人に」と彼は私に言った。「費用なしで上演できる作品を持ってくるように言いたまえ。そうすれば直ちに上演しようじゃないか。[26]」

そこでモーパッサンは『昔がたり』を執筆した、とパンションは続けているが、実際は、エマニュエル・ヴァンサンが指摘するように、「その機会を利用してずっと前に書き上げた作品を提出した[27]」のだろう。「バランドはマチネの公演に私の『昔がたり』を上演するでしょう（いつか？　私は知らないのです）。いつでもそうなんです。残念ながら、マチネでは何も得るものはないでしょう[28]」と、モーパッサンは一八七八年十二月二十六日にフロベールに告げている。金銭への関心はいつでも彼の心を離れることはない。とはいえ、これは若い劇作家が自分の作品を上演してもらえる待ちに待った機会であり、彼は演劇界に自分の名を売り込むためにこの機会を最大限に利用しようと考える。「できる限りの劇評を得られるように努めます[29]」と、稽古の最中にフロベールに告げている。当時の劇場の慣習に従って「さくらの親分、プロンプター、裏方[30]」のために六〇フランを払い、新人劇作家はこの上演に大きな期待をかけた。そしてついに一八七九年二月十九日、『昔がたり』は第三フランス劇場の舞台にかけられた。なおプログラムは他の二本の作品とで構成され、マチネではなくソワレの公演だった。

「私の作品は十分に成功しました。期待していた以上なほどです」とモーパッサンは報告している。実際、バンヴィルをはじめとした複数の批評家が、劇評の一部を『昔がたり』に割き、賞賛の言葉を述べてくれた。ただドーデはアルフォンス・カルルの作品との類似をほのめかしていて、幾分「不実」だとモーパッサンの目には映った。加えて、ゾラの「一団」はモーパッサンが「十分に自然主義的でない」として彼を見放した。「彼らのうちの誰も〈成功〉の後に握手しにやって来ませんでした[31]。」

なお、『昔がたり』の上演は三月八日まで休みなく続けられ、戯曲はトレス社から三月に刊行されている(フロベールの姪カロリーヌへの献辞が付けられている)。売り上げ部数はたいしたものではなかったが、いずれにしても、これがギィ・ド・モーパッサン名義で公衆に送り出された最初の著作ということになる。付け加えるなら、フロベールはこの作品をパリでサロンを開くマチルド公女に勧め、女優のパスカ夫人に上演させるように働きかけた[32]。この計画は実現されなかったが、その代わり、同年八月十五日にエトルタのカジノにおいて上演されている。この時、モーパッサンは著者の取り分である一二〇フランを放棄しなければならないことを残念がっている[33]。

一八七〇年代における劇作家モーパッサンの歩みに、あと幾つかの情報を補足しておこう。まず、戯曲『稽古』が、トレス社の刊行する『笑劇および一人芝居』第六集に収録される(モーパッサンによるとこの選集は「隅から隅まで馬鹿げて[34]」いたらしいが)。一八七九年八月二十二日のトレス夫人宛の書簡は、無名の新人作家の置かれた弱い立場についてよく教えてくれる。その中で彼は五〇フランの著作権料について慎ましやかに交渉しているのだが、交渉材料として、「文学的な小品」を劇場で上演してもらうことの困難さを説明しているのである。たとえばバランドの劇場は、モーパッサンには「通常の条件でなら開かれている」が、衣装の賃料がかかるので、ルイ十五世風の衣装が必要な作品の上演はしてくれない。そしてこの劇場を除くならば、コメディー＝フランセーズやオデオン座は「近づきがたく」、ジムナーズ座は「韻文は上演しない」[35]。そういうわけで『稽古』を上演してくれる劇場は見つからないのだという。見習い劇作家は、自分の作品の上演を試みるたびに、こうした困難にぶつからざるをえなかったのである。

とはいえ、モーパッサンの言葉をすべて文字どおりに受け取るわけにもいかない。彼が『稽古』を一八七五年にすでに書き上げていたことは先に述べたが、彼はトレス夫人に向かって、彼女の求めに応じるために特別に「二カ月以上も仕事をした」と告げている。

さらに、あなたの要望に合わせて作品を修正いたしました。そして、あなたは五〇フランをご提示くださる。それはちょうど、今現在、新聞紙上に載せる時評一本につき私が受け取る金額なのですが、私はせいぜい二時間でそれを仕上げるのです[36]。

慎ましやかであると同時に計算高くもあるモーパッサンは、上演の可能性のない、つまり劇場からの収入を見込めない戯曲を、できるだけ高く売りつけようとしている。さらに言えば、モーパッサンが本当にこの作品を上演不可能と考えていたかどうかも疑ってみる余地がある。それというのも、シャルパンティエに『詩集』の公刊を急ぐようにけしかけてほしいとフロベールに頼む書簡の中に、次の言葉が見られるのである。「フランス座かオデオン座に五月頃に提出しようと計画している小品が受け入れられるように、この本は四月に出ている必要があるのです[37]。」フロベールの側では『笑劇と一人芝居』でこの作品を初めて読んだらしく（七五年にヴォードヴィル座に推薦する時には読まなかったのだろうか）、「面白く、繊細で、上品で、魅力的[38]」だと褒め、『昔がたり』

の時と同様に、マチルド公女に見せるように勧めている。もっとも、この計画が実現された様子はやはりない。

補足の二点目として、『昔がたり』初日の約二週間前に、モーパッサンが第三フランス劇場支配人バランドに送った手紙を取り上げておこう。

> 私はいささか早く上演してもらいたく、その理由を申し上げますので、ご判断願います。
> 目下のところ、オデオン座に私の劇『レチュヌ伯爵夫人』を受け入れてもらえるチャンスがあるのですが、この作品はあなたがお読みになって、好意的にお話しくださったものです。とはいえ私はあなたのところのように文学的で尊敬されている劇場で最初に上演されたいのです。出版界に何人か友人がいて、好意的な記事を書いてもらえるのは確かなだけになおさらなのです。
> この先行事例は、デュケネル氏に対して大きな権威を私に与えてくれるでしょう。けれど、もし（まったくありえませんが、しかし常に可能性はある）この権威を得るより前に政府による変更を被れば、私は多くの力添えを失い、結果としてチャンスも失うことでしょう。[39]

したがって、コメディー＝フランセーズに拒否された後、モーパッサンは改めてオデオン座で歴史劇の上演を試みたことが分かる。[40]しかしながら、『昔がたり』の上演と、幾つかの好意的な劇評の後であっても、この（最後の）試みもまた失敗に終わったのだった。

以上が劇作家モーパッサンの詳細な足取りである。青年詩人は詩の世界と同時に演劇の世界においても認められようと努力を続けた。舞台は絶えず彼の関心を惹いていたのであり、この時期の活動の中で戯曲の試みは決して小さくない位置を占めている。ではモーパッサンは演劇において何を目指したのだろうか。どのような目的、どのような意図や野心をもって彼は戯曲の執筆を続けたのだろうか。そしてこの演劇の試みは、一八八〇年代の小説家モーパッサンに何を残したのだろうか。

『昔がたり』と『稽古』、上流指向？

一八七四年、まだ何も作品を公にしていない時点から、モーパッサンは戯曲を執筆し、劇場で上演してもらえるように画策し始める。最初に書かれた『昔がたり』は一幕の韻文劇、一年後に書かれる『稽古』も同じく一幕韻文劇である。両作品には幾つか共通する要素が認められ、一八七五年頃の、道を模索する青年の姿を垣間見させてくれる。

まず、これらの作品が見習い作家の習作らしい代物であることは確かである。一幕という簡単な構成も筆ならしという性質のゆえであろう。文字通りに劇作の練習が行われているのであり、後の大作の準備ないし予行演習と位置づけられよう。なお、モーパッサンが韻文で戯曲を書こうとしたのは、当時の彼が詩人を自任していたことを思えば突飛なことではなく、当時はまだ韻文戯曲もよく書かれ、上演されていた（この点については『リュヌ伯爵夫人の裏切り』に関して改めて触れることとしたい）。

今日の視点からすると、この二つの小品には社交界向けの上品な様子が目につき、時代遅れという印象をぬぐえない。実際、登場人物はそろって貴族や裕福なブルジョアであり、背景や装飾も豪華なものが選ばれている（『昔がたり』ではルイ十五世様式の室内、『稽古』では牧歌劇の衣装）。舞台はサロンに設定され、この種の上品さにつきもののギャラントリーも欠いてはいない。作者自身、トレス夫人を相手に『稽古』の著作権料の交渉をする際に、作品の性格を「とりわけ文学的で、サロンやあなたの作品集向けに構想して書かれたものであり、社交界の格言劇風で、ささやかな筋立て、舞台に不可欠で世間を驚かせるようないささか大げさな効果を取り入れていない作品[41]」と説明している。モーパッサンは自分の作品が社交界向けの上品なものであることをよく弁えている。

もっとも、若い詩人の計画にもそれなりに理があったのは確かである。当時のプログラムはしばしば複数の作品から成り立っていて、一幕の短い芝居にも需要があったし、[42] ゲテ座のコンクールなども、小品の受け入れられる機会があったことを示している。さらにフロベールが書簡中で勧めていたように、社交界のサロンで芝居が上演されることもあった。したがってこの時期の作品の性格が「繊細」で上品なものだったのは、見習い作家の意図的な選択だったと考えられる。[43] 新人が観客に受け入れられやすい作品を書こうとするのは自然なことだろう。加えて、最初の試みの時点から評判や報酬も無視しがたい動機の一部だったはずである。モーパッサンは自分の行動の意味をよく理解していたのである。

とはいえ、すでに確認したように、現実は必ずしも思う通りになるものではない。無名の新人の置かれている状況は、彼が当初想像していた以上に厳しいものだった。実際、予想とは異なり、ヴォードヴィル座のような劇場は「繊細」で社交界向け、とりわけ文学的な作品を喜んで迎え入れてはくれなかった。無名な作家の作品を上演してもらうのはいかに難しいかということを、モーパッサンは身をもって学んでいる。失敗の経験の内には、引き出すべき教訓というものがあっただろう。

いずれにしても、社交界向けの上品な作品という選択には、経験に乏しい臆病な青年の保守的な姿勢が表れている。とりわけ最初の作品『昔がたり』は、感傷的な恋物語を語っている点で型にはまった慣習的な性格が強い。年老いた男女が過ぎ去った恋愛を思い出し、「昔がたり」にうっとりとするという筋には、ノスタルジーと情緒が溢れている。作者は青春時代に耽溺したロマン主義からまだ完全に抜け出してはいないようである。[44] さらに言えば、侯爵夫人が、かつて伯爵が愛した当の恋人だったと判明する結末はいかにもわざとらしく、構成が安易かつ凡庸であるという印象は否めない。この習作には、まだ自らのスタイルを見出だしていない若者の未熟さがはっきりと残っている。

しかしながら、まさしくこのナイーヴさと不器用さの内にこそ、モーパッサンのいわば〈原形〉が存在すると言えるだろう。彼はまだ同時代の文学的動向をさして意識せず、自らの関心の赴くままに創作に励んでいる。その時、彼が作品の素材を汲み取るのは何より自身の内面においてである。それゆえに、初期作品の内には作者にとって真に親しいテーマが姿を見せている。後に見るように、初期の短編小説には恐怖（「水の上」）、戦争（「ラレ中尉の結婚」）、婚外子（「シモンのパパ」）などの、後々まで重要となるテーマが認められるし、ここで検討している戯曲に関して言えば、形式は慣習的なものだとしても、〈男女の永遠の不和〉という主題は将来の作品の中心に位置するものであり、前章で見たように「愛の終わり」や「田舎のヴィーナス」などの詩篇の主題にも通じている。『昔がたり』では、伯爵と侯爵夫人がそれぞれに愛についての思いを語るが、男にとって女は気まぐれで移り気であり、女の方では、女性が不実になるのは男の側に責任があるのだという。

ああ！　あなたは女は冷淡だと思っていらっしゃる。女は
気まぐれから気まぐれに飛び回るものだと。まったく、それはあなたの過ち。
女も愛することができるでしょう。でもあなた方がそれを邪魔する。
最初に訪れた愛情を、あなた方が引き離してしまう(45)！

若い頃の伯爵が一時愛した少女の所へ帰らないのは、彼女の愛情の真摯さを信じることができなかったからであるが、実は彼女は彼の帰りを待ち望んでいたのだった。「侯爵夫人、一体、私はそんなに大きな罪を犯したのでしょうか？」（*Th.*, 116.）という伯爵の台詞に、男女の相互不理解が象徴的に要約されている。ナイーヴで感傷的な恋愛物語の背後には、苦い後悔が潜んでいるのである。ちなみに、男女間の対立を表す時に、この頃のモーパッサンは好んで聖書や歴史上の人物を引き合いに出している。「サムソンとデリラ、／アントニウスとクレオパ

トラ、オンファレの足元に額ずくヘラクレス」[46]（*Th.*, 110.）。

『稽古』でも同様に、デトゥルネル夫妻の間、および妻と青年ルネとの間の相互不理解が描かれている。二つの作品には、悲観主義的な思想を持つ作者の姿がすでに現れているのであり、彼は自身の世界観を表現するのにふさわしい形式を模索しているのである。

『昔がたり』には老いや過ぎ去った時間というテーマが認められるのも、同じように興味深い点である。「若い頃の素敵な思い出は／つかの間でも、寒々しい老いを活気づけてくれますもの」（*Th.*, 107.）。あるいは、両親や親戚の語った思い出話がこうした主題の元になったのかもしれない（数年後には老いと死をテーマにした詩篇「祖先」も書かれる）。それともモーパッサン自身がすでに喪失感を抱いていたのだろうか。いずれにしても、老いや過ぎゆく時間も、『女の一生』*Une vie* をはじめとする一八八〇年代の散文作品において重要なテーマとなるものである。

ところで、『昔がたり』と同じ頃、モーパッサンは書簡の中でもう一つの戯曲、「一幕の小喜劇」のプランを語っていた。以下がその内容である。

以下のような主題です。（田舎の所有地にて）――理性的結婚――やもめ暮らしの男女が話しながら散歩していて、男性が連れ合いに自分を夫とするように提案する。愛からではなく、――それは二人の間では問題にならない、そうではなく、二人の孤独を結び合わせて、それぞれが今より寂しくならないようにするため。（二人の間のとても滑稽な会話を作れます）。女は男をからかい、二人は本当によいカップルになれるでしょうねと言う。そこに腕を組み合った二人の若者がやって来る――一人の友人と、彼らが泊まっている家の娘である。老婦人は二人を示して連れ合いに言う。「あれが愛と結婚の話ができる人たちですよ。」二人は若者たちに場所を譲って立ち去る。（若者の間で）新しい愛の告白――二つのカップルの間の性格の違い。青年が娘に向かって、愛しているが、結婚のことは考えられないと言う——彼は裕福で、自由で、自分の道は自分で切り開けるが、しかし私生児なのだ。娘はいずれにしても父親に結婚の申し込みをしてほしいと言う。父親が不意に現れる。——申し込みと拒絶。父親は娘を私生児にやろうとはしない。すべてを聞いていた二人の老人が再び現れる。「失礼ですが、あなた」と男が言う。「彼は私生児ではありませんよ、私が彼を息子として認知しますから。」「たいへん結構」と父親が言う。「父親は見つかったわけだ。でも母親は不在のままですな。」「もう一度失礼しますけど」と老婦人が言う。「私も彼を息子として認知しますわ。彼が幸せになりますように」云々。こうして彼女は拒絶したばかりの古い友人の手と名前を受け入れるのです。このアイデアから一幕の愛らしい喜劇が作れそうです。でもゲテ座のコンクールに間に合わせられるでしょうか。[47]

モーパッサンはこの戯曲を完成させなかったようだが、ここには（これも後に重要となる）婚外子のテーマが登場しているし、『昔がたり』同様に老いのテーマも認められる。ここまで見てきたように、初期戯曲の内には、表現すべきテーマを探している青年詩人の姿が確認できるのである。

さらに『稽古』にはもう一つの特別な意義が存在している。それはこの戯曲が「嘘まみれで、気取っているサロンの芝居」（*Th.*, 136.）を主題としている点である。この作品自体が「サロンの芝居」に属している以上、それは自己に対するアイロニー、あるいはメタ・フィクション的な趣向と言えるだろう。「すべてが偽り、装飾も、人も衣装も、／そうでしょう？」（*Th.*, 137.）と、デトゥルネル氏はサロンで上演される芝居を諷刺する。一方、芝居のために侯爵の衣装を着て登場する青年ルネは、「全然思うようにいかないんです、この衣装が邪魔をして」（*Th.*, 140.）と言い訳するが、そのぎこちない身振りによって演技の持つ嘘臭さが強調されている。そしてデトゥルネル夫人は、より直接的に偽りの演技を批判する。

男ってなんて借り物なのかしら！　どんな女性も、
社交界の女性は、魂まで女優だっていうじゃない。
劇場の女たちは不器用で、微笑むのも、
立ち上がるのも、座るのも、一歩歩くのでさえ、
悲劇的に見せるんだわ。何でもないことが邪魔をするのね。
そういうのは学ぶものじゃないわ、生まれに関わるのよ。
芸を身につけることはできるけれど、自然さはそうはいかないの。（*Th*., 141.）

つまり、本職の女優の演技は不出来で偽りのものである一方、上流階級の貴婦人の身のこなしは、いわば身についた〈本物の演技〉だというのである。このように、作者は演劇という慣習に対する批判を作品の中に織り交ぜており、演技と自然さ、虚偽と真実との対比が、この戯曲の主題を構成している。したがって、モーパッサンの内にはレアリスムや〈本当らしさ〉についての関心がすでに芽生えていると言えるかもしれない。

もっともそうは言っても、彼は常に韻文で戯曲を執筆しているのであり、韻文劇に自然さを求めるのには限界があるだろう。いわば最も伝統的な演劇的慣習を遵守し、それを拒絶するのではない以上、仮に舞台上にレアリスムを導入することの困難を彼が意識していたとしても、それを撤廃しようとか、また撤廃するべきだと考えているわけではない。悲観的な現実主義者として、演劇的慣習の持つ不自然さや滑稽さを皮肉を込めて諷刺するのが精一杯だったのかもしれない。

いずれにしても、虚偽と真実の混同という主題は、演劇における虚偽性という問題を越えて、それ自体一個の文学的テーマとして興味深いものである。ルイ・フォレスティエは次のように述べている。「この作品は、いかにしてフィクションこそがまさに現実となりうるかを示している。あるいはむしろ、――より不安を掻き立てる

ことだが――そこでは愛の表明と、愛の実体験との境界が不確かなものとなっている。同じ衣装の下に、実在と仮象とが混同されるのである。[48]」実際、デトゥルネル夫人は女性における〈自然な演技〉の存在を指摘する一方で、演技の練習をしていた青年ルネはいつの間にか夫人に向けて本当の告白をするに至る。ところが終幕に戻って来た彼女の夫は、青年の愛情告白を芝居の演技と勘違いして受け取るのである。「ブラヴォー！　ブラヴォー！　素晴らしい！　見事に演じなさった！」（*Th.*, 148.）。一方で本来は演技であるものが自然と化し、他方では真実の感情が演技と受け取られる。この見た目と実態、真実と虚偽の二項対立、およびその逆転は、人間の存在やコミュニケーションの可能性について問題を提起する主題であり、大きく発展させる余地があると言えるだろう。たとえば娼婦〈脂肪の塊〉における見た目と実態との乖離（これについては三章で検討する）や、宝石の真偽を巡る有名な短編「宝石」« Les Bijoux »（一八八三年）と「首飾り」« La Parure »（一八八四年）など、モーパッサンの小説作品を構成する重要なテーマとの関連も想像できよう。少なくともここで確かなのは、『稽古』の内には、人間に対する作者の批評的な視線が十分に窺えるということである。

ところで、これらの戯曲の執筆においては、すでにフロベールが重要な役を担っていることも無視できない。書簡の中で、モーパッサンは『昔がたり』の推敲の報告をしている。「ご指摘くださった点はすべて変更し、最初の五頁は削除しました[49]。」フロベールはいわば「事件ノ只中へ」*In medias res* という古典主義的な規則の重要さを教えたと言えよう。弟子は師の助言に従いながら、筋の展開の速さや行為が生み出す効果に特に気を配ったようである。作品の構成や人物をどのように動かすのかといった問題について戯曲の試みを通して得られた教訓は、散文作品、中でも短編小説にも適応できるものであっただろう。

『昔がたり』は純然たる対話劇なので劇的行為には乏しいが、代わりに劇中で伯爵が語る昔話は、それ自体がいわば一個の短編小説を構成している。「ブルターニュにおいて、恐怖政治と人の呼ぶ／恐ろしい時代のことでした」（*Th.*, 112.）。『稽古』の場合は、登場人物の感情の展開と共に劇が進行してゆくので、より一層短編小説に近い構成と言えるだろう。ルイ・フォレスティエはモーパッサンの演劇への取り組みを、次のように評価している。「彼は演劇において、シチュエーションの設定や調整などを練習する機会を得る。さらに、ブールヴァール喜劇によって磨かれた時計仕掛けのような仕組みを、演繹的推理によって代えることは有益であり、人物の内的な論理があれば、作為的な筋の展開は無用なものとなることを彼は見抜くだろう。逆説的に、モーパッサンにとってドラマツルギーは、語りの技術をよりよく統御する方法なのである。[50]」自覚のあるなしを問わず、これら初期戯曲の執筆は、青年作家の成長において無視できない役割を果たしたのである。

一八七五年頃、モーパッサンは社交界向けの、もっぱら文学的な詩人として公衆に認められたいと思っており、まだ前衛的な試みの実践者ではなかった。しかしこの二つの作品が上演に至らないという失敗を経た後、彼は大きく変化することになる。あらかじめ簡単に述べておくなら、彼は感傷的なロマン主義を排除して、劇作品の内にも力強い物質主義的な世界観を導入しようと試みることだろう。

しかしながら、たとえ姿勢の変化が存在したとしても、モーパッサンはこの若書きの作品を否定するわけではなく、むしろそれが上演される機会を探りつづける。そのことを記憶に留めておこう。青年の願望は、一八七九年に『昔がたり』が上演されることでようやく実現するだろう。その時、フロベールの弟子へのお世辞が明らかだとしても、ジャーナリストは好意的な評価を寄せてくれる。たとえばテオドール・ド・バンヴィルによれば、「ギィ・ド・モーパッサン氏の格言喜劇は〔……〕、魅力的で、軽妙で、動きが速く、しなやかな韻文で書かれており、真の気品と稀な洗練とを備えて」おり、成功は「全員一致で賛同された大きなもの[51]」だった。アドリアン・ラロックも賞讃の言葉を惜しんでいない。

この作品は不可能に挑もうとしているようであるが、それでいてしっかり立っており、観客を魅了し、賞賛を引き起こした。それというのも繊細な思想、甘美な事柄の思い出が美しい詩句で表現され、抵抗しがたい力を持っていたからである。

観客から作者の名前が叫ばれた(52)。

この作品が自然主義青年たちの気に入らず、彼らがモーパッサンを「見放した」としても、彼の方でもその結果を見越していたことだろう。ゾラの「一団」を「見放し」ていたのは実はモーパッサンの側であって、彼は集団の団結よりも個人的な成功を優先させたのである。書簡の中で「〈自然主義流派〉という馬鹿げた言葉(53)」と述べているように、クロワッセの隠者ことフロベールの忠実な弟子として、モーパッサンは文学流派のラベルを貼られることを嫌っていた。流派を否定し、独立を要求するというのは彼にとって決して空疎な言葉ではなかった。実際、一八七〇年代のモーパッサンの文学的活動は、自然主義流派から距離を取ろうとする彼の意志を具体的な行動として示しているのである。確かに、一八七九年の『レチュヌ伯爵夫人』は、七四―七五年に書かれた『昔がたり』や『稽古』とは大きくかけ離れているし、そこには自然主義の影響も窺えるだろう。だがそうであっても、彼が上品で繊細な詩人・劇作家として世に出ることの妨げにはならないのであり、それというのも、彼にとっては自由であることが何より重要だったのである。

最後に、先に『昔がたり』にはまだロマン主義の残滓が見られると指摘したが、かといって、モーパッサンがナイーヴで感傷的な青年のままだったわけでもないことを確認しておこう。前章に見たように、詩人としてのモーパッサンは誇張された感情吐露は偽りのポエジーだとして、「征服」や「愛の終わり」といった詩篇の中でそれを批判していた。それと同じように、『昔がたり』においては、女性に愛の告白をする詩人がからかわれている。「彼女相手に詩句をひねり、／彼女を呼ぶには、花よ、星よ、宇宙の太陽よ」(*Th.*, 108.)。さらに恋愛詩の中で女性を理想化する詩人に対して、その感傷癖が揶揄されている。

少なくとも我々の間では、
女とは、気分を害した子どものようなものだとお認めなさい。
世間ではいささかなりと誉めすぎで、とりわけ歌に歌いすぎです。
魅惑に釘づけの追従者、ソネの作り手たちは、
蛇口さながら、朝から晩まで、
詩の砂糖で蒸留させた、お世辞を注ぎかけては、
女たちを、夢想に膨れ上がった子どもにしてしまうのです。

(*Th.*, 108-109.)

夢から醒めた現代詩人はもはや理想の女性像を歌い上げたりはせず、その代わりにマリアヌ・ビュリーの言うように、「次第に女性を覆うようになった詩的な後光を消し去って、あるがままの女性の姿を示し、その彼女に値する程度に彼女を褒め称えるように努めるのであり、ステレオタイプな概念には従わない」(54)。青年劇作家は確実にロマン主義から遠ざかりつつあったのである。

二篇の小品の執筆と上演失敗の後、モーパッサンは劇作家として名を挙げるためにより長大な作品を書く必要を感じ始める。社交界向けの繊細さや上品さは、もはやパリの劇場での上演には必ずしも向いていないということも学んだ。加えて、彼はもう同時代の文学動向に無関心ではなく、独自の詩学を鍛えている最中でもある。長篇詩「水辺にて」は一八七六年の冒頭に書かれ、ギィ・ド・ヴァルモン名義で三月の『文芸共和国』に発表された。そして同年の末、モーパッサンは長大で重要な韻文歴史劇『リュヌ伯爵夫人の裏切り』の執筆に着手する。それらの作品においては、ロマン主義の徹底的な拒絶と、物質主義的な世界観とが表明されるだろう。モーパッ

サンは前衛文学の側、現実主義ないし自然主義の一翼を担う位置に立つのである。とはいえ、この青年作家が胸に抱く戦略は普通に思われている以上に複雑なものであることも、同時に理解されなければならないだろう。

『バラの葉陰、トルコ館』、反詩的衛生法

その長大な戯曲の検討に入る前に、問題を含む「猥褻な」笑劇『バラの葉陰、トルコ館』に注目してみよう。まず注意すべきは、この「(悪しき)風俗喜劇[55]」(*Th.*, 43.)はモーパッサンと彼のボート仲間によって集団で書かれ、彼ら自身の手で親しい友人たちの前で上演されたということである[56]。集団による私的な上演という特殊な条件を考慮するなら、この「絶対的に猥褻な作品」を、モーパッサンが個人で書いたいわば〈公式〉の作品と美学的に同列に並べて論じることはできないだろう。アルマン・ラヌーは、「最悪なのは、『トルコ館』には最低限の美学的なアリバイさえ存在しないことである[57]」と嘆いている。しかしながら、当時好んで「ジョゼフ・プリュニエ」と名乗っていたモーパッサンがこの集団的余興を指揮したという事実は、この時期の彼の文学活動の全体において無視できるものではない。それ以上に、ある意味において『バラの葉陰』は、一八七〇年代におけるモーパッサンの詩・演劇の試みの根本的な一面を、象徴的な形で表していると言えるかもしれない。

この芝居の舞台となる「メゾン・チュルク(トルコ館)」とは売春宿であり、主のミシェは娼婦たちにトルコ風の衣装を着せて、エキゾチスムを売りにしようとしている。このタイトルにはフロベールの『感情教育』の末尾、主人公たちがゾライード・チュルク夫人の売春宿を思い出す場面が暗示されていると研究者は指摘している(チュルク夫人はその名前ゆえにトルコ人だと思われていた)。ピエール・ブリュネルの言うように、モーパッサンはこのほのめかしによって「師に一種のオマージュを捧げ[58]」ようとしたのだろう。

モーパッサンの作品に売春宿や娼婦が初めて登場するという点は無視できない。数年後には「脂肪の塊」や「テリエ館」« La Maison Tellier » といった小説が成功を収め、作者をして文学界に地位を占めさせることになるように、娼婦はモーパッサンの文学において大切な役割を担う存在である。先回りして述べるなら、娼婦が重要な主題となるのは、その問題を孕む存在が、十九世紀のブルジョア道徳の内包する社会的欺瞞を暴き立てるのに有効だからであろう（この点は次章で「脂肪の塊」について検討したい）。そしてそのことは、『バラの葉陰、トルコ館』の淫らな笑劇においてもすでにいくらか当てはまるのである。

コンヴィル（Conville の con は「馬鹿」ないし「女性器」を表す単語）の市長ボーフランケ氏とその妻は、「トルコ館」を普通のホテルと勘違いして泊まりにやって来る。この夫妻は愚鈍なブルジョアの諷刺画という役割を担っているが、同様の諷刺は「慎みのない請願」[59]や「通りの言葉」といった『詩集』所収の詩篇にも見られる。ボーフランケ夫人がレオンという青年によって誘惑されている間に、夫の方では、自分がトルコのハーレムにいるものと勘違いしたまま館の女たちに言い寄り、最後には夫婦ともどもトルコ大使による処罰を恐れて逃げ出す。二人の無知や愚かさが笑いの対象となる一方で、彼らの抱く性欲が赤裸々に露わにされるというのが作品の趣向である。[60]

ブルジョアが諷刺される一方で、売春宿という場は、ブルジョア道徳を侵犯し、挑発する場でもある。劇の中では性愛の行為が何度も繰り返され、隠語や卑俗な言葉が舞台の上を飛び交う。そもそも、タイトルの「バラの葉陰」自体、性行為に関する隠語である。[61] さらに言えば、ここにはあらゆる種類のタブーの侵犯が認められる。スカトロジー（工兵は娼婦ラファエルのおまるに自らのペニスを浸す）、同性愛（娼婦ラファエルとボーフランケ夫人、ミシェと屎尿汲み取り人）、あるいは過剰な卑猥さ（マルセイユ男と「壁にかけられたボール紙でできた巨大なペニス」（*Th.*, 68.））が、次々と舞台に登場する。カーニヴァル的な乱痴気騒ぎを通して現れるのは、ラブレー的な混乱と放逸の世界なのである。[62]

そこに見られるのは、ブルジョア道徳に対する過剰なまでの挑発であり、実際に、観客の一人だったエドモン・ド・ゴンクールのような実直な人物は（内心で）気分を害し、「大変な卑猥さ」に対して「嫌悪感」を抱いていた。「私はどれほど自然な羞恥心が欠如したら、こんなものを公衆の面前で披露できるほどの才能を持てるのだろうかと自問していたが、嫌悪感は表に出さないように努めていた。『娼婦エリザ』の著者にしては奇妙だと思われただろうから。[63]」実際の上演は常軌を逸し、通常の道徳的規範をはるかに超えるものだったと想像される。女性の登場人物もすべて男性によって演じられただけに、倒錯的な性格も顕著に認められよう（「痛ましい」とゴンクールは述べている）。

しかしながら、上演はあくまで私的なものだったという条件を考慮するなら、謹厳な社会道徳に対する挑発の意図それ自体は、上演の目的としてはあるいは二次的なものだったかもしれない。原則として、前もって事情に通じていた観客は芝居を受け入れる準備ができていただろうし、上演する側と観客との間には、共犯性や友情による連帯感が存在しただろう。この陽気な余興は、友人同士で同じ考えや感情を共有しあう場だったのである。その意味で無視できないのは、親しい友人たちに加えて、モーパッサンがあえてフロベール、トゥルゲーネフ（二人は二回とも）、ドーデ、ゾラおよびゴンクール（二度目の上演）といった親しい年長作家を招待していることである。[64] この好色な笑劇の中に「美学的なアリバイ」が欠如しているように見えるとしても、師と仰ぐ先輩作家たちの文学的姿勢に忠実な弟子としての意志表明が、この上演に込められていないわけではないのである。第二帝政以降のフランス社会において、ブルジョアに対する憎しみや軽蔑の念が高踏的な立場を取る芸術家たちを結びつけてきたことを思い出そう。フロベールがそうした芸術家の代表であるとすれば、現実主義ないし自然主義の作家たちは程度の差こそあれ、共感をもって彼の思想を共有していたのである。

ブルジョア道徳に対するモーパッサンの批判的な姿勢は詩作品の内にも見て取れるものであるが、とりわけその傾向は、一八七六年三月の「水辺にて」の発表以降に顕著となる。すなわち『バラの葉陰』の二度の上演（七五年四月と七七年五月）の間の時期を境としている。その「水辺にて」に関して、モーパッサンはスキャンダルを狙うような制作意図を友人に打ち明けている。「僕の作品はと言えば、言葉は貞淑で、イメージと題材の点では、人が作ることのできる中で最も不道徳で、最も淫らで、云々のものだ。」そして、バルベー・ドールヴィイーのように「予審判事の前に立たされること」[65]を心配してみせている。同様に、最も長大な詩篇「田舎のヴィーナス」の執筆時（七八年）にも、「肉感的になりすぎないように」[66]する困難を感じていた。青年詩人は物質的な現実世界の内に真の詩情を求め、それを感傷的な抒情性の代わりとすることを試み、その結果、性愛の行為を大胆に作品に描くようになる。性愛が喚起する身体感覚の内に詩情を見出だし、それを公に発表しようとすれば、道徳と詩学との間の対立は避けがたい。モーパッサンの現実主義詩の内には、挑発やスキャンダルによって名を広めようとする思惑が見え隠れすることは、率直に認めてしかるべきだろう。

つまり、モーパッサンが物質主義的レアリスムの方へと進む決心をしたのは、まさしく一八七五年頃のことであった。たとえ『昔がたり』のようなそれ以前の作品を決定的に放棄することはないにしても、一八七六年の『稽古』上演失敗は、彼の方針を決定的なものとしたことだろう。だとするなら、この一種の〈転向〉とも呼ぶべき変化には、若い自然主義者たちとの交際が本格化するより前、たくましく陽気なボート仲間たちとの交流が青年モーパッサンにもたらした影響が大きかっただろう。実際に、たとえば一八七四年頃に書かれた「フォーヌの欲望」« Désirs de faune » と題された詩篇と、『バラの葉陰』とを結びつけて考えることができる。この詩篇は仲間たちの「水上の卑猥な大喜び」の最中に書かれたといい、モーパッサンは「ジョゼフ・プリュニエ、連合のメンバー、エトルタ号の指揮官、連合の秘密警察長官」と署名している。

おお！　肉が膨れ、立ち上がって燃え立つ時！
魂全体がそこにあり、張り詰め、あえいで、

頭は狂乱し――欲望に泡を吹いて、
これ以上に焼け付く快楽をどこに求めてよいか、
燃えるような舌を裸の股の間に差し入れればよいか分からない！
二本の腕は肉付きのよい尻の下でこわばり、
彼女を吸い、その匂いを嗅ぎ、舐め、
雄山羊とサチュロスの興奮で、
血まで吸い、ねじり、からみつく様は
人間蛸のようで、飲み――そして笑う
彼女の痙攣する様を。そしてその体を感じる
体は恐るべき快感の内に砕け、膨れ
痙攣、痙縮、激昂、
息詰まらせ、むせび泣き、野蛮な叫び声を上げてうなる！

（*DV.*, 220.）

この十四行のソネ（ただし韻の規則は無視されている）は性的快感を描写しているが、その慎みのなさと荒々しい表現が注目に値する。身体的な性愛は感情や感傷の一切を奪い取り、動物性と暴力性を露わにする。この詩篇はポルノグラフィックな意図によって書かれているが、しかし「水辺にて」や「田舎のヴィーナス」の一部分と比較し、そこに類似を認めるのは難しいことではない。試みに「水辺にて」の一節を見直してみよう。

彼女はのけぞり、僕の愛撫にあえぐ。
押しつぶされた胸が愛情に硬くなり、

長いすすり泣きと共に激しく喘いだ。
頬は焼けるように、目は半ば閉じられ、
僕らの唇、感覚、吐息が交じり合った。

(*DV.*, 58.)

さらに、「ひげの女」、「我が泉」、「六九」のいわゆるポルノ詩篇が書かれたのも、「一八七四年から七八年の間、セーヌ河畔で友人たちの一団と乱痴気騒ぎをしていた時期[67]」である(この三篇は後に『十九世紀の新サチュロス高踏派詩集』(キストメケール書店、一八八一年)に収録される)。有り体に言えば、『詩集』に集められるモーパッサンの現実主義詩は、同じ作者によるエロチックな詩篇と必ずしも明確に区別されるものではなく、どちらの作品の底にも同じ物質主義的な世界観が潜んでいるのである。イヴァン・ルクレールは、モーパッサンのポルノ詩篇について次のように述べている。

明らかにこうした詩はとても周縁的なものと考えることができるし、実際にそうであって、そこには集団的な気晴らしもある。しかしながら、モーパッサンの詩学においては重要な働きがあったと私には思えるのである。つまりそれは優れた反詩的衛生法であり、抒情性の回帰といういつでもありうる危険に対する解毒剤、言語のレトリックの花を萎れさせ、心理を生理学で取って代え、むき出しの言葉や、力強く新しい隠喩によって愛や身体について語る一つの方法なのである。[68]

ルクレールは『バラの葉陰』について語り、「ポルノグラフィーは感傷的な紋切り型を治癒してくれる」と述べているが、その感傷的な紋切り型こそは『昔がたり』の内にまだ認められたものだった。言い換えるなら、こうしたポルノグラフィックな詩作を通して初めて、現実に対して醒めた視線を向ける青年が登場してくるのであり、その後にこそ彼は現実主義詩人として「何か物質的なもの」を歌うことを目指すようになるのである。

ところで、フロリアーヌ・プラス゠ヴェルヌは、『バラの葉陰』には「装飾なしで、あらゆる卑劣さにおけるあるがままの人生を描く」という「自然主義的な」目的があると指摘している。「最初は若書き、文学的価値のないただの即興作品と見えるものが、実は自然主義者たちに親しい現実原則を舞台に適用させようという意図を示しているのである。本当らしさや現実は、必ずしも下層社会への偏執と同義語ではないが、大部分はそこから生じているのである。[69]」レオン・フォンテーヌも後年にこの作品を「自然主義的即興作品[70]」と呼んでいるが、「自然主義的」という呼称には慎重であるべきだろう。自然主義を奉じる青年たちとの交流が始まるのが一八七六年初め頃であることを考慮すると、少なくとも一八七五年時点のモーパッサンとボート仲間たちの内に、自然主義の概念が十分に浸透していたかどうかははっきりとしない。[71] 恐らく、「反詩的衛生法」はモーパッサン個人の内で、彼自身の論理的必然性に従って行われたのだろう。それが結果的に芸術におけるレアリスムの実践へと作者を導くと同時に、ゾラの理念に心酔する青年作家たちを受け入れる下地を作ったのである。

もっとも「自然主義」の呼称はともかくとして、『バラの葉陰』の猥褻な笑劇や、より広くポルノ的な作品の全体は、その性質からして私生活の秘密を暴くという形をとり、性的な事象に特別な視線を注ぐ。身体性やマテリアルな現実にこだわることによって、ポルノグラフィーは社会的欺瞞や虚偽を暴き立てる。その意味では、ポルノグラフィー以上に〈誠実〉なものは存在しないと言えるかもしれない。『バラの葉陰』の執筆と上演を通してモーパッサンの内に発見があったとするなら、それは文学が持つこの〈暴き立てる〉という機能であろう。それこそは、現実主義に立つ作家としての誠実さを証明すると同時に、ブルジョア社会の偽善性に対して異議を申し立てるのに効果的な手段となるだろう。まさしく「美学的アリバイの欠如」、ルクレールの言う「抒情性」や「レトリックの花」を決然と拒むことこそが、逆説的に、文学的な財産をモーパッサンにもたらすことになるのである。

ところで、先にフロリアーヌ・プラス＝ヴェルヌは、自然主義文学の特徴でもある「下層社会への偏愛」について言及していた。諷刺的な笑劇として、この作品が娼婦および社会の底辺に位置する人物を次々に舞台に乗せていることにも注目しておこう。労働者（屎尿汲み取り人）、障害者（せむし）、地方人（マルセイユ男）、外国人（イギリス人）がその例として挙げられる。もっとも、共作者たちと観客たちが位置するのは社会の中心側の安定した階層であって、社会的な弱者に対する視線は差別的なものであり、これらの人物は諷刺やからかいの対象となっている。それでも、ブルジョア社会の周縁に位置する者が、ここで初めてモーパッサンの作品に登場してきたという事実は見逃せない。そこに現実主義者として社会を直視する視線があることは認めてもよいだろう。社会に対する批判的視線が、モーパッサンの現実主義美学において真に重要な位置を占めるようになるには、「脂肪の塊」の登場を待たなくてはならないが、この点においても『バラの葉陰、トルコ館』は、将来の散文作家への確実な一歩という意味を担っているのである。

『稽古』がヴォードヴィル座に拒絶された際、「劇場の支配人は、彼らのために仕事をしてやるに値しないと決定的に分かったのさ!!!」と一度は宣言したのだったが、一八七六年末、モーパッサンは再び演劇に挑戦することを決心する。その時、「繊細すぎる」のと「猥褻」すぎるのとの中間が、彼の求める道となるだろう。彼はもはやためらいがちで保守的な見習い作家ではなく、パリの大劇場の舞台を征服しようという野心を抱く一人の自信に満ちた青年である。二つの小品の上演失敗と『バラの葉陰』の私的上演が、新たな戯曲の執筆のために多くを教えたことは間違いない。では、彼が実際に構想したのはどのような作品だったろうか。そこにはどのような意図と野心が込められていたのだろうか。

『リュヌ伯爵夫人の裏切り』、ロマン主義への異議申し立て

青年モーパッサンが著した最長の戯曲は「三幕韻文の歴史劇」であった。まず、一八七〇年代に何故モーパッサンは歴史劇を書こうとしたのかという問いから考えよう。

歴史劇はフランス革命時代に生まれ、一八三〇年代以降、ロマン派の作家たちがこのジャンルを愛好したことが知られている。[72]文学史の記述では、通常、ユゴー『城主たち』（一八四三年）の失敗が演劇におけるロマン主義の終焉を告げたとされ、第二帝政以降はブルジョア社会を舞台とするドラマや、一種の「真面目な喜劇[73]」が栄え、ブルジョア社会の風俗や家庭の情景が上流社交界の観客を惹きつけたと記されるのが常である。エミール・オージエ（一八二〇―一八八九年）、アレクサンドル・デュマ・フィス（一八二四―一八九五年）、ヴィクトリアン・サルドゥー（一八三一―一九〇八年）が、このジャンルの大家として名を馳せた。彼らの作品の多くは散文で書かれたという事実を付け加えておこう。それでは韻文劇はどこに行ったのだろうか。歴史劇は完全にすたれてしまったのだろうか。

通常の文学史の記述では、十九世紀後半に韻文歴史劇が書かれていたという事実は出てこない（唯一の例外は、一八九七年のエドモン・ロスタン『シラノ・ド・ベルジュラック』の異例の成功である）。恐らくはそのために、今日、モーパッサンの試みは時代遅れな保守的なものという印象を持たれやすい。「これは犯罪通り向けのリュイ・ブラスだ!!![74]」というアルマン・ラヌーの断言は、三〇年代のロマン派劇をさらに通俗向けにしたものだという意味であろうが、つまりは明らかに時代遅れなものだという判断がそこにはある。そもそも、これまで伝記作者も研究者もこの歴史劇に十分な関心を払ってはこなかった。およそ無視されてきたと言っていい状況なのである。

しかしながら我々は、一八七〇年代の詩人としてのモーパッサンの活動を研究することによって、この青年作家が常に自立した一人の芸術家であろうと努めていたことを確認した。彼は自分のしていること、なすべきことについて十分に自覚的だったのである。だとすれば、演劇についてだけは特別に趣味の悪さや感覚の鈍さを見せるというようなことはありえないだろう。したがって、韻文歴史劇の選択は未熟な青年の錯誤だったと結論づけるより前に、十九世紀後半のフランス演劇についての我々の知識を問い直し、その上で、パリの演劇界に進出しようと（三度目に、そして本気で）望んだモーパッサンの試みの意義を検討するべきではないだろうか。

実際のところ、十九世紀を通して韻文は劇場から追放されてはいなかった。そのことをアラン・ヴァイヤンは、戯曲における韻文の割合についての統計的な調査によって証明している。一八三六年から一九〇六年までの期間に「検閲のために提出されたすべての劇作品」を調査した結果、研究者は八百二十八の韻文戯曲を数え上げた。その割合は、この期間にパリの主要な劇場で上演された全作品の一一パーセントに相当するという。さらに、「特定の傾向として、世紀を通して韻文劇は進展を続けていた[75]」とヴァイヤンは付け加えている。また、ミシェル・オートランは世紀後半の状況を次のように要約している。

一九一四年の戦争までの第三共和政は新しい黄金時代だった。韻文は頻繁であり、出し物の一部に含まれていた。紋切り型の意見とは反対に、劇場においてこれほど元気だったことは稀なほどである[76]。

韻文歴史劇に関して言うなら、それは悲劇が廃れた後の時代に、「古典主義の遺産を引き継ぐもの」として「観客を魅了しつづけるジャンル[77]」だったと、アンヌ＝シモーヌ・デュフィエフは述べている。歴史劇に観客が寄せた関心の高さは容易に想像がつくだろう。ミシェル・オートランは「過去を舞台とする作品」全般について次のように述べている。「日常から、しばしばよく見知ったものから離れ、筋のために選ばれた枠組みは、観客におまけとして装置や衣装を目にする喜びも与えてくれる。一般的に、それは印象的な場面の連続する高価で贅沢な演劇＝スペクタクルである。[78]」我々の関心に近いところでは、アンリ・ド・ボルニエの『ロランの娘[79]』（一八七五年）や、アレクサンドル・パロディの『敗れたローマ[80]』（一八七六年）といったタイトルが、当時書かれた歴史劇として挙げられるが、これらの作品は当時大きな成功を収めている。さらに、第三共和政下に国民的英雄としてフランスに帰国したヴィクトル・ユゴーの存在を記憶に留めておくべきだろう。『リュイ・ブラス』（一八七二年、オデオン座）や『エルナニ』（一八七七年、コメディー＝フランセーズ）の再演は、主役にサラ・ベルナールを迎え、大きな成功を博したのだった。

こうして見てくれれば、韻文歴史劇はこの時代にも主要なジャンルの一つであったし、ひとたびそこで成功を勝ち得れば、一流作家としての名声と、切望する経済的自立とを作者に約束するものだったことは疑いないのである。

ここで改めて、金銭的な利益が一八七〇年代のモーパッサンにとって重要な関心の的だったことを確認しておこう。彼は一八七二年から海軍省の役人であったが、その薄給に絶えず不平を抱いていた。この時期の書簡のあちこちに経済的苦境が打ち明けられている。「あらゆる方法で収支を考慮してみましたが、倹約する手段は分かりませんし、毎月、どうやって月末まで過ごせるだろうかと自問しています[81]」と母親に訴えたり、（まだ完成していない）長編小説によって「直ちに四〇〇〇ないし五〇〇〇フラン[82]」稼ぐことを夢見たりもしている。こうした状況において、演劇が強く彼の関心を惹いたことは疑いない。それというのも劇場での成功は「直ちに大きな利益」をもたらしてくれるものであり、それは詩が「ほとんど完全に市場を欠いていた[83]」だけに、なおさら意味のあることだったのである。加えて、バランドの劇場のようなマイナーな劇場からもたらされる利益の少なさに、モーパッサンが不平をかこっていたことも思い出しておこう。

モーパッサンの選択の意味を理解するためには、ここで、七〇年代に発展途上にあった現実主義ないし自然主義的な演劇も考慮に入れる必要があるだろう。一八六〇年代以降、ゴンクール兄弟（『アンリエット・マレシャル』一八六五年）、ドーデ（『犠牲』一八六八年、『アルルの女』一八七二年、『若いフロモンと兄リスレル』一八七六年）、フロベール（『候補者』一八七四年）、ゾラ（『テレーズ・ラカン』一八七三年、『ラブルダン家の相続人たち』一八七四年、『バラの蕾』一八七八年）は、次々に劇場を征服しようと試み、自作の小説を舞台に翻案したり、新作の戯曲を書き下ろしたりしたが、これらの試みはすべて失敗に終わったのだった。かろうじて一八七九年にゾラの『居酒屋』がスキャンダラスな成功を収めたことが知られている。ここにトゥルゲーネフを加えて、彼らは「五人組」、「野次られ作家」と自称して、互いを慰め合っていたのである。

ここで彼らの失敗の理由を詳しく論じることはできないので、演劇におけるレアリスムの導入という彼らの野心が、「ウェルメードプレイ」[84]《pièce bien faite》という慣習的なモデルに慣れ親しんだ観客の期待の地平と相容れなかった、という点を確認するに留めておこう。重要な点は、劇場や観客に対して勝利を収めようと目論む先輩作家たちの意図や野心を、モーパッサンはよく理解していたということである。彼自身の証言は残っていないが、恐らく彼は、一八七四年三月十一日にヴォードヴィル座での『候補者』初演[85]、同年十一月三日にクリュニー劇場での『ラブルダン家の相続人たち』初演に立ち会っていたはずである。そのような中で、今度は彼自身がパリの劇場を目指し、より長大で価値のある作品を書こうとした時、フロベールの弟子にしてゾラの友人であるモーパッサンに、選択が突きつけられたと言えるだろう。そして、すでに見たように、彼は「自然主義演劇についてのゾラの考えに反して」歴史劇を書くと宣言するのである。

確かに、「ゾラの考えに反して」という言葉は、特定のラベルを拒んで独立を尊ぶ姿勢を示しているが、このフロベール仕込みの美学的原則の背後に、金銭的利益という現実的な動機が潜んでいることは否定できない。成功によって利益を上げるためには、現代社会の厳しい現実を直視するような自然主義演劇は避けるべきであり、そんなことをすれば失敗は確実だ。恐らくはこのような思いが、モーパッサンの決定の動機の一つだっただろう。

いずれにしても重要なのは、韻文歴史劇を書くという選択は、気高く威厳のある詩人＝劇作家として世に出ようとする青年作家の立場表明であったということである。言い換えれば、自らを詩人と規定していたモーパッサンにとってみれば（その点で彼はゾラやフロベールと立場を異にする）、韻文歴史劇の上演を志すのは自然かつ望ましいことだったのである。ここでモーパッサンがモデルとしたのは年長の小説家たちではなく、有り体に言えばまずはユゴーその人であり、次いでバンヴィル、フランソワ・コペーやカチュール・マンデスといった高踏派の詩人たちであっただろう。一八七〇年に詩人であるということは、高踏派詩人になることではないにしても、この中心を占める流派との関係において自らを既定することだ[86]」と、イヴァン・ルクレールは述べている。

一八七〇年代における高踏派詩人の演劇活動は、文学史に一頁を割くほどに活発なものだったとは言えないが、それでも幾つかのタイトルを挙げることができる。バンヴィルに『フロリーズ』（一八七〇年、ただし未上演）、『デイダミア』（一八七六年）、『真珠』（一八七七年）、コペーに『過ぎ行く人』（一八六九年）、『クレモナの楽器製作者』（一八七六年）、マンデスに『王の取り分』（一八七二年）、『軍の兄弟』（一八七三年、散文）、『正義』（一八七三年、散文）。これらすべてが歴史劇ではないが、過去の時代は好んで選ばれているし、バンヴィルやコペーは詩人として韻文にこだわりつづけていた。

モーパッサンが『リュヌ伯爵夫人の裏切り』の執筆を決心したのは、マンデスの編集する『文芸共和国』の事務所で、高踏派の詩人たちと交流していたまさにその時期である。一八七六年三月十一日の書簡の教えるところでは、モーパッサンは「何人かの高踏派詩人[87]」と出会い、『文芸共和国』三月二十日号に掲載される詩篇「水辺にて」を褒められたという。モーパッサンは引き続き、六月二十日号に三篇の詩、九月二十四日号に「最後の逃走」を掲載する。雑誌の性格は折衷的で、高踏派詩人と同時にフロベール、ゾラやユイスマンスなども迎え入れていたが、この時期にモーパッサンは高踏派詩人とも近しかったということは記憶に留めておいてよいだろう。詩学そのものは高踏派とは隔たっていたにしても、バンヴィルやコペーといった先輩作家に対して、彼は若い高踏派詩人たちと同様の敬意を抱いていたし、詩人＝劇作家の先輩たちは、文学的であると同時に社会的なモデルとして彼の前に存在していた。つまりモーパッサンは、パルナス派と自然主義との両方を視野に入れつつ自らの立ち位置を探していたと言えるだろう。

ノルマンディー出身のこの計算高い青年は、世に出るためには戦略が必要であることを自覚しており、それぞれのジャンルにおいて最も有効な道を探していた。韻文歴史劇を書くという選択は、この経済的かつ社会的な戦略の一環を成すものだったのである。

では実際に彼はどのような作品を書いたのか。つまりは文学的・芸術的なレベルでの彼の戦略とはどのようなものだったのだろうか。

伯爵夫人の愛

『リュヌ伯爵夫人の裏切り』の舞台は、一三四七年、ブルターニュのとある城館である。戦争に出陣したリュヌ伯爵の不在の間に、伯爵夫人は敵方の大将であるイギリス人ゴーチエ・ロマを城内に迎え入れようと画策する。「夫が死んだということで、私が主人になるでしょう。／そして私は、この城の鍵を自由にできるの／私が待ち、愛している者のために」（*Th.*, 400.）と、彼女は従妹のシュザンヌ・デグロンに打ち明ける。同時に、思いがけず夫の伯爵が帰還した場合に備えて、彼女は若い小姓のジャック・ド・ヴァルドローズを誘惑し、「何でもする準備のできた奴隷」（*Th.*, 404.）に仕立て上げて策略に利用する。この三幕のドラマの筋を構成するのは明確に「伯爵夫人の裏切り」である。したがって、まずこのヒロインの性格を検討することから始めよう。

第二幕第一場は、伯爵夫人とジャックとの対話から始まる。この若い小姓を愛している振りをしながら、夫人は巧みに彼の内に恋心を掻き立ててゆく。初めはナイーヴでプラトニックな愛情を表明するジャックの感傷性を、伯爵夫人はきっぱりと拒絶する。

ジャック・ド・ヴァルドローズ　あなたを愛しています。

伯爵夫人　子どもらしい

純情さね。言葉だけでは何にもならないわ。愛とは広大なものです。
それは一体どんなものかしら？

（*Th.*, 408.）

伯爵夫人の言説は挑発、問いかけと否定に溢れており、こうした誘惑のレトリックを駆使して、彼女は相手の欲望を掻き立ててゆく。

おお！　愛というものをなんて分かっていないんでしょう、内気な坊や！
お前は愛を語りながら、目に涙を浮かべて、
鳥のように囁いてみせる。そんなものは、私の抱いている
恐ろしいほどの気持ちの高ぶりに比べて何になるというの？
幾夜もの間、肉体が捻られるのを、
体がうめき声をあげ、興奮が喉元を締めつけ、
胸の内では、弔鐘のように、消え去ることのない過去への
嫌悪が鳴り響くのを、感じたのではなかったの？

欲望に飢える引き裂かれた心の中で、
思ってみたことはないの？　私は別の男の
妻であったということを、その男が私を愛し、彼は私に親しかったということを、
私の体から彼の口づけを引き離すことなどできないということを。

(*Th.*, 409-410.)

こうして彼女はためらうことなく身体的欲望としての愛を肯定する。恋愛の心理的側面をすべて性的な肉体関係に還元するだけでなく、「捩じられた肉体」、「うめき声をあげる体」について語ることで身体性を強調している。「魂も肉体と同じように愛撫によって色あせる」(*Th.*, 410.) という表現に、物質的なものにこだわる彼女の性質がよく見て取れよう。同じことは、ゴーチエに対する彼女自身の愛に関しても認められる。「今晩、今晩だわ！明日の曙よりも早く／彼の手を取る幸せを、／男と女の口づけから溢れ出る／体と魂の痙攣するような震えを得られるのだわ」(*Th.*, 421.)。

そしてヒロインはこの愛を、男を征服するために用いる。「すべての男は女に属しているもの。／体も魂も服従した、生まれながらの私たちの奴隷なのよ。／夫であろうと、恋人であろうと、／恐ろしかったり、可愛らしかったりする、愛の玩具」(*Th.*, 403.)。ヒロインにとって男女の関係は権力関係そのものであり、そこには常に主人と従者が存在する。男性の支配に反抗するために女性は恋愛を利用し、策略を用いることも厭わない。実際に彼女は、一人の兵士を自分の嘘のために利用した後、ためらいなく彼を殺す。「飲むために注いでやる時には、私は忘却を注ぐのよ。／彼は死んだわ！」(*Th.*, 401.)。ジャックを相手にした時も、伯爵夫人の冷酷さには変わりがない。「私の隣で一時間も眠った後には、／そのために死ぬことを、今度は私が望む権利もあるというものよ」(*Th.*, 431.)。彼女はまた、堂々と夫に対する憎しみを口にする。「あの男が横たわっているのが見たさに、目もくらむほど、／血まみれな額で、打ち倒された牡牛のように転がるあの男をね。／彼の善意も、美徳までも

が憎たらしい。／私への信頼も憎い」（*Th.*, 430.）。この容赦のない残忍さこそ、伯爵夫人においてまず何より注目される性質なのである。

この大胆にしてエゴイスティックな伯爵夫人の性格が、舞台では何にも増して観客に強い印象を与えるに違いないが、それは、彼女が文字通り舞台の中心を占めるだけになおさらであろう。彼女の愛人ゴーチエ・ロマは、哀れな囚人となって最後に登場するだけであり、一言の台詞も与えられていない。伯爵（二幕最後に登場）の役割も、騙されて怒り狂う夫というだけであって陰影に乏しく、小姓のジャックに至っては、伯爵夫人に操られるマリオネットでしかない。そして従妹シュザンヌと彼女の抗議も、ヒロインの裏切りに抵抗するにはあまりに弱すぎる。要するに、主人公に比すれば他の人物はすべて彼女の周囲を取り巻く端役に過ぎず、彼らが筋に決定的に介入することはほとんどないのである。

言い換えるなら、そこに明確に作者の狙いが見て取れるだろう。不貞を働いて恥じることのないヒロインの強烈な性格と、愛についての彼女の大胆な思想とを堂々と提示することが、この戯曲の第一の主題であることは明らかである。彼女の性格を特徴づけるのは大胆さ、残忍さ、エゴイズムであり、率直な言葉や直接的な表現は、社交界に属する観客にショックを与えるものだったに違いない。この作品は「あまりに猥褻すぎる」がゆえに上演不可能だというフロベールの言葉が思い出されよう。戯曲の持つ刺激の強さを、師は弟子のために懸念したのだった。実際、伯爵夫人の誘惑の言辞によって、次第に彼女の「猥褻さ」が強調されてゆく。第三幕第二場で、主人を殺すようにジャックをそそのかす彼女は、相手の嫉妬を掻き立てようとする。「一人の女を愛している時には、彼女を所有する者を憎むものだわ」（*Th.*, 433.）。そして将来に約束された性愛をほのめかす。

伯爵夫人、とても優しげな声で、手の先を撫でながら

今宵からでも、夜を一緒に過ごせるのよ。

そのことを思ってみたの？

(*Th.*, 437.)

こうした誘惑の言葉がジャックに最終的に決断させる。ここでは感傷性は一切否定され、身体的な欲望こそが人物の行動を決定するのである。

フロベールが指摘したように、戯曲は実際に舞台で上演されなければ意味がない。つまりは観客の趣味を考慮に入れなければならない。公の場における道徳や規律に厳格であった十九世紀の社会においては、その面での配慮は無視できないものだっただろう。まだ脚本の事前検閲が存在していたことも忘れてはなるまい[88]。実際のところ、フロベールの助言を受けてモーパッサンは『リュヌ伯爵夫人の裏切り』を修正し、大胆すぎる表現を削除することになる。だが、ここにこそ作者のそもそもの野心が存在したのであり、彼はヒロインの「猥褻さ」をこそ、観客に提示しようとしたのである。

劇作家モーパッサンの示す大胆さは、なにも性道徳に限定されるわけではない。個人的欲望の実現のために夫を裏切ろうとする伯爵夫人にとっては、遵守すべき義務など存在しないのである。彼女はシュザンヌに向かって言う。

神様も、私の殺意に溢れた憎しみを繋ぎ止めはしないでしょう。
私は愛しているの。分かるかしら。私の心はあなたの祈りも恐れない。
私は愛している。この言葉の中に、哀れみも、美徳も、恥じらいも、
どんな空しい感情も、偽りの偉大さも、
次々に飲み込まれて影もないでしょう。雨の一雫が、
深い海に飲み込まれるように。

(*Th.*, 431.)

彼女は不貞によって夫を裏切るだけでなく、陰謀によって領地、臣下、そして祖国（ブルターニュ、あるいはフランス）をも裏切る。劇の中心主題は紛れもなく「裏切り」であるが、彼女はそれを背景で進行中の戦争と比較してみせる。「裏切る！　この戦争で裏切ったのは一体誰なの？　誰もが／揃って裏切っているじゃない！〔……〕今やっと、自分が愛する主人に対して私は降伏するの。／勇気を持つ時には、人は裏切り者ではなくなるのよ！」（*Th*., 402.）。彼女には矛盾や葛藤は存在せず、それゆえにためらうことなく欲望の実現に向けて進んでゆく。結果として、自らの計画が失敗した後には、彼女は決然として自ら命を絶つことになる。「一番卑しくないのは、私よ！　私は血を恐れたりしない！」（*Th*., 444.）。

以上の考察から、「歴史劇」としてのこの作品の特異性が浮かび上がってくる。忠誠、名誉、愛国心や信仰心、こうした一般に敬意を払われるべき概念が、通常の歴史劇の主要なモチーフを形成していることは容易に理解できよう。同時にそうした「麗しき感情」が観客の共感を得やすいものであることも推察される。ゾラは述べている。「ああ！　麗しき感情、それを巧みに用いた時にそこから何が引き出せるかを疑う者はいない。」ゾラは架空の対話でそのことを諷刺している。「作品は私には弱いものに思える。――でも名誉ですよ！――全然行為がありませんよ。――でも祖国ですよ！――幕ごとに同じ筋の繰り返しですね。――でも献身ですよ！――要するに私は退屈でした。――でも神ですよ！　あなたは神が退屈だって言うんですか！」[89]。反対に、身体的な愛の名においてすべての「麗しき感情」を否定することによって、『リュヌ伯爵夫人の裏切り』は、善と悪との道徳的対立を無効化してみせるのである。

モーパッサンのこの種の大胆さは、とりわけ愛国心に関して顕著に認められる。「愛国的演劇」についての劇評におけるゾラの指摘によれば、この時代、愛国的感情は容易に観客の心に訴えることができたので、劇の中に愛国的な感動を掻き立てる台詞を挿入しさえすれば、「望むだけの成功を調合する」[90]ことが可能だったという。

成功を得るためにこの安易な手段に頼っているとしてゾラが批判するのは、ポール・デルレードの『アタマン』（一八七七年）、シャルル・ロモンの『ジャン・ダシエ』（一八七七年）、『ケニリス侯爵』（一八七九年）、アンリ・ド・ボルニエの『アッチラの娘』（一八八〇年）といった歴史劇である。普仏戦争の敗北の記憶はまだ人々の心に生々しく残り、報復への呼び声も根強かった時代である。世紀末の三十年にわたって、「報復の擁護の様相」[91]を持った劇や小説が多数執筆されていた。ここで具体例として、一八七五年二月十五日にコメディー＝フランセーズで初日を迎えたアンリ・ド・ボルニエの『ロランの娘』（サラ・ベルナール出演）を取り上げてみよう。モーパッサンは「高貴な感情の溢れる作品で、カジミール・ドラヴィーニュの文体で書かれています――それより良いものではありませんが[92]」と母親に報告しているが、この作品も成功を収め、翌年の七月二十六日には百回目の記念公演が祝われている。この作品を分析したジャン＝マリー・ドゥールは、「この作品の背後には、一八七〇―七一年の事件がはっきりと存在しており、それは作品の表面にまで堂々と侵入する危険さえ冒している[93]」と指摘している。つまり、過去の時代を舞台として戦争を主題に取り上げる戯曲は、容易に現実のフランスとプロシアの関係を想起させるものであり、むしろそのアナロジーを初めから当て込んで歴史劇を執筆する劇作家も少なくなかったのである。ちなみに、ゾラはデルレードの『アタマン』の成功を「軍事的成功[94]」と呼んで揶揄している。

もっとも、『リュヌ伯爵夫人の裏切り』に愛国的な感情が完全に欠如しているわけではない。リュヌ伯爵はシャルル・ド・ブロワの側についているが、ブロワが敵対しているのは、イギリス人に助けを求めるジャンヌ・ド・モンフォールである。したがってイギリス人は憎むべき侵入者と位置づけられている。「その血は、不毛な土地の中に／根深く執拗な、イギリス人への憎しみを残すだろう」（*Th.*, 392.）。このイギリス人に、現実世界におけるドイツ人を投影することは難しくないだろう。だが結局のところ、主人公自身が愛国心の価値をまったく認めていない以上、作品が全体として愛国心を称揚したり、観客の内に掻き立てたりするようには思われない。

さらにモーパッサンのヒロインは、祖国を裏切った軍人たちの名を列挙して、自らの裏切り行為を正当化してみせる。祖国に忠実な人物がどこにも存在しないのであれば、個人の幸福を犠牲にして故国を尊重しなければならない理由があるだろうか。それゆえに伯爵夫人は、「復讐は許され、少しも恥辱ではない」(*Th.*, 402.) と堂々と宣言する。このような人物が当時の舞台に立っていたなら、観客を大いにまごつかせたことだろう。この点において、モーパッサンの劇は同時代の歴史劇と明確な対照をなしている。そこには、「デルレード流の愛国主義[95]」に異議を唱える勇敢なモーパッサンの姿が認められるのである。

「デルレード流の愛国主義」に対抗するというのは、後に『メダンの夕べ』計画時に、自然主義文学青年たちが掲げる目標である。モーパッサンの歴史劇が、後の『メダンの夕べ』と共通の目的を持っているというのは興味深いことだろう。ここで、愛国的演劇のもう一つの例として、フランソワ・コペーの『百年戦争』にも触れておこう。この五幕の韻文劇は、一八七二年にアルマン・ダルトワと共同で執筆されたが、実際に上演されることはなかった。その戯曲を一八七八年に出版するにあたり、著者は序文で次のように述べている。「四年来、国家の好戦的感情は、当時はあれほど激しいものだったが、次第に表にあらわれなくなってきている。この世論の急変を判断したりその原因を評価したりすることはただの芸術家の務めではない。しかしこのごく自然な平和への欲求が――それを芸術家も共有しているが――現在、一般的にある痛ましい誇張を伴って表明されているのを確認することは、芸術家にも許されているだろう[96]。」この戯曲は戦後すぐ、対独報復の主張が声高に叫ばれる中で書かれたものであるが、コペーはその熱気が静まりすぎることを危惧しているようである。この一事を取ってみても、百年戦争が愛国的な詩人にとって恰好の題材だったことが理解できるが、同時に、同じ戦争を扱うモーパッサンの試みの特異さが改めて確認されるだろう。

ヒロインの「猥褻さ」は、演劇的慣習に対するこの全般的な異議申し立てという文脈で理解されるべきものである。身体的愛についての伯爵夫人の思想は作者の物質主義的世界観に基礎を置いているが、彼女の主張によって、あらゆる「麗しき感情」（ゾラ）や「高貴な感情」（モーパッサン）は、その虚飾をはがされて「空しい感情」や「偽りの偉大さ」に還元される。スキャンダルを狙った挑発的な意図を超えて、伝統的かつ慣習的な歴史劇というジャンルに対する異議申し立てを、そこに認めることができるだろう。

改めてリュヌ伯爵夫人の愛について検討しよう。個人の身体的欲望に固執することによって、モーパッサンは愛情を精神的なものとして理想化し、美化して描くことを拒んでいる。それは詩篇に見られた「女性との関係の脱詩化[97]」の実践であると言えよう。詩篇「征服」において主人公がそうだったように、戯曲では小姓ジャック・ド・ヴァルドローズが、（ロマン派的な）抒情詩人のイメージを代表している。伯爵夫人に愛とは何かと問われると、彼はプラトニックな恋愛観で答える。

それは欲求です。
私の手に触れる、あなたの御手をこの手に握りたいという、
あなたの口から漏れる純粋な空気を呼吸したいという、
あなたが通り過ぎる時に、あなたの服の衣ずれの音を聞きたいという、
突然に、あなたの目が私を愛撫してくださるのを感じたいという。
その目は、曙の熱気と光でもってこの身を包む、
素晴らしく、甘美で、私の知らないものに満ちた暗闇、
それを理解したいと思いながら、少しばかり恐れてもいるのです。

（*Th.*, 408.）

この精神的な恋愛観を退けた上で、伯爵夫人はジャックに対して、夫の存在と不倫の愛の持つ危険という、はるかに具体的で地上的な現実を突きつけ、彼の嫉妬心を煽り立てる。「あの男が、私の唇の上に、／そして私の心

に跡を残していることを考えなさい」(*Th.*, 410.)。そしてすべてを犠牲にするように要求する。「いいえ。それは崇高な献身であり、苦しみなのです。／希望が潰える人生の瞬間なの」(*Th.*, 409.)。悪意を持つ陰険な〈宿命の女〉のイメージが認められるとしても、女性についての甘美な幻想は存在していない。

確かに、従妹のシュザンヌの存在が、伯爵夫人を相対化する役割を担っているとは言える。貞淑、忠実、献身を象徴するシュザンヌは密かにジャックを愛している。一言で言えば彼女は「麗しき感情」の代弁者であるが、同時に、伯爵夫人の引き立て役以上の存在ではない。彼女は二度にわたって伯爵夫人に抗議し（一幕五場、三幕一場）、ジャックには夫人の罠に陥らないように忠告する（二幕三場）。しかしその努力は何らの効果をも生み出すことがない。そこで彼女は伯爵に夫人の陰謀を密告し、それが夫人の策略の失敗へとつながるのである。貞淑であると同時にか弱いシュザンヌの人物像は、結果として、道徳的秩序が回復されたという安心よりもむしろ、「麗しき感情」の無力さをこそ一層強く観客に印象づけるように思われる。ヒロインの圧倒的な存在感が、理想的で感傷的な女性の存在を押しつぶしてしまうのである。

慣習的な劇的演出を覆そうという意図は劇の末尾においても顕著である。陰謀の失敗の後に自殺した夫人の遺体を、伯爵は窓から外へと投げ捨てる。

伯爵、窓から外に向かって叫ぶ
さあ、受け取るがいい。裏切り者め。お前にこの女をくれてやる！
（水に伯爵夫人の遺体が落ちる音が聞こえる。）
(*Th.*, 448.)

ヒロインの死であっても崇高なものとはされず、この粗暴な行為によって物質的な現実の次元にひきずり下ろされる。こうして、大胆でエゴイスティックなヒロインを創り出すことによって、モーパッサンは慣習的で型にはまった劇の形式に対して、彼なりの仕方で異議申し立てを行ったのである。

新人の抱く野心

前章ですでに取り上げたが、一八七七年一月十七日の（アレクシ宛とされる）書簡の中で、モーパッサンは自らの「文学的信仰告白」を行っている。そこでは、師フロベールの教えに忠実に、文学創造の根幹に関わる基本的な理念が表明されているが、その中で、創造的自由を拘束するような狭隘な教条主義が批判されている。

> ロマン主義者たちがすでにそこを通ったからといって、中世が現代の現実以上に閉ざされているとは僕は信じない。すべては、それを手にする術を知る者にとってよいものだ。ある流派に属する滑稽な者たちが、ある歴史的時代への入口を閉じたわけでは少しもない。そこを別の仕方で眺め、そこに閉じ籠らないことが必要なのだ[98]。

ここで述べられていることを、まさしく『リュヌ伯爵夫人の裏切り』の中でモーパッサンは証明しようとしたのではないだろうか。もっとも、博識の歴史家であるわけでもないモーパッサンは、「ある歴史的時代」の再構築自体に大きな関心を抱いていたようには見えない。そのことは、たとえばト書きなどに衣装や装置に関する言及がほとんど見られない点にも窺えよう。歴史考証はこの劇の中心的な関心ではないのだが、それでも、この若い劇作家にとっては、「ロマン主義者たち」とは「別の仕方で」中世という時代を眺めることに意義があったのは確かだろう。あるいはモーパッサンの見方も彼の時代の固定観念を免れていないかもしれないが[99]、彼独自の物質主義的な視線を特定の時代に注ぐことによって、その時代についての慣習的な見方を刷新することこそ、モーパッサンが試みたことだった。中世宮廷風の、あるいはロマン主義的な恋愛観を否定し、ヒロインは積極的に身体的な愛を肯定する。封建思想を個人のエゴイズムで代置することによって、もし名誉という概念が存在するなら、それはただ個人の尊厳の内にのみ存続することとなろう。そこに現出するのは、むき出しで粗暴ではあるが、単純で力強く、偽りのない世界である。モーパッサンの歴史劇の試みには、「ロマン主義者たち」への異議申し立ての思いがはっきりと込められている。「自然主義演劇」というゾラの考えに反して歴史劇を執筆する時、モーパッサンは保守的な姿勢を固持することによって、前衛的な文学運動と対立したわけではない。ゾラの教条主義から一定の距離を取りながらも、「ロマン主義は時代遅れなものである」という認識において、彼はゾラをはじめとする自然主義者たちと一致していたのである。

詩の領域においてゾラがロマン主義の終焉を語っていたことは前章で見たが、彼は歴史劇についても同じ主張をしている。「一八三〇年代の抒情詩派とは別のところに、詩情を探し求める時ではないだろうか？〔……〕私が感じていること、それは我々の詩人たちが皆ミュッセ、ユゴー、ラマルティーヌ、ゴーチエを繰り返しているということであり、作品は次第に生彩を欠き、価値のないものになっているということである。第一帝政の時代を画した古典主義流派の終焉と同じくらい不毛なロマン主義流派の終焉に、今日我々は立ち会っているのである。[100]」同じことを、モーパッサンは後に『メダンの夕べ』の宣伝記事の中で主張するだろう。流派という概念を否定した後で、彼はこう続ける。「しかしながら、我々の内には明確に、ロマン派の精神に対する無意識的で、宿命的な反発が生まれたのですが、それは文学の世代は入れ替わり、互いに似ていることはないというだけの理由によるのです。」そして、後続の世代に「理性に取って代わる慈悲深く感情豊かな感傷癖」を広めたというロマン主義の「哲学的な帰結」を告発し、彼は続けている。

彼ら〔ロマン主義者たち〕のお蔭で、いかがわしい紳士方や娼婦で一杯の劇場は、舞台の上に一人の単純な放蕩者さえ許容することができません。群集の抱くロマン主義的な道徳が、裁判においては、心をうっとりさせるようであるが言い訳の余地のない個人やふしだらな女を無罪放免にさせるのです[101]。

伯爵夫人をここで言う「放蕩者」に加えることができるかもしれないが、それはともかく、この「ロマン主義的な道徳」に異を唱え、これを挑発するという意図がモーパッサンの歴史劇の内には込められている。この青年劇作家は、『昔がたり』や『稽古』には多少なりと見られた慣習的な劇作からはすでに遠く離れたところにいるのである。さらに言うなら、韻文歴史劇『リュヌ伯爵夫人の裏切り』と、散文による現実主義ないし自然主義小説としての「脂肪の塊」との間の見かけの距離にかかわらず、これら二つの作品を〈反ロマン主義〉という信念が結びつけていることも理解されるだろう。モーパッサンによる韻文歴史劇の試みは、ゾラの自然主義とは「別の仕方で」新しい現代的な作品を創ろうという、新人作家の野心の表明だったのである。

ここまで、主に作者の意図や狙いを明らかにすることに努めてきた。しかしその意図の実現としての実際の作品を見ると、その「歴史劇」としての出来具合には疑問を差し挟む余地があるかもしれない。確かに作者はブロワ伯爵夫人（ジャンヌ・ド・パンティエーヴル）やデュ・ゲクランのような歴史的人物を登場させているが、彼らの役割は些細なものに限られていて、二人とも二幕および三幕の末尾にわずかに登場するだけである。ちなみに、リュヌ伯爵夫人の台詞の中に、実在の場所や人物の名が列挙されている箇所がある。「誰もが／揃って裏切っているじゃない！　ジャン・ド・フランス、ノルマンディー公は／忠誠を破って、モンフォールを王に渡さなかった？／ランデルノーは？　ガンガンはどう？　アンリ・ド・スピヌフォール、／あの腹黒い男は、エヌボンをモンフォールに明け渡さなかった？」（*Th.*, 402.）。あたかも作者がこの「歴史劇」に欠けている歴史色を補おうと苦労している様が窺えるようである。

そもそも、もしも不倫がこの劇の中心主題であるなら、舞台が中世ブルターニュで進行しなければならない必然性は存在するのだろうか。さらに言うなら、不貞という主題は、デュマ・フィス流のブルジョア劇において頻繁に取り上げられていたのではないだろうか。そのような疑問も浮かんでくるが、そこで、もしも本当にこの戯曲に必然性が欠けているとすれば、そのことは、歴史劇を書くという意図が先行するあまりに内実を十分に伴わなかったということを示しているだろう。つまりは意図と実践との間に齟齬が認められ、その齟齬は青年作家の不手際に由来すると考えられるだろう。

実のところ、ブルターニュの歴史のある時点を指定するにあたっては、モーパッサンの内に具体的な理由が存在したことは確かである。当時、領主が子孫のないまま亡くなったことによって、ブルターニュの領土は二分されていた。二人の継承者（シャルル・ド・ブロワとジャン・ド・モンフォール）が争う。ジャンの死後、妻のジャンヌ・ド・モンフォールが軍の指揮を取り、一三四七年にロッシュ＝デリヤンで戦闘が行われる。それが劇の冒頭で伝えられる事件である。「諸君、悲しい知らせがある。／公爵が囚われたのだ！」（*Th.*, 391.）。そこで、シャルル・ド・ブロワに代わって、今度は彼の妻のジャンヌ・ド・ブロワが戦争の継続を決断する。「今や、主は二人とも去ってしまった。／ブロワは囚われ、モンフォールはラ・バスチーユに斃された。／ブルターニュは今や、女たちの手中にあるというわけだ」（*Th.*, 392.）。かくして戦争は勇敢な女性たちによって継続されるのである。

その女性たちは家臣を従えた女戦士として登場している。「ジャンヌ・ド・モンフォールは、大変な喜びようで、／夜が来るまで、城の表に出て、／イギリスの騎士たちに口づけを与えた！」（*Th.*, 391.）。ジャンヌ・ド・ブロワは自ら華々しく舞台に登場する。「私たちは決して恐れませんのよ、奥様、何故って私たちは／こちらの貴族の方々に囲まれて、十分に守られているのですもの」（*Th.*, 424.）。したがって、舞台の背景を構成しているのはこの〈女たちの戦い〉であり、そこにおいてヒロインも自らの愛を賭けて個人的な戦いに挑んでゆくのである。女たちが支配するこの世界にあっては、伯爵夫人が言うように「すべての男は女に属している」。背景の戦争とヒロインの戦いとは必ずしも緊密に連関しているとは言い難いかもしれないが、作者が作品の構成に意識的であったことは確かであろう。荒々しい中世の世界とそこに生きる人間についての作者固有の視点を反映させた、一貫性のある世界を創造しようとしているのである。

そのことを確認した上で、くどいようだがもう一度、「歴史劇」を書こうとした青年の動機を問い直してみよう。ここまで我々は、ジャンルという枠組みが先にあることを前提としてきた。つまりモーパッサンはまず特定の演劇ジャンルを選んだ後に、その枠内に収まる内容を構想したという風に考えてきた。だがそもそも、彼はまず一人の自立した勇敢な女性のドラマを描こうと決意し、その後、その主題にふさわしいジャンルや舞台を選択したということもありえるのではないだろうか。この場合、中世という時代とそこに生きる粗暴で残忍な人々は、現代という設定よりもよりよく青年劇作家の要求に応えるものだったからこそ、あえて選ばれたということになる。

いずれにしても、これまで我々が検討してきた経済的・社会的、そして文学的なすべての条件が関わった中で、野心的であると同時に計算高い青年作家の決断は導かれた。この青年は、それが最も適当だと思えば、歴史劇の執筆を試みることも怖れなかった。それというのも、あらかじめ定められた理論によって自らの創作を制限しないことこそが重要だったからである。実際、「文学的信仰告白」においても彼は宣言していた。「僕は自然主義や現実主義を、ロマン主義と同じくらい信じていない。こうした言葉は、僕の感覚では絶対的に何も意味しない」。このように流派の意義を否定した後、彼はさらに続けている。

理想的なものを作り、自然なものを否定する者は、自然なものを作り、他のものを否定する者と同じぐらいに物事が見えていないと思う。対立する気質の否定、それだけのことだ。[102]

この点についても、モーパッサンは戯曲において自らの理念を実践していると言えるだろう。たとえば、『女の一生』（一八八三年）のジャンヌと比較すると、リュヌ伯爵夫人の性格の特異性は明瞭である。ジャンヌの受動性と夫人の積極性との対照には驚くほどのものがある。そこで、もし『女の一生』が「自然なもの」を重視した作品、つまりは現実世界に対応する〈本当らしい〉世界を描くことを原則としているとすれば、反対に、伯爵夫人の内には、野心に溢れる青年作家の「理想的なもの」を見ることができないだろうか。興味深いことに、モーパッサンがこの二つの作品を構想したのはほぼ同時期だったのである。

ここでモーパッサンの戯曲に見られるシェークスピアの面影を指摘しておこう。ピエール・アントニオ・ボルゲッジアーニが指摘するように、『リュヌ伯爵夫人の裏切り』と『マクベス』との間には類似が認められる。(103) マクベス夫人がダンカンを殺すように夫を追いやるがごとく、伯爵夫人は領主を殺害するようにジャックを唆す。

行きなさい！　卑怯者にはつける薬もありはしない。
いいから、――行ってちょうだい！――私に何を望むというの、
お前に勇敢な魂も、力強い拳もないのなら？
だって情熱が竜巻のように吹き荒れれば、
それを受けた男は、一本の木のように倒れるでしょう
その衝撃に耐えられないほどに弱いのなら。
（*Th.*, 436.）

モーパッサン版のマクベス夫人は、台詞のすべてが策略のための偽りであるという点で、一層剣呑で危険であるかもしれず、自分自身の幸福しか求めていない点ではよりエゴイストであるだろう。マクベス夫人のヒロイン像に惹かれて、モーパッサンは彼自身の『マクベス』を構想したのかもしれない。そう言えば、『マクベス』はモ

ーパッサンが幼少時に特に愛好した作品であったという証言もある。「『マクベス』の読書が、彼に最初の文学的感動を与えた。彼は母親にこの劇の翻訳を作ってくれるように頼み、静かな家の中で、彼は悲劇的物語を生き直し、マクベスと共に女の暗示を蒙り、殺人の後悔に震えたのだ。(104)」あるいは幼少時の記憶が残っていて、それが戯曲の内に息づくことになったのだろうか。少年時代の夢想の一部が伯爵夫人に託されているとするなら、それもまた先に触れた「理想的なもの」の実現と呼べるかもしれない。

いずれにしても重要なことは、この時期の詩人＝劇作家のモーパッサンは、現実主義や自然主義の教義に対して、一八八〇年代の散文作家モーパッサンよりも自由でいられたということである。若い詩人は詩篇や戯曲の中で絶えずその自由を追い求めていたのであり、そこに独立した作家となるためのオリジナリティーを探していたのである。

その独創性こそが重要であるという思想には、フロベールの教えがあったことは言うまでもない。「もし独創性があるなら、何よりもそれを引き出さなければならない。もしそれがないなら、どうしても一つ獲得しなければならない。(105)」すでに前章末尾で見たように、「文学的信仰告白」の中でも、何かの「オリジン（起源）」になることが主張されていた。

たとえ結果がどのようなものであったとしても、『詩集』の詩篇と同様に、『リュヌ伯爵夫人の裏切り』もまた、青年モーパッサンによる独創性の追及の実践であった。ロマンチックな理想主義や不毛な劇的因習を排除すると同時に、（ある程度まであれ）現実主義・自然主義の小説家たちとの相違をも示すこと。先輩作家の蒙った失敗を十分に考慮に入れた上で、根強いロマン主義と戦うと同時に、新しいオリジナルな詩人＝劇作家として世に出ることを求めて、彼は韻文歴史劇を執筆したのである。その限りにおいて、青年の理念や計画は、彼の抱く夢や野心の実現のために申し分のないものだったと言えるだろう。

ならばそのような彼に最終的に欠けていたものは何だったのだろうか。次に、『リュヌ伯爵夫人の裏切り』から『レチュヌ伯爵夫人』への書き換えを検討することによって、この問いについて検討することとしよう。

『レチュヌ伯爵夫人』、〈失敗〉の教訓

フロベールの助言

『リュヌ伯爵夫人の裏切り』を書き上げた後、モーパッサンはフロベールに意見を求め、師は書簡で弟子に答えたのだった。

結局のところ、それはたいへん結構で優れた作品だと思う。だがそのままでは決して上演してもらえないだろう。――あまりに猥褻すぎるからね。もっとも修正は大変なものにはならないだろうと思う。(106)

当然の如く、弟子は師の意見に従うべく再び作品に手をつけ始める。「修正」には九カ月近くかかり、ようやく一八七七年十二月十日に、モーパッサンはフロベールに告げる。「私は劇のやり直し（すっかり手直ししました）を――一月十五日頃には終えます。(107)」そしてこの時点でタイトルは『レチュヌ伯爵夫人』に変更された。(108)

さて、書簡中の「猥褻さ」についての批評の他に、フロベールはどのような助言をモーパッサンに与えたのだろうか。ここで、先に触れた四頁のメモの中で今日の時点で分かっている部分を確認してみよう。

恋愛についての議論は素晴らしい……彼女にとってはしても利益のない打ち明け話……もっと短い独白……危険であり、行為を切断している……行為を遅らせるすべてああした儀礼……シュザンヌはそんなに簡単に出て行くはずはない……ヴァルドローズは上演不可能な場面……彼女が待ち伏せに導いたと信じ込んで、イギリス人が伯爵夫人を殺すのでなければならないだろう(109)……

この情報は部分的で不確かなものだが、それでも「修正」の方向性についての示唆としては十分なものと言えるだろう。そこで、このフロベールの指摘を考慮しながら、モーパッサンの「修正」を検討してゆくことにしよう**（表参照）**。

初めに気がつくのは言うまでもなくタイトルの変更である。「裏切り」の語が削除され、ヒロインの名はイゾール・ド・リュヌ Isaure de Rhune からベルト・ド・レチュヌ Berthe de Rhétune に変更された。変更の理由は定かではないが、百年戦争の舞台の一つとなったパ＝ド＝カレ県の町ベチュヌ Bétune の名前が、名前の着想の元になったのかもしれない。もっとも名前が変更されたのは主人公に限らないので、人物全員について確認してみよう。

名前の変更は複数の人物にわたっているが、少なくとも〈本当らしさ〉への配慮が関わっていると推測できる。たとえばボワロゼ Boisrosé という名は Bois「飲む」と rosée「露」の合成と考えると、酒飲みの性格を表していると考えられるが、コエトゴン Coëtgond は、ユーグ・ド・ケルサック Hugues de Kersac と同様に古い時代の本当らしい名前という印象、あるいはブルターニュの地方色を感じさせるものとなっている。百年戦争の歴史の中ではゴーチエ・ド・モニー Gautier de Mauny という人物が実在するので、そこからゴーチエ・ド・ロマ Gautier de Romas に、貴族の身分を表す小辞が付いたのかもしれない(110)。

次に明瞭なのは、決定稿からは何人かの人物が削除されていることである。ジャンヌ・ド・パンティエーヴルやデュ・ゲクランのような歴史上の人物が削除された理由は、容易に説明づけられるだろう。すでに見たようにこれらの人物は影が薄く、話の展開にはほとんど不要なものだった。歴史色という点では必要とはいえ、筋の〈必然性〉という観点からすれば削除もやむをえまい。また、フロベールが「行為を遅らせるすべてあした儀礼」と指摘しているのは、伯爵夫人とジャンヌ・ド・ブロワの対話のことだと推測される。

『リュヌ伯爵夫人の裏切り』から『レチュヌ伯爵夫人』への
修正の前後における登場人物対照表

『リュヌ伯爵夫人の裏切り』（修正前）	**『レチュヌ伯爵夫人』（修正後）**
リュヌ伯爵	レチュヌ伯爵
ピエール・ド・ケルサック	ユーグ・ド・ケルサック
リュック・ド・ケルルヴァン	リュック・ド・ケルルヴァン
イヴ・ド・ボワロゼ	イヴ・ド・コエトゴン
ジャック・ド・ヴァルドローズ	ジャック・ド・ヴァルドローズ
エチエンヌ・ド・ルルニー	——
ジャンヌ・ド・パンティエーヴル （ブルターニュ公爵夫人）	——
イゾール・ド・リュヌ伯爵夫人	ベルト・ド・レチュヌ伯爵夫人
シュザンヌ・デグロン	シュザンヌ・デブロン
ゴーチエ・ロマ	ゴーチエ・ド・ロマ
ブルターニュの領主たち、その中に ベルトラン・デュ・ゲクラン 兵士たちと衛兵たち	——

伯爵夫人、低く身を屈め
公爵夫人様。

ジャンヌ・ド・ブロワ
さあ、愛しい伯爵夫人、
お手を貸してちょうだい、そんなに礼儀にこだわらないで、
ちょっとした友だちとしてね。いかがかしら？

(*Th.*, 423.)

同様の理由から、ジャックとは別の小姓エチエンヌ・ド・ルルニーも削除される。一幕にしか登場していなかったこの端役は、ナイーヴさと感傷性という点で元々ジャックと似通っており、言い換えれば個性に乏しい人物だったので、さして困難なくジャックの人物像に吸収されたのだろう（もっとも台詞の一部はゴーチエにも移されている）。

次に場面の削除という観点から『レチュヌ伯爵夫人』を見てみよう。二幕には最も大きな修正の一つが見られ、五場から八場、つまりはイギリス人による城の襲撃の場面が削除され、伯爵はすぐに城に帰還してくることになる（二幕六場）。その結果、以下のような伯爵夫人の台詞が削除されることとなった。

見えたわ！　部屋から彼の姿が。彼はあそこにいるわ。
空間を越えて、私の愛が彼を呼んだのよ。
私の体からの呼び声が、手紙を持った使いより早く、

彼をここへ来させるのよ。呪われるがいい、
私たちをまだ隔てる、幾重もの壁の厚さよ。
お前たちは崩れ去るわ、城壁ども、それほどに彼は強いの。

(*Th.*, 418.)

この期待の絶頂において、舞台に登場するのがゴーチエではなく夫の伯爵であるというところに、初稿の山場は存在していた。そこにこそ伯爵夫人の「裏切り」と策略があったのである。したがって、この削除は劇の中心主題に関わるだけに一層驚くべきものだと言えよう。また、これと同様に重要な変更として、一幕五場、伯爵夫人がシュザンヌに自身の策略を説明する場面の削除がある。以下が削除された台詞の一部である。

やっと気楽に笑えるわ！
ああ！　どれほどあの者たちの馬鹿な純情さを弄んでやったこと！
一人の女性は、一人の兵士より、どんなに強く、価値があるのでしょう！
戦闘と比べて、策略はなんて偉大なんでしょう！
今、あなたが耳にしたのは、全部私のしたことよ。
私の手は、こんなに深い罠を仕掛けることができたというわけ。
ねえ……私、あなたの忠実さを信頼しているのよ。
伯爵はちゃんと生きているわ。それが真実。
でも、彼が死んだということで、私が主人になるでしょう。
そして私は、この城の鍵を自由にできるの、
私が待ち、愛している者のためにだわ。その名前が

火のように私の記憶の中で輝く男、
イギリス人、ゴーチエ・ロマよ！

(*Th.*, 400.)

これはまさしくフロベールが「彼女にとってはしても利益のない打ち明け話」と批判したものである。実際、この動機が不明瞭な告白が最終的にヒロインの破滅を導くことを考慮するなら、フロベールの批判は極めて正当だと言えるだろう。ここでフロベールが留意しているのは人物の行為の〈自然さ〉である。さらに、「もっと短い独白……危険であり、行為を切断している」という指摘もまた、同じ場面における伯爵夫人の長台詞を指しているかもしれない。そこで彼女は自分の策略を正当化し、軍人たちの裏切り行為をあげつらい (*Th.*, 402.)、魅惑と恋愛の利用による、男に対する女の優越を宣言していたのだった。「愛！　そのお蔭で、男は私たちに譲り渡された。／牧場の草のように、意志を刈り取ってやりましょう。／危険な網のように、私たちの視線を向けてやるのよ」(*Th.*, 403.)。

しかしながら、ここにおいて無視できない疑問が浮上してくる。フロベールの指摘がいかに適切なものであったとしても、リュヌ伯爵夫人の意志表明こそが彼女の力強く勇敢な性格を表しており、それがこの劇の最も注目すべき特徴となっていたのだった。であるならば、こうした場面を削除するということは、この作品の勘所を失ってしまう危険を伴うのではないだろうか。この点に関しては、後に改めて検討することとしよう。

当然のことながら、削除された場面を埋め合わせるために、追加された場面が存在する。中でも一幕におけるゴーチエ・ド・ロマの登場は重視すべきものである。モーパッサンがここで使っているのはロマン派演劇やメロドラマで用いられた技法であり、つまりは伝統的、慣習的なものだが、それはすなわち〈変装〉である。初稿においては、夫人は無名の兵士に伯爵の死という偽りの情報を届けさせた。決定稿では、この役割はゴーチエに託され、彼は伯爵の一兵士に変装して敵地へ侵入してくるのである。

兵士　彼は待っています……
伯爵夫人　私は嘘をつけません。
私はその人物を知りません。
兵士、立ち上がり、去ろうとする。
永久に。　では彼は出発するでしょう。
伯爵夫人　でも……彼はどこにいるの？
兵士　まさにこの場に。
彼は一気に白髪のあごひげとかつらとを取り去る。
彼が分かりますか？

伯爵夫人、彼の首に飛びついて
嘘をついていたわ……愛しています！

(*Rh.*, 20.)

確かに、このどんでん返しはいささか安易なように思われるかもしれないが、これによってゴーチエが積極的に物語に関与することになるという点が重要である。筋を進行させるのはもはや伯爵夫人の行為ではなく、愛人の行為なのである。言い換えれば、愛人がこのように登場してくることによって、伯爵夫人は陰謀をたくらむことを余儀なくさせられる。実際、夫人の愛を確認した後、ゴーチエは彼女に策略を用いるように提案する。「素早く加勢を求めることが必要ではないでしょうか／皆は伯爵とその兵士は亡くなったと信じているのですから。／そこでレンヌの町へと私を送り、／女王様に救援を求める振りをしなさい。／私はブロワの兵の身なりをさせましょう／私が選んだ二百のイギリス兵に。／それからあなたの扉を大きく開く必要があります／この護衛を連れて私が扉を叩いた時には」(*Rh.*, 23.)。初稿ではゴーチエ・ロマは結末において捕虜として登場するだけだったが、決定稿においてゴーチエ・ド・ロマはより重要な役割を演じ、劇の筋を展開させるのである。かくして彼は劇を構成する〈不可欠な〉要素となる。

次に、モーパッサンは一幕の末尾（初稿の第六場）を発展させているが、それは伯爵夫人を前にしてジャックがシュザンヌに愛の告白をする場面だった。初稿においていくらか不備が見られたのは、二幕冒頭ではジャックが伯爵夫人を相手に愛の言葉を語り出すという点である。それゆえにジャックの性格や心情がはっきりせず、また場面の移行が唐突で理由が不明瞭、つまりは本当らしく感じられなかったのである。決定稿の同じ場面（第九場）においては、伯爵夫人が若い二人の会話に介入してくるように変更されている。それによって観客は、伯爵夫人が小姓に目をつけて自分の策略に利用しようと企んでいること、そして彼が彼女の（偽りの）優しさに誘惑されていく様子がよりよく理解できるようになっている。「それは厳しすぎますわ、／ねえ、あなたの心は壁のようにふさがれているのね。／この空しい言葉を聞き流したりして。／この哀れな青年は首をつるよりないじゃありませんか、／私がもう少し優しい顔を見せてあげなかったらね」（*Rh.*, 31.）。つまり、人物の行動が〈本当らしさ〉や〈自然さ〉を伴うように配慮されているのである。付け加えておけば、作者はジャックの感傷的な（あるいはロマンチックな）詩人という性格を強めている。伯爵夫人に促されて、彼は物語風の詩を詠唱する。

彼女が住む古い館は、
猛禽の巣のように高い所にあった。
彼女の抱く希望は、
未来から、輝かしい日々へと送られてくる。
彼女の若さは喜びに輝いていた。

ある王子が結婚を求めた
公爵、侯爵、それから伯爵、
それに男爵。だが人の言うには、
翌日には皆死んでしまったという。
彼女は恥辱に我を忘れて逃げ出した。(三)

（*Rh.*, 32.）

実は彼女に恋している「若き小姓」が求婚者たちを殺してしまったのだが、彼は最後に女主人に愛を告白する。「彼女は言った。どれほどあなたは私を愛しているのでしょう。／そして彼の唇に口づけをした」（*Rh.*, 33.）。この詩にジャック自身の願望がストレートに投影されていることは容易に理解できるが、この場面が伏線となることで、次の場面で彼が伯爵夫人に愛を打ち明ける展開が、ごく自然な流れとして理解できるようになるのである。

シュザンヌに関しては削除は見られないが、代わりにもう一つの修正が存在している。先に見たように、伯爵夫人の打ち明け話の場面（一幕五場）は削除された。それゆえに決定稿では、シュザンヌは自分自身で夫人に対するジャックの恋心を見抜き、そこに隠された陰謀の存在を疑うようになる。「シュザンヌはそんなに簡単に出て行くはずはない」というフロベールの指摘を思い出そう。初稿では三幕一場の末尾は次のようになっていた。

シュザンヌ・デグロン
そうでしょうとも！——殺しなさい！——死ねばいいんだわ！——死んでしまったほうが、汚らわしい愛に生きているのを見るよりよっぽどいいわ。でも彼に身を任せたりしないで、それはあまりに忌まわしいこと。

伯爵夫人
おお！　それじゃあ、あなたは彼を愛しているのね？

シュザンヌ・デグロン
　　　　　　　　　　　　　　　　　　　　　　　私が？　いいえ、いいえ、でも私も女です。
恥ずかしいのよ。少なくとも、あなたに汚されることなく死んでくれますように。

伯爵夫人
私の知ったことかしら？　やって来たわ。下がってちょうだい。

（右手のドアからヴァルドローズが現れる。伯爵夫人に近寄る間、シュザンヌ・デグロンはじっと彼を見つめる。しかし彼が自分を見ないので、絶望の身振りをして、左手に去る。）

（*Th.*, 432.）

高揚した調子（「そうして殺すのね、殺すのよ、いつも殺すんだわ。あなたの腕と／唇が、戦闘よりも多くの死者を産む」（*Th.*, 431.））にもかかわらず、シュザンヌはジャックがやって来るのを目にすると、彼が罠に陥ろうとしているのを知りながら、何も言わずに引き下がっている。フロベールはこの不自然さを指摘したのだろう。では作者はこの状況をどのように修正したのだろうか。この場面は三幕冒頭から二幕の末尾に移される。それによって、彼女は文字通りジャックの前から「立ち去る」ことがなくなる。

シュザンヌ

それではどうして彼の可愛そうな理性に
毒のように致死的な愛の欲望を注ぐというの？
火事のように彼の希望に火をつけるの
怖れ知らずの約束に溢れるあなたの視線でもって？
一体どんな罪の計画を立てたというの？
あなたが彼を愛しているのなら、私はあなたに彼を任せもしましょう。
私は苦しむでしょうけれど、でも黙っているでしょう。
〔……〕

伯爵夫人　出なさい。私は誰にも許さない、
面と向かって私に刃向かい、悪意に満ちたあなたの愛が
勝手に思い描いた罪で私を非難するなどとは。
明日にでも私は罰を下してみせると約束するわ、
あなたには値しない愛情と、残忍なののしりに対して。

シュザンヌ、激高して
そして私はあなたに立ち向かいます。――私たち二人のどちらが
膝をついて許しを乞うことになるか、明日には分かるでしょう。
彼女は去る。　二幕の終わり。

(*Rh.*, 57.)

言葉の調子は初稿よりも抑えたものだが、夫人に挑戦しようとするシュザンヌの意志はより明確に際立っている。絶望から挑戦へと、彼女はより強く勇気ある女性に変わったと言えるだろう。確かに、ここにはもう一つの〈女の戦い〉が登場し、背景のジャンヌ・ド・モンフォールとジャンヌ・ド・ブロワによる戦いに呼応しているのである。

全体として見れば、以上のような修正を通して、端役が筋においてより重要かつ不可欠な役割を演じるようになっている。ゴーチエ、ジャックやシュザンヌが、初稿よりも積極的な形で筋に介入してくるのである。それによって人物間には対立が生まれ、劇はより活発に、そしていわゆる〈劇的〉な盛り上がりを持つものに（ただしある程度まで）なったと言えるだろう。

余計だったり不必要だったりする要素を削除し、筋や人物の行為をより〈自然〉かつ〈必然的〉なもの、つまりはより〈本当らしい〉ものにすること。それが作者によってなされた修正の主要な点であり、その修正はフロベールの指摘に忠実に応えたものとなっている。そこで問題となるのは劇作術のごく基本的な要素であり、つまりは単純さ、明晰さ、自然さといった古典主義的と言っていい理念である[112]。フロベールが筋の展開の速さについて指摘していたことにも鑑みれば、師の助言はすべて、現実の上演と観客とを意識した極めて実際的なものだったということが分かるだろう[113]。推敲作業を通して、モーパッサンは劇作術の基本を、あるいはより広く創作技法の基本を実践的に学ぶことになったのである。したがって、オリジナリティーや文学技法の習得の最中にある青年作家にとって、この戯曲の推敲が技術の習熟に大きな役割を果たしたことは疑いないだろう。

とはいえ、モーパッサンの修正は不十分だった箇所に留まらず、ほとんど作品全体が「書き直され」ていることに留意しよう。そうである以上、この書き換え作業の真の射程は、ただの修正を越えたところに存在するのではないだろうか。そこで、修正の結果をより詳しく検討し、書き直しの試みが意味したものを問い直してゆこう。

修正の結果

確かに、モーパッサンは『リュヌ伯爵夫人の裏切り』の全体を「やり直し」ているが、修正が二次的な人物に限られているのならば、中心となる主題に変更はないはずである。そこで、まずは修正の後も〈残った〉ものは何かを考えてみたい。

今日分かっているフロベールの指摘の中で、唯一肯定的な評価は、「恋愛についての議論は素晴らしい」というものだった。初稿においては一幕で、衛兵たちの詰め所を訪れた伯爵夫人が、兵士や小姓たちに恋愛についての意見を求める場面がある（一幕三場）。彼らはそれぞれ自分の意見を述べるが、伯爵夫人はその会話を利用して、兵士としての名誉よりも恋愛を優先させるような人物を自身の策謀に利用するために探すという設定である。

フロベールが「議論」と呼んでいるのは恐らくこの場面だろう。人物間に相違があり、それぞれの意見が互いの意見を相対化するという点を、フロベールは評価したのではないだろうか。実際、この場面は決定稿にも残されているが、多少の修正は施されている。決定稿では、伯爵夫人は兵士たちに「愛の法廷」の開催を求め、不貞の愛を肯定する夫人自身の意見を裁いてほしいと頼むのである。そこで彼女が語る架空の少女の物語は、実は彼女自身の人生を間接的に語るものとなっている。「大変に美しく高貴な生まれの」娘が「若く、美しく、勇敢で高貴な」男性を愛するが、彼女は「年寄りの領主」と結婚させられる。

それでは、もし二つのライヴァルが戦いになったら、
ブロワとモンフォールのように。もし夫と恋人、
彼女は見たことがないけれど熱烈に愛している恋人が、
敵同士となって絶えず互いを追い求め合ったなら。
私は、彼女には恥じることも身を貶めることもなく、
自分の愛する者を全力で助ける権利があると考えるの。
彼女には権利が、ほとんど義務といってもいいものがあって、
すべてをあえて試みて、すべてを倒さなければいけないのよ
主人として彼女に与えられたこの老いた夫のようなものを！

(*Rh.*, 13.)

ここにはまさしく、不貞を働く女の「権利」を問い質すというこの作品の主題が提示されている。[114]場面の構成要素は維持しながら、作者は愛についての対話を求める伯爵夫人の動機に変更を加えているのである。この場面は彼女の策略の一部ではなくなり、代わりに自らが隠す不貞の愛の密かな正当化が試みられている。

ところで、恋愛についての「議論」は、二幕一場の伯爵夫人とジャックの対話の中にも存在していた。すでに見たように、ヒロインが大胆かつ陰険な人物として現れる重要な場面である。モーパッサンはいくらか推敲を加えつつも、この場面を決定稿でも保持し、伯爵夫人の長台詞もほぼそのまま残されている。

おお！　愛というものをなんて分かっていないんでしょう、内気な坊や！
お前は愛を語りながら、目に涙を浮かべ、
鳥のように囀いてみせる。そんなものは、私の抱いている
恐ろしいほどの気持ちの高ぶりに比べて何になるというの？
幾夜もの間、体が捻られるのを、
目に涙が溢れ、興奮が喉元を締め付け、
胸の内では、弔鐘のように、修復することの不可能な過去への
憎しみが鳴り響くのを、感じたのではなかったの。
欲望に飢える引き裂かれた心の中で、
思ってみたことはないの？　私は別の男の
妻であったということを、その男が私を愛し、彼は私に親しかったということを
そして私の肉体に接吻の跡を残したのだと？
魂も肉体と同じように愛撫によって色あせ、
二度目の愛情には無垢のままではないということを？
嫉妬している？[115]

(*Rh.*, 43.)

恋愛の精神的な次元を身体的な関係に還元しながら、伯爵夫人は身体的欲望としての愛をためらうことなく肯定してみせる。したがって、ロマン派的な感傷主義を排除する物質主義的世界観は、『レチュヌ伯爵夫人』にも確かに存続していると言えよう。さらに、作品全体を通して、伯爵夫人がその陰険な様相を露わにしていくのも変わらない。「攻撃は危険なものよ、だって降伏する前に、／私は涙と血を流させるでしょうから」(*Rh*., 44.)。同様に夫に対する憎しみ（これは初稿では三幕一場、シュザンヌとの対話の中で表明されていた）の表明もある。「私の手は彼のそばで殺人者のように熱を帯びるわ。／彼の声は侮辱のように私の心臓を跳ねさせる。／私の歯は彼を抱擁する時に怒りを欲望するの。／私はよだれを垂らして噛みつく犬になりたい」(*Rh*., 60.)。このように、伯爵夫人の性格は決定稿でもやはり際立っていると言えるだろう。誘惑の決定的な場面では、ヒロインの「猥褻さ」も表れている。「思ってみたことがあるの／すべての欲望、すべての幸福を、そして／晩に、頭の中で私の寝床の白いシーツをめくってみたことは？」(*Rh*., 71.)。

さらに、三幕は前の二幕に比べて比較的元の形を保っている。つまり、伯爵夫人は身体的欲望を喚起しながらジャックに伯爵を殺すことを命じるが、寝ている伯爵を殺害するという二人の陰謀はシュザンヌの密告のために失敗し、最後に伯爵夫人は自殺するという展開である（ただゴーチエの登場によって展開に多少変化はある）。元の二幕のイギリス人の襲撃が削除された結果、劇の山場はこの三幕の殺人の試みに移されることとなったが、劇の中心を構成するのはあくまで伯爵夫人の行為なのである。

つまるところ『レチュヌ伯爵夫人』は、自らの愛を実現するためには一切の「麗しき感情」を捨てて顧みないヒロインを舞台に乗せることによって、「ロマン主義者たち」に異議を申し立てるという当初の意図を保持していると言えるだろう。付け加えておくなら、怒った伯爵が窓から妻の遺体を投げ捨てるという結末にも変更はない(*Rh*., 76.)。現実主義者モーパッサンは決定稿にも確かに存在しているのである。

しかしながら、作者の反抗的な試みが無傷のままに保持されていると結論づけられるほどに、事は簡単ではない。フロベールの指摘が「猥褻さ」についてだったことを思い出そう。師の懸念は、古典主義以来の伝統的な〈礼節〉bienséanceに関わるものである。この点に関して、修正または自己検閲と呼べる操作は決定稿のあちこちに見られ、当然のように、伯爵夫人の台詞に最も顕著である。さらに自主検閲は性道徳の領域に留まってはいない。まず、すでに確認したように、シュザンヌに向かっての伯爵夫人の打ち明け話はすっかり削除された（一幕五場、二幕七場・九場）。そこには裏切り行為の正当化（*Th.*, 402.）、女性による男性の支配（*Th.*, 403.）、身体的欲望成就の期待（*Th.*, 421.）などの、最も挑発的な台詞が含まれていた。同様に、シュザンヌと伯爵夫人が決定的に対立する二幕の末尾においても、伯爵夫人の台詞はより抑制されたものとなっている。初稿ではあらゆる「麗しき感情」を断固として否定する伯爵夫人の姿があった（三幕一場）。それに引き換え、レチュヌ伯爵夫人はシュザンヌの抵抗を拒絶するだけしかしないのである（*Rh.*, 56-57.）。

伯爵夫人とジャックとの対話に関しては、自主検閲はそれほど明瞭ではない[116]。それでも「今宵からでも、夜を一緒に過ごせるのよ」（*Th.*, 437.）のような決定的な台詞は削除されている。別の箇所で書き換えの実例を見てみよう。まずは初稿である。

愛は罪を許すのよ。

愛に掻きたてられた大罪は、愛ゆえに崇高なものとなるの。
あらゆる裏切りも、あらゆる卑劣な行いも、
同じぐらいの美徳と、快楽とであるのよ。
愛の名において、愛する女のために、
王が殺され、軍隊が殺戮され、
全能なる神の名においては決してできないほどの

たくさんの苦しみが与えられ、たくさんの血が流されてきたことを知らないの？
この世にあっては、愛と神は同じように許すことができる。
愛は殺人も不貞も知りはしない。
その最も熱烈な行為は、献身という名で呼ばれるの。

(*Th.*, 435.)

そして次が決定稿である。

けれどもどんな懲罰も、
被害者の復讐をしない罪もたくさん存在するのよ！
最も情熱的な幸福も、最も偉大な官能も、
いつでも高く購われなければならないの。
あなたは数えてみたことがあるの、愛する者の唇のために、
どれほどの王が殺され、軍隊が殺戮されたか、
そして愛しい視線のためにどれほどの血が流されたのか。

(*Rh.*, 62.)

見比べてみるならば、検閲に対する配慮は明らかである。愛の名において罪や裏切りを否認するような大胆な表現はすべて、冒瀆の言葉と共に削除されている。挑発的な調子は不可避的に削減されていると言えよう。
そもそもは、ヒロインの大胆さとエゴイズムこそが『リュヌ伯爵夫人の裏切り』の特徴と言えるものだった。挑発とは、青年劇作家の異議申し立ての声そのものであり、その意味において、「猥褻さ」はまさしくこの劇の中心的な主題と言うべきものだった。したがって、ここには重要かつほとんど解決不能なアポリアが存在してい

ると言えるだろう。モーパッサンにとって、フロベールの指摘が絶対的な価値を持つものだったことは想像に難くない。また実際に、当時の道徳的傾向や検閲制度を考慮するなら、フロベールの抱いた懸念は妥当かつ自然なものであって、モーパッサンの作品が初稿の形で問題なく上演されることはありえなかっただろう。この劇が、とりわけコメディー＝フランセーズやオデオン座のような主要な劇場の舞台で上演されるためには、ある程度の自主検閲は避けがたいものだっただろう。

だがそれでも、修正によってこの作品が当初持っていた独自性が決定的に損なわれてしまったのではないかという懸念は捨てきれない。「僕のドラマに関して言えば、フロベールはそれを読んで十分に上演可能だと思っていますが、でも彼はあまり乗り気にはなっていないようです。[117]」これが、長期間にわたった書き直しの後にモーパッサンが直面した現実である。「上演可能」という語は、フロベールの検閲を通過したことを示しているが、同時に、彼がこの作品を十分に評価していなかったらしいことも窺える。はたして弟子の側では満足していたのだろうか。

しかしながら、ここでもう一度踏みとどまり、推敲は作品本来の特徴を台無しにするだけだったというように結論を急がないでおきたい。この推敲においても、作者は自分が行っていることの意味をよく理解していたのではないだろうか。だとすれば、彼は何らかの解決の道を探ったはずではないだろうか。

確かにリュヌ伯爵夫人と比べれば、レチュヌ伯爵夫人の挑発的な性格は薄まっている。だが、それは単に彼女が自らの意図を堂々と告白するのをやめたからだけではなく、彼女の行動が外部、すなわち愛人ゴーチエの介入によって決定されるからでもある。レチュヌ伯爵夫人はリュヌ伯爵夫人ほどに積極的ではなく、彼女は愛人に対して従順に振る舞う。「命じてちょうだい。私はあなたについて行く準備ができています。／私はここにいて、決心したから、降伏するわ／私を連れて行って」(*Rh.*, 21.)。そして、夫が不意に帰還することを懸念して、彼女は愛人に身を捧げる決心をする。「もしも伯爵が戻って来たら、／この私は、やり遂げてみせるでしょう／きっとあなたを震えさせるようなことでも」(*Rh.*, 24.)。一方で、ゴーチエは敵の城に自ら進んで入って来たにもかかわらず、心配に取り憑かれ、「君はどうするの?」(*Rh.*, 25.)と繰り返すばかりである。こうして、伯爵夫人は状況によって策略を用いるように追いやられることになる。その結果、もはや裏切りを声高に宣言することは問題とならず、彼女には密かに行動を起こすことが求められる。

つまり、ここには状況の〈展開〉[118] **transition** が存在し、その連続する変化に対応する形で、ヒロインは行動したり反応したりするのである。すなわち、最初の期待は予想外の喜びと困惑をもたらす。ひとたび決断すると希望をもって行動するが、最後には絶望が待っていて、悲劇的な結末へと至る。最初から最後まで決然と行動しつづけるリュヌ伯爵夫人と比べると、レチュヌ伯爵夫人はより明確に心理の変化していく様子を観客に見せているのである。

ここで伯爵夫人の最後に注目しよう。ヒロインの陰謀が失敗に終わった後、ゴーチエが舞台に登場し(三幕五場)、彼は自分が彼女に裏切られたと信じこむ。「俺は知っておくべきだった、騙すような女は／夫同様に恋人だって引き渡すことができるのだと」(*Rh.*, 73.)。「私がしたことを思ってみて」というゴーチエへの訴え、そして「どのように真実を言えばいいの?／本当なの? もしあなたの手がためらわなかったなら／彼は死んだの?」というジャックへの訴えが空しく拒絶された後、伯爵夫人は絶望に沈む。

伯爵夫人、起き上がって——ゴーチエに

ああ! では私の声はもう十分に強くはなくて、
あなたの心に届かないのね。でも死人のことは信じられるでしょう。
彼女は素早く短剣を胸の真ん中に刺し——そして

胸に流れる血を示しながらゴーチエの方へ歩いてゆく。

これが私の胸より流れる真実ですわ。

ゴーチエ、彼女を抱きとめる。

すまない。

伯爵夫人

許してあげます。愛していますわ。

彼女は倒れる。

(*Rh.*, 75.)

こうして彼女は夫の伯爵、ジャック、そしてゴーチエという三人の男に見捨てられ、一切の希望を失って孤独に死を迎える。この結末を初稿と比べてみよう。リュヌ伯爵夫人も男たち（伯爵とジャック）の前で自殺するが、状況は異なっている。

女を打ち倒すのは、さあ、愛人の方なのかしら？
夫の方かしら？　ここに私の胸があるわ。どうしたの、
怖いのかしら？　私たちの内の誰が一層罪深いの？
どんな暴力も奮えない、
恋人の方？　それとも辱められた男、
助けを叫び、別の男の手にいくらかでも女の血が

流れるのを見て、復讐を遂げたと思うような男？
そんな忌まわしい仕事を免除してあげようじゃありませんか。
一番卑しくないのは、私よ！　私は血を恐れたりしない！
（ヴァルドローズの手から短刀を奪い取り、
胸の真ん中を刺した後、仰向けに倒れる。）

（*Th.*, 444.）

自らの夢と野心に忠実な伯爵夫人はためらうことなく自殺する。重要な点は、不道徳とか「猥褻」とか思われていた彼女こそが、ここにおいて、三人の中で最も高貴な人物として現れるということである。この価値観の転倒によって、尊敬されるべき概念（名誉や精神的な恋愛）が偽善であり、欺瞞であることが暴かれる。恥知らずであり、猥褻であるということは、真実であり、誠実であるということと実は紙一重なのである。そのような理念の内にこそ『リュヌ伯爵夫人の裏切り』の核心が存在している。

この観点からするなら、確かに決定稿の伯爵夫人の死は、初稿ほどに華々しくもなく、示唆的でもないように見える。だがこの二つの版では核心のありどころが違っていることを見過ごしてはならないだろう。リュヌ伯爵夫人がいわば正々堂々と死ぬことができるのは、彼女がゴーチエの愛情を最後まで信じていられるからである。それに対してレチュヌ伯爵夫人は、当の愛人からも拒絶されてしまう。絶望し、彼女はもはや希望のない袋小路へと追いやられる。この時、彼女の運命は彼女の意志を超えたところで決定されるという意味において、この劇は悲劇へと接近するのである。言い換えるなら、リュヌ伯爵夫人がいわば〈反ヒロイン〉として造形されていたのに対し、レチュヌ伯爵夫人はより一層ヒロインの名にふさわしく、観客も彼女に対してより感情移入することが容易であるだろう。

モーパッサンは当時の演劇的慣習に譲歩し、いわゆる「共感の持てる人物」を創造したのだろうか(119)。そのように推察することも可能だが、しかしその想定は疑わしくもある。というのも、観客が完全にヒロインに同一化して共感するためには、名誉や愛国心すべてを犠牲にしてでも夫を殺害しようとする、不貞をする女の「権利」を認めることが必要だからである。確かに、伯爵夫人には行動する理由が存在しているが、しかし通常の道徳的観点からするなら、十分に正当化される人物とは見なし難い。その意味で、彼女は「共感の持てる人物」の基準からははみ出していると言わざるをえない。

確かなことは、このヒロインは初稿以上に内面化された性格を持っているということであり、彼女は自分の意図を表明するよりもむしろ隠して行動する。そのような変化はタイトルの変更、つまりは「裏切り」の語の削除にも反映している。この削除はまさしくヒロインの人物像の内面化を示すものであり、劇の中心主題は人物の行為から、人物そのもの、つまりは彼女の性格と感情の〈展開〉へと移されているのである。

一言で要約するなら「聞かせるよりも見せる」という原則を、この戯曲の書き換えにおいてモーパッサンは実践したのではないだろうか。大胆すぎて危険な表現を機械的に削除するだけではなく、彼は当初の計画そのものにも修正を加えたのである。考えてみるなら、主人公に挑発的な思想を声高に発言させることよりも、困難な状況に置かれて苦しむ人物を描いてみせることの方が難しいに違いない。

ここで、〈非人称性〉に関するフロベールの教えをもう一度思い出してみるのも、それほど突飛なことではないだろう。前章で見たように、モーパッサンは師に捧げた評論の中でこのフロベールの方法について力説していた。

したがって、フロベール氏はまず何よりも一人の芸術家である。すなわち、非人称的な作家である。〔……〕フロベールは決して「私は」、「この私」という語を記さなかった。書物の中ほどで、公衆とおしゃべりしにやって来たり、舞台上の役者のように、結末に挨拶申し上げたりすることは決してないし、序文も書かない。(120)

もちろん、演劇というジャンルにおいては、作者が自身の名において語るような場はそもそも存在しないのであり、演劇は本質的に〈非人称〉的なジャンルであると言えるかもしれない。だがモーパッサンは続けて次のようにも述べている。「彼は、人間の姿をした操り人形の使い手であり、人形は彼の口で話さなければならず、彼らの口を借りて考える権利を、彼は一切自分に認めていない。操りの糸を見つけられることや、自分の声を聞き分けられることがあってはならないのだ。」(121)『リュヌ伯爵夫人の裏切り』は、ヒロインが全能の愛についての思想を声高に主張する作品であり、観客はそこで表明される意見を作者その人のそれと同一視しやすい。それはつまり作者が人物の「口を借りて」考えているということを意味するだろう。今日、フロベールがこのような点を問題として、メモやあるいは口頭の対話の中で指摘していたかどうかは分からない。だがいずれにしても、『レチュヌ伯爵夫人』の原稿が示しているのは、青年作家の自主検閲への配慮だけではなく、彼が戯曲の構成を十分に考慮していたというその事実なのである。言い換えれば、戯曲の書き換えという作業が彼に、自身の美学と技法とを鍛える絶好の機会を提供したということである。この経験をへることで、モーパッサンは「脂肪の塊」にまた一歩近づいたと言えるだろう。

我々に残されているのは、韻文歴史劇の試みを通してモーパッサンが何を学んだかを改めて確認することである。

〈失敗〉の教訓

まず作品の辿った道を再確認しておこう。フロベールは乗り気にはならなかったとしても、弟子を援助することには同意した。モーパッサンはついにコメディー＝フランセーズに『レチュヌ伯爵夫人』の原稿を提出する。「ようやく彼［フロベール］はそれをペランのところへ持って行ってくれます。ペランが公衆のもう食いつかない歴史劇を十分に抱えているので、フロベールはフランス座に受け入れられはしないだろうと思っているようですが。」モーパッサンは自分の置かれている状況が難しいことを弁えている。一方で、ゾラの方でもサラ・ベルナールに原稿を届けることを請け負った。「もしも役が気に入ったら、彼女の方でもペランに話をしてくれるでしょう。でもサラ・ベルナールには議決権はありませんし、彼女の意見は委員会の決定にはなんの影響も及ぼさないのです[122]。」モーパッサンもこの女優に会いに行くと、彼女は戯曲をペランに紹介すると請け負ってくれたが、フロベールの振る舞いが彼女の気分を害するのではないかが気にかかった。そもそも彼女はまだ一幕しか読んでいないと言ったが、本当に読んだのだろうか[123]。

返答を待つ間に、モーパッサンは「説明するにはあまりに多すぎる理由のために」、作品は「受け入れられないだろう[124]」と考えるに至る。彼がここで示唆しているのがどういう事情なのかは分からないが、あるいは何か噂でも耳にしたのだろう。最終的には予測通りに、一切の運動は実を結ばず、モーパッサンは劇場支配人から決定的な拒絶を受け取る。「ペランはそれがどこかで受け入れられることはないだろうと思っています。何故なら二幕の全体が暴力性と狂った残忍さに溢れているからというのです。予想していたので僕は少しも驚きませんでした[125]。」この拒絶の理由に触れる前に、モーパッサンの選択について考えておきたい。そもそも、彼は主演女優に何故サラ・ベルナールを選んだのだろうか。

ゾラは彼女を一年前から知っており、サラは『獲物の分け前』の登場人物ルネに惚れて、この小説を戯曲に翻案してほしいと頼んでいた[126]。またフロベールの方では、ルイ・ブイエの遺作『アイセ嬢』を一八七二年一月にオデオン座で上演した際に彼女に会っていた。モーパッサンがこうした状況を利用したことは間違いない。その上で、サラ・ベルナールがレチュヌ伯爵夫人を演じるのに適していると考えたのだろうが、しかしながらこの判断はいささか誤っていたのではないだろうか。

すでに指摘したように、サラは『エルナニ』再演にあたってムネ＝シュリーと共演し、彼女はドニャ＝ソルの役を演じている。初演は一八七七年十一月二十一日で、大成功をもたらした。たとえばアルフォンス・ドーデは劇評に記している。「彼女が所持している、物事を深く感じ取りそれを個性的に表現できる能力を、これほどに見事な技術をもって彼女が用いたことはかつてなかった。[127]」フランシスク・サルセーも賞讃の言葉を惜しまない。「これ以上に愛情と熱情を持つことはできないだろう。これ以上に威厳と魅力をそなえて詩句を朗誦することはできないだろう。あの熱狂的な瞬間にあって、これ以上にエネルギーと感情とを発揮することはできないだろう。今日、サラ・ベルナール嬢は一切の反論の余地なく、フランス座第一位の女優である。[128]」モーパッサンが彼女に自分の歴史劇の原稿を送ったのは、まさに彼女が『エルナニ』の上演を続けている最中のことだった。間違いなくサラ・ベルナールは当時最も有名な〈ロマン主義的〉な女優だったわけだが、しかしモーパッサンの作品は「ロマン主義者たち」への異議申し立てとして書かれたのである。

したがって、モーパッサンの疑念には十分な理由があったと言えるだろう。彼女が結末まで読んだとして、この戯曲は彼女の気に入っただろうか。決定稿の『レチュヌ伯爵夫人』では挑発的な調子は弱められたとはいえ、それでも慣習的な、あるいはロマン主義的な演劇性を挫こうとする性質は存続しており、身体的な愛を重視する視点は、ロマン派演劇に見られる理想化された崇高な恋愛感情を暗に批判するものである。ところで、詩篇「最後の逃走」を『ゴーロワ』紙に発表する際、モーパッサンは「因習に閉じ籠る者、理想の監視人、〈崇高〉を歌う手回しオルガンどもを驚か[129]」そうとしたのだった。彼が詩篇の新聞への掲載を企図したのは、ちょうどコメディー＝フランセーズからの返答を待っていた時のことである。歴史劇の目指すところは、詩篇の目指すところと本質的に相違はない。コメディー＝フランセーズはまさしく「理想の監視人」の本丸とも言うべき劇場であることを考えれば、反抗的な意図は演劇において一層明瞭であったかもしれない。

確かに、ヒロインの役をサラ・ベルナールのような女優に託すということは、作者に野心的な意図があったことを示している。端的に言えばヴィクトル・ユゴーに挑戦するということである。だが作者の本来の意図に鑑みれば、その試みは困難であると同時に矛盾を含むものだったと言えよう。劇場の決定にしても同様であり、「暴力性と狂った残忍さ」に溢れているという支配人のコメントは、この劇についての一般的な見解を要約するものだろう。今日の視点から振り返って、当時の審査委員たちにモーパッサンのドラマがどのような印象を与えたかを正確に測定することは難しい。ただ確かなことは、モーパッサンの自主検閲は彼らの目をすり抜けるには十分ではなかったということである。言い換えれば、青年劇作家が演劇にまつわる因習を取り払おうと試みた時に、彼の夢の実現を阻んだものは、まさしくその演劇的慣習そのものだったということであり、無名の見習い作家のような立場の弱い者にとっては、上演失敗はいわば最初から不可避だったかのようにさえ見えよう。〈演劇における自然主義〉と（ある程度まではとはいえ）距離を取る姿勢を示しながら、結局のところ、モーパッサンも先輩作家たちと同じ轍を踏むことになったのだが、そのことは、彼もまた〈現代的〉であろうとしたという事実を示すものではある。

とはいえ、『レチュヌ伯爵夫人』を過大に評価することのないように気をつけよう。もしかしたら上演失敗の理由は、ごく単純に作品の出来栄えに求めるべきなのかもしれない。たとえば作者が作り上げたのは三幕の戯曲だが、本来は五幕こそが大作の規範でありつづけていた。[130] この構成力の弱さは幾つかの点から説明できる。まず、劇に副次的要素が導入されていないために、筋が単一に留まっていること。次に、とりわけ初稿においては伯爵夫人一人が舞台を占めているために、人物間に決定的な対立が生まれないことが挙げられる。確かに、決定稿では脇役たちがより重要な役割を担い、伯爵夫人とシュザンヌの間などに対立が生起していることは先に確認した。しかしながらここで指摘しなければいけないのは、作者は一・二幕に持ち込んだ修正の結果を三幕にまで推し進めなかったために、発展させる余地があったはずの人物間の対立を十分に利用できなかったということである。シュザンヌの役割は結局のところ告発者に留まり、二幕末尾での挑戦の表明にもかかわらず、彼女が伯爵夫人と直接に対決することはないままとなってしまった。同じことはゴーチエにも言える。彼は愛人のために伯爵と対決するのではなく、逆に愛人の方をあっさりと拒絶してしまうのである。こうして筋を展開させることなく対立は消滅してしまう。この点に関して、モーパッサンは結末に関するフロベールの指摘を部分的にしか受け入れなかったことも思い出される。フロベールは「彼女が待ち伏せに導いたと信じ込んで、イギリス人が伯爵夫人を殺すのでなければならないだろう」と記していたのだった。モーパッサンはヒロインを愛人に殺させるよりも、彼女を孤立させることを好んだのだろうが、その選択が劇的な展開の可能性を妨げたことは否定できない。

モーパッサンの劇作においてより重要かつ決定的だと思われる欠点は、人物の内面において葛藤が決定的に欠けているということである。伯爵夫人の選択と行動には常にためらいがない。それというのも彼女は名誉や祖国愛といった敬うべき感情の一切を否定するからである。再三述べてきたようにそれは作者の異議申し立てという意志と戦略に結びつく必然的選択なのであるが、それが不可避的に作品からダイナミズムを奪うことにつながっている。かくしてモーパッサンの戯曲は、たとえ変装のようなどんでん返しを取り込んでいたとしても（しかもそれ自体は慣習的で凡庸でさえある）、単一にして単調な筋を基本の構成とし、〈劇的〉な性格の弱さを露呈させている。

ここでモーパッサンには劇作家としての才能が欠如していたと結論づけることは我々の目的ではないが、少なくとも当時のウェルメードプレイの基準からすれば『レチュヌ伯爵夫人』に欠点が認められるのは確かであり、そのことが劇場による上演拒否の理由の一つであったことも想像に難くない。実際のところ、コメディー＝フランセーズ、バランドの第三フランス劇場、そしてオデオン座はこの戯曲を受け入れなかった。終わり悪ければすべては悪しと言うのだろうか、モーパッサン自身の結論はずいぶんと苦いものとなる。「演劇なんか糞くらえだ。僕はもう劇なんか作らない。[131]」

『昔がたり』から『レチュヌ伯爵夫人』に至るまでのモーパッサンの演劇の試みは、その都度、舞台上での興行以前に上演に漕ぎつけることができなかった。最後に、モーパッサンと演劇との関わりをどのように総括するべきだろうか。

モーパッサンは演劇に現実主義的な思想を導入しようと試みたが、その時に障害となったのは、ウェルメードプレイの要求する演劇的慣習であった。「麗しき感情」や「共感の持てる人物」のような約束事が存在するために、前衛的な思想が劇場に浸透するのは他のジャンルより遅いということを、当時、ゴンクールやゾラは批判していた。この点に関しては、一八七九年七月にエドモン・ド・ゴンクールに宛てたモーパッサンの書簡が示唆的である。その中で彼は、ゴンクールの「演劇についての考え」を評価し、「自分自身の考えが優れた仕方で表現されているのを見る時に常に感じる喜び」[132]を感じさせてくれたと述べている。実際のところ、『アンリエット・マレシャル』および『祖国の危機』再版に付した序文の中で、ゴンクールは近い将来における「演劇の終焉」を予告しているのだが、その理由は「慣習の缶詰」、「ボール紙の機械」[133]たる演劇が、小説のようにはレアリスムを受け入れないというものであった。『レチュヌ伯爵夫人』の上演失敗の後、モーパッサンはゴンクール同様に、演劇において慣習を撤廃することは不可能だと考えるに至ったのだろう。

演劇へのレアリスムの導入に関しては、モーパッサンが韻文劇にこだわりつづけたという点にも大きな問題があっただろう。詩篇における韻文の〈散文化〉の試みも、戯曲においては特には見受けられず、平韻による詩句は古典的規則をおおむね遵守するものとなっている。形式の面で、劇作家モーパッサンは保守的な位置に留まっていたのである。

本来的に朗誦で「聴かせる」ことを目的とする韻文劇は、戯曲の中に不可避的に長台詞を導入する。対話が長台詞に場所を譲り、そこで人物は声高に自己の思いや考えを口にすることになる。この長台詞は『昔がたり』においてのように、それ自体一個の物語を含むこともあった。古典主義伝来のこの慣習は、舞台上での本当らしさやレアリスムの要請と相容れるものではないだろう。それゆえに、レアリスムによって伝統的なジャンルを刷新しようとするモーパッサンの試みは、矛盾を孕んだ困難なものだったのである。

確かに、『稽古』ではすでに演劇的慣習や俳優の演技が諷刺されていた。モーパッサンは演劇についてまわる虚偽性を認識してはいたが、それを取り払うことはできなかった。彼の内には解決のつかないジレンマが存在し、それがためらいや、「演劇なんか糞くらえ」といった拒絶の言葉にも繋がっている。結局、彼は解決策を見出だすことができないままに演劇から離れ、八〇年代にはもっぱら散文のみを綴ることになるだろう。[134]「私は劇場における韻文の存在がもはや理解できない人間の一人である」[135]と、一八八一年の時評文の中でモーパッサンは表明している。現実の舞台との関係において、韻文劇の〈失敗〉の経験は、苦い悔恨を残すものとなったと言うべきだろう。

ではこの苦い経験は、モーパッサンに何をもたらしただろうか。

演劇の経験を通して彼が学んだものの第一は、無名の新人には乗り越えるのが困難な障害の存在だった。つまり、保守的かつ要求高い観客の趣味、それを代弁する劇場支配人、そして〈礼節〉のような道徳的規制である。大原則として、戯曲は社交界に属するブルジョアの観客の気に入らなければならない。既成の権威に反抗する女性の物語を作り上げる中で、モーパッサンは、一方では芸術表現における道徳という問題とぶつかり、他方では、「誰が自分の作品の読者／観客であるか」という問いに直面したと言えるだろう。そこには〈芸術家〉が汲むべき貴重な教訓があったはずである。

次に、戯曲の執筆および書き直しを通して、モーパッサンがドラマツルギーの基礎を実践的に学んだことの意味は大きい。個々の人物造形や人物同士の関係の構築、行為の〈展開〉、厳密かつ凝縮された作品構成についてなど、実作を通して体得したことは多いはずだ。また、とりわけ書き直しの経験は、フロベールの教えを具体的に理解し、実践する機会をもたらした。明晰さ、自然さ、本当らしさといった理念は古典主義的なものであるが、流行に影響されない芸術上の根本的な原則として、現代芸術にとっても無縁ではあるまい。ここに見られる古典主義的側面は、モーパッサンの美学を根底において決定づけるものとなるだろう。結局のところ、モーパッサンは戯曲の執筆を通して「短編小説のエクリチュール[136]」を学んだ、というルイ・フォレスティエの指摘には十分に理由がある。

フロベールの教えの中でも、芸術家としてのオリジナリティーと独立性が何より必要だという考えを、青年モーパッサンは強く意識していた。彼はその独創性を戯曲の中でも追及したのであり、反ロマン主義の姿勢を明確にし、さらには自然主義とも一定の距離を置く姿勢を保ったのだった。歴史劇への挑戦は、周囲に流されない強い自我を育てることに貢献したと言えるかもしれない。

そして、反ロマン主義の帰結として築かれた物質主義的な世界観は、歴史劇の中においても力強く表明されていた。この現実主義に基づく世界認識のあり方は、八〇年代の小説においてもその基底に存在しつづけるだろう。同時に、『稽古』や伯爵夫人の物語の中で提示された、精神と身体、感情と感覚、真実と虚偽、誠実と欺瞞といった問題体系は、後の作品のテーマとして発展させられてゆくことだろう。

以上を総括するなら、演劇の試みを通してモーパッサンが学んだことは、社会的な面でも文学的な面でも決して少なくなかったと言えるだろう。それは何より一人の〈芸術家〉として社会と対峙する経験だったのであり、この経験を通して、彼は他者へ向けて言葉を発することの意味を学んだのだ。上演失敗という苦い経験を積むことによって、青年は大人へと一歩成長したのである。

ここまでに見てきた作品は、どれも青年時代の習作と呼ぶべき未熟さを残したものであるが、しかし作家の経歴におけるその重要性を軽視することはできない。七〇年代における詩人＝劇作家の存在なしに、八〇年代の小説家の存在はありえなかった。確かにこの時期に書かれた戯曲は、作家が激しく望んだ成功をもたらすことはなかったが、しかしその執筆の中で自らの創作について繰り返し深く考察を続けた経験こそが、「脂肪の塊」の（予想外の）成功を準備したのである。

では一体、一八八〇年のモーパッサンに何が起こったのだろうか。「脂肪の塊」の成功の後、何故詩人モーパッサンは突然に、そして決定的に散文作家へと転身してしまうのだろうか。フロベールその人も「傑作」と呼んだこの一編の小説は、作者に何をもたらしたのだろうか。こうした問いに我々は答えたいと思う。

だがその前に、一八七〇年代のモーパッサンは詩や戯曲と同時に小説にも挑んでいたことを思い出そう。詩人の内には散文家もすでに存在していた。青年詩人の内に「脂肪の塊」や『女の一生』の著者はどのように準備されていたのか。散文作家誕生の謎を明らかにするために、もう一度ギィ・ド・モーパッサンの修業時代を振り返ることとしよう。

第三章　小説の誘惑

こんなのを一ダース作るんだ！　そうすれば君は一人前の男だ！

——フロベールの書簡（一八八〇年四月）

一八七〇年代のモーパッサンと散文

初めに、短編小説への誘惑はごく早くからモーパッサンの内にあったことを確認しておこう。一八七三年の母親宛ての手紙には次のように記されている。「先ほどいくらか気晴らしのために『月曜物語』の種類に属するようなものを書きました。それをお送りしますが、もちろんなんのうぬぼれもありはしません。ほんの十五分で書き上げたのですから。[1]」うぬぼれがあったかどうかはともかく、モーパッサンは韻文詩と同時に散文の物語を書く意図も抱き始めている。興味深いことに、一八七三年から七五年にかけて、彼は母親に宛ててのみ散文の計画を話しており、母と共に作家になる夢を育んでいる。母子の親密な関係の中で、母ロールは時に共作者の地位に立つことさえあったようだ。「だから僕のために短編の主題を見つけてください。日中に役所で、いくらかその仕事ができるでしょう。夜はすべて韻文作品に取られるからです。[2]」恐らくはギィ青年は母親の批評に信頼を置き、その意見をよく聞いていたのだろう。「僕の小説はまだ完成していません。幾つもの点に疑問があるからです。一週間後にはお伝えしましょう。重要な削除が必要だと思っています。[3]」実際のところ、この時期に書かれた散文作品はどのようなものだったのだろうか。残念ながら、今日その詳細は分かっていない。モーパッサンは出版に値しないとして原稿を保存しなかったのかもしれない。いずれにせよ、このいささか浮気な青年は韻文と同時に散文も試みていたのであり、まだ自分がどちらに向いているのか分かっていなかった。アルマン・ラヌーの言うように、彼は「長さの短い短編小説の利点を推し計り、新聞が苦もなく掲載してくれるだろうと想像した[4]」のかもしれないが、やがて彼は決してそれが「苦もなく」進む話ではないと理解することになるだろう。

一八七五年七月には、より具体的でより野心的な計画が表明される。「お話ししたボート遊びの情景にずっと取りかかっています。僕が知っているボート乗りたちの物語の一番良いのを選んで、膨らませたり潤色したりすれば、十分に面白くて本当でもある小さな本が作れるでしょう。[5]」この時期にすでに散文の物語で「小さな本」を作る考えを抱いていたというのも興味深いが、より重要なのは「ボート乗りたちの物語」の性質である。実際に見聞きした出来事に基づく「本当の」物語を、脚色を交えて「面白く」語ろうというのである。この青年は自分に身近な事象を取り上げて、そこから文学的主題を取り出そうとしている。その時、セーヌ川とボート遊びが想像世界の核として登場してくるのは、この時期の彼にとってはごく自然なことだったろう。アルマン・ラヌーの呼ぶ「この世紀の散文作家の中で最も水に親しい[6]」作家は、この時期から姿をなしつつあった。想像力によって「潤色」するとは言っているが、「本当の」事柄に対する関心が芽生えていることにも注目しておこう。この点でも、将来の作家が少しずつ形を表している。

ここでモーパッサンが、自分の散文作品を「面白い」amusantという語で表現しているのは何故かと問うてみるのも無駄ではない。この計画を告げている書簡は、友人たちによって『バラの葉陰、トルコ館』の最初の上演がなされた直後のものであるが、「ボート乗りたちの物語」にも、カーニヴァル的な乱痴気騒ぎの余韻が漂っているようである。何より週末のセーヌ川でのボート遊びはモーパッサンにとって喜びの時であったし、その雰囲気は詩篇「征服」(初稿は一八七二年に遡る)の内にも窺える。あえて付け加えておくなら、十五年後、作家としての活動の最後期に、モーパッサンは短編「蠅」(一八九〇年)の中で幸せだった時を回想することになるだろう。

十年の間、私の大きな、唯一の、没頭させる情熱の対象、それはセーヌ川だった。ああ! 美しく、穏やかで、変化に富んでひどい匂いのする川は、幻影とごみとに満ちていた。私はその川をとても愛していたが、それというのも、川が私に人生の意味を与えてくれたように思えたからである。(7)

したがって、モーパッサンが書くことを夢想している物語を「面白い」と呼ぶことには、一見したところはなんら疑問がないように思われよう。しかしながら、実際にはこの青年は滑稽な物語を残さなかったし、この時期に書かれた唯一川に関係する作品「カヌーに乗って」《En canot》は、後に「水の上」《Sur l'eau》と題して短編集『テリエ館』(一八八一年)に収録されることになるが、これも決して「面白い」話と言えるものではない。それは夜の間にセーヌ川の上で起こる怪奇的、幻想的な物語である。同じ短編集に収録される作品の中で他に川の登場するものには、「シモンのパパ」、「野あそび」、そして「ポールの恋人」があるが、これらも単純に「面白い」と呼べるような明るい作品とは言い難い(妻に幻滅する夫の物語「春に寄せて」は、愚かなブルジョアの諷刺画として「面白い」と呼べるだろうか)。確かにこれらの作品は七五年に語られた夢の遅れた実現なのだろうが、それらの意味するところはすでに当初のものとは変化し、同時に深化しているのである。したがって「面白い」という一語の形容詞は、事後的にではあるが、「ボート乗りたちの物語」としてそのままに実現されることが決してなかった、青春時代の特別に幸福な瞬間を指し示しているように思われる。

さて、セーヌの川辺にまつわる物語を試みつづける一方で、モーパッサンは別の作品の計画も構想する。やはり母親に宛てられた次の書簡（一八七五年十月）は、野心に富むがいささか浮気性な青年の性格をよく示しているだろう。

『エラクリユス』の中の女中と猿の章をどんな風にまとめればいいか全然分からなくて、すっかり困っています。僕は喜劇『稽古』を書き始めました。それができ上がり次第、ボート乗りの小説と同時に、〈小人物たちの大いなる悲惨〉と題した一連の小説を作ります。すでに主題は六つあって、とても良いものだと思っています。ただし陽気ではありません。(8)

怪奇小説『エラクリユス・グロス博士』*Le Docteur Héraclius Gloss* のタイトルと共に、新たな連作短編の計画が目を引く。〈小人物たちの大いなる悲惨〉というタイトルは、海軍省に勤める小役人としての個人的経験に関係するものであり、「小さな」と「大いなる」との形容詞の対照が青年の狙いを示唆しているだろう。小役人を含めた慎ましやかな階層の人々を取り上げ、彼らの苦しみを崇高なものとして描く、いわばバルザック的な計画が想像されるかもしれない。あるいはむしろそこには苦いアイロニーを認めるべきで、大げさなタイトルと矮小な内容との落差に焦点が当てられるのだろうか。いずれにしても、都会の人物を描く幾つかの物語が、ボート乗りたちの物語と対をなしているのは明らかであり、後者が「面白い」のと対照的に、前者は「陽気ではない」のである。ここでもモーパッサンは自分の身辺から、つまりは「本当の」出来事から題材を汲み取っており、ボート乗りの物語と小人物たちの物語は相互に補完し合いながら、この見習い作家の住む世界の全体を表象している、あるいは、するはずだったと言えるだろう。

この時期に書かれた作品の中に、この「小人物」の物語に対応するものを探すなら、「聖水授与者」（一八七七年）、「シモンのパパ」（一八七九年）、それに「家庭」（『テリエ館』所収）が該当するだろうか。それよりもむしろ、ルイ・フォレスティエの指摘するように、一八八〇年に『パリのあるブルジョアの日曜日』と題する短編の連作を発表する時に、彼はこの主題に戻って来るのだろう。[9] そうだとすると、この「小人物」たちの計画は、構想から五年後に一定の実現を見ることになる。

ここで、『エラクリユス・グロス博士』の原稿の持つ意義について一言触れておこう。批評家からも長らく蔑ろにされてきたこの青年期の習作がとりわけ関心を惹くのは、それがゾラと自然主義の影響を受ける前の、モーパッサンのいわば〈原初〉の姿を我々に提示してくれるからである。[10] ごく単純に言えば、そこにはまだ現実主義者ではないモーパッサンの姿が見られるのである。

一八七五年、モーパッサンは初めて自分の短編小説を雑誌に発表する。それが「剥製の手」« La Main d'écorché » であり、『ポン゠タ゠ムッソン年鑑』に掲載された（ポン゠タ゠ムッソンはアルザス地方の都市）。ジョゼフ・プリュニエの名で発表されたこの短編は、幻想の趣向が顕著な作品となっている。

「僕の小説『ボートに乗って』は近日中に『オフィシエル』に、『プチ・ピエールの冒険』は恐らく『オピニオン・ナショナル』に載るだろう。[11]」友人ロベール・パンションに宛てたこの一八七六年の書簡は、散文作品について母親以外の人物に向けて語っている最初のものである。「カヌーに乗って」は、一八七六年三月十日付の『ビュルタン・フランセ』にギィ・ド・ヴァルモンの名義で掲載された。[12]「プチ・ピエールの冒険」は、恐らくは最終的に「シモンのパパ」« Le Papa de Simon » と題される作品のことで、だとすると実際に発表されるのはさらに後のこととなる。モーパッサンは七七年二月にもパンションに、『シモンのパパ』は六月に下らない雑誌に載るだろう[13]」と告げているが、実際にこの短編が発表されるのは一八七九年十二月一日付の『政治文学改革』誌で、ここでは本名で署名されている。なおこの時点までに、モーパッサンは他に三つの短編（「聖水授与者」

« Le Donneur d'eau bénite »、「ラレ中尉の結婚」« Le Mariage du lieutenant Laré »、「ココ、ココ、冷たいココはいかが！」« *Coco, coco, coco frais !* »）を、七七年から七八年にかけて『モザイク』誌に発表している。その時の書名はギィ・ド・ヴァルモンであった。[14]

要約すれば、一八七五年から七九年にかけてモーパッサンは継続的に短編小説を執筆していたし（全部で六編、および作者の死後まで未刊だった中編『エラクリユス・グロス博士』）、友人や先輩のつてを頼りに、それらの作品を小雑誌に掲載してもらえるように画策していたのである。一幕芝居『昔がたり』や『稽古』の時と同様に、短編小説の執筆に関しても金銭的利益は無視できない動機であった。一回読み切りの短編の雑誌掲載は無名の新人作家にとっても実現不可能ではなかったし、ちょうどよい小遣い稼ぎにもなっただろう。ただし実際には、一八八〇年に至るまで、見習い作家のこの種の取引はいつも順調には進まなかった。たとえば一八七九年に友人レオン・フォンテーヌに六〇フランの借金を頼む際、モーパッサンは『改革』誌による五〇フランの支払いの遅れを理由に挙げている。[15]もっとも、金銭的な関心だけが散文への誘惑の理由なわけではもちろんない。一八七二年頃より交流が本格化したフロベールの存在を無視することもできないだろう。[16]『ボヴァリー夫人』や『感情教育』の著者と間近に接しながら、師にならって自分も散文を書いてみたいと思わなかったと信じることの方が難しい。

そして、散文の試みは「シモンのパパ」のような短編小説に留まるわけでもなかった。戯曲についてと同様に、幾つかの短い作品での練習の後に、モーパッサンはより息の長い作品に挑戦する。また、あたかも一つのジャンルを手掛けた後には別のジャンルに移らなければならないかのように、一八七七年十二月、韻文歴史劇『レチュヌ伯爵夫人』の書き直しの最中に、彼はフロベールに告げている。「私は〈長編小説〉のプランも作りました。劇が終わったらすぐに取りかかります。[17]」一カ月後には、このプランに対するフロベールの反応を母親に伝えている。「フロベールは〔……〕私が読んで聞かせた長編小説のプランには大変熱烈な様子を見せてくれました。彼は言いました。『ああ、そうだ、それは素晴らしい、それが本当の長編小説、本当の思想だ』と。本格的に取りかかる前にあと一カ月か六週間、プランの作成にかけるつもりです。[18]」実際に一カ月後の七八年二月、同じく母に向かって、一年以内に長編小説を完成させるという目標が告げられる。

僕は長編小説に一生懸命取り組んでいて、夏前にはちょっとしたものができているでしょう。ご存じのようにひとたびこの季節がやって来ると僕はあまり進めません。要するに、大いに遅れたとしても、来年の元旦には必ず終えられるでしょう。もしかしたらそれよりずっと早く仕上げられるかもしれません。[19]

この「長編小説」が、将来の『女の一生』*Une vie*（一八八三年）の下書きであったことは疑いない。詩・戯曲・短編小説、それに幾つかの雑誌記事というように様々な種類の実践を積んだ後、モーパッサンは息の長い仕事をなし遂げられる自信を感じていたのだろう。その意味でこれらすべての試みは辛抱強い忍耐の期間であって、それが長編小説において成熟した作家の才能の開花をもたらすはずだったのかもしれない。その時、長編小説は、文学ジャンルの頂点に立つ最も重要なものとして認識されていたことだろう。

とはいえ、モーパッサンは本当に自分の才能や能力を正しく測定することができていたのだろうか。あるいはごく単純に、彼はまだ自分の進むべき道を探して右往左往しているのではないだろうか。確かなことは、長編小説に取りかかったからといって他のジャンルを放棄することはなく、それもあって肝心の長編小説は思うようにはかどらなかったという事実である。一八七八年三月には母親に告げられる。「今は長編を中断しています。『田舎のヴィーナス』を仕上げるためで、全力で仕事をしています。それというのも『最後の逃走』の掲載の後、今から三週間か一月以内にどうしても新作を発表しなければいけなくなりそうだからです。[20]」詩人であり、同時に小説家であるということはいかにも困難なことである。翌月の書簡は、小説に関してモーパッサンが置かれていた状況をよりはっきりと我々に教えてくれる。

僕は『田舎のヴィーナス』を完成させようとしていますが、それは今のところ二百二十行あります。その後には急いで長編小説に戻ります。それというのも大きな雑誌が創刊されて秋に出る予定で、ゾラがその文学主幹を務める予定なのです。僕の長編小説がそこに発表されれば、直ちに四〇〇〇ないし五〇〇〇フランを手にすることができるでしょう。時間を無駄にするわけにはいかないことがお分かりでしょう。友人たちと僕はいつでも批評記事も掲載できます。[21]

ここで言及されている雑誌が何であれ（それは一八八〇年にユイスマンスが編集を務めて刊行されるはずだった自然主義雑誌『人間喜劇』なのかもしれない[22]）、長編小説の計画は雑誌への発表の可能性と結びついており、つまりは金銭的利益という（常に喫緊の）動機とも無縁ではない。だがそれよりも興味深いのは、一八七八年四月の時点で、モーパッサンが長編作家としてのデビューを目論んでいたという事実である。野心家の青年は自身の計画をロベール・パンションにも打ち明けている。「僕は『田舎のヴィーナス』をほとんど書き終えて、彼女に接吻してやりたい気分だ。僕は長編小説も書き始めて、僕の考えでは次の冬には終えられるだろう。[23]」小説家と詩人との共存期間がこうしてしばらく続く。「僕は長編小説を書いていて、一生懸命仕事している。楽しみはそれしかないんだ。[24]」

だがこの幸せな共存は長くは続かない。同年八月にはフロベールに宛てて「精神的にすっかり参ってしまいました」と苦しみを訴えている。「三週間前から毎晩仕事をしていますが、たったの一頁も書けません。無、まったくの無です。――僕は少しずつ悲しみと失望の暗闇に沈んでいき、そこから抜け出すには大変に苦労しそうです。[25]」母親宛ての書簡では、長編の執筆で何が問題なのかをより具体的に説明している。「目下のところは長編小説に取りかかっています。けれども、とりわけそれぞれの事物の配置と展開がとても難しいのです。それでも四、五カ月後にはずいぶん進んでいるでしょう。[26]」ここには息の長い作品に対する経験不足の自覚が認められる。

アンドレ・ヴィアルの研究（これをルイ・フォレスティエも承認している）によるなら、一八七八年三月から六月にかけてモーパッサンが執筆したものが、いわゆる「古原稿」« Vieux manuscrit » と呼ばれるものである。[27]百十四枚からなるこの原稿（ルイ・バルトゥーが一九二〇年に初めて紹介したので原稿Bと呼ぶ[28]）は、「おおよそ最初の四章」に相当し、「冒頭は三月から四月にかけての清書、修正の多い末尾は夏の苦労[29]」を明らかにしているという。残念ながらこの原稿の所在は今日不明なので、バルトゥーが自身の論文の中で引用し、アンドレ・ヴィアルが生成研究において詳しく検討した部分しか知ることができないのだが、それでも我々の研究にとっては貴重な資料である。

青年作家は困難を感じていたが、とにかく長編小説の執筆は進んでいく。レオン・フォンテーヌが所有していた原稿（これをFと呼ぶ。現在、所在不明）は二十四枚からなり、決定稿の第七章に相当するという。アンドレ・ヴィアルの推測によればこの原稿が書かれたのは一八七八年の秋である。[30]だがこの年の末から、長編の執筆は約二年に及ぶ中断を迎えることになる。

七九年の冒頭にモーパッサンはフロベールに告げている。「私はますます可哀相な長編小説から遠ざかっています。へその緒が切れてしまわないかと心配です。[31]」へその緒が切れてしまうことはなかったとしても、以後、作品は作者の内に長く留まりつづけるだろう。ヴィアルやフォレスティエが説明しているように、この時期から幾つもの仕事に追われるようになるのが大きな理由である。公的なものとしては、七八年末に海軍省から文部省への転勤があり、文学に関するものとしては、七九年二月に『昔がたり』の上演、この頃に『詩集』の編纂も始まる。さらに文学的であるというより社会的な事件として、十一月に『現代自然主義誌』に「ある娘」という題で再掲された詩篇「水辺にて」が原因で巻き込まれる裁判騒ぎがある。そして七九年の年末には、ゾラを先頭に立てた自然主義グループによる共作短編集のために小説の執筆が開始される。一八八〇年春に発表される小説「脂肪の塊」は、十年以上かけてでき上がった『詩集』以上に、モーパッサンのその後の運命を決定することになるだろう。中断された長編小説に関しては、ヴィアルによれば、八一年の春になって「小説家はようやく、三年前からその時までBに不十分な解釈しか残されていなかったものを再び書き始める」(32)。一八七八年に始められた長編小説は、八二年の夏にようやく完成を見るのである。

詩人、そして劇作家と同時に、モーパッサンは短編・長編の小説家にもなろうとしていた。彼は韻文と散文を交互に試み、短い作品の後には長い作品をと次々に計画した。我々は、どうしてこれほどに長く錯綜とした歩み、困難に満ちた模索が必要だったのかと自問したくなる。恐らく、この青年見習い作家がいささか浮気性であって、それぞれのジャンルの選択は、作者の気まぐれとその時の状況(演劇のコンクールや雑誌の創刊)に依存していたということを認めるべきだろう。そして、モーパッサン自身が自分に最適なジャンルが何かを認識していなかったということもあるだろう。

だが見方を変えてみるならば、多種多様な試みの実践は、結果としてそれぞれのジャンルの特性について深く理解すると共に、真に自分にふさわしい理念や理論が何かを考え、技術を鍛えていく機会を青年作家にもたらしたと言えるだろう。

それでは、モーパッサンは散文において何を試みていたのだろうか。

『エラクリユス・グロス博士』、〈原〉モーパッサン

レアリスム以前のモーパッサン

今日、モーパッサンの残した最初期の作品の一つとして知られているのが、三十章からなる小説『エラクリユ

ス・グロス博士』である。このテクストは、一九二一年になってようやく、モーパッサンの甥のジャン・オソラによって『パリ評論』に二回に分けて発表された[33]。書かれたのは一八七五年の終盤にかけてと推測されるが、それ以上に詳しいことは分かっていない。この作品は最初の全集であるコナール版への収録は見送られたが、その理由は「その形式と技法の点で全体からいささか外れている[34]」というものであった。実際、この作品は他の作品と比べて、文体・構成・内容のあらゆる点で特殊であるが、我々は、ここに本来のモーパッサンの姿が認められるという意味で、これが最も早くに書かれた作品であると考えたい。では、この作品の特異性は何を示しているのだろうか。この怪奇と狂気についての物語の中で、モーパッサンは何を意図したのだろうか。

まず、後続の作品と異なる「形式」と「技法」について見よう。『エラクリユス・グロス博士』の舞台は、十八世紀の架空の町バランソンである。過去の時代および不確かな地理的状況は、読者と物語の間に距離を置くものである。バランソンの町や社会についての描写は特に見られない。登場人物の数は限られており、「学部長」や「学長」といった副次的な人物については、その外見によって人となりを提示しようというような配慮や、彼らを具体的な歴史的・社会的コンテクストに結びつけようという意図は見られない。ルイ・フォレスティエは「モーパッサンはそこ〔作者の想像による十八世紀〕に現代的な様相をまとった人物を登場させることを自らに禁じていない」と指摘し、「この町には知事や警視が存在している[35]」と付け加えているが、つまり時代考証は蔑ろにされている。主人公に関して言えば、その名前はあえて古代的なものが選ばれていて現実味が乏しく（ヘラクリウスという名の東ローマ皇帝が実在する）、博士という肩書きを祖先から「名前や財産と一緒に相続した」(*CN. I*, 9.) というような状況の不条理さからも、滑稽な調子が基調にあることが理解できる。博士の特徴について「小柄で、活発で神経質だ」と簡略に述べた後、語り手は皮肉を込めた調子で次のように続けている。

彼を見ても、彼が研究したあらゆる教義がこの小さな頭の中に入りうるとは思われもしなかったが、分厚い本の中に入り込んだ鼠のように、彼自身が知識の中に入り込み、それを齧りながら生きている様がむしろ想像されるのだった。（CN. I, 10.）

いわゆるマッド・サイエンティストのような奇人を描こうという意図の一方では、現実効果や本当らしさに対する配慮は欠けており、要するに、この物語におけるモーパッサンはまったくレアリストではない。それが『エラクリユス・グロス博士』の最も顕著な特色だと言えるのだが、そのことは、ほぼ同時期に書かれる「水辺にて」のような詩作品ともラディカルな対照をなしているだけに、一層興味深いと言えるだろう。

この作品はヴォルテール風の「哲学コント」と称されている。実際、短い断章形式と内容を要約する章題、『カンディード』のパングロスを想起させる人物名など、ヴォルテールを思わせる要素は少なくない[36]。また作品に横溢する滑稽や洒落の多用などについてはラブレーの影響も指摘される[37]。若い頃のモーパッサンはこの二人の作家を愛好し、彼らの機知や合理的な精神を賞讃していた。その思いは薄れることなく、『メダンの夕べ』の宣伝記事の中では、ロマン主義者たちが「ヴォルテールやディドロの作品」、「モンテーニュやラブレーの古き良識や叡智[38]」を蔑ろにしたことを批判している。八〇年代の時評文の中でも、繰り返し古き時代の陽気さや笑いが失われたことを嘆いてみせ、その際にはこれらのお気に入りの作家の名前がいつも引き合いに出される。「人はもはや笑わなくなった。それというのも本当の笑い、大いなる笑い、アリストファネス、モンテーニュ、ラブレーやヴォルテールの笑いは、本質的に貴族的な世界でしか花開くことがないからである[39]。」そうしてみると、『エラクリユス・グロス』には青年の文学的趣向が素朴に反映しているようである。つまり、この時点のモーパッサンはまだ現代文学の趨勢と無縁な場所にいて、個人の文学的関心の赴くままに自由に作品を構想、執筆しているのである（この点で、一幕韻文劇執筆時と同じような状況であると言える）。

このテクストには旧約聖書や、コルネイユ、ラ・フォンテーヌといった古典主義作家への言及・パロディーが随所に見られることも、それによって説明がつくだろう。たとえばコルネイユの詩句「私は覚めた人間だ」« je suis désabusé » は、学長によって「私は騙された人間だ」« je suis des abusés »（*CN. I*, 20.）と言い換えられ、言葉遊びになっている。正統な教養の内に学校教育の跡が見て取れるが、意識的な古典参照の多さは、作者自身が意図的に古典主義的な文体を模倣していることとも大いに関係しているだろう。実際、簡潔、明晰な文体を称揚する後のモーパッサンとは反対に、『エラクリユス』の文章は生硬で様式的に見える。それはたとえば次のような具合である。

長い幾日、幾晩も広大な海の上をさ迷った後、壊れそうな筏の上に捨て置かれ、マストも、帆も、羅針盤も、そして希望もないままの遭難者が、突然に、待ち焦がれた岸辺を見出だした時の喜びがどれほどのものであろうとも、余りに長い間、不確かさの筏の上で、諸哲学の波のうねりに揺すられた後に、ついに勝利し、啓示を得て、輪廻転生の港へ入った時の、エラクリユス・グロス博士を浸した喜びに比べれば何物でもなかった。（*CN. I*, 20.）

過剰で装飾的なレトリックはしばしば文章をぎこちないものにしており、青年の習作という色合いを濃く感じさせる。だが、この擬古典主義的な文体が意識的に選択されていることは確かで、作者は好んで「〜と同様に〜である」« De même que..., ainsi... » といった固い構文や、条件法過去第二形を使用して、十八世紀の文語調を模倣している。

このテクストの「形式」を決定しているもう一つの特徴は、語り手がその存在を現している点であり、この語り手はしばしば皮肉な調子で人物の行動にコメントを挟む。ここでもラブレーやヴォルテールの文体が意識されているのだろう。匿名の語り手は「ああ！」といった詠嘆を洩らし、皮肉や嘲弄を交えながら状況や人物を記述する。「その時に博士の思考の中を覗ける者があったら、何と奇妙な光景が見られたことだろう!!」（*CN. I*, 13.）。「おお、頑固な学長！　何物も彼を説得できなかった」（*CN. I*, 20.）。物語の外に位置するこの語り手は、登場人物に対して好んで主観的な判断を下し、その語りの調子はしばしば高揚することもある。「その時、おお奇跡よ!!!　予期せぬ至福よ!!!　幸福な勝利者が肘掛椅子に座ってくつろぎながら、火で足を温めているのを彼は目にしたのだ」（*CN. I*, 26.）。確かにこの語り手は、読者が作者その人と同一視するほどに実体を備えたものではないが、しかしこのように主観化された語りは、作中への作者の介入を厳しく戒める、フロベール流の〈非人称的〉な語りとは相容れにくいものであろう。その意味においても、一八七六年のフロベール論発表以降の他の作品とは、語りの性格に明らかな相違が認められよう。もっとも、モーパッサンはこれ以降も短編小説において一人称の記述を捨てるわけではないが、このように語り手の個性を前面に出す語りは、一八八〇年以降に新聞に書かれる時評文に引き継がれることはあるといえ、短編小説の語り手はむしろ自らの語る行為の背後に姿を隠す傾向が強く、『エラクリユス』とは別の種類の語りとなっているのである。

以上が、『エラクリユス・グロス博士』とそれ以降の作品の間に存在する「形式」と「技法」の相違の大きなものである。見方を変えるなら、とりわけ一八八〇年代のモーパッサンの短編小説の特徴と呼べるものは、その多くがこの〈最初の〉小説の執筆以降に、作者によって自覚的に獲得されたものだと言えるだろう。この作品を読んでまず確認できるのは以上のような事柄である。

すでに確認したように、現実主義に基づく文学理念と技法は、とりわけ詩篇の実作を通して獲得され、鍛えられた。その過程においてはフロベールの教えが重要な役割を担っていた。だがここではまだそれらの要素がそれほど見えていない。そしてここに〈原〉モーパッサンの姿があるとするなら、「水辺にて」の詩人が〈形而下的〉で物質主義的であることとの対比において、その姿を〈形而上的〉、観念的と呼んでもいいかもしれない。

一見したところ、『エラクリユス・グロス博士』を執筆した青年は、七六年以降の作品からは姿を消すように見える。十八世紀が作品の舞台になることはないし、ヴォルテール流の哲学コントが書かれることもないだろう。だがそれでも、この〈哲学的〉でレアリストではない青年の姿が、「脂肪の塊」の中にまったく存在しないかどうかと問い直すことは不可能ではないだろう。この怪奇小説とその後の作品との間には、本当に断絶が存在するのだろうか。〈原〉モーパッサンは一体どのような作品を書いたのだろうか。

哲学的真理の探究

エラクリユス・グロス博士の人生における唯一の目的は、「哲学的真理」（*CN. I*, 11.）を発見することである。彼は「古代、現代のあらゆる哲学」を熟知しているだけでなく、「インドの宗派やアフリカの黒人の宗教」（*CN. I*, 12.）までも研究し、「東洋の古代唯心論とドイツの唯物論を、使徒たちの道徳とエピクロスのそれとを、寄せ集め、組み合わせ、混ぜ合わせ」（*CN. I*, 13.）、唯一絶対の真実に到達せんと努力している。しかしながら、「哲学においては、ある種の信仰同士が互いに矛盾する」のが不可避であるがゆえに、博士は「絶対的真理」（*CN. I*, 14.）を掴むことができないでいる。

まず指摘できるのは、この小説の基底にはキリスト教の否定が存在するということである。物語が展開するのは十八世紀であり、主人公の哲学者という肩書きは、ディドロやヴォルテールといった啓蒙主義者を想起させる。博士をして「哲学的真理」の探求に赴かせるのは、無神論的な思想だと言ってよいだろう。実際、輪廻転生を語る手稿を読んで博士が納得するのは、「現代の良識はもはや、族長の顔を持ち、雌鶏が雛を抱くように、翼の下に善良なる者の魂を庇うような神を信じはしない。それに理性はキリスト教の教理に反論する」（*CN. I*, 18.）という言葉を見出だすからである。それに対し、輪廻の理論は「魂の運命という解きがたい問題」（*CN. I*, 18.）に答を与えてくれるが、それというのもこの理論に従えば、魂の総数は常に一定なのであり、無限に増殖する魂を収容する天国や地獄といった非合理なものを創り出す必要はないからである。手稿は「理性は輪廻の信仰に反論しない」（*CN. I*, 19.）と結論づけている。

ごく一般的な、そして大雑把な言い方にはなるが、十九世紀は合理主義の時代であったと言えるだろう。オーギュスト・コントやエルネスト・ルナンの実証主義がこの時代の精神を代表し、現実主義、自然主義の文学にも大きな影響を与えた。実証科学の発展と平行して、教会とキリスト教の信仰は、世紀を通して権威と影響力を低下させてゆく。このことはギィ・ド・モーパッサン個人に関しても当てはまり、彼は少年時代に四年以上をイヴトーの神学校で過ごしたが（一八六三—一八六八年）、この学校の陰気な雰囲気は、聖職者に対する軽蔑の念を彼に植えつけることになった。(40) 一八六七年十月に書かれた詩篇「イヴトーの神学校の奥より送られし詩」« Vers adressés du fond du séminaire d'Yvetot » の中で、寄宿学校の生徒は不満を訴えている。

けれども僕たちが埋められた
孤独な修道院の中では
僕たちはこの世の物事について
スータンとスルプリしか知らない。

（*DV.*, 152.）

この詩篇と同じ年に書かれた「月明かりの下での夢想」« Rêverie au clair de lune » や「チャペルでの夢想」« Rêverie dans la chapelle » といった作品では、まだ「寛大なる神」（*DV.*, 144.）や「善良なる神」（*DV.*, 149.）が登場しているが、それでも詩の調子を見ると、すでに信仰心から離れていることが窺える。一八六九年一月にルーアンの高校での祝宴で読まれた「シャルルマーニュの考えたこと」« Ce que pense Charlemagne » において、天国や聖人がパロディー化して描かれた後、七〇年代の詩に宗教的要素は一切登場してこない。したがって、七五年の時点で彼がすでに信仰から離反していたことは確かだろう。

それにしても、キリスト教の否定の行き着く先が、何故、輪廻転生の理論なのだろうか。実のところ、作者の無信仰的な姿勢とは裏腹に、『エラクリユス』には、宗教が実効力を失った時代に人間の抱える精神的な不安や空虚さが認められる。神の否定によって人間は自由になるが、同時に、生死の意味は曖昧で不確かなものにならざるをえない。現代人がもはや天国の存在や死者の復活を信じられないなら、死後にあるのは虚無だと認めるしかないが、その〈真実〉を受け入れるのは誰にも容易ではないだろう。そうしたことを真剣に考えるなら、誰しも死に対する恐怖に直面するのではないだろうか。実際、その恐怖は、一八八〇年代のモーパッサンの短編小説のあちこちで表明されるものである。たとえば八四年に書かれた「墓」« La Tombe » では、次のように言われている。

> そして突然に、その者が消えてしまう！　思ってもみたまえ！　その者は単にあなたにとってだけではなく、永遠に消えてしまうのだ。彼は死んでしまった。その言葉が理解できますか？　決して、決して、決して、どこにも、その者はもはや存在しないのである。
> (*CN. II*, 215.)

愛する者の死はこれらの人物に大変な苦しみをもたらすが、それは彼らが死の意味を理解できないからである。この死の不可解さは、人生そのものに対する無力感をもたらすことにもなる。それが第二の長編小説『ベラミ』*Bel-Ami*（一八八五年）の中で、作家ノベール・ド・ヴァレンヌが嘆いていることだろう。「我々のすることすべて、それは死ぬことである。生きることとはつまりは死ぬことなのである！」(*R.*, 299.)。

そのような不安の持ち主に対して、輪廻転生の理論は、霊魂の不滅を約束することによって、虚無を前にした人間に救済として働きかける。それが、『エラクリユス』の物語を背後で支えているロジックなのではないだろうか。真実を発見できない無力さに苦しむエラクリユス・グロス博士は、自らを「不確実の海」の上に漂う遭難者に喩えているが、この博士の苦しみは彼の実存的不安に由来していよう。そうであればこそ、彼の目には輪廻の思想が宗教的な「啓示」と映り、彼は歓喜に包まれるのである（*CN. I*, 20.）。エラクリユスの煩悶は、現代人の抱える解決不能な実存的問題を象徴しているのであり、物語は諧謔と滑稽によりながらも、実は神なき人間の寓話を語っているのである。

神の否定という前提の一方で、博士の探究は古今のあらゆる哲学・宗教にわたっていたということが、そこで注目される。彼にとっては哲学と宗教の間には明確な区別が存在しておらず、それゆえに、輪廻転生は単に思想に留まらず、やがては宗教の位置を占めるに至る。真理は摂理へと転換してゆくのだと言えよう。手稿の語る輪廻論が、（オウィディウスの『転身物語』第十五巻で語られる）本来のピュタゴラスの思想の上に、贖罪の観念を色濃く重ねているのも特徴的である。実際、博士が古書店で購った手稿では、犯された罪が理由で、死後、人間の魂は動物の体へと移り、「動物から動物へ、一つの領域から別の領域へと移動を続け、不完全なものからより完全なものへと」（*CN. I*, 19.）転生してゆくとされる。輪廻転生とは繰り返される「懲罰」（*CN. I*, 21.）と魂の純化のプロセスなのである。

博士の探求を動機づけているのは、実のところは個人的な〈救済〉に対する抑えがたい欲求であり、そのことが物語の条理を外れた展開を導いてゆく。つまるところ、「彼には一人の人間が、使徒が、証聖者が、殉教者が必要だった」（*CN. I*, 33.）と告げられる時、求められているのは不信の苦しみから救ってくれる一種の〈救済者〉だろう。念願の手稿の著者の再来が言葉の通じない猿であることを悟った時の、博士の絶望の深さもそのことを示している。とっさに彼は猿を殺そうとするが、「彼の宗教は、なんらかの動物の命を奪って殺人の罪を犯すことを禁じていた」（*CN. I*, 33.）と、ここでは輪廻思想がはっきりと「宗教」と呼ばれている。手稿の作者は「人間以上、哲学者以上、ほとんど神以上」（*CN. I*, 30.）の重要な存在となり、ついに博士は、猿によって「騙され、弄ばれ、かつがれていた」（*CN. I*, 38.）ことを理解した後、自分こそが著者の生まれ変わりと信じるに至る。

その時、彼はまっすぐに立ち上がり、啓示を受けた者のように両腕を伸ばすと、響き渡る声で叫んだ。「私だ、私なのだ。」震えが家中を駆け抜け、ピュタゴラスは激しく吠え、動揺した動物たちは突然に目を覚まして動き始めた。まるでそれぞれが自分の言葉で、輪廻転生についての預言者の偉大なる再生を言祝ごうと望んでいるかのように。

（*CN. I*, 39.）

かくしてエラクリユスは信者から教祖へと変身するが、この意味の横滑り状態にあっては、教祖と神も紙一重である。「彼は輪廻転生であり、彼の家はその神殿となった」（*CN. I*, 39.）。手稿の真の著者と対面したエラクリユスは「偽りの神」を前にするかのように憤慨するが、それは彼自身が「権利を奪われた神」（*CN. I*, 48.）でしかなくなるためである。神の否定から出発し、新たな真理を追究した果ては、自らが神となることに結実する。それがこの物語の論理である。最後には、博士はそもそもの最初から間違っていたことが判明するが、その時、彼は狂気に捕われている。精神病院への幽閉は、いわば人間の奢りへの断罪の意味を帯びるが、ここで断罪するのは無論、神ではなく作者その人である。ルイ・フォレスティエは、主人公の滑稽な様を通して、モーパッサンは「正しく獲得されなかった知識や、誤って適応された哲学のもたらす虚栄を告発している[41]」と述べている。そこに、この小説を「哲学コント」と呼ぶべき正当な理由も存在しているだろう。

『エラクリユス』は、人が宗教へ傾倒してゆく滑稽さを諷刺している。一八八〇年冒頭にモーパッサンはフローベールに書き送っている。「〈宗教〉には大いに魅了されます。〈人類〉の愚かさの中でもこれこそが最も中心的なものに見えますし、最も幅広く、多様で、深いものだからです。[42]」ここには同時代の実証主義、唯物論的思想の反映と同時に、師フロベールの影響も窺われよう。『メダンの夕べ』の宣伝記事の中でも、彼は同じような唯物論を繰り返している。「曲げようのない哲学的法則が我々に教えるのは、感覚に触れるものの他には、我々は何も想像することができないということです。そしてその非力さの証拠となるのが、理想的と言われる概念や、あらゆる宗教によって考え出された天国の愚かさなのです[43]。」付け加えて言えば、「テリエ館」のような短編小説も、宗教に対する批判的な姿勢を示すことになるだろう[44]。キリスト教を不合理として退けた後に結局は別の宗教の虜となるエラクリユスの滑稽さを通して、作者は人間の内在的な欲求や精神的な弱さが、いかに宗教を必要としているかを諷刺的に暴いてみせているのである。

とはいえ、先に指摘したように、神の否定や宗教の諷刺は、個人の内面における実存的な不安を消し去るものではない。笑劇の裏には癒しがたい不安が隠れており、それが物語の進展と共に姿を現してくる。ところで、モーパッサンがこの小説を執筆した時点では、まだ自然主義のような同時代の文学運動とは疎遠だったわけだが、それゆえに一層、ここには作者の個人的、内的な思想が直接的に投影されているように思われる。つまり、現代の一般的状況が演繹的に考察されているだけではなく、作品に潜在する実存的不安や虚無への恐怖は、モーパッサン自身が抱えているものだったのではないだろうか。

ジャック・ビヤンヴニュは輪廻思想の源泉が、モーパッサンの伯父アルフレッド・ル・ポワトヴァンが遺した小説『ベリアルの散歩』にあると推測し、『エラクリユス』第十八章の〈自体幻視〉の場面に強迫観念としてのアルフレッドの姿を認めた[45]。イヴァン・ルクレールは手稿の〈著者探し〉のテーマ、そして真の著者の名ダゴベール・フェロルムの内に、フロベールの存在を感取する[46]。モーパッサンの作品の中に、エクリチュールの主体を脅かす〈他者〉というテーマが存在し、その源泉は先行する偉大な作家の存在に認められるという、多かれ少なかれ精神分析的な解釈を退ける理由はなく、それぞれに興味深い指摘であろう。だがそうした解釈はひとまずおいて、いささかナイーヴかもしれないが、この作品の内に作者自身の内的不安を窺うことも許されるだろう。青年モーパッサンの〈形而上的〉考察の具現化として『エラクリユス』が生まれたとするなら、そこに射す暗い影の意味をさらに検討する必要がある。

物語の最初から博士の行為が「哲学的真理」の探究によって動機づけられていたなら、ひとたびその使命が達成された後には何が待っているのだろうか。実際のところは、輪廻思想への開眼の後、博士の行動は彼の内的な論理展開に従うままに脱線しつづけるのである。「この教義の真実さが大変に強く彼を打ちつけたので、彼は一度に、その最も極端な帰結までを含めて受け入れたのだった」（*CN. I*, 21.）。物語の展開は絶えずこの「最も極端な帰結」によって決定されていく。彼は「瞑想と計算とによって、これこれの年に亡くなった一人の人間が、次に地上に再び現れる正確な時期を確定するに至った」（*CN. I*, 21.）。彼は輪廻転生の理論を推し進め、友人の学長や学部長のからかいにも「気落ちすることなく、一連の究明を続けた」（*CN. I*, 22.）。ここでエラクリユスは「森の人」と呼ばれる動物園のオランウータンに出会う。「転生の最終段階にある人間のこの素晴らしい見本」（*CN. I*, 23.）に目を奪われ、博士はこの猿を購入して家に連れ帰る。猿とコミュニケーションを図ろうという試みは当然のように失敗に終わるが、「ある晩、この資料の四十二回目の読書を終えようとする時、突然の啓示が雷のような速さで」彼を襲う。彼は「手稿の執筆者も人間界に自分の位置を再び獲得しうるという考えに、突然、雷のように」（*CN. I*, 30.）打たれる。すると博士の頭の中は、先と同様の理性を逸脱した展開を見せる。

それから〔……〕彼は細心の計算に没頭し、この仮説の蓋然性を明らかにしようと努めた。そして執拗な労働と、輪廻転生の複雑な組み合わせに何時間も費やした後に、この人間は自分の同時代人であるか、少なくとも思考する生物に再生する途上であるに違いないと、彼は確信するに至った。（*CN. I*, 30.）

主人公の脳内では蓋然性と真理とが混同されているので、一方から他方への移行が容易に進行する。そしてここから物語は、〈真理の探究〉から〈手稿の著者探し〉へと主題を移してゆく。博士はある晩、猿が書斎で「熱心に手稿を読んでいる」（*CN. I*, 32.）のを目撃し、すぐさま、この猿が著者の再来だと確信するが、それが間違いだったと知って落胆した後、今度は自分自身こそが著者の生まれ変わりだと信じるに至る（*CN. I*, 39.）。しかし、そのきっかけは友人の学長の慰めの言葉でしかない。このように、手稿の著者は誰かという問いは、本来の〈真理の探究〉という命題を晦まし、物語は博士の独善的な思考の展開を追いつづけるのである。この人物は絶えず突然の、実際には根拠のない「啓示」に打たれる。夢の中の「お告げ」（*CN. I*, 15.）、「突然に燃え立つ」言葉（*CN. I*, 23.）、「恐ろしい光」（*CN. I*, 38.）が彼を激しく打ちつけ、彼は予想外の発見に「雷のように」（*CN. I*, 30.）襲われる。そもそも「哲学的真理」を発見するために、「啓示」を求めていたのは博士自身だったということを思い出しておこう（*CN. I*, 14.）。博士は理性に従って行動していることを信じて疑わないが、実際のところ、彼はほとんど自分の思考を制御する主体となりえていないのである。第十九章には、博士の内的論理の展開の過程が端的に示されている。「それはありうること、本当らしくさえあり、――ほとんど確実だった」（*CN. I*, 34.）。蓋然性から必然性への無根拠な転換を動機づけるのは、博士自身の欲望だろう。著者が現在に再生しているかもしれないという期待は、直ちにそうに違いないという確信に移り、手稿を読む振りをする猿に著者の再来を見出だしてしまう。自分の見たいものを見るという欲望に、博士は無意識に屈しつづけている。ならば、我こそは著者なりという断言も、彼の潜在的な欲望の具現化に他ならないだろう。

つまり、神なき時代に自らが神となることこそが、エラクリユスの秘められた欲望であり、それこそが物語の真の論理を構成しているのである。その意味で物語の辿る軌跡は必然的である。だが、その必然的帰結は博士を狂気へと追い詰めるのであり、そこに、本作の根幹とも言うべき思想的問題が認められよう。実際、博士の辿る軌跡が必然的である証拠に、彼の狂気がどこで発現するのかは明確ではない。遡及的に辿っていくなら、結局は輪廻転生の発見という時点に逢着し、つまりは「哲学的真理」を探究しているという物語の起点に、すでに彼の狂気は準備されていたことになるだろう。不可能を試みるという行為自体が、人間にとってはすでに致命的に誤った振る舞いなのである。

ここでは、〈絶対の探究〉が人を狂気へ陥れるというロマン主義的な物語が、諷刺と滑稽によって脱神話化された形で語られているのだろうか。最も有名な例を挙げれば、ロマン主義時代の小説家バルザックは、『ルイ・ランベール』（一八三二年）や『絶対の探求』（一八三四年）の中に天才＝狂人を描いたのだった。[47] だがモーパッサンが問題とするのはすでに天才にまつわる物語ではない。神の不在と共に、絶対の不在（学部長の唱える「折衷主義」がそれを象徴している）もすでに物語の前提なのであり、エラクリユスは人間の非力さと愚かさをこそ象徴する存在であろう。ある思念や理想の追求は狂気に行き着くしかないという悲観的認識が、『エラクリユス』を根底から決定づけているのである。

ではエラクリユス・グロスの狂気とはどのようなものだろうか。原則として、それは精神の働きの変調や不調を意味している。博士の精神は事物を正確に判断し、他者の意見を聞き入れることのできる客観性を欠く傾向にある。主観的な論理をその帰結まで追い求めることで、理性は主体の意識しないところでその通常の軌道を逸れてゆく。それは一言で言えば理性の〈喪失〉なのである。先に見たように、この精神の変調を決定しているのは実存的不安、死に対する恐怖、それに他者に対して優越を示したいという無意識的な欲求である。実際、エラクリユス自身が著者の復活であると信じた瞬間から、彼は「巨人的な高邁さ」に捕われ、「尊大な軽蔑の内にあらゆる偉人を包み込む」（*CN. I*, 39.）。

博士が自らをピュタゴラスの再来と信じ込むこの段階は、狂気への道程の中での重要なステップである。彼はすべての人間を軽蔑し、すべての動物を熱愛するようになり、「朝から晩まで、動物の階層のあらゆる段階における、ゆっくりと進んで行く輪廻転生の歩みを追跡していた」（*CN. I*, 40.）。動物に囲まれて暮らす内に、博士自身も動物へと退行してゆく。最後には人間の子どもの代わりに子猫を助けたことで、バランソンの住民の怒りを買ってしまう。この時、彼の思考や行動の異常は狂人のそれとして厳しく告発される。町の人々にとって危険と思われたのは、博士の振る舞いが、動物の中で人間を最上位に位置づけている根本的な秩序を侵犯したことであった。人間中心主義こそは不可侵でなければならないのである。つまり狂人とは人間であることをやめた者であり、理性の喪失とは、人間性の喪失そのものなのである。かくして博士は、人格を喪失した者として「精神病院」に隔離される。

以上が、エラクリユスの物語の内に読み取ることのできる〈狂気のメカニズム〉とも呼ぶべき論理である。物語は人間が理性を喪失していく段階を明確かつ詳細に辿っている。とりわけモーパッサンの慧眼は、彼が狂気というものを、個人的なものであると同時に社会的なものとして捉えている点に認められるだろう。誰が狂人かを決める権利は社会にあり、社会はそうと決めた人物を閉じ込めることで、実際には彼を社会から放逐する。『エラクリユス・グロス博士』は狂気についての小説であり、作者が心神喪失、つまり人が狂気に陥ってゆく過程に深い興味を抱いていたことを示している。何故、どのようにして人は狂人になるのか。モーパッサンは、精神に関わるこの同時代的な問題を彼なりに分析し、物語の中にその答を提示しているのである。

一八八〇年代のモーパッサンは、今日〈幻想小説〉として括られる一連の作品を残し、その中には狂気を主題とするものが複数あることが広く知られている。実証主義と精神医学の進展する十九世紀後半において、狂気は一つの文学的トピックであった。グエナエル・ポノーが言うように、「モーパッサンは一面では、一八八〇年代以降に発展する神経症の流行に従っている」(48)。他方では、彼は独自の視点と手法で、人が狂気に陥る過程とその原因とを追求した。モーパッサンの短編小説は、未知の事象を既知に還元しようという合理主義的思考に基礎を置きながら、理性の内包する限界性や危うさを問題として提示する(49)。たとえば、「狂人か?」« Fou ? »(一八八二年)の主人公は、恋人を熱愛するあまり彼女の乗る馬にまで嫉妬する。「俺には分かった! 今や俺は神経質に跳ね回る馬に嫉妬しているのだ」(*CN. I*, 525.)。また「狂人の手紙」« Lettre d'un fou »(一八八五年)の語り手は、我々の知覚器官は不完全であるという観念に取り憑かれ、未知の生物の存在を疑い、ついには「見えないもの」を見ようとするに至る。最後には鏡の中に幻覚を見るようになって彼は医者の助けを求める。「親愛なる先生、あなたにこの身をお任せします。お好きなようになさってください」(*CN. II*, 461.)。ひとたび固定観念、妄執に捕われるや、それから逃げることは不可能で、不可避的に狂気が待っている。それが、これら一連の作品に見出だされる著者の思想と言えよう。

「狂人」« Un fou »(一八八五年)の日記の書き手である司法官は、日々殺人への抑えがたい欲求を正当化するが、その欲求は次第に増大し、ついには実行へと至る。

> どうして殺すことは罪なのか? そう、どうしてなのか? 反対に、それは自然の法である。あらゆる存在は殺すことを使命としている。生きるために殺し、殺すために殺すのだ。――殺すことは我々の本性である。殺さなければならない!
> (*CN. II*, 541.)

この殺戮の妄執が、エラクリユス・グロスによる動物の殺害を想起させるとすれば、別の短編「髪の毛」« La Chevelure »(一八八四年)において女性の髪の毛や、「離婚の原因」« Un cas de divorce »(一八八六年)において花を熱愛する男性たちの姿は、動物に失望する以前の博士の、その動物への熱愛ぶりを思い出させる。このように、後に書かれる狂気についての物語と『エラクリユス・グロス博士』には、一定の連関が認められるだろう。七〇年代に書かれるもう一つの狂気の物語[50]「剥製の手」と共に、エラクリユスの物語は、一八八〇年代に継続される狂気の探求の原点に位置づけられるのである。もっとも、牢獄のような病院の情景や、冷水シャワーのような強制的な治療の描写などは、通俗的な観念を踏襲しており、伝統的な幻想小説の影響を感じさせる。狂気は怪奇なものとして作者の好奇心を惹いているのであり、まだ本当に精神医学的な関心の対象とはなっていないようである。とはいえ、作者が人間の精神の謎にすでに視線を注いでいることは疑いない。『エラクリユス』は人間の実存的苦悩を、その必然的帰結としての狂気と結びつける。神を捨てた人間にもたらされる虚無への不安は、自我に幽閉された主体を最後には狂気に陥れる。この物語の内に作者固有の思想が存在するとすれば、この暗く悲観主義的な結論がそれであると言えるだろう。

フロベールの後に

そうした悲観的な観念を基底に置く以上、物語のトーンは次第に悲痛なものとなってゆく。自分の思想が理解されない博士は孤独に陥り、人間嫌いが昂じ、ついに精神病院に収容されるまでの軌跡は痛ましい。とりわけ注目すべきなのは、人間と動物との関係である。まず、「かつて命を持っていたあらゆる食物の摂取を断ちたまえ。それというのも動物を食するとは、同朋を食することであるから」（*CN. I*, 28.）という手稿の命じる禁止のために、博士は愛好する鶉の串焼きを断念せざるをえなくなる。そしてこの時以降、動物の占める位置は次第に大きくなっていく。文字通り猿真似をするだけのオランウータンを神のように崇めた後、自分自身こそがピュタゴラスの再来であると確信したエラクリユスは、あらゆる動物を家に集めて暮らし始める。

それから、彼はネブカドネザルのように四つ足で歩き、犬と一緒に埃の中を転げ回り、動物たちと共に生き、彼らと共に寝そべった。彼にとって人間は少しずつ世界から消えてゆき、やがてはそこに動物しか見なくなった。彼らを凝視すると、自分が彼らの兄弟であることをしみじみと感じるのだった。（*CN. I*, 40.）

ついには動物としか会話をしないようになり、人間を相手にする時には麻痺してしまう有様である。本来、エラクリユスの輪廻思想は人間を頂上に戴く階層をなしていたはずなのに、人間と動物との立場は逆転し、彼は動物の境遇に身を落とす。人間の子どもを無視して一匹の猫を助けたエラクリユスについて、学長はラ・フォンテーヌをもじって辛辣な言葉を吐いてみせる。「二者の内で愚かなのは、人がそう思う方ではない」（*CN. I*, 42.）。「愚かな」の原文 bête の本来の意味は「動物」である。精神病院内で出会った真の著者ダゴベール・フェロルムに向かって、「これが、動物は人間であり、人間は動物だと主張する奴だ」（*CN. I*, 52.）とエラクリユスは断罪するが、真理に到達しえない無能な人間の愚かさを暴きたてる作者は、人間を動物と同列の、あるいは動物以下のものとして扱い、両者の位相を逆転させてゆく。この人間の無力さこそ、作者が真に告発しているものであろう。

そして〈愚かさ〉についての執拗なまでの断罪に焦点を当てる時、改めてフロベールの存在が見出されるのである。

それは人間の知性の非力さについての物語であり、一本の糸を手に博識の無限の迷宮の中を散策することになる。その糸とは優れた思想家の大いなる皮肉であり、彼は絶えず、あらゆるものに永遠の普遍的な愚かさを確認するのである。[51]

一八八一年、フロベールの遺作『ブヴァールとペキュシェ』出版の際、モーパッサンはこのように述べている。この「人間の知に関する研究における方法の欠如について」の物語の執筆過程を、モーパッサンは間近に目にしていた。一八七五年の時点で、フロベールは第三章で執筆を中断したところだが、当時のモーパッサンは師の構想を十分に理解していただろう。さらに、次の言葉は一層示唆的である。『聖アントワーヌの誘惑』で宗教と古代哲学についてなしたことを、フロベールは改めてあらゆる現代の知に対してなし遂げた。[52]」あらゆる異端の宗祖や異教の神々の幻影を見る聖アントワーヌに、モーパッサンは「宗教と古代哲学」の不確実さを読み取っているが、それこそは『エラクリユス』の出発点に他なるまい。「哲学においては、ある種の信仰同士が互いに矛盾する」（CN. I, 14.）ことに苦悩するエラクリユスは、まさしく聖アントワーヌを引き写していると言えよう。すなわち『エラクリユス・グロス博士』は、『聖アントワーヌ』と『ブヴァール』の主題を、モーパッサン流に受け継いだところから書き始められたものなのである。[53]

確かに、ルイ・フォレスティエの言うように、「この小説の中にあらゆる種類の影響を発見するのに苦労はない[54]」し、その筆頭はやはりフロベールであるだろう。だがあらゆる作家が誰かの「影響」の下に出発するのであれば、この「影響」を過小に評価するべきではない。滑稽なエラクリユスが聖アントワーヌのパロディーであるとすれば、パロディーとは同時に、先行する作品へのオマージュであり、またその乗り越えの企図ではないだろうか。もちろん、長期間にわたって完成されたフロベールの長編と、習作の『エラクリユス』とでは比較にならないほどの径庭があるだろう。だがそれでも、フロベールの哲学的思想を自らの内に引き入れることから、モーパッサンの小説執筆は始められたという事実には確かな意義がある。輪廻思想の確信から始まるエラクリユスの物語は、人間の「普遍的な愚かさ」をモーパッサン流の諧謔と諷刺によって断罪する。だがエラクリユスの示す「知性の非力さ」は、単に笑いの対象となるだけではなく、物語を悲痛なトーンで染めてゆく。そこに恐らくは弟子の独自性がある。モーパッサンは自らの思想を、その最も先の帰結まで追及しているのである。

実際、エラクリユスの道程は次第に孤独と絶望の色を濃くしてゆく。彼は「仕事において孤独であり、希望において孤独であり、戦いと気弱な瞬間においても孤独であり、ついには発見と勝利においてさえ孤独」（CN. I, 35.）である。興奮した民衆に追われた彼は「殉教者」（CN. I, 44.）に我が身をなぞらえ、退院後には子どもたちに囃したてられる。「ほら、動物狂いの男が精神病院から出て来たところだ」（CN. I, 49.）。かつて熱愛した動物たちに再会すると逆上して殺戮に没頭し、「その時から、彼には一つの欲望、一つの目的、絶え間ない一つの気がかりしか存在しなかった。すなわち、動物を殺すことである」（CN. I, 51.）。その妄執が彼を今一度精神病院へと追いやり、そこで博士とダゴベール・フェロルムは永遠に口論を続けるのである。最終部の三章では諧謔的な語り手は姿を消し、淡々と出来事が叙述され、悲劇が喜劇を上回り、滑稽は悲惨と絶望へ転換する。すでにパロディーは不在となり、エラクリユスの追い込まれた袋小路が、半ば嗜虐的な形で描き出されてゆく。かくして、フロベール流の人間の愚かさへの諷刺は、モーパッサン独自のより深刻なペシミズムを顕在化させることで幕を閉じるのである。

モーパッサンが終生深いペシミズムを抱いていたことは有名で、その主な原因を改めて挙げるなら、幼い頃の両親の不和、敗戦を目の当たりにした体験、二十代に始まる病気の症状、小役人としての貧窮生活などがあるだろう。一八八〇年代にショーペンハウエルを読む以前から、彼の世界観はしっかりと固まっていた。「三十歳で作品を発表し始めた時、モーパッサンはすでに成熟した男性であり、その世界観が以後に変化することはない」(55)とマリアヌ・ビュリーは指摘している。だが、そうした個人的かつ具体的な現実だけで、彼の悲観主義的な世界観は説明されるわけではないことを、『エラクリユス』の物語は我々に向かって語っている。「人間の愚かさ」に対する哲学を、モーパッサンもまた早くから独自の仕方で考察しつづけたのであり、『エラクリユス』はその思想表明の書であったと言えるだろう。我々がすでに詩篇や戯曲の内に見てきた悲観主義的な思想の根源が、この小説の内に認められるのである。

まだ一つ解けない謎が残っている。他の短編について行うように、モーパッサンはこの作品を雑誌に掲載しようと試みなかったのだろうか。実際に何らかの試みがあった可能性はあり、この問いについて決定的な結論を得ることはできないが、ある外的な状況がこの沈黙についての説明となるように思われる。それは、純粋に文学的であり、かつモーパッサンにも接触可能な雑誌、すなわちカチュール・マンデスによって一八七五年十二月二十日に創刊された『文芸共和国』の存在である（この雑誌は第三次『現代高踏派詩集』に対抗する意図を持っていた）。フロベールを介してモーパッサンは事情をよく知っていたに違いなく、この青年詩人が長篇詩「水辺にて」の執筆を開始したのは、マンデスの雑誌への掲載を意図してだった可能性もあるだろう。ちなみに、七六年三月の書簡で、モーパッサンは「フロベールは夢中になって、詩をカチュール・マンデスに送ると言ってくれた[56]」と語っている。そして実際に詩篇の掲載が決まると、それをきっかけに、高踏派詩人や自然主義作家との交流が始まってゆくのである。

そうした状況の中で、モーパッサン自身の文学観も彼らの影響を受けて大きく変わってゆき、『エラクリユス』も忘れられてゆくことになった。ラブレーやヴォルテールを意識した擬古典的な調子が時代にそぐわないものであることを、作者自身も認識するに至ったことだろう。時と共にモーパッサンは詩人としても小説家としても同時代の傾向と同調してゆく。それと同時に、〈原〉モーパッサンの姿は見えにくくなってゆくのである。

確かに『エラクリユス』には、擬古典主義的な文体や「哲学コント」に倣う形式など、アナクロニズムと技法の未熟さが目についた。しかしそこには、独自の作品を創り出そうとする作者の意志と、フロベールに倣いながらこれを超えんとする野心が籠められていた。そこに見られる〈形而上的〉な思想は、ペシミスティックな世界観を深めつつ、やがて現実を呵責なく描き出す短編作家を背後から支える強靭さをもたらすだろう。そのように考えるなら、〈原〉モーパッサンが完全に姿を消したわけではなく、小説家モーパッサンの〈核〉として、彼の内に残りつづけるのだと言えるのではないだろうか。

初期短編小説、個人的源泉

この節では、一八七〇年代に書かれた他の短編小説について検討する。すなわち「剥製の手」（一八七五年）、「カヌーに乗って」（「水の上」初稿、一八七六年）、「聖水授与者」（一八七七年）、「ラレ中尉の結婚」（一八七八年）、「ココ、ココ、冷たいココはいかが！」（一八七八年）、そして「シモンのパパ」（一八七九年）の六編である。初めに目に留まるのは、これらの短編が雑誌への掲載を意図して執筆されたことである。『エラクリユス・グロス博士』とは異なり、作品の長さは一回読み切りを前提とした短いものである。加えて、これらの作品は雑誌の編集者から注文を受けたのではなく、作者の側から掲載を頼まなければならなかったのであり、作品が彼らの気に入ることが第一の条件だった。

その結果、編集部に対する作者の立場の低さが、作品の性質に大きく影響しているように見受けられる。実際、ほぼ同時期に書かれた詩篇と短編小説の間には大きな相違が存在している。官能的な詩人が「肉感的になりすぎないように」するのに困難を感じていた時に、短編作家は性愛を取り扱うような大胆さを完全に抑制する。また、「聖水授与者」、「ラレ中尉の結婚」、「シモンのパパ」に見られる幸福な結末は、モーパッサンの作品全体の中でも例外的なものである。「モーパッサンはデビュー時には、幸福で、さらにはロマネスクな結末に対する公衆の好みに従っていた[57]」とルイ・フォレスティエが指摘する通りである。悲観主義の色濃い世界観は、『エラクリユス・グロス博士』にすでに現れており、詩篇の中にも認められるが、それがここでは影を潜めている。小説家は詩人よりも保守的な姿勢を取らざるをえなかったのである[58]。いわば、それぞれのジャンルの性格を規定する社会的な慣習が存在し、モーパッサンはそれを踏まえた上で詩と小説の両方に取り組んでいたのだろう。だがそうだとすると、散文作家としてのモーパッサンの戦略をどのように理解すればいいのだろうか。これらは、あくまで小遣い稼ぎと割り切った仕事でしかなかったのか、それとも短編小説の執筆にも特別な意味が存在していたのだろうか。

「モーパッサンはまだ自分の才能を統御できていない[59]」と、同じくルイ・フォレスティエは初期短編について指摘している。確かに、『エラクリユス』のような擬古典主義とは決別したとはいえ、文体や構成の点にはぎこちなさが認められるだろう。この点に関しては、「ラレ中尉の結婚」と、その後年の書き換え「大佐の考え」« Les Idées du colonel »（一八八四年）を比較したジャン・トラヴァルの研究が、短編作家としての技量の進歩をよく明らかにしている。トラヴァルの指摘の要点は、モーパッサンは書き換えにおいて、簡明さ、正確な語の使用、イメージの適切さ、調子の統一などにおいて上達を見せているというものである。[60]さらに彼は、モーパッサンの成長ぶりを次のようにまとめている。

この幻想作家は、初期の試作の中では、想像力のいささか混沌とした気まぐれを自由に羽ばたかせていた。彼はそこに日常生活の平凡さに対する復讐を求めていたように見える。ところが、この夢想家は現実重視の流派に加入した。以後、主題や筋は熟練の腕に託され、以前はそこから逃げようとしていた「ささやかな真実」に想を得るようになり、力強い才能の効果を受けて、均整と人間性の深みを得るに至る。[61]

「幻想作家」fantaisiste と言われているように、七〇年代の小説家モーパッサンは、「現実重視の流派」l'école du réel に属する八〇年代の彼とははっきり区別されるように見える。同時に、「夢想家」rêveur の語は、小説家より詩人にふさわしいようにも見受けられる。七〇年代のモーパッサンが、詩の中で独自の想像世界を創り出そうとしていたことを考えると、詩と小説との区別を越えたところで、彼は「夢想家」であったと言えるかもしれない。

確かに、「シモンのパパ」には婚外子の主題が見られ、「ラレ中尉の結婚」の舞台が普仏戦争であるように、一見したところ、これらの短編は『エラクリユス・グロス博士』よりもずっと現代的なものであるように見える。しかしながら、モーパッサンにとってこれらのテーマは、社会的なものであると同時に極めて個人的なものでもあった点に留意しよう。七〇年代の彼は絶えず個人的な源泉に素材や主題を汲み取っていたのであり、私的な経験も大きく影を落としている。つまるところ、表面上レアリスムに則った作品を執筆していながら、実際には、モーパッサンはごく個人的な〈神話〉を創り出していたのではないだろうか。以下では、七〇年代から八〇年代にかけて、作家にとって重要となる幾つかのテーマに焦点を当てることで、初期短編小説の特徴とその意義を明らかにしたい。

幻想の魅惑

『エラクリユス・グロス博士』同様に、短編「剥製の手」は、〈幻想〉[62]あるいは〈怪奇〉の趣向に特徴づけられている。この作品のモチーフである剥製の手が実在したことはよく知られている。それは元々、エトルタの町に住むパウエルというイギリス人の所有物で、彼は詩人アルジャーノン・スウィンバーンの友人だった。モーパッサンは一八六五年から六八年の間にこの二人に出会い、彼らの奇怪な風貌に魅了された（この出会いについては小文「エトルタのイギリス人」（一八八二年）、およびスウィンバーンの詩集『詩とバラード』（一八九一年）序文に語られている）。パウエルの家には骸骨などに混ざって、「恐ろしい皮剥ぎの手があり、それは乾燥した皮膚、むき出しになった筋肉を留めていて、雪のように白い骨の上には古い血の跡があった[63]」。数年後、この家の品々が競売に付された時、モーパッサンは「醜い剥製の手」を思い出に買い取ったらしい。エドモン・ド・ゴンクールは一八七五年二月二十八日の日記に、モーパッサンが語った二人のイギリス人の物語を記録しているが、その記憶が当時の青年の内にまだ生々しく残っていたことを示している[64]。実在の干からびた手を見ながら想像を膨らませて、「剥製の手」の着想に至ったのだろう。

一八七五年頃のモーパッサンは〈怪奇〉を愛好し、短編作家としての経歴を、超自然的なものを描くことから始めたのだった。「剥製の手」、「カヌーに乗って」、「ココ、ココ、冷たいココはいかが！」（ここでは幻想はすでに皮肉な調子で扱われている）が、この怪奇趣味を示す作品として挙げられる。

「坊やはロマンチックな感染症から治りきっていないな！[65]」と、またしてもアルマン・ラヌーは「剥製の手」を読んだフロベールに架空の台詞を言わせている。確かに、ここにはE・T・A・ホフマンやエドガー・アラン・

ポー、あるいはフランスの作家ジェラール・ド・ネルヴァルの影響が窺われるかもしれない[66]。直接的な影響は定かではないが、この作品が、一八三〇年代以来の幻想小説の伝統に連なるものであることは間違いないだろう。

ピエール・Bと呼ばれる主人公は、故郷ノルマンディーにおいて「その土地では大変に有名な年寄りの魔法使いの遺品」(*CN. I*, 3.) の競売で干からびた手を入手し、それを持って友人たちの集まりに顔を出す。この魔法使いは「サバト」に赴き、「白や黒の魔術」(*CN. I*, 3.) を行っていたといい、さらに剥製の手は「一七三六年に処刑された有名な犯罪者」(*CN. I*, 3.) のものだという。こうした設定は、物語の中に伝説や迷信を〈ありえること〉として導入しており、この作品が伝統的な幻想小説に属するものであることを明示している。いささかゴシック・ロマン風に、剥製の手の描写ではその不吉な様相が強調されている。「その手は恐ろしく、黒く干からびており、とても長くて引きつったようになっていて、筋肉が特別な力でもって、皺のできた皮膚によって両側で留められている。黄色くて細い爪が指先に残っていた。そうした全部が遠くからでも極悪人を思わせた」(*CN. I*, 3.)。ここから物語は、通常の論理では説明できない事柄を、実際に語るというよりもむしろ暗示する形で進行する。夜中に謎の訪問があったことをピエールが語り手に告げるが、翌日、ピエールは謎の犯人によって首を絞められて重症を負う。作者はここでもピエールの凄惨な姿を強調することによって、読者に恐怖を掻き立てようとしている。

> 彼は死んではいなかったが、その様子は恐ろしかった。目は並外れて大きく見開かれ、開いた瞳が言葉にならない恐怖を感じながら、恐ろしい未知の何かをじっと見つめているようだった。手の指は引きつり、顎から下はシーツに覆われていたので、僕はそれを持ち上げてみた。首に五本の指の跡があり、それは深く肉に食い込んでいて、シャツに少し血が染みていた。(*CN. I*, 5.)

恐ろしい事件の結果として心神喪失に陥るというのも、恐怖小説には定番の要素であろう。語り手はここで、ピエールに対する謎の襲撃を伝える新聞記事を引用する。それによると、真夜中ごろに侵入者と被害者の間で「凄まじい格闘」があったが、「犯人に関する証拠は一切無い」(*CN. I*, 6.)。記事はさらに(読者への手がかりとして)「襲った者は驚くべき力を備え、異常なほどに痩せて筋ばった手の持ち主に違いない」と記しており、その手が剥製の手であることが読者には推察できる。結局のところ誰がピエールを襲ったのかという問いの答をテクストは明示しないが、その代わりに暗示やほのめかしは複数存在している。たとえば冒頭の宴会の場面における、「殺した者はまた殺すだろう」という友人の言葉や、ピエール自身の「お前の主人の近い訪れに乾杯だ」(*CN. I*, 4.)といった台詞である。ピエールが襲われた日の夜に語り手が見る悪夢も、ほのめかしの一つと言えよう(*CN. I*, 5.)。

物語の末尾では、事件の七カ月後に狂気に陥って亡くなったピエールの遺骸を彼の故郷まで運んだ語り手が、埋葬のために掘られていた墓穴の中に、偶然に別の遺体を発見する。言いようのない不快を感じる語り手に、墓掘り人夫が言う。

「ご覧なせえ。この野郎、手首を切られてやがる。これが手でさあ」そして彼は体のそばの大きな干からびた手を拾い上げると、僕たちに見せた。「おい」と別の男が笑いながら言った。「奴さん、お前のほうを見てるぜ、喉元に飛びかかって、自分の手を取り返そうとしてるようだ」

(*CN. I*, 7-8.)

こうしてテクスト全体が、はっきりと明示はしないが、何が起こったのかを強く暗示するようにできている。恐らく、事件は二通りに解釈が可能であろう。切り取られた手首自体が動き出してピエールの首を絞めた後で逃げ出したか、あるいは腕の持ち主が墓場から蘇り、手を取り返しにやって来たかである。後者の場合には、この蘇った死者は、古い棺の中から見つかった骸骨と同じものなのだろうか。どう解釈してもこのような曖昧さが残るが、実際にはそれは大した問題ではない。むしろその種の不確かさと、それがもたらす不安へと読者を誘うのが、このテクストの主な目的なのである。

ところでモーパッサンは、後に「幻想的なもの」« Le Fantastique » と題する評論（一八八三年）の中で、幻想小説を二種類に分類している。「人がためらうことなく信じていた時代には、幻想作家たちは驚くべき物語を繰り広げるのになんら用心することはなかった。彼らは最初から不可能の中に入り、そこに留まったままに、本当らしくもない取り合わせ、幽霊や、恐怖を生み出すためのあらゆる恐ろしい策略を、無限に変化させていったのである。[67]」「剥製の手」はこちらのカテゴリーには収まらないだろう。作者は「不可能」の中に直接に入り込まないように「用心」しているからである。モーパッサンは二番目の幻想小説を、より現代的でより繊細なものとして、次のように定義している。

だが、ついに精神の内に疑いが入り込むや、技法はより繊細なものとなった。作家はニュアンスを探し求め、超自然の内に入り込むよりも、むしろその周囲をさ迷った。可能性の限界に留まることで彼は恐ろしい効果を見出だし、魂をためらいと恐怖の中に投げ込んだ。決心のつけられない読者は、もはや何も分からず、絶えず底なし沼の中にいるように足場を失い、乱暴に現実に取りすがっては、すぐにそこに入り込もうとするのだが、悪夢のように痛ましくも興奮をもたらす混乱の中で、再びもがくことになるのだ。[68]

このタイプの幻想小説の書き手の代表として名が挙がるのは、常にホフマンとポーである。「超自然」を直接に語らないという意味で、「剥製の手」はこちらのカテゴリーに入れることができよう。だが先に挙げた二通りの解釈がどちらも超自然的な要素を認めるものであるように、自然で合理的な解釈の可能性が認められないという点では、モーパッサン自身の定義に当てはめても、「剥製の手」は十分に現代的な幻想小説とは言えないようである。

一八八三年のこの幻想小説の理論を考慮に入れると、同じ八三年にモーパッサンが「剥製の手」の主題をもう一度取り上げ、新しく書き直した作品を簡潔に「手」と題して『ゴーロワ』紙に発表した理由がよく理解できる。この新しいヴァージョンでは、舞台はコルシカ、主人公は謎のイギリス人に設定されている。ヴァンデッタと呼ばれる復讐の習慣が掻き立てるエキゾチスムや、サディスティックで奇怪な人物が、物語全体に不安に満ちた特異な雰囲気をもたらしている。出来事は超自然の存在を指し示しているが、合理的解釈の可能性も排除されてはいない。実際、物語の語り手である予審判事は、「手の本来の所持者」(*CN. I*, 1122.) が死んではおらず、それを取り返しに来たのだという解釈を提示してみせる。ルイ・フォレスティエはこの結論が「超自然を拒絶して別の仮定を再導入する」として、「この曖昧さがこの種の物語における作者の長所の一つである」[69]と述べている。「手」がモーパッサン自身による、ポー流の幻想小説の優れた実践であるとするなら、「剥製の手」の方はまだロマン主義の伝統の名残を色濃く留めていると言えるだろう。

改めてこの小説に戻ろう。この怪奇小説は、著者の個人的経験や剥製の手のような実在の事物から着想を得る一方、語りの形式は幻想小説の様式やコードを守ったものとなっている。ここでは怪奇性が重要な役割を担っており、作者はまだ〈本当らしさ〉にはそれほどの関心を払っていない。たとえば語り手の身分は不明であり、友人のポールが亡くなった時、語り手が遺体を彼の故郷まで運んでいくという設定などにも不自然さがぬぐえない。このような不自然さや不合理性は、青年作家の未熟さと同時に、レアリスムの理念と技法についての彼の意識の低さを物語っていよう。

その代わり、ここには恐怖や不吉なものに対する強い関心が認められる。恐怖、狂気や死といった、八〇年代の小説において重要となる一連のテーマが、すでにここに現れていることは興味深い。ただ、作者が個人的に感じ取っていたテーマが、ここではまだ幻想小説という既成の枠組みの中において表明されているのである。

同じことが別の作品「カヌーに乗って」についても言える。ここで語られる「見ることができる限りで最も不思議で、最も驚くべき光景」(*CN. I*, 58.)を、著者自身が実際に目にしたというのも十分にありそうなことであり、ここでも個人的経験が物語の源に存在しているだろう。一方で形式に関しては、一見したところは、伝統的な幻想小説の型が選ばれてはいないように見える。ここでは、外在する超自然的な現象よりも、むしろ説明不可能な不安や恐怖といった内的な心理現象に焦点が当てられているからである。

しかしながら、それでは物語の結末に至って、いささか唐突に超自然的な要素が介入してくるのは何故だろうか。実際、結末において、カヌーの櫂にからまっていた「首に大きな石を結びつけた老婆の遺体[70]」(*CN. I*, 59.)が発見されることで、読者は物語全体の読み直しを要求される。一晩中語り手を捕えていた説明不可能な不安や恐怖は、事後的にこの老婆の謎の力によって説明されることになる。もっとも、マリアヌ・ビュリーの言うように、この結末の一文は「物語によって掻き立てられた不安な印象を消し去るものではなく[71]」、出来事の解釈に関しては曖昧さが残るだろう。こうして、結末において超自然的要素が導入されることで、この作品は幻想小説として成立するのである。

ここで興味深いのは、実はこの曖昧さを残すゆえに魅力的な結末は、テクストの書き換え作業の結果として生まれたものだということであり、そのことは残されている「カヌーに乗って」の草稿によって確認できる。この初稿を見ると、当初、作者は形式に則って幻想小説を構想していたことが窺われる。つまり作者は伏線を準備し、段階を経て不安を掻き立てることで、読者を超自然へと導こうとしていたのである。

その点を詳しく確認してみよう。初稿においては、物語は明確に四つの段階を辿っている。まずはある晩、カヌーでセーヌ川を進んでいた語り手は、「葦の茂みの先端に着いた時に、突然に奇妙な震え」を感じる。[ ]は削除箇所、〈 〉は追加された箇所を表している。

僕はぴたりと止まって周囲を見回した。何も［無かった］〈見なかった〉。さっきより冷たい空気の流れに包まれ、それが僕を捕え始めていた眠気に加わることで、僕が感じた嫌な感覚が生まれたのだと分かった。
——僕は道を続けた。
（*CN. I*, 1651.）

第二段階。翌日、語り手は「前日よりもより強い」「同じ印象」に打たれる。彼は再び、この不快感の原因について推論する。「僕は知らない内に前夜に受けた印象の記憶の影響下にあって、同じ場所を見たことでそこで起こった身体感覚が思い出されたのだと自分に言い聞かせた。一時間のあいだ心理分析をした後、完全に迷妄から解かれて眠りについた」（*CN. I*, 1651.）。この「心理分析」は単純なものではあるが、この種の物語においては無視できない。というのも、怪奇や幻想を語る小説にあっては、読者に登場人物との同一化を促して物語に信憑性を与えるためには、その登場人物が信頼に足る人間であることが重要となるからである[72]。ここに見られる「心理分析」は、語り手が合理的思考のできる人物であることを示し、彼の認識が正常かつ常識的であることを暗に伝える役割を担っている。実際、語り手はこの点を強調している。「僕は［ほとんどすべての青年同様に、僕は、僕か……であるように］〈その時そして僕は〉まだ今日でも絶対的に驚異が起こる場について懐疑的だ」（*CN. I*, 1651-1652.）。超自然の存在を認めないという合理主義的姿勢は、逆説的だが、超自然的な要素が恐怖を掻き立てるためには不可欠なのである。

第三段階はその翌日であり、語り手の友人のアジ（このあだ名はモーパッサンの友人ジョワンヴィルのものである）が、語り手が経験したことと似通った奇妙な体験を語る。これによって不思議な現象は、語り手一人のみの主観的な経験に留まるものではないことが示される。以上のように段階を経ることによって、作者は物語の中に徐々に超自然的要素を導き入れており、その後、最終段階で語り手の身に起こる事件は、決定稿とほぼ同じものとなっている。この場合、結末における老婆の遺体の発見は、繰り返し体験された異常事態の説明として明確に機能する。出来事の意味は超自然的な説明に還元され、読者の解釈に迷いが生じることはさほどないだろう。

この草稿の論理を辿ってみると、作者は当初、古典的な幻想小説の規則に従って物語を語っており、超自然は段階的かつ漸進的に物語内に侵入していたことが分かる。したがって、決定稿に残された結末の一文は、この古典的な幻想小説の名残だったことが理解できるだろう。そうすると、推敲時点でなされた削除と修正こそが一層興味深いもののように思われるのである。推敲の過程で結末を準備する伏線が取り去られたことで、決定稿の語り手は「突然に」不安に襲われ、その不安が次第に増幅してゆく。超自然や幻想よりも、むしろこの説明のつかない不安が、物語の中心的な主題となるのである。

こうしてテクストは、抑えがたい不安が語り手を一時的な錯乱にまで追いやる過程を描き出すが、そこでは孤独と想像力が重要な役割を果たしている。「僕は思い描いた。見分けることもできない僕の舟に、誰かが上がって来ようとしている。そしてこの不透明な靄に隠された川は、周囲を泳ぐ奇怪な生き物で一杯なのに違いない」(*CN. I*, 57.)。語り手は自分を統御できなくなるが、そのことは二つの「自我」という言葉で説明されている。

> 僕は理性的になろうと努めた。少しも恐れないでいようとするしっかりした意志を感じたが、僕の内には自分の意志とは別のものがあり、この別のものが恐れていた。何を恐れる必要があるのかと自問した。僕の勇敢な自我は臆病な自我をあざ笑った。この日ほど、自分の内にある二つの存在が対立するのを感じたことはない。一方は望み、他方は抵抗し、入れ替わりにどちらかが優位を占めるのだ。(*CN. I*, 58.)

ここには「オルラ」« Le Horla »(一八八七年)にまで続く作品の中で展開される、無意識に関するモーパッサン独自の精神病理学的分析の萌芽を見て取ることができるだろう[73]。

以上のように見てくると、「剥製の手」から「カヌーに乗って」（その草稿から決定稿に至る過程）までの間に、作者の関心が変化していることが理解できる。つまり、恐ろしい怪奇や幻想から説明困難な心理的不安へと、主題が内面化しているのである。その結果として、幻想小説の伝統的な形式や規則は、作者の欲求に十分に応えるものではなくなってゆく。したがって、「文学的信仰告白」の中で自然主義の狭隘な教条主義が批判される時に、幻想の語が引き合いに出されるのも理由のないことではないだろう。「どうして自ら制限するのか？　自然主義は幻想的なものと同様に限定されている。[74]」

この頃から、モーパッサンは実証主義や科学主義的な時代の空気を意識するようになってゆく。一八八一年の評論「神秘よさらば」« Adieu mystères » の中で、彼はノスタルジーを込めて語っている。「神秘よ、古き時代の古き神秘よ、先祖たちの古き信仰、子どもっぽい古い伝説、古い世界の古い装飾よ、さらば。[75]」合理主義が優勢を占める現代に、幽霊や謎の力、古い信仰や迷信は生き残ることができないという思いは、モーパッサンの内で次第に確固たるものになってゆくが、そこには一抹の諦めや後悔の念が伴うことだろう。

次の短編「ココ、ココ、冷たいココはいかが！」はそのような心境の変化をよく示す作品である。この小説は、語り手の伯父が人生の重要な場面でココ（当時の清涼飲料水）売りに出会うという悪しき偶然を語っている。人生の決定的な場面とは、出生、事故、初の狩猟、将来の妻との出会い、昇進に関わる重要な日、そして死である。ここに幻想があるとしても、その幻想はすでにその本来の価値を喪失し、滑稽なものになり下がっている。

もっとも、昔からの迷信が信憑性を失ったからといって、モーパッサンの世界から未知のものや説明不可能なものが消滅するわけではない。実証主義や楽観的な進歩思想の盲目的な信奉者からは遠く、モーパッサンは科学の全能性に対して否定的である。「恐怖」« La Peur »（一八八四年）の中の人物は言う。「超自然と共に真の恐怖はこの世から消えました。人が本当に怖れるのは理解できないものだけだからです」（*CN. II*, 200.）。だがこの実証主義者による断言にもかかわらず、「恐怖」と題された二編やその他の短編は、この「理解できないもの」が掻き立てる真の恐怖を描いている。伝説や迷信は信じられないが、かといって現代科学でも説明のつけられない〈何か〉が存在する。八〇年代のモーパッサンは〈恐怖〉を追求しながら、人間の心理の仕組みの解明を目指すのである。[76]

この観点からすると、「ココ、ココ、冷たいココはいかが!」の一編も無視できない。ここでは幻想は不吉な「偶然」に場を譲っているが、この偶然は人間の運命に影響を及ぼすものである。語り手の伯父は次のように言う。

わたしは事物や生き物の神秘的な影響などは信じていない。だがよく秩序だった偶然というものを信じている。彗星が我々の天空を訪れている間に偶然が重要な出来事を起こさせる〔……〕のは確かである。そこから迷信が生まれたのだ。迷信は不完全で表面的な観察から生まれるので、偶然の一致の内に理由を見て、それより先を探そうとはしないのだ。（*CN. I*, 71.）

作者は非合理で滑稽な論理を披露しているが、その中で偶然は、人間の理解を超えた何物か、不可避的に人間に不幸をもたらすものとして位置づけられている。[77] 偶然はいわば〈宿命〉の同義語として存在しているのである。「常にどこにでも存在する宿命は、人間の法則である」[78]と、この作品に関してルイ・フォレスティエは簡潔に述べている。

伝統的な幻想への興味から出発した後、モーパッサンはより現代的、そしてより個人的な世界へと進んでゆきながら、自分にとって重要なテーマを発掘している。初期短編の内に見出だされたテーマは、八〇年代の作品において発展させられてゆくことだろう。

「聖水授与者」は、五歳の時に行方不明になった最愛の息子を探す両親の物語である。何年もの捜索の後に二人はついに息子を見つける。彼は裕福で育ちのいい若者となっており、結婚を間近に控える身だった。この短編から二年後に「シモンのパパ」が公表されるが、こちらはブランシェットと呼ばれる女性の婚外子シモンが、鍛冶屋のフィリップを新しい父親として迎える物語である。筋や構成の相違を越えて両作品には共通する主題が見られるが、それはルイ・フォレスティエの言葉を借りれば「少年や青年が、長い間奪われていた父親に出会う、または再会する」というものであり、作者自身の幼年時代が「父親の不在に特徴づけられて」いたことを踏まえれば、ここにも「個人的経験[79]」の反映が見られるだろう。では相互に呼応し合う二作品が語っていることは何だろうか。婚外子あるいは父親をなくした子どもに対する作者のこだわりは何を意味しているのだろうか。

一八六二年に両親が別居して以来、ギィ少年はエトルタの町で母ロールと弟エルヴェと共に暮らした後、六三年末にイヴトーの寄宿学校に入学する。別居の後、父親のギュスターヴは一人でパリに暮らし、両替所に勤めていた。父と息子の関係については幾つかのエピソードが知られているが、「父親の種族よりも恋人の種族に属していた[80]」ギュスターヴに対して、ギィ少年は十歳の頃から軽蔑の視線を送っていたらしい。父親の存在が息子に与えた影響が、母親のそれにはるかに及ばないのは確かであろう。実際、母ロールは息子を愛し、息子もまた早すぎる晩年に至るまで母を愛しつづけた。彼に最初に文学を教えたのは母であるし、フロベールの幼友達にしてアルフレッド・ル・ポワットヴァンの妹として、彼女が文学の世界への道を開いたと言える。保護者、打ち明け相手にして助言者、ギィを育てる上でロールは様々な役割を担う存在だった[81]。彼女に関する一般的なイメージは以上のようなものだが、それは父ギュスターヴも認めるものであった。一八九二年に、彼は自分が息子にとって遠い存在であったことを打ち明けている。「彼に対して特別な影響を及ぼした母親の他には、家族はたいしたものではありませんでした。私は治安判事の簡単な証書でモーパッサン夫人と円満に別れましたが、彼女はギィが私と会うのを妨げるために何でもしました……。だからギィがパリの私の住まいに来るのはほとんど年に一回でした。私は時々彼に握手しに行きました。——以上が私たちの関係です。[82]」

もっとも、一八七二年にギィもパリに住み始めて以降、七〇年代に父子はしばしば顔を合わせていたようである。[83]だがそれによって二人の関係が強まったり改善したりすることはなかった。七二年十一月二十三日の書簡で、ギィは父親との間に「激しい喧嘩」があったことを告げているが、その理由は月々五フランの援助を父が息子に対して拒んだことだった。ギィは父親に向かって愛情の欠如を非難し、次のように言ったという。「いいですか、あなたが一度も疑ってもみなかったことをよく理解するんですね。人間としての神聖な法則の第一は子どもに対する愛情です。一人の父親がいるというだけですべてじゃない。人はまず子どもを得て、子どもに対して良心が無口であったら、必要な場合には人間の法が存在して、なすべきことを教えるんです。[84]」子どもに対して十分な愛情を示さない父親に向かって、恨みの思いが直接にぶつけられている。一八七四年、ギィの祖父ジュール・ド・モーパッサンが亡くなった時にも、ギュスターヴはギィに厄介をもたらした。ジュールの遺した借金の返済を迫られることを怖れて、ギュスターヴはルーアンへ赴くことを拒んだのである。ギィは結論づけている。「父は僕が出会った中で最も忌わしい策謀家です。[85]」

家族間のこうした些細な逸話を集めてみても、父子関係についての決定的な見解を引き出すことはできないかもしれない。[86]だが、恐らくは両親の別離を決定づけた浮気性をおいておくとしても、貧しく吝嗇、心配症で無能な人物と息子の目に映った父親を、ギィ青年があまり評価していなかったことは確かだろう。[87]そして、以上のような伝記的事実を踏まえるなら、「聖水授与者」と「シモンのパパ」の内に、心底で真の父親の不在を感じていた青年の抱く、密かな欲望や夢想の存在を指摘するのは難しいことではない。

「聖水授与者」は主人公についての簡略な描写から始まる。「以前、彼は村の入口の大通り沿いの小さな家に住んでいた。彼はその地の農家の娘と結婚した後に車大工を始め、二人揃ってよく働いたので、いくらかの財産を築くに至った」（*CN. I*, 60.）。「大きな」通り、「小さな」家などの平凡な語による簡素な描写は、レアリスムに根ざした描写への関心がまだ低いことを示している。時や場所は不明確で、人物には顔も名前もない。この冒頭部分で重要なのは、貧しく慎ましやかだが勤勉な庶民の模範像を提示することだろう。夫婦の模範性は続く文にも明らかである。

ただ彼らには子どもがなかった。そのことが二人を大いに苦しませた。ついに彼らに一人の息子がやって来た。彼らはジャンと名づけ、そろって愛撫し、愛情で包み、あまりに可愛がったので、息子を見ずに一時間と過ごせないほどだった。（*CN. I*, 60.）

「彼らに息子がやって来た」の一文は、待望の息子の誕生を恩寵に近づけるような表現である。両親の並外れた愛情の深さは物語全体に特殊な調子を与えており、その模範性により、これを一種の寓話に接近させている。であればジャンという月並みな名前もあえて選ばれているのかもしれない。物語の最後に明らかにされる両親の名も「パパのピエールとママのジャンヌ」と、同様に平凡なものであり、その凡庸さは一般性に近づいている。

寓話的なのは物語の冒頭だけではない。実際、ジャンの両親の物語を構成するのは、子どもを見つけるまでの困難と、再会を可能にする恩寵のような偶然である。「二人はあらゆる広場、あらゆる通りを訪れ、目に入る人の集まりの前で足を止め、思いがけない出会い、奇跡的な偶然、運命の憐れみを願っていた」（*CN. I*, 61-62.）。出会いの場としての教会や、父親が聖水授与者になること、こうした一切は物語に宗教的な意味合いや道徳をもたらすように見える。しかしながら、作者は幸運な再会に決定的な意味を与えることには躊躇しているようである。両親ははっきりと神に祈ったり、また幸運を感謝したりはしない。結果として物語は完全な寓話にはならず、偶然の持つ意味は不確かで曖昧なままに留まっている。確かなのは、「ココ、ココ、冷たいココはいかが！」同様に、ここでも偶然が重要な役割を果たしていることであり、意味が曖昧なだけに一層、偶然は〈宿命〉の様相を帯びることになるだろう。結末もまた寓話的である。「彼らは不幸の執拗さを擦り切らせてしまっていた。それというのも死ぬ時まで幸せだったのである」（*CN. I*, 64.）。

一八七六年にモーパッサンが語ったのは、一人の父親が息子を愛するがあまり、彼を見つけるためにすべてを犠牲にする物語であった。この物語の寓話的な性格は、これが一種の幻想やファンタスム（現実から逃避するための想像力の産物）であるという印象を強めている。父親がその名に値するためには、かくまで子どもを愛するべきであるという子ども側の願望が、そこにはっきりと読み取れるだろう。この解釈に立つなら著者自身が立つ位置は子どもの側になるが、物語の中で若者は今や裕福となり（「子孫のない老婦人が彼に財産を遺したのだった」）、「とても善良でとても可愛らしい」（*CN. I*, 64.）娘との結婚を控えているというのだから、幻想は一層完全なものとなっていると言えるだろう（ここでも形容詞の平凡さが模範性を強めているかもしれない）。

仮に七六年十一月の手紙で言及されている「プチ・ピエールの冒険」が、七九年に発表される「シモンのパパ」と関係があるとすると、その構想は「聖水授与者」よりも一年ほど早かったことになる。いずれにしても七七年二月より前には、モーパッサンは「シモンのパパ」を執筆していたようである。関わっていた期間の長さ、後には『テリエ館』に収録されることも考慮すれば、この作品が著者にとって重要であったことが推察されよう。「聖水授与者」とは逆に、「シモンのパパ」では直接に子どもの側に焦点が当てられるが、この子どもは婚外子である。ここで作者は、父親の不在に苦しむ幼いシモンに共感を示しているように見える。彼以外の子どもたちは皆、生死はともかくとして父親を持っているので、「異常現象、自然に外れた存在のように」（*CN. I*, 75.）驚きの目でシモンを眺める。シモンは自分にも父親がいるとは答えられないのだが、それは父親の名前を知らないからである。悪童たちにからかわれて逃げ出した少年は、川辺まで来て水に飛び込もうとするが、そこに「縮れた黒いひげと髪」を持った「大柄な職工」(*CN. I*, 78.) が現れる。それが鍛冶屋のフィリップ・レミである。三カ月後、フィリップはシモンの母のブランシェットと結ばれ、少年は新しい本物の父親を手に入れる。

今度はもう誰も笑わなかった。あの鍛冶屋のフィリップ・レミのことはよく知られていて、彼なら誰もが誇りに思うパパだったからだ。(*CN. I*, 82.)

筋は単純で回り道もなく、結末にはこの物語の意味ないし教訓がはっきりと表れている。つまり、その名に値する父親を持つ者は幸福なのである。父親がいないか、あるいはいても誇りに思える父親でないならば、新しい父親を手に入ればいい。それが恐らくはもう一つの教訓だろうが、それというのも、ここでは父性とは血縁ではなく、愛情によって結ばれた関係を指しているからである。父親はいわば交換可能なものとして存在している。

ここで、マルト・ロベールがフロイトから借用して現代小説の誕生を説明した〈家族小説〉という概念を援用し、この作品をモーパッサン固有の〈家族小説〉と考えることができるだろう(88)。実在の父親に対する失望が、自らを婚外子だと想像する青年の内に理想的な父親というファンタスムを育み、青年はそれを一個の物語に仕立て上げる(89)。この観点に立つなら、シモン少年の物語が、「聖水授与者」同様に一種の寓話ないしおとぎ話に類似している理由も理解できるだろう。寓話としての物語の意味するところは、苦労は最終的に幸運な出会いによって報われるというものになるだろうか。寓話的な性格は登場人物に関しても指摘できる。苦しんでいるが常に誇りを失わない子ども、ひとたびは過ちを犯したが今では「不幸にもかかわらず仕事熱心で身持ちの正しい」(*CN. I*, 81.) 女、そして大柄でたくましく誠実な男。道徳的かつ模範的、ひいては理想的な人物像は、伝統的なおとぎ話そのものと言えよう。恐らくはレミの職業が鍛冶屋なのも偶然ではなく、幻想的かつおとぎ話的な物語にふさわしい。子どもの視点から眺められた鍛冶場の光景は、その幻想性をよく示している。「巨大な炉の赤い光がまばゆい反射で、裸の腕の五人の鍛冶屋が鉄床をものすごい音を立てて叩くのを照らしていた。立ち上がった彼らは悪魔のように燃え上がり、打ちつけている焼けた鉄をじっと見つめていた」(*CN. I*, 80.)。

勤勉で誠実な人物を描くことで、「シモンのパパ」は、保守的な雑誌が推奨するようなブルジョア道徳を意図的に称揚してみせている。良き労働者を称える作品によって、モーパッサンは雑誌の編集者に受け入れられることを優先したのだろうが、この物語執筆の本当の動機は、単に作品を売ることとは別の所にあっただろう。ここでもモーパッサンは作品の素材を自身の内面に探り、そこから個人的なテーマを引き出しているが、「聖水授与者」や「シモンのパパ」を深いところで動機づけているのは、〈真の父親の発見〉という主題であろう。青年作家は、自らの抱くファンタスムを作品へと外在化することによって、それを芸術に昇華させているのである。

実の父親に対する不満がこれらの作品の執筆を動機づけているなら、著者自身による真の〈父親の発見〉を無視するわけにはいかないだろう。もちろんその〈父〉とはフロベールである。実際、批評家はしばしばフロベールをモーパッサンの「精神的な父」と呼んできたのでもある。鍛冶屋のフィリップとフロベールその人を結びつける特徴は(長身であることを除けば)存在しないようだが、それでもこの物語が、七七年当時のモーパッサンの内的世界の投影であることは確かだろう。生物学的な父親を精神的指導者としての文学の師と置き換えることによって、モーパッサン自身が実際に〈家族小説〉を物語るという経験をしていたのである。父性愛の欠落を埋めることによって得られた充足感を、二つの物語の幸福な結末が象徴しているかのようである。

ところで、我々は第二章において、「理性的結婚」ないし「結婚の申し込み」と題された、この時期のモーパッサンが抱いていた劇の構想について触れた。一八七四年十一月二十六日の書簡に、その粗筋が語られていた[90]。そこでは、シモン少年と同様に「私生児」であることが問題となっており、それが(この場合は心理的というよりも実際的な)困難を、父親にではなく子どもの方にもたらしている。イヴァン・ルクレールが「ここに初めて、将来のモーパッサンの作品においてとても重要なことが知られている婚外子のテーマが現れている[91]」と述べる通りであるが、より正確を期すならば、七〇年代と八〇年代ではテーマの扱い方に多少の変化を認めるべきかもしれない。七〇年代のモーパッサンの立ち位置が父親よりも子どもの方に近かったとするなら、八〇年代には、「息子」« Un fils »（一八八二年）、「子ども」« L'Enfant »（一八八二年）、「デュシュー」« Duchoux »（一八八七年）のように、婚外子の父親が物語の中心に位置することが多い[92]。従来の伝記研究においては、モーパッサンがジョゼフィーヌ・リッツェルマンなる女性との間に三人の婚外子を儲けたことが、このテーマへの固執と結びついていると考えられてきたが、近年、この事実には疑問が呈されており、確実なことは断言できない[93]。いずれにしても、「シモンのパパ」の著者が子どもの側に立っているという事実は、この作品が文字通りの意味で青年時代の作品であることをよく示しているだろう。

普仏戦争

一八七〇年、モーパッサンは一兵卒として従軍し、普仏戦争を体験する。八月の時点ではまだパリにいて、当時の多くのフランス人と同様に、フランスの未来に対して楽観的な希望を抱いていた。「戦争の結末については疑いの余地はありません。プロシア人は負けます。〔……〕こちらでは彼らを迎え撃つ準備ができています[94]」だが失望の時は早くにやって来る。十二月、モーパッサンはルーアンの駐屯部隊に属していたが、ルーアンの町を捨てた軍と共にル・アーヴルまでの潰走を経験する。この時の困難な行軍の様子を、彼は母親に書き送っている。

僕は敗走する軍と一緒に逃げ出しました。危うく捕まるところでした。前衛から後衛へと移動し、経理部の指令を将軍へと届けました。六〇キロ歩きました。指令のために一晩中歩き、走った後、凍えるほど寒い地下室で眠りました。健脚でなかったら捕まっていました。とても元気です[95]。

もっとも、ここでモーパッサンはいささか事実を誇張していたことが今日では分かっている。父親に宛てて記された別のヴァージョンでは、彼は「最後衛に留まっていた」ので、「プロシア兵に捕まりかけ(96)」たりはしなかったことを打ち明けている。この書簡を公刊したジャック・ビヤンヴニュは「恐らくは彼は危険を冒したところを母親に見せたかったのだし、母親はそのことを誇りに思っただろう」と述べている。同時に、この(虚構の)行軍の物語の内に、戦場での武勲を夢想する若い兵士の願望が読み取れるかもしれない。そして、実際に戦場での勲功を語っているのが「ラレ中尉の結婚」である。

一八七八年に発表されたこの短編は、七〇年の戦争、それもノルマンディーにおける戦争を初めて取り扱った作品である。モーパッサンはフランス軍の潰走とプロシア軍の侵攻を身をもって経験したのであり、その個人的経験がここでも物語の基底に存在している。ルイ・フォレスティエはさらに、この物語そのものが「実際に体験したか、仲間から聞いた現実の逸話」に由来するのではないかと推測している(97)。

同じフォレスティエは、「戦争を題材とした作品の流行」が、執筆動機の一つにあるだろうと指摘している。バンヴィル『プロシアの牧歌』(一八七一年)、ドーデ『月曜物語』(一八七三年)のように、普仏戦争を描いた作品は多く、その調子はしばしば愛国主義的なものであった。モーパッサンはすでにこの時代の雰囲気を意識し、後に『メダンの夕べ』を企画する、ゾラの周囲に集う若者たちと共通の懸念を抱いていたのだろうか。

確かに、ユイスマンスは七七年にベルギーの雑誌『芸術家』に「背嚢を背負って」の初稿を掲載しており(後に『メダンの夕べ』に収録される)、そのことはモーパッサンの関心を惹いただろう。しかしながら、「ラレ中尉の結婚」は敗戦中に見られたフランス軍の雄姿を描いており、愛国的な調子とも無縁ではなく、後の「脂肪の塊」に見られるような、戦争を告発しようという意図は認められない。作品の主眼はそこにはなく、やはり雑誌の編集者の気に入られようという意識が存在すると同時に、ここでも作者は個人的な経験に想を得ながら、内に秘める願望を物語に仕立て上げているのである。事実、夢物語的な性格は作品の冒頭から明らかである。

行軍の最初から、ラレ中尉はプロシア人から二台の大砲を奪ってみせた。将軍は彼に「中尉、ありがとう」と言って、名誉勲章を与えた。

彼は慎重、勇敢、鋭敏、創意に富み、策略や方策をふんだんに心得ていたので、彼に百名の兵が与えられると、斥候の部隊を組織し、退却にあっても何度も軍を助けた。

(*CN. I*, 65.)

ラレ中尉はまさしく英雄にふさわしく、彼を修飾する複数の形容辞がその長所を強調している。さらに彼は「用心」と「敏捷さ」のお蔭で「同時に至るところにいる」(*CN. I*, 65.) かのようであり、退却する軍の中にあっても手柄を挙げる。一言で言って彼はすぐれて理想的な士官である。彼の勲功が列挙されるが、その身体的特徴や過去の経歴については特には言及されない。内面についてもほとんど明らかにされないので、人物像としては皮相的であると言えるだろう。あるいはこの点で、モーパッサンはフロベールに倣って〈非人称的〉な描写を実践し、人物を外面から描こうと努めているのかもしれないが、そうだとしても、見習い作家の腕の未熟さが残るこのテクストにおいて、人物が生き生きと描かれているとは言い難い。物語の末尾で、将軍は彼を自分の部隊で最も優れた士官と呼ぶが、彼はただ「呆然として」(*CN. I*, 69.) いるだけで、一言も発さない。作者はまだ十分に語りの技術に習熟しているように見えないのである。

理想的な人物を主人公とする物語は、ここでも寓話やおとぎ話に近接している。一夜の行軍の中で、兵士たちは逃亡中の老人とその娘に出会う。十数名の槍騎兵との戦闘が行われ、最終的に、当初ロンフェ伯爵のお付きのソムリエと名乗っていた老人が、実は伯爵その人であることが判明する。彼は感謝の印に娘を嫁として中尉に与えることを約束する。

一年後のちょうど同じ日、聖トマ＝ダカン教会において、ラレ大尉はルイーズ＝オルタンス＝ジュヌヴィエーヴ・ド・ロンフェ＝ケディサック嬢と結婚した。

彼女は六〇万フランの持参金を持ち、人の言うところでは、その年に見られた最も美しい新婦だったという。

（*CN. I*, 69.）

由緒ある貴族であることを示す立派な名前、莫大な財産と飛び抜けた美しさを揃えて、これ以上に模範的な幸福な結末もないだろう。フィリップ・バロンが「おとぎ話は大変にブルジョア的に結末を迎える」[98]とコメントしているが、このいかにもブルジョア的な成り上がりの夢と理想は、青年の願望を直接的に反映しているのだろうか。言うまでもなく、この幸福な結末は「聖水授与者」や「シモンのパパ」のそれを思い出させる。いずれも幸せな結婚で終わっているが、ラレ中尉も結婚によってロンフェ伯爵という立派な身分の（義理の）父親を得るのだと考えれば、これもまた〈父親の発見〉の物語のヴァリエーションだということにもなるだろう。

こうして、史実に沿った現実主義的な物語からは遠く、「ラレ中尉の結婚」もまた一種のおとぎ話と化し、想像の世界において青年のファンタスムを実現しているのである。

詩人と小説家

四年後の一八八二年に、モーパッサンは「ラレ中尉の結婚」の筋をもう一度取り上げ、「思い出」« Souvenir »と題する短編を執筆している。書き換えは、この時期の作家の意図をよく示すものとなっている。まず、語りは三人称から一人称に移され、老軍人が昔の思い出話を語り手に向かって語るという聞き書きの体裁に変えられた。「ラレ中尉の結婚」と比べて、語りの調子は冒頭から大きく変化している。

……前日から何も食べていなかった。一日中、僕たちは納屋に隠れ、少しでも寒くないようにお互いに体をくっつけあい、士官も兵士と混ざり合って、皆が疲れでぼうっとしていた。

(CN. I, 362.)

状況の困難さを示す細部の描写によって戦争の過酷さが強調される。「僕たちの内で眠れる者は眠っていた。他の者は地面に座ったまま動かずに、時々隣りの者に何か話していた」(CN. I, 362.)。乾いた文体は初稿よりも明瞭に兵士を襲う疲労と緊張を表現しており、兵士たちの言葉や動作が場面に生彩を添えている。ここでは元の中尉に当たる人物は匿名の大尉に代わり、この大尉には特別に目立つ長所は与えられないが、ただ彼の口癖の「ちくしょう」《Nom de Dieu》という言葉が、庶民的な性格を示している。同時に、大げさな表現はすべて削除され、たとえば娘を温めるために「二百の外套が脱がれた」(CN. I, 67.)となっていたものが、「二十の軍用コートが直ちに脱がれ、担架の上にかけられた」(CN. I, 364.)と直されている。作品の主題は軍隊における英雄の勲功ではなく、行軍の一情景の描出であって、そこには例外的なものはほとんど見られない。したがって作者は結末もすっかり変え、主人公の結婚についての言及も削除された。おとぎ話的な要素が除かれ、語りは本当らしさや信憑性を重視しているので、『ジル・ブラース』紙上でこのテクストを読んだ読者が、これを実際に老軍人の回顧譚の聞き書きとみなすことも十分にありえただろう。

全体的に、書き換えの作業を通して、表現の正確さや、特徴的な細部を伴う生き生きとしたイメージに注意が払われている。モーパッサンの描写における細部の重要さについて、マリアヌ・ビュリーは、「細部は読者に事物を見えるように提示し、それによって読者を日常世界の中に沈め、読者は日常世界との完全な類似や正確さを認める」[99]と述べている。この指摘は、戦場のような日常的というよりは例外的な情景についても当てはまるだろう。たとえば「ラレ中尉の結婚」の中では、襲撃の場面はごく簡素に描かれていた。「素早い銃声は雪の沈黙の中に消え、十二人は十二頭の馬と一緒に倒れた」(*CN. I*, 68.)。「思い出」においては、細部が情景をより明確に、かつより恐ろしいものにしている。

そして五十発の銃声が平原の凍った沈黙を破った。四、五発の銃声が遅れてさらに発され、それからまた一発だけが最後に聞こえた。そして燃え上がった火薬の煙が晴れると、十二人の兵士が九頭の馬と共に倒れていた。三頭はいきり立ったギャロップで逃げ出し、そのうちの一頭は跳ね回りながら、鐙に足がひっかかった騎手の遺体を引きずっていた[100]。(*CN. I*, 365.)

このように両作品を比較してみると、四年の間に描写がいかに上達したかを確認することができる。この驚くべき変化は、真に職業的な短編作家となったモーパッサンが自らの仕事についてよく考え、現実主義的な短編を書くために必要なものが何かをよく意識していたことを示すだろう。だがこのように確認することで、同時に、我々はもう一つの事実にも気づかされることになる。つまり、一八七〇年代のモーパッサンは散文作品を執筆する時に、現実の世界を模倣的に描こうとする(あるいは描いているという印象を与えようとする)現実主義的な配慮の必要性を、まだ真剣に考慮してはいなかったのである。一八七八年の時点でも、モーパッサンはココ売りを描くのに「年老いて、とても年老いていて、とても哀れに見える給水装置の運び人」(*CN. I*, 73.)といった表現で満足している。そこには、単純な構文と平凡な形容詞が見られるだけである。

もっとも、他の作品から引用してくることで、以上の議論に対して反論することができるかもしれない。とりわけ一八七九年に発表される「シモンのパパ」には、現実主義的な配慮が働いているようである。たとえば少年が捕まえる蛙の描写が挙げられる。「蛙は太い足の上に縮こまると、急に緊張をゆるめて、棒のように硬直した両足を素早く伸ばした。一方で、金の縁のある眼をまん丸くして、人の手のような前足で空を叩いていた」(*CN.*

I, 77.)。ここには観察の正確さや、小動物の動きを生き生きと伝えようとする配慮が見て取れよう。それでも全体としては、この時期の小説家モーパッサンは、言葉とイメージの巧みさによって人物や事物を〈描く〉ことよりも、自己の内面から主題を汲み取って物語を〈語る〉ことの方に、もっぱら苦心しているように見えるのである。それは単に青年がまだ十分に「自分の才能を統御して」いなかったからだろうか。確かにその可能性はあるが、しかしそれだけでは、レミの目に映ったブランシェットが「大柄で」「蒼ざめて」「厳しそう」(CN. I, 78.)だったと記すだけで作者が満足しているという事実、初期作品の多くの箇所に描写が欠如しているという事実が十分に説明されるようには思われない。七七年の時点で、モーパッサンは詩人として、イメージこそは「詩の魂」と述べていたのではなかっただろうか。第一章で見たように、『詩集』所収の詩篇の多くが彼の描写の技量の達成度を示していたことを思い出すなら、その彼が、小説家としては描写への関心が乏しいという奇妙な事実を、一体どのように理解すればいいのだろうか。

とにかく、それが事実であることを認めよう。詩人としてのモーパッサンが、イメージの力によって人物や事物を生き生きと描くことに努める一方で、散文家のモーパッサンは、自己のファンタスムを結晶化させるような物語を語ることに苦労していた。それこそが、一八七〇年代におけるこの青年の偽らざる姿なのである。

ところで、その同じ人物が、一八八二年には散文の専門家として次のように語っている。

詩人は自身の内に起こったことしか歌わない。彼は自分の心、悲しみ、繊細な苦しみを言う。彼は霊感を受けた幻視者のように、人間や出来事の光景を、色彩に富むイメージ、響きのよい言葉、神聖なる人生の解釈者が作品に込める高揚をもって語ったりはしない。だが彼は自分がどのように感じ、どのように思考や思い出や希望や欲望との接触に震えるかを語るのである。[101]

このモーパッサン自身の言葉から、七〇年代のモーパッサンを理解することができるだろうか。ここで「詩人」という語でモーパッサンが指すのは「抒情詩人」であるが（それが散文家モーパッサンによる詩人の定義である）、七〇年代のモーパッサン自身は〈非人称〉的な描写を重視し、ロマンチックな感情の吐露を拒み、むしろ「人間や出来事の光景」をイメージによって描き出そうと努めたのだった。だとすると彼は、本来なら人が散文において目指すはずのことを、あえて詩において試みていたことになる。ならばその時、散文家の方はどうなるのだろうか。

散文家のモーパッサンは、一見したところは同じように「人間や事物の光景」を描こうとしているようだが、実のところは非人称的な物語の中において、いわば「自分がどのように感じ、どのように思考や思い出や希望や欲望との接触に震えるか」をこそ語っていたのではないだろうか。『エラクリユス・グロス博士』から「シモンのパパ」に至るまで、初期短編は作者の個人的経験と内的な思想を深く反映している。詩よりもむしろ短編小説の中において、青年は「自分の心、悲しみ、繊細な苦しみ」を打ち明けていたのである。

したがって、七〇年代の詩人と八〇年代の散文作家の間には、奇妙な役割の反転が存在していると言えよう。詩が文学的関心の中心を占めていた時、それは人間の活動の全体を包摂しようとするものだった（実際には性愛が主要な部分を占めたとはいえ）。それが「現実において詩を理解する」ということだった。その時、散文の役割はごく私的な領域に限定され、詩に対しては補助的な位置に留まっていたのである。

「脂肪の塊」以後、次々と短編や時評文を執筆してゆく中で、モーパッサンは自らを散文の専門家と規定するようになる。そうすると今度は、彼は詩の領域を私的な領域に限定して考えるようになる。それゆえに、一八八三年に彼は述べるだろう。「（詩人を除く）作家は、観察や描写の主要なモチーフとして、良きにつけ悪しきにつけ人間の情念を捉える。[102]」詩人の使命は他にあるとほのめかされているが、ここではそれが何かは明言されていない。一方、これより前に書かれた別の評論「現代人たち」« Contemporains »（一八八一年）においては、詩の担

う べき役割がはっきりと（しかし晦渋な言葉で）示されている。

今日、詩句は、正確、明晰、常に厳密な散文が表現できないもののみを表現すべきである。つまりは掴みがたい夢想、思想のかすかな接触、漂う感情、甘美なまでに繊細で、いくらか漠然としていてその不確定さが魅力を生む事柄、存在の彼方である。詩的慣習の世界へと赴く突然のヴィジョン、しばしば二重化するような精神のほとんど固定不能な光、それらがかすかに透明なヴェールの向こうに、超人間的な夢想、現実の事物の理想的解釈、奇妙でいくらか混乱したイメージの世界を垣間見させるのだ。(103)

その名にふさわしくあるためには、詩は散文から自らを区別しなければならないが、その逆ではない。散文家モーパッサンは詩人に向かって新しい詩の主題を見つけるようにと勧告するが、その言葉は簡潔で素っ気ない。「別の場所を探さなければならないだろう。どこか？　私は知らない。それは詩人の仕事である。(104)」まるでほんの一年前には、彼自身が詩人を名乗っていたことを忘れたかのような物言いである。

ともかく、そこには明確に〈転向〉とも呼ぶべきものがある。モーパッサンが韻文を捨てた時、韻文がかつて担っていた役割を散文が引き受けるようになる。だとすればその〈転向〉はいつ行われたのだろうか。答は一見したところは明瞭だ。彼が詩を断念した時ははっきりしている。つまり一八八〇年五月に、『ゴーロワ』紙と契約を結び、「毎週一本の原稿(105)」を提供することを請け負った時以降、ごく数篇の即興的な詩作品を除いて、彼はもう散文しか執筆しないだろう。したがってこの時に彼は散文に専念することを決心したのであり、「脂肪の塊」の成功がその決断を後押しするものだったと考えられる。

もっとも、見習い作家の内面において〈転向〉がもっと早くから準備されていたという可能性は否定できない。たとえば、もし七〇年代のモーパッサンが第一に詩人であったとしても、先に引用した評論の中で語られている

「詩人の散文」の定義に、彼の散文は当てはまっているだろうか。

詩人、それも骨の髄まで詩人であって、人が母語で考えるように韻文でものを考える者は、しばしば散文で書くことが、文の逃げ去るリズムを捕まえ、真の散文家の第一の特質である生き生きとして神経質で変わりやすい言い回しを見つけることが、往々にして下手なものである。彼らには一般的に誇張や長文を好む傾向がある。(106)

ここで言われていることは『エラクリユス・グロス博士』の著者には当てはまるかもしれないが、他の散文作品には必ずしも適当ではないだろう。つまり、七〇年代の散文においても、独自の散文の文体を見出だそうとする努力は存在していたのである。

この章の冒頭で見たように、散文への誘惑はモーパッサンの内に早くから存在し、次第に大きくなっていった。七五年夏には「ボート乗りたちの物語」で一冊の本を作ることを夢見てさえいたのだった。散文の練習の中で、モーパッサンが持続的に「短編小説の技術を培って(107)」いたことは、『エラクリユス』と「シモンのパパ」を比較してみればはっきりと確認できる。また、これらの短編小説の試みが、ナルシスティックなファンタスムの世界に沈潜する機会となっていたとするなら、そのことにも必然性があったと言えるだろう。そこで彼は個人的に重要なテーマを発掘すると同時に、青年のナイーヴな夢を外在化することを通して、精神的な成熟に到達することにもつながったのである。

さて、モーパッサンと散文の関係を考察するにあたっては、長編の構想を忘れるわけにはいかない。この作品は一八八〇年より前には完成しなかったが、散文作家としては最も努力を傾けていたものであり、この作品にこそ作家としての期待を賭けていたのである。分量的に見ても、『レチュヌ伯爵夫人』の原稿が七十八枚であるのに対し、「古原稿」は百十四枚からなり、それに二十四枚の原稿Fも加える必要がある。つまり、七〇年代のモーパッサンは短編作家になることは真剣には考えていなかったが、詩人＝劇作家と同じ程度に本気で、長編小説家になることを目指していたのである。

長編の試み

すでに確認したように、モーパッサンは一八七七年末に長編小説のプランを構想し、七八年の春から夏にかけて執筆に取りかかった。この時の原稿が後に「古原稿」と呼ばれるものである。書き直された韻文歴史劇『レチュヌ伯爵夫人』、および最長篇の韻文詩「田舎のヴィーナス」と同時期に試みられた長編小説は、詩人・劇作家にして小説家であろうとしたモーパッサンにとって重要な意義を持つものだった。ところで、この三つの作品はそれぞれに〈女の一生〉を語っているという共通点を持っている。そこで、まずはこの三作を照らし合わせることから、青年見習い作家の目指したところを探っていこう。

まず目につくのは、これら三作がいずれも男女間の不和・対立に焦点を当てているということである。確かに「古原稿」は決定稿で言うところの最初の四章しか含んでいないが、アンドレ・ヴィアルが七八年秋に書かれたと推定する原稿Fは第七章、「作品の中心となる章」を構成する部分で、ヴィアルは次のように述べている。「つまるところ、先行する部分はすべて提示部でしかないが、ここで行為が動き出す。ロザリーが思いがけず出産し、女主人は不調に苦しむが、やがてその原因が明らかになり、それによって貪婪な夫は夫婦の寝床から離れ、――ジャンヌは夫の最初の裏切りを発見する」(108)等々。したがってこの時点ですでに、夫婦の不和が物語の筋をなすものとして想定されている。

歴史劇においては、ヒロインは夫の独裁に対して勇敢に反抗する人物であり、作者は男性の支配に苦しむ女性の側に立とうとしているようであった。ところが反対に「田舎のヴィーナス」においては、著者の立ち位置はむしろ男性の側にある。男性の欲望の対象として、ヴィーナスは人・動物を問わない牡の愛撫を甘受する。この両極端の間にあって、長編小説は中間的かつ現実主義的な場を占めている。不倫の現場を発見したジャンヌは狂乱の内に逃げ出すが、やがて失望と共に夫婦の現実を受け入れ、夫を愛するよりも息子を溺愛することを選ぶだろう。長編小説の現実主義的な面はその舞台設定にも認められる。「田舎のヴィーナス」のどことも特定されない田園に対して、ノルマンディーという明確に特定された場であり、『レチュヌ伯爵夫人』の中世よりもはるかに現代に近い時（決定稿では物語は一八一九年に始まる）が選ばれている。

なお、男女の対立を主題としている点では、八〇年の「脂肪の塊」もこの三作品と共通している。詩・戯曲・小説の比較は、後に改めて行うこととしよう。

改めて長編小説に戻れば、こうした小説の構想は、現実主義という以上に自然主義的と言うべきだろうか。ここで簡単に、モーパッサンと自然主義との関係を振り返ってみたい。アンドレ・ヴィアルの指摘以来、モーパッサンは自然主義に対して距離を置いていたというのが研究者の定説となっているが、改めて検討してみることも無駄ではないだろう。[109]

まず確かなことは、一八七五年頃からゾラとの交流が始まり、その数カ月後からはゾラの周囲に集う自然主義文学青年たち、ユイスマンス、エニック、セアール、アレクシらとの交流が生まれたということである。[110] 一八七七年には師と仰ぐ先輩作家たちの三冊の書物が出版される。二月にゾラの『居酒屋』、三月にエドモン・ド・ゴンクールの『娼婦エリザ』、そして四月にフロベールの『三つの物語』である。[111] この三人の作家を現代小説の大家として、青年たちが祝いのパーティーを開く。トラップ亭での有名な夕食会は、この年の四月十六日に開かれた。この時、これら大家の作品をモデルとして現代小説を執筆することが、青年たちの共通の目標となっただろうことは想像に難くない。将来のメダンのグループはここから形作られてゆき、七八年春には、彼らは自分たちの雑誌を創刊することを計画し（この計画は頓挫するが）、そしてそこにモーパッサンは、自身最初の長編小説を掲載することを夢見たのだった[112]。

「僕は詩を軽蔑している者たちの仲間に属している。彼らは僕の引き立て役になってくれるだろう。それは悪いことじゃない。」一八七七年二月、つまりは小説執筆のほぼ一年前に、モーパッサンは友人ロベール・パンションに宛てて述べているが、すぐにこう続けている。「僕は演劇や長編小説においては自然主義へ向かっている。何故なら、その類のものを作れば作るほど、人をうんざりさせることになるから。[113]」七六年十一月には「自然主義演劇についてのゾラの考えに反して」韻文歴史劇を書くと宣言していたモーパッサンが、ここでは自身の戯曲の自然主義的性格を認めているようである。一方で、「自然主義へ向かっている」小説とは、すでに『女の一生』の構想を指しているのだろうか。確かにモーパッサンはゾラの教条主義的姿勢に対して距離を取りつづける。フロベールの弟子を自任する彼は、「社会的調査」や「人間的資料」というような自然主義者の唱える方法論を評価してはいなかった。だがそのことは、モーパッサンが当時ゾラの周囲に集った青年たちが共有していた理念のすべてを拒絶していたことを意味しないし、たとえ『昔がたり』上演に際して「十分に自然主義的でない」と友人たちが彼を批判しても、彼らから決定的に離れてしまうわけでもなかったのだ。したがって、モーパッサンと自然主義との関係は大変に曖昧であると言わざるをえない。このような議論は必然的にモーパッサンが『メダンの夕べ』に何故参加したのかという問いにつながるが、それに関しては後に回すとして、ここでは『女の一生』の執筆に話を戻そう。

改めて、ごく単純な事実を確認するならば、『エラクリユス・グロス博士』の作者は、同時代の文学運動の影響を蒙ることで次第に〈現代化〉していったわけだが、その文学運動とはつまり（広い意味での）自然主義に他ならない。一八七七年末に書き始められた小説は当然ながらその跡を留めているだろう。ベルナール・ヴァレットの言葉を借りれば「芸術に対する無私無欲の信仰というフロベールの血脈[114]」に背かない範囲において、モーパッサンは自ら自然主義の方へ「向かって」行った。詩人としてのモーパッサンは現実主義や自然主義の規則を違反することを厭わずに、全能の愛という個人的〈神話〉の創造を目指し、劇作家としては自然主義演劇という仲間の要求を蔑ろにして歴史劇の刷新を試みた。その同じモーパッサンが小説家として構想したプランは、自然主義の理念からも決して遠くないものだったのである。それは彼がそれぞれのジャンルに固有の性格と、それが置かれている時代状況をよく理解していたからである。現代小説の趨勢は現実主義ないし自然主義の方へと向かっている。ロマン主義伝来の例外的で想像に富んだ物語を排斥した上で、より一層本当らしく信の置ける世界を創造することが重要だと認識していたのである。

もっとも、この自然主義的な企図においても、フロベールの名こそが何より重要であったことは言うまでもない。イヴァン・ルクレールは記している。「彼は若い友人に対して仲介者の役割を演じ、彼を推薦し、彼の文学的将来に役立つはずのグループに加入させた。だが同時に、彼は文学的かつ地理的な立ち位置から大変に強力な遠心力を働かせ、モーパッサンを自然主義の周辺に留まらせつづけたのである。[115]」先に、『エラクリユス・グロス博士』が『聖アントワーヌ』を引き継ごうという意志を示していることを確認したが、長編小説の試みの源泉に、『ボヴァリー夫人』、『感情教育』、そして『三つの物語』中の「純な心」が存在することは、すでに多数の研究者が指摘してきたことである。ロジェ・ビスミュは『女の一生』について述べている。「フロベールの存在はあらゆる頁に無限の愛情の印として現れている。[116]」間違いなく、フロベールと彼の作品は、若い弟子が長編小説を構想するにあたって、最も尊重すべきモデルであっただろう。

先の三作品の中では、とりわけ「純な心」がモーパッサンの小説との類似を示しているが、それをアンドレ・ヴィアルは次のように要約している。「『女の一生』は、『純な心』の素材を長編にまで伸ばし、その統一原則を適応させたものである。すなわち一つの人生、一つの女性の心の不幸の、持続的かつよく分析された峻厳な進展である。[117]」モーパッサンの小説の性格を決定する要因は、自然主義の外にすでに十分に存在していた。

もっとも、師と弟子の作品を比較する研究者が同時に強調するのは、年長者への尊敬が必ずしも単純な模倣を意味するのではないということである。まさしくフロベールの教えがオリジナリティーの必要性を説くものであった以上、フロベールのモデルからいかに離れるかということも、モーパッサンにとっての課題だったはずである。そして、実際に弟子から小説のプランを聞いた師の反応は、「それが本当の長編小説、本当の思想だ」という熱のこもったものだった。『レチュヌ伯爵夫人』に対する「乗り気ではない」反応と、はっきりと対比をなす喜びようである。モーパッサンは、独創性と師の美学の尊重という二重の困難な課題をクリアしたと言えるだろう。では実際のところ、一八七八年一月の時点で、モーパッサンはどのような小説を計画していたのだろうか。

ここで一言源泉に触れておこう。モーパッサンは短編においてと同様に、親しいテーマや個人的な思い出に想を得ながら長編小説を構想した。アンドレ・ヴィアルはそのことを詳しく論証しているが、たとえば、主人公ジャンヌのモデルには母ロールがあり、(決定稿では姿を消す)弟のアンリは、ギィの弟エルヴェと同じ欠点を持っていた(118)。その意味で、極めて個人的なところから着想された作品だと言えるだろう。

一八七八年秋の執筆中にモーパッサンが直面した困難を考慮すると、当初のプランなるものは、まだ十分に完成してはいなかったのかもしれない。また「古原稿」には、最初の三章に関して、決定稿とは異なる内容で後には削除されるヴァリアント(異文)が多数存在していたことが分かっている。したがって、七八年の時点で存在していたプランは、今日我々が知っている『女の一生』とは大きく異なったものだったはずである。残念ながら原稿Bの所在が長らく不明である以上、最初の執筆時点での作者の技量や達成度がどれほどのものであったのかを確定することは困難である。バルトゥーによる「古原稿」の紹介は貴重だが、最終的に削除された部分しか提示されていないのは残念なことで、どれほどの部分が後の原稿にも残されたのかを知る術は、目下のところ存在しないのである。

ところで、アンドレ・ヴィアルは『女の一生』の生成研究において、バルトゥーの引用している断片のほとんどすべてを取り上げ、その分析から一八八一年の推敲の方向性について妥当と思われる結論を述べている。「すべての修正が示しているのは、一八七八年から一八八一年にかけて、モーパッサンは長編小説の技法についてより厳密な理念へと進歩したということである。分析によって明らかとなるのは、すべての修正の原則にあるのは、有機的であることを要求する感覚、それぞれの特徴を全体の効果に合わせて調節しようという欲求である。[119]」この指摘に何も付け加えることはないが、バルトゥーが挙げているのはすべてモーパッサンが八一年の時点で削除した箇所であるのだから、ヴィアルのように削除の意図を推察することはそれほど困難ではない。それよりも難しいのは、七八年の時点での小説家モーパッサンの実相を突き止めることであり、最初の長編小説において彼が何を目指していたかを理解することである。そもそも我々は、書簡の中でも「長編小説」としか呼ばれていないこの構想段階の小説が、すでに『ある一生（邦題「女の一生」は意訳）』*Une vie* という題を持っていたかどうかも、実は分かっていないのである。

いずれにせよ、モーパッサンの筆の進行には困難が伴った。その事実は、まだ彼が息の長い作品の構想に不慣れだったことをはっきりと示している。小説家はまさしく成長の途上にあった。そのことは七八年八月の告白にも表れていた。「とりわけそれぞれの事物の配置と展開がとても難しいのです。[120]」また、草稿Bには最終的には削除される人物が複数登場している。ジャンヌの二人のおばと二人の従姉妹、弟のアンリ、そして浜辺でジャンヌが出会う盲目の子どもなどである。物語の進展に従って、これらの副次的な人物の存在が場面の〈展開〉の邪魔になったのであろう。この〈展開〉については前章でも触れたが、ゾラの『ナナ』についてのモーパッサンの批評は、この点にまさしく彼の関心があったことをよく示している。

書物の分割が私には気に入りません。直接に始まりから最後まで行為を導く代わりに、彼〔ゾラ〕は、『ナバブ』のように章に分割するのですが、その各章が本物の幕を構成していて、同じ場所で進行し、一つの事柄しか含んでいません。結果として彼はあらゆる展開を避けるのですが、そのほうが一層容易なのです。[121]実際の執筆の中でモーパッサンはこうした困難にぶつかり、それを克服するためには習熟が必要であることを理解しただろう。

ここまで、七八年時点の作家の力量について決定的な判断を下すことは難しいという、その理由を挙げてきたわけだが、そうした留保を踏まえた上で述べるなら、原稿Bは、散文作家としてのモーパッサンの着実な進歩を（発表された短編小説以上に）示すものとなっている。とりわけ「ジャンヌ号」の洗礼式に続く昼食会の場面、つまりバルトゥーが引用する最後にして一番大きな部分においては、作者の筆がすでに『女の一生』の決定稿に近いものであることが見て取れるのである。各文は安定していて柔軟さに富んでおり、特別に不器用なところは見られない。[122]パーティーに招かれた水夫たちの描写を見てみよう。

彼らはテーブルから離れて輪になっていた。ある者たちはうやうやしく毛編みの縁なし帽を脱いで手に持っていた。他の者たちは満足してか貪欲を我慢したかで茫然自失していた。また別の者たちは笑い、踊り出しそうで、狂ったように陽気だった。アンリは堂々とした態度で彼らを座らせ、その物腰で彼らを怖気づかせた。彼らから被り物を取り除くのは一仕事だった。彼らはそれを離そうとはせず、膝の上に置いたり、その上に座ったり、テーブルの上で自分の近くに置いたり、あるいは椅子の下に隠したりした。この最後の方法が、勲章持ちの老キャプテンを真似て皆に採用されたが、彼は、人助けをした後で、知事の邸宅に呼ばれて食事をしたことがあったのだ。[123]

的確に捉えられた水夫たちの所作によって、彼らの素朴でおどおどした様子がユーモアを含みながら巧みに描き出されている。ここで作者は恐らくは実際の観察を基にしながら、慎ましやかな市井の人々を描こうと努めている。同じことは他の副次的な人物、司祭やその兄、村長やその妻についても言えるだろう。村長の妻を例として挙げよう。その描写においては諷刺画という性格がよりはっきりと表れている。

> 彼女は椅子の後ろに立ったまま、皆にたくさんの小さな挨拶を送りながら、お腹の上で両手を組んでおり、どうしても逃げ出したいように見えた。彼女の顔は細く、ノルマンディーの縁なし帽に締め付けられていた。白い冠羽をつけた断腸の思いの雌鶏のような顔、まん丸の目はじっと動かないようだった。それというのも彼女は家禽のように、見るために体ごと方向を変えるのだった。男爵が彼女に座るように言うと、彼女は「あなた、どうもありがとうございます」と答えたが、まだ立ったままだった。マルトが彼女の椅子を取ってお尻の下に置いてやり、その上に落としてやらなければならなかった。[124]

ちなみに、この箇所は決定稿では次のようになっている。

> 彼の妻はすでに年を取った痩せた田舎の女だったが、あらゆる方向にたくさんの小さな挨拶を送っていた。彼女の顔は細く、大きなノルマンディーの縁なし帽に締め付けられており、まさしく白い冠羽をつけた雌鶏の顔、まん丸の目はいつも驚いているようだった。彼女は鼻で自分の皿のえさをついばむように素早い動作で少しずつ食べていた。
>
> (*R.*, 34.)

一八八一年のモーパッサンは、副次的な要素を削除して描写を引き締めた上で、雌鶏との類似を強調して諷刺画の度合いを強めるなどの推敲を行っているが、本質的な要素はすでに七八年の草稿に現れているだろう。これらの例の内には、特徴を捉えて登場人物を描こうとする意図、また彼らを身振りや動きの中で捉えようとする狙いが見て取れる。人物の特徴を効果的に表す決定的な瞬間を捉えるところに、モーパッサンの描写の特色は存在している。またこれらの描写には、姿を表には出さない語り手の価値判断が内在している。客観性を装う語りや描写の背後で、価値判断は確かに存在しているのである。つまり〈非人称〉的な描写であっても、決してニュートラルで生彩に欠くものであってはならないということを作者は十分に理解している。すなわち、小説の語りや描写は、作家による一個の世界観の表明なのである。[125]

より重要なのは、モーパッサンがすでにノルマンディーの農民を、彼らの風俗や習慣と共に描こうとしていることであり、作者の筆は（当時の紋切り型を踏襲しているが）その吝嗇さを特に強調している。バルトゥーの引用には、幾つもの言い訳をでっちあげて地代の支払いをごまかそうとする農民の姿があるが、彼らは純朴な領主の目を盗んで金を貯めているというのである。

しかしながらそれぞれ、無数の災害や容赦ない不幸がつづいた十五年か二十年の後、ある日、男爵が金欠でいるところにやって来ると、自分が受け持っている農地の買い取りを申し出る。彼が言うには、親戚や友人がいくらか貸してくれたのだ。すると主人は冷やかすこともなく受け入れて、こうして自分の手に必要な金額をもたらしてくれた偶然を祝福するのであった。[126]

アンドレ・ヴィアルはこの部分が削除された理由を推測して述べている。「もし本当に〔……〕一人の農夫も男爵に支払いをしなかったとしたら、ル・ペルテュイ・デ・ヴォー家は、城を購入して、これほど多くの召使や特別に従僕のいる生活に見合った暮らしぶりを維持できたはずがないが、どのようにして暮らしていけたのだろうか！」[127] 本当らしさを基準としたこのような指摘は妥当なものだろうが、それだけでは、当初モーパッサンがどうしてこのエピソードを入れようとしたのかの説明にはならない。恐らく、モーパッサンはジャンヌの一家の没落を貴族と農民の性格の対比によって説明しようとしたのだろう。ヴィアルの指摘するような不器用さが明らかであるにしても、このことは、モーパッサンが地方の社会をその経済的側面を含む形で描こうとする意図を持っていたことを示しているし、また、このエピソードによって社会の歴史的変化を象徴的に示そうとする考えも読み取れよう。マリアヌ・ビュリーが決定稿について、ジャンヌの家族は「新しい社会的現実に対応できずに、自分たちの財産を正しく管理することができない、過去の時代に属する存在[128]」であると指摘しているが、そのような社会性や歴史性についての顧慮は、小説の構想の最初からはっきりと認められるものだったのである。

この点に関して、モーパッサンが当初主人公の一家を決定稿よりもずっと裕福な家に設定していたことも無視できない。実際、「古原稿」はジャンヌの家の資産の豊かさを強調している。彼女は決定稿のようにルーアンではなくパリに住んでいて、「半ズボンを履いた背の高い従僕[129]」の存在が家族の威厳を高めている。男爵は修道院を出た娘に一軒の館を贈り物として購入し、この屋敷へ赴く際には馬の乗り継ぎがうまくいくように「王族のように[130]」金を払う。そして「ジャンヌ号」の洗礼式の後に男爵によって水夫や有力者たちを招いて開かれる豪勢な祝宴が、さらにこの一家の裕福さを印象づけるものとなっている。結果的に、小説がこのジャンヌ一家の社会的地位を保持していたなら、決定稿よりも一層はっきりと貴族の没落を強調するものとなっていただろう。一八八一年の修正が著者の現実感覚の成熟を示し、主人公一家の財産を少なくすることで本当らしさに配慮するようになるのは事実だとしても、「古原稿」がすでに十九世におけるフランス社会の変化を描くという意図を持っていたことは確かなのである。

明らかに、このようなレアリスムの配慮において、モーパッサンはフロベール、ゴンクール、トゥルゲーネフやゾラの例を模範としている。詩や演劇においては自然主義の厳密な規制から自由でいようと努めていたモーパッサンであっても、長編小説というジャンルがレアリスムの要請と正面から向き合うように促したのだろう。ここで小説家モーパッサンのレアリスムへの関心を示す証拠として、先輩作家に贈られた二通の書簡を見てみよう。最初の書簡は、『娼婦エリザ』（一八七七年）の寄贈を受けて、エドモン・ド・ゴンクールに送られた礼状である。

私はこの作品を、その長くにわたる悲しみとその見事な観察と共にとても愛しています。

これこそがあなたが私たちに理解させてくださった現代小説であり、それはとても真実であると同時に芸術的でもあって、細部の絶対的な正確さが突然に、一条の光のもとに風景の一隅を目の前に通り過ぎさせ、そこでは一語によって地平線が開けるのです。そしてあなたは一文の簡潔さの中にとても多くのものを閉じ込めることがおできになります(131)。

「細部の絶対的な正確さ」が読者の目の前に、風景をそれが現に存在するかのように出現させる。ここでは言葉の巧みさによって喚起されるイメージが特に重視されている。この喚起力は作家の観察力の確かさと、言葉の明晰さによって得られるのである。さらに、言葉による絵画が描くものは外的な光景に限定されないということが、二番目の書簡の中で述べられている。これは同じ年に、『処女地』への礼状としてイヴァン・トゥルゲーネフに送られたものである。

これはまさしく私の知る中で最も美しい書物の一冊であり、事物や人物の奥底にまで降りて行く、一種の穏やかな洞察力にとりわけ衝撃を受けました。あなたは私たちにロシアの民衆がどのようなものであるか、その気質、その精神の独特な繊細さを感じさせてくれるので、私たちは最後まで、ロシアに包まれて生きているかのように感じるのです(132)。

優れた小説は読者に、その世界の中に生き、事物や人物の奥底にまで降りて行くかのような印象を与える。そのようにして小説家は、一つの社会とそこに生きる人々、彼らの「気質」を提示してみせる。ここに、モーパッサンにとっての現代小説の理想が存在している。

確かに、モーパッサンは一八七〇年代には長編小説を完成させることができず、「古原稿」は最初の数章のみの下書きとして残された。だがこの試みは、小説家になろうという彼の目標の高さと、現代小説はどのようであるべきかという問いに対する彼なりの答を示している。そしてまさしくこの小説の構想と、それを実現しようとしてなされた努力こそが、来るべき別の作品の完成を密かに準備することになったのである。

最後に、「古原稿」の内からパーティーの絶頂を描く部分を引用しておこう。七〇年代にモーパッサンが著したものの中で、最も「脂肪の塊」の登場を予感させる箇所である。

しかしながら、庭ではざわめきが大きくなっていった。女中たちが絶えずテントから台所へと走っていた。人々はもはや話しているのではなく叫んでおり、テーブルの端から端へと呼び合っていた。瓶は満たされるやすぐに乾されていた。そして食べ物の匂いが広がり、辺りを占拠し、通りから冷やかしの言葉を投げながら眺めていた五十人ばかりのいたずらっ子たちを酔わせていた。そこで驚くべき光景がすべての口を麻痺させた。白い上着を来た三人の見習いコックと七人の女中が列を作って、十の大皿の上に十羽の巨大な七面鳥を乗せて運んできたが、七面鳥は輝き、こんがりと焼かれていて、そこから波打つような煙が立ち昇ると、風に追われて村の家々の方へ流れて行った。驚きが過ぎ去ると、叫び声が上がった。「七面鳥！　七面鳥！」とまるで生きているかのようにノルマンディー方言で呼ばれ、口笛が吹かれ、鳴き声が真似された。騒々しい熱狂が全体を占拠し、声の音量を二倍にし、笑い声を鋭くし、人々の頭を狂乱に至らしめた。驚嘆したいたずらっ子たちはよく見ようと格子によじ登ったり、肩の上に上がったりして、欲望に麻痺して押し黙っていた。[133]

「脂肪の塊」、小説家の誕生

一八九三年七月八日、モーパッサンの葬式に際してエミール・ゾラは追悼演説を述べるが、その中で「脂肪の塊」《Boule de suif》を「あの傑作、愛情と皮肉と勇気に溢れる完璧な作品」と呼び、それが登場した時を回想している。

　最初から彼は決定的な作品を生み出し、一流の作家の間に地位を得ました。それは私たちにとっても大きな喜びでした。何故なら、彼は我々の兄弟になったのです。彼が成長するのを目にし、彼の才能を疑わなかった我々皆にとってです。[134]

同じ年の三月に、アルフォンス・ドーデは、真のデビューを飾る前のモーパッサンを回想して述べていた。「もしあのがっしりした首を持ち、強いシードルのように色づいたノルマンディーの若者が、他の多くの者たちのように彼の適性に関する真実について尋ねたら、私はためらわずに『書くのをやめたまえ』と答えただろう。／診断とはなんと結構な代物だろう！[135]」この頃から、一八八〇年四月の「脂肪の塊」において初めてモーパッサンの才能は開花したと、一般的に考えられるようになってゆく。その結果、時と共に、「彗星[136]」の登場に喩えられる輝かしいデビューの影に、それ以前の修業時代にも休むことなく韻文詩や散文を執筆していた事実が隠されてゆく。同時に、この突然の才能の開花については〈謎〉が残ることになったと言えよう。一八八〇年の時点で、どうしてモーパッサンはこの「傑作」を書くことができたのか。この時期まで眠っていた才能がこの時に開花したのであれば、この作品の執筆過程において、一体何が才能を目覚めさせたのか。そういった問いが、未解決のままに残されてきたのである。

ところで、モーパッサンの友人であった作家のポール・ブールジェは、一八九三年の回想の中で、「脂肪の塊」は「二度目」のデビューであり、一度目は詩篇「水辺にて」だったとした上で、「あの二百行ばかりの韻文の背後には、持続的で謙虚な努力の十年ばかりの月日があった」と述べ、さらに次のように続けている。

書くという技術に対して十分に堅固な原則を築いていたので、人目につかないこの修練の期間、習作でも十分に確かだった内輪の成功のもたらす安易な高揚を、彼は決して求めなかった。クロワッセの師は彼にこの原則を、受肉化され、息づいたものとして示してみせたのだが、その師の峻厳な批評だけで彼には十分だった。[137]

この点に関しては、モーパッサンのデビューに関するもう一つの伝説に警戒する必要があるだろう。つまり、彼の才能が十分に成熟するのを見届けるまで、フロベールは弟子に作品の公表を禁じていたというものである。実際には、我々が詳しく確認してきたように、モーパッサンは自分の作品を売ることができる機会を決して見逃さなかった。フロベールとモーパッサンの往復書簡を分析したイヴァン・ルクレールは、弟子は師の庇護の下から「かなり早くに解放された」ことを確認し、「彼は公表した後か〔……〕、校正刷りの段階でしか、師に自分のテクストを読ませていない[138]」と指摘している。かくして、発表しないほうがいいという師の厳しい意見にもかかわらず、モーパッサンは「欲望」を『詩集』に掲載することをやめなかったし、一八七九年末に書き始められた短編小説の原稿を初めてフロベールに見せたのは校正の段階であって、テクストを大きく修正することは不可能だと告げているのである。[139] ルクレールの言うように、「若いモーパッサンは年長者の死を待つことなく一人で歩き始めた」[140]のであった。

時は来ていたのだと、今や我々は断言することができる。一八八〇年頭の時点で、現実主義美学はすでに青年作家の内で確固たるものとして存在していた。詩篇は彼固有の鮮明な世界観と描写の技術を証明している。戯曲は彼に作品の堅固な構成と、人物を自律的に躍動させる技術を教えた。そして短編および長編小説の試みは、彼を散文のエクリチュールに慣れさせ、またこれから発展させるべき、彼にとって内密で重要なテーマが何であるかを教えた。残されていたのは、欠点のない確実な作品、つまりは一個の傑作でもって、自身の成熟の度合いを公に示してみせることだけだったのである。それこそが、七年以上に及ぶ文学修行によって準備された、モーパッサンの作家としての成熟だった。

だがそれでも、何故それ以前の他の作品でなく、この作品だったのだろうかという疑問は残る。それまで韻文の詩句を書くことをやめなかった彼の才能を世間に広く知らしめたのは、どうして韻文ではなく散文だったのだろうか。その問いに答えるために、まずは、明らかに自然主義的な計画としてあった共作短編集にモーパッサンが参加したことの意味について、ここで改めて考えてみたい。散文作家としてのモーパッサンの才能の開花をもたらしたのは、皮肉なことにも自然主義的なプログラムだったのである。

『メダンの夕べ』への参加

すでに何度か言及したように、メダンのグループは一八七六年初め頃から形成され始める。「私たちの小グループは破壊できないものとして構成された。ある木曜日の晩、五人揃ってくっつきあって縦列を作り、ゾラの家へと赴いた。以来、毎木曜日にそこに集まった」[141]と、ポール・アレクシは後に回想している。七七年一月にそのアレクシに向けて「文学的信仰告白」を綴った書簡の中で、モーパッサンは書いている。「成り上がる手段について真剣に議論する必要があるだろう。五人いれば多くのことができるし、恐らく、今まで使われたことのない策略もあるだろう。」ここで言われている「五人」とは、既にアレクシ、エニック、セアール、ユイスマンス、モーパッサン（あるいはギィ・ド・ヴァルモン）の五人を指すのだろうか。いずれにせよ、同じ書簡の中でモーパッサンは、成り上がりの方策に思いを巡らせている。

一つの新聞を六カ月ほど包囲し、友人たちで記事や要求や色々なものを浴びせかけて、ついには僕らの誰か一人を入れさせようか？　思いもしない手を見つけて、一撃で公衆の注意を掻き立てる必要があるだろう。恐らくは滑稽なことだろうか？　十分に機知に富んだ襲撃。とにかく相談することにしよう。[142]

自然主義かどうかはともかくとして、モーパッサンは「五人」が協力することで、自分たちの存在を世に知らしめたいと望んでいる。新しい運動が「公衆の注意を掻き立てるため」には、単に文学的思想が問題なのではなく、言わば政治的戦略が必要だというのである。そして、文学的かつ社会的な戦いにおいて重要な役割を果たすのはジャーナリズムだった。いささか奇妙に見えるが、美学上は独立を志向するモーパッサンの姿勢は堅牢だが、それにもかかわらず、彼は友情で結びついたこの一団に加わることを拒んでいない。『メダンの夕べ』についての記事の中では、彼は次のように述べている。「ただ単に我々は友人同士であり、共通の賞賛の思いがゾラの家に集わせることになり、それから、気質の類似、あらゆる物事に対する大変に似通った感情、同じ哲学的傾向がより一層我々を結びつけたのです。[143]」こうして青年たちは週一回、「モンマルトルの特別な安食堂」に集まったと証言するユイスマンスは、モーパッサンが「その宴の魂[144]」だったと述べている。こうした仲の良さが文学に関する計画にも影響を及ぼすのは、むしろ自然なことだったろう。七七年二月に、友人に向けて「僕は演劇や長編小説においては自然主義へ向かっている」とモーパッサンが告げているのは、そうした状況を示唆するものである。

こうした流れの中で、同年四月十六日にトラップ亭でのパーティーが開催され、青年たちはフロベール、ゴンクール、ゾラを自分たちの師として称えた。もっともこの宴会にはオクターヴ・ミルボーも参加しており、必ずしも「五人」のメンバーが確定していたわけではない。『文芸共和国』は四月十三日号の中でこの宴会を紹介し、「六名の若く熱狂的な自然主義者たちは、彼らもまた有名になることだろう[145]」と記している。グループのメンバーは必ずしも固定してはいなかったが、この時、周囲の者の目にはギィ・ド・ヴァルモンもまた「自然主義者」の一人と映っていたことは確かだろう。

ゾラは一八七八年春にメダンに邸宅を購入すると、そこに青年たちを迎え入れる。エドモン・ド・ゴンクールはそれを批判的な目で見ていた。「ゾラには忠実な青年たちがいて、ずる賢い作家は彼らを確保し、さらには外国に書簡を送ってやったり、自分が支配する払いのいい新聞社に潜り込ませてやったり、物質的な援助までしてやって、彼らの賞讃や熱狂、熱情を養っている[146]。」こうした状況の中で（『メダンの夕べ』序文の語を借りれば）「真の友情」や自分たちに共通の「文学的傾向[147]」を確かめるために、共同で作品を出すという計画もごく自然な形で生まれてきたと推察される。だがそうした状況にあって、モーパッサンのグループに対する立ち位置は曖昧でためらいがちなものだった。友情の念がどれほど強く、文学に関する考えに共通点が見出だされても、モーパッサンは芸術家の自由の名の下に、ゾラの示す教条主義的な姿勢を評価しない。一八七九年四月にはフロベールに書き送っている。

ゾラについてどうおっしゃりますか？　私は、彼は完全にどうかしていると思います。彼のユゴーについての記事!!　現代詩人についての記事や、『共和国と文学』という小冊子を読まれましたか。「共和国は自然主義的なものとなるだろう、さもなくば存在しないだろう」――「私は学者でしかない」!!!　――（それだけとは！――なんという謙遜でしょう。）――「社会調査」――人間的資料。一連の様式。その内、本の背表紙に「自然主義様式による偉大な小説」と書かれることでしょう。私は学者でしかない！！！！！　それは〈ものすごい《ピラミダル》〉！！！！　そして誰も笑わないのです[148]……。

ノエル・ベナムーの指摘するように「自然主義とそれを取り巻く理論の有効性と有用性に対する深い懐疑主義[149]」がモーパッサンにはある。さらに言えば、このような彼の姿勢は、ゾラや他の青年たちにも認識されていただろう。彼らは『昔がたり』上演（七九年二月）を評価しなかったし、七九年五月に、ゾラが『ヴォルテール』紙の編集部に自然主義を奉じる青年たちを引き入れた時に、彼はモーパッサンを招かなかった。モーパッサンはゾラやアレクシにとりなしを頼んだが、思うようにはいかなかった。「私は目下『ヴォルテール』と交渉中で、一連の記事を寄稿する予定です。でもうまく運ぶかどうか疑わしく思っています[150]。」こうした経過を辿ってくれば、モーパッサンが『メダンの夕べ』に参加したという事実が、むしろ驚くべきことであるように思われてくる。

では何故モーパッサンは、この共作短編集が彼に自然主義のラベルを貼るものだと承知の上で、それでも『メダンの夕べ』に参加したのだろうか。それは、彼がそこに「成り上がる」ための手段を認め、自分の名を世に知らしめることができると思ったからであり、さらには幾ばくかの金銭を得られると踏んだからである。「それには、彼［ゾラ］の名前が本を売ってくれて、私たちそれぞれに一〇〇か二〇〇フランをもたらしてくれるという利点もあります[151]」と、フロベールに打ち明けている通りである。シルヴィー・トレル＝カイユトーは指摘している。「モーパッサンにとって『脂肪の塊』の焦点は、自然主義のキャンペーンに参加することではなく、ゾラの権威と、作品集の刊行を巡って欠くことのない大騒ぎを利用して、自分自身の名前を押し出すことだったのは明白である[152]。」だとするなら、この作品集の中で、彼はどんな流派にも属さないという美学的かつ政治的な自立を保つことができただろうか。この問いに対してはイエスともノーとも答えることができるだろう。

一方ではイエスである。自然主義の要請をより普遍的な原則に還元することによって、モーパッサンは自身の独立を守っている[153]。フロベールに向かって作品集の計画を説明する時に、彼は、自分たちは「どんな意図も持たず」、ただ各自の物語に「戦争について語る正しい調子」を与えようとしただけだと述べている。自然主義的なプログラムは「裸の真実を語る」という最小限の原則に還元されており、現代文学に共通するこの基本原則に対しては、クロワッセ在住の厳格な年長作家も機嫌を損ねることはなかっただろう。

だが他方ではノーである。実際には文学的かつ政治的なスキャンダルを目指すこの試みの狙いを承知した上で、モーパッサンはそれに参加したのである。先の書簡でモーパッサンは続けて述べている。「軍事を評価する際の我々の側のこの良心が、この本全体に奇妙な様子を与え、誰もが無意識に熱くなるこの種の問題についての我々の意図的な無関心が、全速力の攻撃よりも千倍も激しくブルジョアを憤慨させることでしょう。[154]」そして『ゴーロワ』紙に向けて『メダンの夕べ』の宣伝記事を執筆したのもモーパッサンであった。[155] そこで彼の繰り出す議論は、自然主義の運動に対する彼の曖昧な立場をよく示している。まず彼は冒頭で流派の存在を否定し、自分たちはただの友人同士だと告げる。だがその後で、彼は新世代の一致した要求として、自分たちに共通する姿勢があることを述べる。

　しかしながら、我々の内には明確に、ロマン派の精神に対する無意識的で宿命的な反発が生まれたのですが、それは文学の世代は入れ替わり、互いに似ていることはないというだけの理由によるのです。[156]

ゴンクールやゾラのような先行者をモデルとしながら、ここでモーパッサンが現代文学についての同時代的な議論に身を投じていることは明らかである。

確かに、〈反ロマンチスム〉の主張は、詩人＝劇作家としてのモーパッサン個人にとっても主要な目的であって、ロマン主義伝来の感傷主義を攻撃し、裸の真実を明るみにさらすことに専念してきたのだった。その意味では先の記事での発言にしても、彼の態度に変更があるわけではない。ただ、小説家としてのモーパッサンは、雑誌編集部に対する立場の弱さゆえに意図的に保守的な作品を執筆していたし、そもそも詩や戯曲を活動の中心に考える彼にとって、短編小説は副次的な重要さしか持っていなかった。散文家としては長編小説こそを重視し、自身の文学理念や芸術家としての成熟を示す重要なものと位置づけていたが、その試みはまだ結実していなかった。そんな中、皆が文学の世界に華々しく存在感を示したいと考える若い仲間たちの共同計画はモーパッサンに、道徳的な自主規制をさほど考慮することなく小説を書く機会を与えたのだった。社会的な「一撃」を与えるには、大胆さはむしろ不可欠な要素だったのである。『メダンの夕べ』の冒頭の短い序文は、その姿勢をはっきりと示している。「我々はあらゆる攻撃、悪意、無知に備えている。目下の批評はすでに多くの証拠でもってそれらを示してきた。[157]」つまり、モーパッサンは初めて、出版の保証のある中で散文作品を自由に執筆する機会を得たのであり、そのためなら、自然主義グループの一員と見なされるリスクでさえ冒す価値はあったというものだろう。すべては個人的な計算と戦略にかかっていたのである。

そしてそこに、それ以前の作品と異なる「脂肪の塊」の特性が存在した。この作品の構想にあっては、書くべき主題やテーマは、一八七〇年の戦争の真実という明確に自然主義的な制約によってあらかじめ限定されていた。アルマン・ラヌーは、この作品でモーパッサンは「我が意に反して『政治参加』した[158]」と述べているが、この「我が意に反して」もたらされた制約が、これまでためらってきた青年作家に、時事的に関心を集める主題を取り上げたり、ブルジョア社会を批判的な視線で眺めたりすることを選択させたのである。

確かに「ラレ中尉の結婚」はすでに普仏戦争を取り上げていたが、一見して現実主義的な外見によらず、実際には青年の夢や理想が語られており、いわば詩人の作品だったことはすでに確認した。それまでのモーパッサンは詩作を活動の中心に置き、レアリスムの規制に捕われないことを望んでいた。恐らくはゾラやフロベールと小説の場で張り合うことを避けたいという思いもあり、一八八〇年に至るまで、現実主義に基づく短編小説の執筆をためらっていた。七〇年代におけるモーパッサンの試みは、常に、先人たちとは別のところに道を見出だそうという意識に基づいていたのであるが、それは、「実に多様な性質を備え、実に多重な才能を持った数多くの大家たち」[159]がすべてを書いてしまったかに思われる時代に生まれて来た者にとって、困難だが避けて通れない選択だったのである。

決定的な「一撃」は外からやってきて、(それまで避けてきた) 先人たちがすでに歩いた道に一歩踏み出すことを、モーパッサンに命じたのだった。自然主義的な小説を書いていることを彼がぎりぎりまでフロベールに隠していたとするなら、しっかりとした短編小説を実際に書き上げてみるまでは、まだ十分に自分の能力を信じられなかったのかもしれないし、あるいは、自然主義的なプログラムへの参加に対する師の批判を懸念したのかもしれない。彼はまだ自分のしていることの真価を知らなかったし、それが彼にもたらすものが何かも知ってはいなかった。

つまり、個人の意志とは別のところからやって来た制約を受け入れることによって、作家がそれまで自分の特色として意識していなかった要素が作品に持ち込まれ、その新しい要素が、彼の持つ才能を真に発揮させることを可能にした。それこそが、他のどの作品でもなく、「脂肪の塊」が決定的な作品となった理由であると言えるだろう。これまで我々はたびたびモーパッサンが「自分のしていることをよく理解している」といったことを述べてきたが、その彼が実はよく分かっていなかった自分の性質を、この短編小説が彼に〈教える〉ことになったと言ってもいいかもしれない。自らの才能を知ることはいかに難しいかを、モーパッサンの事例は我々に示してくれている。

したがって、自然主義が「脂肪の塊」を生んだと、少なくともそれとの接触なしにモーパッサンの最初の傑作は生まれなかったと言うべきだろう。一八七〇年代の後半に、彼が詩や演劇において自然主義と一定の距離を保とうと努めてきたことを思えば、「脂肪の塊」の成功には、運命の皮肉のようなものを感じずにはいられない。

では具体的に、これまでの作品と比べた時に、この作品の特徴はどこにあるのだろうか。自然主義との接触はこの作品に何をもたらしたのか。この作品の否定しがたい力は何に由来するのだろうか。

娼婦という存在の問題性

まず次のことを確認しよう。一般的に、「脂肪の塊」は「事実という資本」[160]に基づいていると考えられている。ヒロインの〈脂肪の塊〉と呼ばれる娼婦、民主派のコルニュデ、工場長のカレ゠ラマドンらの主要登場人物には実際のモデルがあったとされる。さらに物語の骨格をなす事件も事実に基づき、ギィの親戚のシャルル・コルドム(コルニュデのモデル)から聞いたか[161]、あるいは、地方紙の記事で読んだのではないかと考えられている[162]。この種の源泉に関して確定的なことは言えないが、一八七五年頃にモーパッサンが示していた「本当の」事柄への関心が思い出されるかもしれない。ただし、ここでは個人的経験ではなく、自己の外に見出だした物語が源泉であることには注意するべきだろう。

モーパッサンがこの作品を書き始めたのは一八七九年末であり、『詩集』の準備を進めている頃だった。「私はルーアンの人たちと戦争についての小説に一生懸命取り組んでいます。これからはルーアンを通る時にはポケットにピストルを入れて行かなければならないでしょう。[163]」これが、フロベールに向けてモーパッサンが初めて「脂肪の塊」について言及している書簡の一節である。彼は、自分の作品が戦争と地方のブルジョアについて諷刺的な性格を持つものであることを告げている。戦争に関しては、先にも触れたように、『メダンの夕べ』の著者たちは自分たちの物語に「戦争について語る正しい調子」を与え、「赤いキュロットと銃を語る際には不可欠であると今日まで考えられてきた、デルレード流の盲目的愛国主義、偽りの熱狂を取り去ること[164]」を目指した。すでに戯曲について論じた際に確認したように、「愛国主義的、あるいは報復を主張し、フランス兵の勇気を鼓舞し、ドイツの民族生来の野蛮さを言い立てる作品[165]」が一八七〇年代には多数書かれていた。ゾラと若い青年たちは虚飾を剥いだ戦争の〈現実〉を描いてみせることで、自分たちの文学的主張をより刺激的に表明できると考えたのである。韻文歴史劇『レチュヌ伯爵夫人』で同様の意志を示していたモーパッサンにとって、その計画はなじみのないものではなかったはずである。

「ルーアンの人たち」に関しては、プロシアの士官と一夜を過ごすことを強要された娼婦の物語を通して、この作品がバンヴィルの言う「人間の持つエゴイズムの醜さ[166]」を暴き立てるものであることはよく知られている。モーパッサンは保身に走る人間が見せる欺瞞と貪欲さを告発しているが、そうした人間性の醜い面は、平時にあっては礼節の仮面の下に隠されていて、例外的な危機的状況下において表に出てくる、そのようなものとして作品の中に描き出されている。フロベールに作品を説明する中で、モーパッサンは物語の持つ真実性に関して、「私がルーアンの人たちについて述べることは、〈真実〉にはまだ程遠いのです[167]」と告げている。普仏戦争に従軍したモーパッサンは、小説に書かれた以上に醜い〈現実〉にも直面する機会があったのだろう。

さて、弟子に原稿を見せられたフロベールは、熱烈な賛辞でもって彼に答えることになる。一八七〇年代の二人のやりとりを詳しく辿ってきて、弟子の仕事に対して師はしばしば厳しい意見を述べており、たとえ褒める時であってもその調子は冷静なものであるのを目にしてきた者にとって、一八八〇年二月一日の書簡におけるフロベールの高揚には、驚きと感動を禁じえないだろう。

さて君に言うのが遅れてしまったけれど、『脂肪の塊』は傑作だと思う！　そうだ！　青年よ！　それ以上でもそれ以下でもなく、これは大家の手になるものだ。よく理解された構想と、優れた文体を持ち、とてもオリジナルだ。風景や人物は目に見えるようで、心理は力強い。つまり、私は魅了された。二度か三度は大声で笑ったよ[168]。

フロベールによれば、概念（ここでは「構想」と呼ばれている）と文体の理想的な結合こそが、作品の完成を保証するのだった。フロベールの賞讃はとりわけ描写（風景と人物）と人物の性格に向かっている。「君のブルジョアたちはなんて顔をしているんだろう！　一人も失敗していないよ。」ここには情熱のこもった賞賛があり、留保なしの讃嘆がある。

フロベールの指摘を考慮に入れつつ、以下の本論では「脂肪の塊」の諷刺性に特に焦点を当てることとしたい[169]。まさしくこの点にこそ、一八七〇年代の他の作品とこの作品を隔てるものがあるように思われるからである。どのような理念と「構想」によって、ブルジョア市民に対する諷刺は実現されているのだろうか。

まず明らかなことは、主要な登場人物である乗合馬車の乗客たちが「社会の要約[170]」として構成されており、それぞれの人物が一つの社会階級を代表しているということである。つまり、貴族（ユベール・ド・ブレヴィル伯爵夫妻）、大ブルジョア（カレ＝ラマドン夫妻）、商人（ロワゾー夫妻）という構成である。これらの人物を順に提示した後、作者は彼らの社会的立場を簡明に要約している。

この六人が馬車の奥を占めており、裕福で落ち着きはらって有力な社会の側、〈宗教〉と〈規範〉とを備えた権威ある誠実な人々の陣営を形成していた。（*CN. I*, 90.）

物語の展開を考えれば、この一文はいわば伏線であり、作者の諷刺の意図の込められたものであることは明瞭である。彼らはいずれ「宗教」や「規範」を省みずに自分たちの利益を優先させることだろう。ここで、社会階級と道徳とが密接に関連するものとして提示されていることは注目に値しよう。人間を決定するのは第一に社会的地位であって、人は意識するとしないとを問わず、社会の課すコードを逃れることはできないのである。それこそが、この作品において、作者が登場人物に課している真の「規範」だと言えるだろう。

社会的地位が人間を規定するという規律は、まずもって人物の提示の仕方そのものに表れている。「彼らの隣にいるのは一層威厳のある、上位の階級に属するカレ＝ラマドン氏、重要な人物で、三つの工場を所有して絹糸に囲まれており、レジオン・ドヌールのオフィシエ佩用者、県議会議員であった」（*CN. I*, 89.）。この人物の紹介においては社会的立場と資産だけが挙げられているが、あたかもその他の要素は言及に値しないかのようである。ユベール伯爵の場合も同様であり、「ノルマンディーで最も古く、最も高貴な名前の一つ」の持ち主である伯爵は、「身づくろいに技を凝らして、国王アンリ四世との生まれつきの類似を際立たせようと努めていた」（*CN. I*, 90.）と、貴族の身分を鼻にかける様が滑稽に表現されている。階級が一番下のロワゾーになるとその描写は外貌や性格にも及んでいるが、それでも「悪巧みと陽気さに満ちた真のノルマンディー人」（*CN. I*, 89.）と単純に要約されていて、個別性よりも典型としての性格が強く表現されている。なおロワゾーは、その身分の低さゆえに相対的に社会的コードの強制から逃れられている人物である。彼だけがコルニュデの勧めるラム酒を飲んだり、〈脂肪の塊〉の弁当を最初に分けてもらったりしている。

冒頭の登場人物の提示の場面では、身分の低い者から高い者へと描写が進んでいくが、娼婦の弁当を譲り受けるのも、ロワゾー夫妻、カレ＝ラマドン夫妻、そしてユベール伯爵夫妻の順となっており、しかも伯爵は最後まで威厳を崩さない。「彼はどぎまぎする太った娘の方を向き、貴族としての堂々とした様子を示しながら言った」（*CN. I*, 95.）。ちなみに、彼らは「性格、礼儀作法、社会的地位に従って順々に」あくびをしたとも記されている（*CN. I*, 93.）。

その他の馬車の乗客としては、まず二人の修道女が文字通り宗教を代表している。彼女たちの言動は、日和見主義を代表するものとして繰り返し諷刺的に描かれる。周囲で行われる悪徳には殻に閉じこもって目をふさぎ、意識的か無意識的か判断のつかないままにそれに加担する人物として、モーパッサンが宗教者を捉える視線は辛辣である。

そして、「二人の修道女と向かい合わせた一人の男と一人の女が皆の視線を惹きつけていた」（*CN. I*, 90.）。この二人の人物の提示の仕方は他の人物と大きく異なっていると言えるだろう。「民主派」と呼ばれるコルニュデに関しては、その経歴が比較的詳しく語られている。ここでこの人物に関して簡略に述べておけば、〈脂肪の塊〉とは違い、他の人物たちの懸念とは裏腹に、この民主主義者は「好人物で無害」(*CN. I*, 91.) な存在でしかない。彼の行動のほとんど無意味な細部 (*CN. I*, 100, 105.) は、社会における彼の存在の無用さに呼応していよう。そのことによって、この人物は、第二帝政下において無力だった共和主義者に対する諷刺となっているのである。最後に残った〈脂肪の塊〉の描写は、彼女の外面だけに集中している点が特別なものとなっている。

女は、粋筋と呼ばれる女の一人、早くも太っていることで有名で、その太り具合は〈脂肪の塊〉というあだ名に値した。小柄で全体が丸く、脂肪太りしていて、膨れて関節の所で締め付けられた指は、短いソーセージが数珠つなぎになったのに似ている。皮膚は輝いて張りがあり、巨大な胸は服の下に張り出していたが、それでもなお彼女は魅力的で人気があり、それほどに瑞々しさが見る者を喜ばせるのだった。(*CN. I*, 91.)

〈脂肪の塊〉はまず何より娼婦として提示され、すべての描写は彼女の容姿が発する魅力を表すものとなっている。「魅力的」と訳した語 appétissante は、食物が「美味しそう」という意味に加えて性的魅力があることも示す語だが、この語が社会における彼女の役割を端的に示していよう。つまり彼女は、マリー・ドナルドソン゠エヴァンスの言葉を借りれば、他の人物たちにとっての「消費の対象」[17]に他ならない。描写のあり方が〈脂肪の塊〉と他の人物との間ではっきりと対照的なのは、それが登場人物の社会的機能を反映させているからなのである。〈脂肪の塊〉が〈眺められる女〉として提示されているという点については、ロワゾーに焦点を絞って描写がなされる場面が示唆的である。

けれど物事をよく観察していたロワゾーは、妻をベッドに寝かせると、耳や目を鍵穴に押しつけて、彼が「廊下の秘密」と呼ぶものを見つけようとした。

(CN. I, 102)

こうしてロワゾーの視点を通して、夜中にコルニュデが密かに〈脂肪の塊〉に言い寄る場面が提示されるのだが、その視点の操作によって、いわば読者も覗き見する側に立つことになる。読者は自らの窃視の欲望を意識させられることになるかもしれない。

娼婦〈脂肪の塊〉は、他の人物たちによって、そして作者による提示の仕方により読者によっても〈眺められる〉存在である。物語の最終盤に至るまで、作者は彼女の視点に立ったり、彼女の内面に立ち入ったりすることがない。加えて、文中での彼女の呼び名は「脂肪の塊」か「太った娘」に限定されており、彼女の本名「エリザベート・ルーセ」は、宿の主人の台詞の中でのみ、全体でも五回呼ばれるにすぎない。そのことも、〈脂肪の塊〉の存在がいわば彼女の社会的地位に還元され、個人としての人格が疎外されていることを暗に示している。言うまでもなく〈脂肪の塊〉は娼婦としての彼女のあだ名である。肥満は贅沢や堕落を示唆する記号であり、倹約を尊ぶブルジョア道徳を逸脱するものという意味を担うだろう。そのブルジョアたちが娼婦を前にして示す最初の反応は嫌悪と軽蔑であるが、とりわけそれは「貞淑な妻たち」によって表される。彼女たちは〈脂肪の塊〉を前にして、「娼婦」や「公の恥」といった言葉を聞こえよがしに囁く。

この恥知らずの裏切り者と向き合っていると、彼女たちには、妻としての威厳をもって連帯しなければいけないように思われたのだ。それというのも合法的な愛は、自由な同僚に対していつでも横柄にふるまうのである。

(CN. I, 91-92.)

しかしながら物語が進んで行く中で、この娼婦が実は善良、寛大かつ誠実であることが次第に明らかになる。彼女は「上品に」(*CN. I*, 94.) 食事をし、「控えめで穏やかな」声や「愛らしい微笑み」(*CN. I*, 95.) を浮かべて弁当を提供する。ブルジョアたちは彼女が「とてもちゃんとしている」(*CN. I*, 96.) のを理由に彼女を受け入れる。さらに、彼女は他の者たちよりもはっきりと尊厳と愛国心を抱く人物である。そのことは、彼女が家にやって来たプロシア兵に掴みかかったのが理由でルーアンを離れることになったというエピソードで語られるが、同時に他の者たちの旅行の動機が金銭的利益に基づくことが浮き彫りにされる。また〈脂肪の塊〉は子どもの洗礼を見に教会へ出かけるが(母性と宗教に関するデモンストレーション)、その間に、他の者たちは「この生身の城塞を開城させるために」(*CN. I*, 111.) 陰謀を企てるのである。最も重要な点が、彼女がドイツ人に対してフランス人として貞操を守ろうとする点にあることは言うまでもない。

このように、モーパッサンは娼婦という概念が当時の社会にあって持ちえたあらゆる含意やネガティヴな先入見を〈脂肪の塊〉から取り去ってみせた。その結果、対照の作用によって、彼女のすべての言動は、その都度、ブルジョアたちの猥褻さとエゴイズムを暴き立てることになる。〈脂肪の塊〉という存在は、彼女の見かけと実態との間の落差によって機能を果たす。言い換えるなら、彼女が定型としての娼婦に似ていなければいないほど、彼女が娼婦であるという事実がより重要性を持つのである。

〈脂肪の塊〉とはつまり、第一に娼婦という身分によって規定される存在である。他の人物と彼女との間に存在する社会的条件の相違は、人物の提示の仕方、彼らの言動、そして〈脂肪の塊〉自身の意識にまで反映している。実際、彼女は「どぎまぎして」、「侮辱」になるのではないかと恐れ、「旦那様がた」(*CN. I*, 95.) に弁当を提供することをためらう。貴族・ブルジョアの面々が必要に駆られて彼女に接近することはあっても、その逆はありえない。社会的身分が個人の尊厳よりも上位なのである。ルイ・フォレスティエは記している。「〈脂肪の塊〉が犠牲となる陰謀において深刻なことは、その陰謀が、登場人物が自己の尊厳についての思想に忠実であろうとすることを妨げる点にある[172]」。

ところでこのヒロインに関しては、彼女の出自や過去はほとんど語られず、現在時点の生活についても言及されることがない。「有名」と言われる以上はそれなりに裕福な娼婦だと考えられるが、しかし「県庁の御者」（*CN. I*, 110.）も客に取るというロワゾー夫人の嘲弄もあり、彼女の社会的・経済的な立場は曖昧である。唯一確かなことは一人の子どもがいるということくらいである（*CN. I*, 110.）。

一八八〇年代の娼婦を扱った短編小説において、モーパッサンが「娼婦たちの多様なカテゴリーを数え上げ、描くことに秀でていた[173]」としても、本作においては、娼婦の風俗を描くといった現実主義的、あるいは社会学的な関心は実はまだ問題とはなっていない。モーパッサンは娼婦という存在を半ば抽象的かつ象徴的な記号として描く以上の必要を感じていないのである（この点において、この作品が七〇年代の諸作の延長にあることがよく理解できるだろう。〈形而上的〉なモーパッサンと呼んでもいい[174]）。

娼婦とは、人の心に同時に嫌悪と嫉妬とを掻き立てる存在である。作者は、娼婦がどのようにブルジョアたちの性的欲望を刺激するかを示している。まず「刺激された」（*CN. I*, 91.）ロワゾーが馬車の中で彼女の様子をこっそり窺う。「育ちの良い」（*CN. I*, 93.）者たちは、掻き立てられる興味を隠しているが、「貞淑な人々」の仮面の下から本性が現れるのは時間の問題だ。集まって陰謀を企てる場面において、彼らの欺瞞は明るみに出される。

> だが社交界の女が自らを覆う羞恥の薄い膜は表面しか覆っていなかったので、彼女たちはこの好色な企みの中で花開き、本心では大いに楽しみ、自分の領域にいるように感じ、他人の夜食を準備する美食家の料理人の持つ官能性でもって、他人の色事をいじくり回していたのだった。
>
> （*CN. I*, 111.）

したがって、〈脂肪の塊〉の尊厳を挫くことは、単に馬車の出発を早めるという物理的欲求を満たすためだけでなく、ブルジョアたちが内に秘める抑圧された欲望を満たすためでもある。かくして策略に成功した彼らは、ついにはいささか羽目を外すだろう。「各人が突然に気さくでやかましくなった。みだらな喜びが心を満たしていた。伯爵はカレ゠ラマドン夫人が魅力的なことに気づいたようで、工場主は伯爵夫人にお世辞を言っていた。会話は生き生きとして明るく、巧みな言葉に満ちていた」(*CN. I*, 115.)。〈脂肪の塊〉の陥落は、ブルジョアたちの性的欲望の充足の代償行為なのである。

そのように見てくるなら、「自由な同胞」に対する「合法的愛」の取る高慢な態度には、一種の嫉妬が含まれていることも明らかだろう。ブルジョア社会において抑圧が強ければ強いほど、娼婦の存在は人々の欲望を掻き立てることになる。実際、作者は女性の内においても性的な関心の強いことを見逃さない。「可愛らしいカレ゠ラマドン夫人の目が輝いており、すでに力づくで士官にものにされたかのように、いくらか蒼ざめていた」(*CN. I*, 110.)。

アラン・コルバンの指摘を待つまでもなく、十九世紀の社会において娼婦の存在はいわば「必要悪」[175]として認められていた。登録された娼婦は観察と管理の対象であり、そうした規制をかけることによって社会は娼婦の存在を容認してきた。娼婦とは、社会が存続させると同時に排斥する異質な存在であったし、それはつまり、ブルジョア道徳が内包する欺瞞性を具象化する存在だったのである。物語の中で、ブルジョアたちが自分たちの罪悪感を隠蔽するために持ち出す言い訳を思い出そう。「それがあの娘の仕事なのだから、どうしてこちらは良くてあちらは嫌だなんてことがあるだろうか?」(*CN. I*, 111.)。この考えがいわば免罪符となり、職業として容認される娼婦の不道徳性を理由に、〈脂肪の塊〉の人格と権利を蔑ろにさせるのである。つまりは、彼女が娼婦であるという単純な事実が、「権威ある誠実な人々」に彼女の尊厳を犠牲にすることを許すのだが、それというのも、それはまさしく社会が行っていることそのものだからなのである。この言い訳の言葉の内にこそ、娼婦という存在の内包する問題性を具体的にえぐり出す、作者の視線の鋭さと技量の巧みさを認めることができるだろう。

物語の最後において、〈脂肪の塊〉は他の人物たちから拒絶され、捨てられるが、それは娼婦としての彼女の役割が果たされ、もはや用済みになったからに他ならない。彼女の社会からの排除は、視線がもう彼女に向けられなくなるという形で示される。「皆は彼女を見ていないし、知りもしないかのようだった」(CN. I, 118.)。それまでの彼女は視線と欲望の対象であったのだが、今やそれに値せず、抑圧者たちから無視される。ここでモーパッサンは初めてヒロインの内面に踏み込み、彼女の視点から他の人物たちを見る。「彼女はおとなしく食べているすべての者たちを、憤慨し、怒りに息を詰まらせながら眺めた」。

誰も彼女を見ず、彼女のことを思ってもいなかった。彼女はこれら誠実ぶった悪党たちの軽蔑の念に溺れるかのように感じた。彼らはまず彼女を犠牲にしておきながら、その後にまるで不潔で無用なもののように投げ捨てたのだ。(CN. I, 119.)

眺められる者から眺める者への〈脂肪の塊〉の役割の変化が、彼女の悲しみを通して「人間のエゴイズム」を激しく告発する。だがこの作品の批評的・諷刺的な射程は単に個人の利己心の告発を超えているだろう。この物語は、娼婦の存在を不可避の闇として生み出すような、社会制度が内包する矛盾と欺瞞をこそ明るみにさらしているのである。

ピエール・ブルデューは『感情教育』について、「フレデリックの冒険が展開する社会空間の構造は、著者自身が位置する社会空間の構造でもある」[176]ことを示した。フロベールの作品に比べればモーパッサンの作品はごく小さなものだが、短編「脂肪の塊」もまた、フロベールの作品と同様のプランの上に構成されていると言えるだろう。作品の構造、ヒロインおよび他の登場人物たちの体系的な性格決定、人物の外見と内面の価値の転倒、焦点化の変化、こうした要素のすべてが、作者の技術と作為の賜物である。「脂肪の塊」という小説は、モーパッサンの作品の中でも特に技巧的なものであるが、にもかかわらずこの作品が本当らしさや現実効果を発揮しているとするなら、それは（すでに以前の作品にも確認された）特徴的な細部を重視した効果的な描写に加え、作品構造と社会構造とのこの一致にこそ由来するものと言えないだろうか。十人の登場人物がそれぞれの社会階層を象徴するという作品の基本的な構造は、このいわば社会学的な企図の最もはっきりと目につく特徴に過ぎないのである。

以上のように見てくるなら、作品の持つ諷刺的という以上に批評的な性質は、ブルジョア社会に対する作者の観察の正しさと鋭さに基づくものだと言えるだろう。そしてこの作品が先行作品と異なる何よりも顕著な点は、この作品が〈社会性〉を内包しているところに認められるのである。

この〈社会性〉という点をさらにはっきりさせるために、次節では改めて、短編小説「脂肪の塊」を、韻文による詩篇や戯曲と比較しながら検討してみたい。

初期作品における女性の表象

ここで改めて『リュヌ伯爵夫人の裏切り』（一八七七年）、「田舎のヴィーナス」（一八七八年）と「脂肪の塊」（一八八〇年）を取り上げよう。これらの作品の主題を〈男性支配に抑圧される女性〉とまとめるとすれば、伯爵夫人、田舎のヴィーナス、そして〈脂肪の塊〉はその犠牲者である。先にも触れたように、このリストには、八〇年時点では未完の長編の主人公ジャンヌを加えることもできるだろう。

改めて確認しておけば、モーパッサンはすべてのジャンルに対して、一方でロマン主義的な感傷性を排しつつ、他方でレアリスムに基づく美学を提示するという共通の目標を掲げながらも、それぞれのジャンルに固有の表象を志していた。ゾラ流の自然主義から距離を取りつつ、各ジャンルにおける新しい道を模索したのである。そしてこの選択が各人物に演じるべき役割を与えたと言えるだろう。劇・詩・小説の三人のヒロインの形象の相違には、ジャンルの相違が確かに反映している。

ここでは『レチュヌ伯爵夫人』と改められた決定稿ではなく初稿を取り上げるが、というのも、こちらの方が著者の当初の狙いを明確に示しているからである。伯爵夫人は愛人を迎えるために「裏切り」を画策する。このドラマの筋は何よりヒロインの陰謀とその帰結からなっていた。そしてこの作品で最も注目すべきは、ヒロインの残酷かつエゴイスティックな性格、そして女性の権利の要求の大胆さだった。彼女は愛する男と結ばれるためには、夫や領地を裏切ることも厭わないと声高に宣言する。

舞台の設定は十六世紀ではあるが、女性にとって不利な結婚制度という主題は、十九世紀の社会においても十分にアクチュアルなものであった。顔を見たこともない年上の男性との結婚を意に反して強要させられた時、どうして女性はそれを甘受しなければならないのか。伯爵夫人の反抗の宣言は、同様な状況に置かれたすべての女性の無念と悲しみを代弁するものでありえただろう。著者は女性を劣った立場に置く結婚制度を告発し、権威的で横柄な男性に対する女性の権利を擁護し、さらには女性の内における身体的欲望を肯定する。モーパッサンを現代的な意味におけるフェミニストと呼ぶことも可能だろうか。確かに、伯爵夫人の陰謀は失敗し、罰を受けるかのように最後には自殺する。社会の慣習を破ろうとしたがために、最終的には社会が彼女を処罰する。当時のブルジョア劇の多くがそうであったように、最後には秩序が回復されるのであり、その意味において、モーパッサンの大胆さも時代の社会的規範を超え出るものではない。それでも、とりわけ初稿での伯爵夫人は、臆病な男たちを前に最後まで尊厳を失わず、男性の卑劣さを暴き立て、告発している。『リュヌ伯爵夫人の裏切り』は、自らの権利を主張し、男性支配に抗して決然と行動する女性の物語であった。

劇作家としてのモーパッサンが女性の側に立っていたとするなら、詩人としての彼はどうだっただろうか。反ロマンチスムという姿勢は変わらないながら、彼はむしろ男性側の視点に立ち、女性の美や身体的愛を具体的かつ直接的な言葉で歌ったのだった。「水辺にて」や「欲望」のように一人称で書かれている詩篇は典型的だが、三人称の「田舎のヴィーナス」も男性的な視点から美と愛の女神を称えており、モーパッサンの男性としての立場表明として読めるだろう。ヴィーナスについての描写は一見したところは中立的だが、実は男性の視点から眺められたものであり、男性の欲望の対象として描かれている。彼女は「宿命」として男性の欲望を黙って受け入れる存在でしかない。ヴィーナスと伯爵夫人との対照はあまりに鮮明である。

もっとも、これもすでに確認したことだが、この詩篇は女性美の賞讃だけを目的としたものではない。詩の後半部は美の女神とサタンとの戦い、そして女神の死までを語っていた。男女の関係を永遠の不和と仮借のない闘争として描いているのである。詩人は性愛をめぐる独自の〈神話〉を創り出す。それは象徴や神話の形を借りることで、個人的世界観を結晶化させようとする創造的な営みであった。

一八七〇年代のモーパッサンはたくましい筋肉を誇るボート乗りであり、「水辺にて」や「田舎のヴィーナス」の提示する詩人像は、作者の実像とも重なっている。モーパッサンは、官能的であると同時に恋愛に対して醒めた視線を持つ逞しい青年詩人という自己のイメージを積極的に前面に出している。その限りで、詩における女性たちは徹底して男性によって眺められ、欲望される存在なのである。

ヴィーナスと伯爵夫人との対比は、青年モーパッサンがそれぞれのジャンルに当てた戦略に由来しているだろう。戯曲は男女を問わない観客を前にして上演されるが、詩集（それも無名の新人のもの）は、もっぱら男性からなるごく限られた読者に向けられたものであった。劇作家は男女の観客に受け入れられなければならないが、詩人には自身の個性を前面に出すことを憚る理由はなかったのである。

前節において確認したように、〈脂肪の塊〉という人物は、第一に彼女の職業、つまり社会的立場によって規定されている。田舎のヴィーナス同様に、彼女は他者の欲望の対象として存在している。彼女の登場時の描写を思い返してみよう。軽蔑と欲望の視線で眺められ、他者によって名指される対象であることは、食物との比較によって強調され、「消費の対象」としての彼女の役割をはっきりと示していた。だがそこにおいて彼女が「魅力的で人気がある」と述べているのは一体誰だろうか。「田舎のヴィーナス」と同様に、一見中立的な語りは陰に男性的な視点を隠しているようである。だがこの視点は、実際には貴族やブルジョアからなる他の乗客たちのものであり、作者の視線（あえてそのような曖昧な語を使用すればだが）は、ヒロインだけでなく彼らにも等しく注がれているのである。実際、〈脂肪の塊〉の描写の前には、「二人の男と一人の女が皆の視線を惹きつけていた」（*CN. I*, 90.）と、他者の視線の存在が明示されていた。〈脂肪の塊〉が弁当を取り出した時も、「すべての視線が彼女に注がれた」（*CN. I*, 94.）と、やはり視線の存在に言及されている。ここでは社会的権力が視線に象徴されていると言えよう。眺める者が社会の中心を占め、周縁に位置する者は眺められることを受け入れるしかない。確かに〈脂肪の塊〉も一度は「隣人たちに挑発的で大胆な」（*CN. I*, 91.）視線を向けるが、彼女の抵抗は長くは続かない。

ところで、覗き見の場面を通してロワゾーは〈眺めるブルジョア〉を代表しているが、女性たちもこの規則から外れてはおらず、彼女たちも娼婦の存在に敏感である。「だがやがて三人の奥様方の間で会話は再開された。この娘の存在が彼女たちを急に、ほとんど親友といってもいいような友人に変えたのだった」（*CN. I*, 91.）。「この娘に対する奥様たちの軽蔑の念は残忍なまでになり、彼女を殺すか、さもなければ車外の雪の中に放り出してやりたいと望むほどだった」（*CN. I*, 94.）。

劇や詩においては、ヒロインたちが対面していたのは個人としての男性であった。とりわけ性的な関係における男女間の闘争が、それぞれの作品の主題となっていた。歴史劇は結婚制度の問題を取り上げていたが、それでも伯爵夫人の戦いは夫に対する個人的なものに留まっていた。だが小説においてヒロインは、最小限であるとはいえ一個の〈社会〉と対面している。貴族・ブルジョアの面々は「裕福で落ち着きはらって有力な社会の側」を代表するが、だとするなら周縁に位置する者たちは、貧しく、動揺し、か弱い存在ということになろう。「脂肪の塊」の物語が描き出すのは、一個の〈社会〉と、その中の立場の低い人間との間の相関関係の〈展開〉なのである。

馬車の同乗者たちと弁当を分けることで〈脂肪の塊〉は彼らと言葉を交わすことができるようになった。一時的に〈社会〉への参加が認められたのだ。その時彼女は、ナポレオン三世を擁護しながら勇気と愛国心について話している。「あなたたちがあの人の立場に立つのを見てみたかったものですよ。さぞご立派だったことでしょうとも！　あの人を裏切ったのはあなたたちですよ！」（*CN. I*, 97.）。〈脂肪の塊〉は、自分が威厳を備えた勇敢な人物であることを示し、自身の意志を貫くために、プロシア士官の要求を拒む。

〈脂肪の塊〉は立ったまますっかり蒼ざめた。それから急に深紅に染まると、腹立ちのあまりに息が詰まって話もできないほどになったが、最後には怒りを爆発させた。「あの悪党、卑劣漢、プロシアの腐った野郎に言ってちょうだい。私は絶対に嫌だってね。いいかい。絶対、絶対、絶対にだよ」（*CN. I*, 107.）

愛国心と個人の尊厳の要求は、それが性愛の拒絶を含むという意味で、男性側の権威に対する女性の抗議の声でもある。その点において〈脂肪の塊〉は伯爵夫人の後継者である。だが彼女の抗議は、伯爵夫人のそれのように整然とした論理で雄弁に語られるわけではないことに注目しよう。反対に、彼女は粗野な言葉や罵りでどうにか意志を表明できるに過ぎない。彼女の言葉遣いは彼女の出自や育ちぶりを示している。男性支配に抵抗する私的な女性としてではなく、娼婦という社会的身分において、〈脂肪の塊〉は彼女を排斥しようとする社会に対峙しなければならないのである。詩や演劇に比べて、彼女がはるかに社会的な存在として規定されていることは明瞭だろう。

すでに確認したように、〈脂肪の塊〉の抵抗は、彼女と他の人物たちとの間の社会的立場の越えがたい相違によって打ち負かされる。ブルジョアの側は必要に応じて娼婦に近づくことを自らに許しもするが、その逆はありえない。〈脂肪の塊〉に対する伯爵の姿勢と言葉はそのことをよく示している。

彼は優しく接し、道理と感情に訴えて彼女を籠絡した。必要とあれば親切なところを見せ、お世辞を言い、つまりは愛想よく振る舞いながら、それでも「伯爵様」でありつづける術を心得ていた。彼は、彼女がしてくれる献身をほめ称え、自分たちの感謝の念について語った。それから突然に、快活な様子で親しげに彼女を呼んだ。「ねえ君、あの男は、自国ではそうはお目にかからないような可愛い娘の味を知ったことを、自慢に思うかもしれないねえ」

〈脂肪の塊〉は何も答えず、集団へと戻っていった。(CN. I, 114-115.)

この言葉の内に欺瞞は明らかだが、「伯爵」という身分が打ち勝ち難い権威を付与している。抵抗できない彼女が戻っていく先の société は、「集団」や「社会」を意味する語だが、実際にはこの「社会」は彼女を排斥し、もう受け入れることはないだろう。彼女の反抗はブルジョアたちの圧力によって押しつぶされる。それゆえに、物語の進行にしたがって、彼女は次第に口数が少なくなってゆく。宿の主人が改めて彼女に意見を変えていないかを聞きに来た時、彼女はただ「いいえ」(CN. I, 113.)と答えるばかりだ。最初は断固とした姿勢で拒絶していたのだが、最後には言葉もなく将校の要求を受け入れることになる。社会の構造そのものが、娼婦の存在を下位に貶め、彼女に沈黙を強いるのである。

彼女は憤慨して、憤りに息を詰まらせ、おとなしく食べているすべての者たちを眺めていた。最初、激しい怒りが彼女を痙攣させ、彼女は口を開いて唇まで出かかった溢れるような罵り言葉で彼らのしたことを叫んでやりたかった。だがあまりの激高に息が詰まって、話すことができなかった。

(CN. I, 119.)

象徴的なことに、彼女は最後まで自己の意志を表明することができない。先に指摘した視線の転換に加えて、ここでは言葉もまた重要な役割を演じている。そしてここで、作者の視線は涙をこらえるヒロインの上に注がれる。

すると、まるで引っ張りすぎた紐が切れるように怒りは突然に静まって、彼女は自分が泣き出しそうなのを感じた。懸命に体を強張らせ、子どものように嗚咽を飲み込む。けれども涙はせりあがってきて、まぶたの縁に光った。やがて二粒の大きな涙が目からこぼれると、ゆっくりと頬に流れた。

(CN. I, 120.)

この涙が沈黙の内に、しかしながら雄弁に、ヒロインの声が社会の抗いがたい力によって抑圧されたこと告げている。

舞台の上でリュヌ伯爵夫人が叫んだような声高な主張を、モーパッサンは小説において〈脂肪の塊〉には語らせなかった。けれど同時に、「田舎のヴィーナス」に見られた欲望する男性の視線を、〈脂肪の塊〉自身の視線によって相対化し、批判する。そして、その両者を眺める語り手の視線こそが、真に作品全体を統御しているのである。ブルジョア社会が不可避的に内包する欺瞞性が、娼婦という社会的存在の内に集約して描き出されるからこそ、この作品の批評性は深く、かつ普遍的なものとなりえた。そして、その〈批評性〉こそは、〈語り〉を持つ小説というジャンルにおいて初めて可能になったものである。

韻文によって声高に歌い上げることから、〈非人称〉的な語りへの転換は、男女関係を越えた全体的な社会の存在と、その社会を見定める作者固有の視点とを、モーパッサンの作品内に導いた。その同時的な二つの〈発見〉が、作者に真に小説の可能性を認識させたのではなかっただろうか。「脂肪の塊」発表後、韻文を捨て、散文一本への転換が速やかに躊躇なくなされえたのは、ひとえに、この小説というジャンルの秘める可能性への、期待と信頼があったゆえのように思われるのである。

私的な詩人から社会的散文作家へ

〈社会〉や〈社会性〉といった要素が「脂肪の塊」以前のモーパッサンの作品に不在ではなかったとしても、その役割は周縁的なものに留まっていた。『詩集』において詩人は作品の主題を意図的に限定していたが、そのことは、たとえばゾラの「現代詩人たち」の記事を参照することで一層明確になるだろう。この記事の中で、ゾラはモーパッサンの「水辺にて」を引用した後、次のように述べている。

素材はいくらか際どいものであるが、これ以上に見事でこれ以上に真実にあふれた絵画はほとんど見たことがない。

現実が詩人に新しい詩情をもたらすということを、誰が理解しないだろうか？　ある詩人が生まれて、現代の環境から大変に幅広い詩的表現を引き出すだろう。洗濯場に向かう洗濯女、散歩者であふれる公園、ハンマーの音が響く鍛冶場、鉄道での出発、物売りの女たちがひしめく市場、生きて、我々を取り囲むすべてのものが、詩句の中に持ち込まれ、とても大きな魅力を持つことだろう。(17)

ここで言われていることは、ゾラ自身が『パリの胃袋』（一八七三年）、『居酒屋』（一八七七年）、『制作』（一八八六年）、『獣人』（一八九〇年）などの長編小説において実現することだと言えるかもしれない。モーパッサンはここに挙げられているような詩情を現代社会の中に探そうとはしなかった。彼もまた〈現実〉が新しい詩情をもたらしてくれると考えてはいたが、この〈現実〉は、身体的、物質的、つまりは個人的な面に限定されたものだったのである。「モーパッサンは文明化されない身体的な自然、歴史や社会環境の外にある人間の自然を韻文に歌うゆえに、逆説的にも自然主義詩は問題とならないのである[178]」とイヴァン・ルクレールは述べている。

このモーパッサンの選択を、幾つかの観点から理解することができるだろう。まず、ある意味ではモデルニテ（現代性）は、必ずしもすでに新しい詩の主題ではなかった。『悪の華』（第二版、一八六一年）のボードレールが筆頭に挙げられるが、たとえばマクシム・デュ・カンは『現代の歌』（一八五五年）に産業文明を取り上げていたし、より近いところでは『慎ましい者たち』（一八六九年）のフランソワ・コペーや、『乞食の歌』（一八七六年）のジャン・リシュパンが、現代生活の情景を詩の中で扱っていた。「詩は現実世界や単純なものに乗り出していた」と、ルイ・フォレスティエは指摘している[179]。

次に、『詩集』をよく読むなら、〈自然〉への固執（モーパッサン流の〈自然主義〉）が、不可避的に社会や社会性を作品から除外することになった論理が理解できるだろう。独自の物質主義的詩学の追求の必然的な結果として、文明や社会は作品から除外されたのである。端的に言えば、この時期の詩人にとって、現代社会とは、彼の考える真の詩情のまさに対極にあるものであった。この点について、もう少し詳しく検討してみよう。

厳密に言うなら、現代社会の情景は『詩集』中の幾つかの作品で取り上げられている。「慎みのない請願」（七五年頃に執筆か）や「通りの会話」（八〇年の作と推定される）のブルジョアがその例として挙げられる。これらの詩篇における詩人の狙いがカリカチュア（諷刺画）を描くことにあるのは明白だろう。前者の詩は、男性が既婚女性へ送る誘惑の言葉からなるが、その大部分を占めるのは、夫人の夫、つまり凡庸なブルジョア紳士の諷刺画である。そこでは身体的醜さ、凡庸な知性、偽善、吝嗇が次々にやり玉に挙げられ、最後は誇張表現によってからかいが締めくくられている。

息を吹き込み、膨らましなさい、この太っちょの見張り人を、
愛の上に乗せかける、このグロテスクな案山子を、
木でできた人形を、木の間に差すように。
鳥たちも、最初だけしか驚かない。

もうすぐ私は、この腕にあなたを抱くでしょう。
抑え難く、私たちはお互いに向かって行きます。
二人の間に、この膀胱のような旦那が留まっていればいい、
私たちの抱擁で、破裂させてしまいましょう！

(*DV.*, 87-88.)

サチールと呼ばれる韻文による諷刺詩には長い伝統があることを思えば、モーパッサンの試みが特別に独創的というわけではないだろう。ブルジョアのカリカチュアは十九世紀を通して絶えず描かれ、また書かれてきたものである。ブルジョアの凡庸さを絶えず批判していたフロベールの影響ももちろん無視できない。「彼のブルジョアに対する憎しみは、愚かさに対する憎しみであった」[180]と、後にモーパッサンは述べている。

その点で、「通りの会話」はよりはっきりと師弟関係を反映している。これは、『ブヴァールとペキュシェ』の執筆経過を目で追っていた直弟子による、いわばモーパッサン流の小「紋切り型辞典」といった趣の作品である。この詩篇は「脂肪の塊」とほぼ同時期に書かれたということも注目に値しよう。

この詩篇は、一種の劇のように「勲章を下げた二人の紳士」の対話で構成されている。慣習的な儀礼の言葉、ブルジョア趣味（郊外の所有地）、紋切り型の表現（「空の底が乾いている」、「今日では、／皆が体を悪くします

な」）、許容範囲の淫らさ（「新聞と……それと……色事ですな！……／――彼らはあの小さな笑みを見せ／それによって、礼儀に適った悪事を告白するのである」（*DV.*, 97.））、新聞や民主主義の愛好。一言で言えば、詩人にとっての凡庸で唾棄すべき会話集である。芸術も話題になっており、サルドゥーやフイエといった人気の作家がほめそやされる一方で、ゾラは「汚らわしい!!!」の一語で片づけられている。ブルジョアご贔屓の時代遅れの作家と、批評家に厳しく批判されている同時代の前衛作家、詩人がどちらに肩入れしているかは言うまでもない。

一体、こうした諷刺は何を意味しているのだろうか。恐らく、モーパッサンのカリカチュアはそれ自体が一種のステレオタイプに属していて、第二帝政以来、芸術家たちが描いてきた紋切り型であると認めてもよいかもしれない。彼らは高尚な芸術を理解しないブルジョア市民を馬鹿にしてきたのだった。(181) つまりこうした諷刺詩を作ることによって、モーパッサンは自身が高踏的な芸術家の側に立つことを宣言しているのであり、エマニュエル・ヴァンサンが「通りの会話」を「一種の詩的マニフェスト」(182) と呼んでいるのも妥当であろう。さらに、同時代の社会に辛辣な視線を向けることは、悲観主義的な世界観の表明ともなっている。実際、対話の後、詩人は次のように締めくくっている。

しかしこの老いた世界が存在してもう随分長く、
人間の愚かさは頑迷なまでに存続している！
人間と子牛の間で、僕の心がためらうとすれば、
僕の理性はなすべき選択をよく心得ている！
何故なら、僕には理解できない、おお、粗雑な者たちよ、人が何故
しゃべらない愚かさよりも、しゃべる愚かさの方を好むのか！

（*DV.*, 98.）

「これはすでに時評文の調子である[183]」とマリアヌ・ビュリーはコメントしている。実際、八〇年以降のモーパッサンは、時評文の中で「恐ろしいほどにブルジョア的な社会[184]」における風俗のありようを繰り返し批判するだろう。人間の愚かさに対する嫌悪の念は、詩人モーパッサンの内にすでに深く根づいている。そして、詩人の見る現代社会がこのように堕落して価値のないものなら、〈現実〉の中にあるべき詩情を見出だすことがどうして可能だろうか。であるなら、この二つの諷刺詩がモーパッサンの詩の世界全体の中で占める位置は、他の詩篇に対するいわば引き立て役というものであろう。つまり、平凡で醜い人間社会に対する軽蔑の思いが強ければ強いほど、汚れのない自然に没入したいという思いが一層強く掻き立てられるのである。あたかも、「人間」を拒絶して「子牛」を選んだ詩人が無垢の自然の中へ入って行くかのように、『詩集』の構成においては、「通りの会話」の後に「田舎のヴィーナス」が続けられている。詩の世界の内的な論理において、現代社会は、人間への嫌悪と自然への憧憬を掻き立てるという目的においてのみ存在するのである。

演劇に関しては、詩人の立ち位置に変化が見られる。戯曲とは、本質的に人間同士の社会的関係を描くものだからだろう。しかしながら、モーパッサンが描いた社会関係はまだ男と女の対面を中心としており、その私的な関係からは第三者は排除される傾向にある。『昔がたり』は年老いたカップルの対話からなり、『稽古』も二人の対話が中心で、第三者は脇役でしかなかった。より長大な歴史劇において初めて複数の人物が登場するが、中心に位置するのはヒロインであり、彼女と夫、および愛人との関係が舞台の前面を占めている。そもそもこの主人公は、個人的欲望の成就のためには社会的慣習を蔑ろにする人物である。戯曲の示すこの限界には利点と弱点との両面が認められることはすでに指摘した。強烈なヒロインの姿は舞台で生彩を放つが、劇の展開はダイナミズムを欠かざるをえないだろう。

かくして、七〇年代の詩人が常に〈個人的〉であり、〈私的〉であったとすると、小説家としての彼はより〈社会的〉になる。彼は小説において、世界と人間に対する自らの視線を〈社会化〉し、人が他者や世界と取り結ぶ多様な関係を、自らの作品に取り込む。その時、彼は詩人として〈歌う〉ことをやめる、つまり物質的なものや強烈な感覚を称え、言祝ぐことをやめ、散文家として、出来事や事件を〈語り〉、人物や光景を批評的かつ辛辣な視線を通して〈描く〉のである。そしてこの根本的な変化を経ることによって、作家の前には広大な地平が開かれることになるだろう。

そもそもモーパッサンの詩は、自らの歌う領域を厳密に限定することによって成り立っていた。確かに、そのお蔭で『詩集』の諸作、とりわけ「田舎のヴィーナス」は、独自の詩的世界を作り出すことができたのだった。だが言い換えるなら、モーパッサンの物質主義的な詩は『詩集』においてすでに一つの頂点に達していたのである。一八八〇年以降も彼が詩人として歌いつづけていたなら、一体どのような作品が可能だっただろうか。我々にはその姿は容易には想像できない。少なくとも彼は、身体的愛や本能的欲望とは別のところに新しい主題を見つけることが必要だったろう。そこで問題となるのは〈詩情〉の定義そのものである。

さらに、より問題なのは韻文詩という形式である。一定のリズムや韻律の音楽的効果を目立たないものにし、定型の枠組みの中に個別的な文体を実践することは、一つの試みとして興味深いものであるが、そこには自ずと限界が存在するに違いない。

結局、七〇年代の詩人としてのモーパッサンの営みは一定の成果を上げたが、彼がさらに自己の文学的世界を広げてゆこうとする時に、散文への〈転向〉は必然的だったと言うべきだろう。『詩集』の校訂版の序文において、ルイ・フォレスティエは述べている。

実際、モーパッサンは日常的なもののレアリスム、平凡なものと混じり合う偉大さの形態、事物の描写と出来事の叙述を詩句に移そうと試みていた。だから彼が詩を断念した時、それは成功が欠けていたからというのではなく［……］、彼の詩学がもはや散文においてしか十分に表現されえなかったからなのである。(185)

「この素晴らしいデビューを果たした詩人は、どうして詩を書きつづけなかったのだろうか？」ポール・ブールジェはそう自問している。彼は、青年詩人の官能性の表現の内に『詩集』の特質を認めている。「その詩集の内に、彼は自身の魂の一部、あの汎神論的な官能性の高揚をさらけ出したが、それが自分の内に溢れるのを、森を駆け、川を下りながら感じていたのだ。」そしてブールジェもまた、モーパッサンが詩の中で十分に自分の特質を発揮できなかったと推察する。

彼はそこでは、社会生活に対する鋭い感性や、人間嫌いの皮肉さ、性格の細部に関する深い洞察を提示できなかった。すでに十分なものであった人生経験をよりよく翻訳することのできる、より柔軟な芸術形式を、小説の内に見出だしたのであった。[186]

「社会生活に対する鋭い感性」という言葉が、とりわけ我々の関心を惹く。実際、ひとたび「脂肪の塊」が社会生活の方へ扉を開いた後、モーパッサンはそちらへ果敢に進んでいくことだろう。

一八八〇年五月に『ゴーロワ』紙と契約し、モーパッサンは職業作家としての活動を開始する。それこそは十年近くの間、彼が夢見ていたことであった。詩人から小説家への転身は、彼の人間としての成長を象徴する出来事でもある。

我々は、一八七〇年代の（長編小説を含む）散文作品が、もっぱら作者の個人的経験や内的な思想の内に主題や素材を汲み取っていることを確認した。もちろん、そのような個人的な源泉はこれ以降も常に重要な素材を提供することだろうが、日刊紙に執筆する小説家や時評文執筆家は、自身の外にも貪欲に素材を求めることだろう。モーパッサンは『ゴーロワ』紙において、まず『パリのあるブルジョアの日曜日』と題する連作短編小説を試みた後、もっぱら時評文を通して社会や風俗に対して批評的な見解を披露してゆくが、そうしたジャーナリストとしての経験が、〈社会化〉した作家を鍛え、さらに成熟へと導いてゆくことだろう。そしてその上で書き出されることになる新たな短編小説において、今日我々の知るモーパッサンの才能が真に開花することだろう。「脂肪の塊」が切り開いた〈社会〉への道は、そのようにして長く続いてゆく。

ある意味において、一八七〇年代のモーパッサンは絶えず自分のために歌っていた。つまりは自己を表明し、自身の感情や感覚を表現することが彼にとっての第一の目標であった。しかし、新聞界に足を踏み入れて以降、彼にとっての使命は無数の匿名の読者に向かって語りかけることになる。もちろんそこにおいても作家の真の感情や思想を表現することに違いはないだろうが、その意識や方法は大きな変更を伴うのであり、その時に初めて、彼は〈読者〉を発見することになるだろう。社会を眺め、社会のために書くこと。その意識に目覚めることによって、モーパッサンは真に〈成熟〉の時を迎えるのである。

終章　一八七〇年代のモーパッサン

あなたは私があまりに形式に注意を払いすぎるとおっしゃる。ああ！　それは身体と魂のようなものであり、私にとっては、形式と思想とは一体であって、一方のない他方などは理解できないのです。

――フロベールの書簡（一八五七年十二月）

ここまで詳細に辿ってきた青年モーパッサンの歩みをごく簡単にまとめるなら、ナイーヴで感傷的な少年から、成熟し、醒めた目を持つ大人へと、そして時代遅れのロマン主義から、物質主義的なレアリスムへと進んでいったと要約できるだろう。しかしながら実際の彼の歩みはそれほど明瞭ではなく、また簡単なものでもなかったということを、我々は確認してきたのでもある。

一八七〇年代のモーパッサンは詩・戯曲・小説という主要な三つの文学ジャンルに挑戦し、それぞれのジャンルの作品を執筆しつづけた。それゆえに彼の歩みはしばしば錯綜し、右往左往しているといった印象もぬぐえない。何故そのようなことになったのかと言えば、独立したオリジナルな作家になるという目標ははっきりしていたにせよ、そのためにはどの道を選べばいいのかを見極めることができなかったことが、大きな理由の一つだろう。初めから散文に専心したフロベール、青年時代には詩を書きもしたが早々に散文へと方向転換したゾラなどと比較すれば、モーパッサンの逡巡は一層際立つ。確かにそれぞれの作品は、その分野において独自な位置を占めようとする、よく考えられた彼の計画を示している。しかし彼は、どのジャンルが自分の才能を生かし、技能を十分に発展させるのにふさわしいのかを知ることがなかった。一八八〇年四月の「脂肪の塊」の発表時においてさえ、彼の内にためらいと戸惑いは存続していたのである。

一八七〇年代の多様な試みにおいては、金銭的利益という動機が常に無視できないものだったことも改めて指摘しておこう。革新的かつ挑発的な戯曲から、人間の赤裸な〈現実〉を暴き立てる現代的な小説に至るまで、それぞれの文学的試みは、美学的な計画と同時に、経済的かつ社会的な目論見にも依拠していた。慎ましい役人暮らしをしているモーパッサンにとっては、書きつづけ、自らの文学的理想を実現するために、経済的な自立を確立することが不可欠だったのである（この点で彼はフロベールと大きく異なる環境にいた）。彼の文学活動の方向決定には、彼の置かれた社会的状況が大きく影響を及ぼしたことは否定できない。結局のところ、モーパッサンが詩を捨てて散文へと〈転向〉するに至った大きな理由の一つは、一八八〇年春に『ゴーロワ』紙と契約を交わし、月に五〇〇フランの収入を確保したという、その事実にあるのかもしれない。

以上のような理由から、一八七〇年代のモーパッサンは先の見えない道を手探りしながら歩みつづけることになった。しかしながら、道が定まっていなかったということは単に不幸を意味するわけではない。詩・演劇・小説のすべての試みはどれもが決して無駄ではなく、それぞれの経験が一人の作家の成長を助けたし、多方面にわたった活動の全体を通してこそ、モーパッサンは芸術についての基本的かつ根本的な原則を深く体得することができたのである。

一八七〇年代の長い修行期間を通して、ブイエとフロベールの助言を受ける中で、モーパッサンが深く意識するようになった理念の第一は、一人前の作家として認められるためには何よりもまずオリジナリティーを獲得しなければならない、ということであった。七〇年代に彼が残した作品は、その独自性の確立を実作において実現しようとする自覚的な営みの成果だった。実際、彼の詩や戯曲はいずれも、高踏派でも自然主義でもない何ものかに到達しようという目標を持っていた。モーパッサンはその時代における新しい道、新しい選択肢を常に探していたのである。

オリジナリティーを獲得するためには、初めに〈観察〉が重要であるということが、一八八八年の「小説論」において、フロベールの教えを披露する中で述べられている。


自分が表現したいと望むものを十分に長く、十分な集中力をもって眺め、まだ誰の目にも入らず誰にも言われていない一面を発見することが問題なのである。すべてのものには、まだ探索されていないものがある。何故なら、自分の見つめているものについて自分よりも前に考えられたことの記憶だけを頼りに、我々は自分の目を利用するのに慣れているからだ。(*R.*, 713.)

既成の概念に回収される前の事物そのものを観察し、その新しい面を的確に表現する言葉を探さなければいけないという(極めて理想主義的な)フロベールの教えを通して、モーパッサンは世界を眺め、それに言葉によって意味を与えるのが作家の仕事であることを学んだ。世界を観察する視線は正確でなければならないが、しかし主観というフィルターを通し、言語に変換される過程において、ヴィジョンは作家固有の色合いを持つ。それが事物に与えられる〈解釈〉である。一八七〇年代のモーパッサンは、自身固有の文学世界を創造することによって独自の〈解釈〉を示すことに努め、そのためであれば現実主義の制約を乗り越えることも辞さなかった。モーパッサンの多様な試みは、彼が芸術における自由を求めつづけた証でもあるだろう。

創作家としての自由を尊重するモーパッサンは、ロマン主義と同様に現実主義や自然主義といった教義も信じない、と宣言することを憚らなかった。流派の相違は作家個人の「気質」の相違に過ぎないとして、彼は教条主義の無意味さを告発する。どんな教義も創造行為を制限するものである以上、そのようなものは存在するべきではないのである。

自由への希求は、既成の理論によって創作を限定されないということとは別の意味においても、モーパッサンの作品、そして詩学の中において重要な意味を持つものである。実際、迂言法に頼らずに正確な言葉で性的な行為を描こうとするならば、芸術における表現の自由という問題が社会道徳との関わりにおいて浮上してこざるをえなかった。

「田舎のヴィーナス」や『レチュヌ伯爵夫人』のような作品は、ブルジョア的かつ偽善的な社会道徳を攻撃するという側面を持っていた。その意味においては、『バラの葉陰、トルコ館』や一連のポルノ詩篇のみならず、現実主義に基づく長編小説もまた、裸の現実を暴露することを目的とするという点で共通していると言える。モーパッサンの詩学は偽善を排して真実を追求するがゆえに、社会の表面からは隠された〈現実〉を明るみに出すという方向性を持っている。人間が隠している性的欲望や荒々しい動物的本能を明るみにさらし、それを積極的に肯定しようとするのが詩や戯曲であったとすれば、反対に批判的にえぐり出そうとするのが「脂肪の塊」や長編小説の構想だったと言えるだろう。

いずれにしても、社会生活の表面からは隠されているものを暴き立てようとする現実主義的な姿勢は、文学的であると同時に社会的な意味を持つことになり、詩学は不可避的に社会秩序という障害に直面する。実際に、『レチュヌ伯爵夫人』は上演を拒まれ、「水辺にて」が原因で、危うくパリ郊外エタンプの裁判所に訴えられる羽目に陥りかかったのだった。

もっとも、モーパッサンの時代にはすでに芸術と道徳との対立は目新しい問題ではなかった。現実主義や自然主義の作家が、それまで文学の主題になると思われていなかった題材を作品に取り込もうとするたびに、道徳の守護者を自任する謹厳な批評家と対立し、しばしば法廷に出頭を余儀なくされてきた（その代表が『ボヴァリー夫人』のフロベールである）。モーパッサンもまた、自然主義を社会に受け入れさせるためにゾラが行っていた休みない戦いをその目で見ていたし、芸術と道徳の問題に無関心だったわけではない。彼も彼なりに自分の領土で戦っていたのである。エタンプ事件の最中に、彼は自身の態度を表明している。

私は告発されていますが、事件を推し進めるのがためらわれているように見受けられます。それというのも、私が熱狂的に自己弁護するのが見られたからでしょう。私自身が理由ではなく（私の市民権などどうでもいいのです）、ああ、私の詩が理由だからです。是が非でもそれを最後まで守ってみせますし、出版を断念することには絶対に同意しません[1]！

芸術がすべてに優先し、芸術家は社会秩序に抵抗してでも独立を守らなければならない。そして、自由な芸術家によって作られた芸術作品は、社会的・道徳的な目的に奉仕するものであってはならない。モーパッサンの姿勢は、ここでもフロベールのそれを模範的になぞっている[2]。それでも重要なことは、自己を弁護することを迫られたモーパッサンは、自分の立つ位置をしっかりと自覚し、いわば腹をくくったということである。それゆえに、芸術家としての彼の信念はこの後も変わることがないだろう。「社会秩序と文芸との間に共通点は何もない[3]」と、彼は評論「大胆な者たち」《Les Audacieux》（一八八三年）の中に記している。「芸術が花開くためには自由しか必要としていない[4]」と、別の時評文の中でも言うだろう。これらの評論は、直接的にはレオン・エニックやルネ・メズロワのような「大胆な」小説家たちを擁護したり、道徳的な作家を援助しようというアカデミーの計画を批判したりするものであり、その意味ではある程度客観的に意見を表明している文章である。とはいえ、短編集『テリエ館』（一八八一年）と長編『女の一生』（一八八三年）の二冊が駅の売店での販売を自粛されるという目にあったように、モーパッサン自身もしばしば「不道徳」な作家であると見られていた[5]。その「不道徳」な作家の名において、彼は芸術家の自由を要求しつづけるのである。

さらには、たとえ真理が芸術家の到達すべき主要な目的であったとしても、真理はそれ自体では芸術作品としての価値を保証するものではない。芸術にあって唯一不可欠の条件は〈美〉であると、モーパッサンは考えるようになる。一八七六年にフロベールに捧げた評論の中で、彼は師の唯美主義的な姿勢を強調していた。

実際、彼の思想によれば、芸術家の第一の関心とは、美しいものを作り出すことでなければならない。それというのも、美はそれ自体真実であり、美なるものは常に真であるが、真なるものが必ずしも美とは限らないからである。美という語で、私は道徳的な美徳や高貴な感情ではなく、造形的な美、芸術家の知る唯一の美を言うのである。(6)

芸術作品の価値を決定するのは内容以上に形式であり、〈どのように書くか〉こそが〈何を書くか〉よりも重視されなければならない。「この美の追求は、興味を追い求めることや、真理への配慮とは別物である(7)」と、一八八四年の評論においても述べられている。付け加えておくなら、造形的な美への配慮は、「美しく書く」ことを要請する古典主義的なレトリックや、ロマン主義的な流麗かつ壮大な美文を意味するわけではない。「公衆は一般的に『形式』という語を、調子よく流れる文章の各所に配置された言葉の響きの良さ、堂々たる出だしの文章、音楽的な結語というように解している。(8)」先のフロベール論の中でモーパッサンはこのように言い、フロベールにとっての「形式」とは「作品そのもの」なのだと述べていた。言葉の正確さ、表現と内容との不可分の結合が、文章を同時に真であり美しくもあるものにする。

形式は概念に優美さと、力と、偉大さ、それらあらゆる特質を付与し、それらはいわば、思考そのものの内に隠され、表現の助けを得ることによってのみ表れ出る。(9)

読者が意識することのないままに、言葉の正しさ、表現の明快さと単純さが、読者に「文体の全能の力」を感じさせる。内容の真実性は的確かつ正確な言葉によって表されなければならず、形式と内容のこの理想的な一致にこそ文学作品の〈美〉は存在する。これこそが、一八七〇年代にモーパッサンが鍛え上げた文学理念の、その最も中心に位置し、そして最も理想度の高いものである。高い理想を掲げる者のことを、一般に人は理想主義者と呼ぶだろう。

『メダンの夕べ』に関する記事の中で、モーパッサンは芸術における理想主義を彼なりの仕方で定義している。「現実主義者と評される一人の人間ができるだけ良く書きたいと苦慮し、芸術についての関心に絶えず捕われているのなら、私の感覚からすれば彼は理想主義者なのです。[10]」この意味において、モーパッサンにとってフロベールが第一の理想主義者であることは言うまでもない。真の芸術家が追及するのは自らの理想であり、その理想とは、作品の完璧さの内に存在する。

すべては観察、解釈、そして文体の内にある。この三つの要素の結合こそが、モーパッサンの詩学の根本原則を構成する。その時、マリアヌ・ビュリーの言うように、「作家のエクリチュールが彼の要求の高みに届いており、現実を描くという野心が芸術作品を作ろうとするのを妨げない限りにおいて、現代生活を描くことのできる作家の前には、調査すべき広大な領域が広がっている[11]」。一八七〇年代の詩人は「現代生活を描く」ことを避け、もっぱら〈現実〉の個人的かつ身体的側面を注視していたが、彼の現実主義詩学は、潜在的には「調査すべき広大な領域」に開かれていたのである。「脂肪の塊」を契機とした散文の持つポテンシャルの発見以後、一八八〇年代に書かれる散文作品がその「広大な領域」を実際に探索し、〈社会〉の中に人間を捉えるだろう。そして小説家は単に赤裸々な〈現実〉を暴き立てることに執着するのではなく、〈現実〉から汲み取った題材を文体の力によって芸術作品へ昇華させようと試みつづけるだろう。

こうして、一八七〇年代のすべての試みを経る中で、文学好きの平凡な一青年は、自らの文学に対して高い理想を掲げ、その目標の実現に向けて努力する芸術家へと成長した。モーパッサンの唱える理論の多くはフロベールの受け売りと言っていいものであることは事実だが、しかしこの弟子は、辛抱強い修練の中で師の教えを自らに深く受肉化させたのである。文学創造の根幹に関して彼が鍛え上げた幾つかの理念は、時代の流行に捕われることの少ない普遍性と深みを備えており、それが基盤として存在したからこそ、「脂肪の塊」は一回限りの成功に終わることなく、モーパッサンは次々に傑作の名に値する作品を生み出すことができたのだろう。「脂肪の塊」の時点で作家の才能が花開いたとするなら、その花は七〇年代の修業時代という豊かな土壌によって時間をかけて育まれたからこそ、力強く美しい花として輝くことが可能になったのである。

一八八八年の「小説論」において自らの修業時代を回想する中で、モーパッサンは「私は仕事をした」と簡潔に述べているが、この言葉に嘘はなかったことを、今、我々は誰よりもよく知っている。

七年の間、私は詩を作り、コントやヌーヴェル（中短編小説）を作り、唾棄すべき劇まで作った。何も残ってはいない。師はすべてを読み、次の日曜には食事をしながら批評を繰り広げてくれ、そして少しずつ、二三の原則を私に叩き込んでくれた。それは、長く忍耐強い教育の要約となるものだった。（*R.*, 713.）

「何も残ってはいない」という言葉にもかかわらず、一八七四—一八八〇年の「七年の間」に残されたテクストは必ずしも少なくなく、この青年時代の作品はそれを間近に詳しく検討するなら、一人の作家の形成と成長について多くのことを教えてくれるものである。しかしながら、これまでそのような研究がきちんと行われることはなかった。我々が確認したのは、青年モーパッサンが辿った障害多く決して平坦ではなかった道のりの持つ豊かな意味であった。優れた作家が一日にしてでき上がるものではないということを、モーパッサン以上によく示している例は他には少ないかもしれない。失敗することは問題ではない。その失敗の経験の内に何を掴み取るかが決定的に重要だということを、我々は彼の苦労の内に学ぶことができるだろう。

同じ「小説論」の中で、モーパッサンがビュフォンの言葉（としてフロベールから学んだ）「才能とは長い忍耐に他ならない」を披露する時、彼は、秘めた心を密かに告白していたのである。長い忍耐の年月、だがそこには希望と、野心と、自己に対する信頼があり、それらが次第に大きく膨らんでいったのだった。一八八〇年の「脂肪の塊」の成功の後、モーパッサンは次々に作品を発表し、ほんの数年の内に若き大家として周囲の尊敬を集めるまでになるが、その時、彼はすでに身を蝕む病に苦しんでいた。そんな中で振り返った二十代の修行時代は、思い出の中でまばゆい光に包まれていたのかもしれない。

注

第一章　ポエジー・レアリスト

（1）　Lettre à Flaubert, ［vers le 23 avril 1880］, *in* Gustave Flaubert – Guy de Maupassant, *Correspondance* (abréviation : *FM.*), éd. Yvan Leclerc, Flammarion, 1993, p. 241.

（2）　十三歳の時に書かれた作品として「フォイボスが戦車に再び乗った時」に始まるものと、「人生」と題する五行の作品が残されている。Guy de Maupassant, *Des vers et autres poèmes* (abréviation : *DV.*), éd. Emmanuel Vincent, Publications de l'Université de Rouen, 2001, p. 137-138. 詩篇についての引用はこの版により、以下では引用の後ろに略号と頁数を記す。

（3）　Louis Forestier, « Guy de Maupassant et la poésie », dans *Le Lieu et la formule, hommage à Marc Eigeldinger*, Neuchâtel, Éditions de la Baconnière, 1978, p. 139.

（4）　この時期にはまだ宗教的感情が重要なテーマだったことを指摘しておこう。「ベルトに長いロザリオを結びつけ／僕たちは細い道を上ってゆこう／もし道が少し厳しかったら／善き神様が手を差し伸べてくれるだろう。」「チャペルでの夢想」*DV.*, p. 149.

（5）　Lettre à Gustave de Maupassant, 8 février 1868, présentée par Christophe Oberle dans « Textes retrouvés de Maupassant », *Histoires littéraires*, n° 16, oct.-nov.-déc. 2003, p. 62.

（6）　自然への呼びかけには、詩篇「みずうみ」で有名なロマン派詩人ラマルティーヌの影響も認められるかもしれない。

（7）　Armand Lanoux, *Maupassant le Bel-Ami*, Grasset, coll. « Les Cahiers Rouges », 1979, p. 48.

（8）　Émile Zola, « Les Poètes contemporains », *Le Messager de l'Europe*, février 1878, repris dans *Documents littéraires*（1881）. Dans *Œuvres complètes*, dir. Henri Mitterand, Nouveau Monde, t. X, 2004, p. 713.

（9）　« Louis Bouilhet »（1882）, *in* Guy de Maupassant, *Chroniques*, éd. Gérard Delaisement, Rive Droite, 2003（abréviation : *Chro*.）, t. I, p. 562-563.

（10）　Guy de Maupassant, *Romans*, éd. Louis Forestier, Gallimard, coll. « Bibliothèque de la Pléiade »（abréviation : *R*.）, 1987, p. 712.

（11）　Yvan Leclerc dans la préface de *FM*., p. 20.

（12）　マリアヌ・ビュリーはこの詩を一八六八年の詩「創造者たる神」と比較して、トーンの違いに注目している。「苦しみの中でもいつでも残っている／最も絶望した者にも、最も暗い天気の時も／天にはいくらか青空が、心にはいくらかの希望が。」（*DV*., 169.）Mariane Bury, « Maupassant pessimiste ? », *Romantisme*, n° 61, 1988, p. 77.

（13）　Armand Lanoux, *Maupassant le Bel-Ami*, éd. cit., p. 63.

（14）　Lettre à Flaubert, 5 juillet 1878, *in FM*., p. 139.

（15）　一八七一年の終わりにフロベールがパリに滞在していた時から、モーパッサンは彼と交際を始めている。Yvan Leclerc, la préface de *FM*., p. 23.

（16）　« Gustave Flaubert »（1890）, *in Chro*., t. II, p. 1285.

（17）　Lettre à Flaubert, ［24 juin 1873］, *in FM*., p. 86.

（18）　Lettre de Flaubert à Laure de Maupassant, 23 février 1873, *in FM*., p. 82.

（19）　Lettre de Flaubert à Maupassant, 23 ［juillet 1876］, *in FM*., p. 103.

（20）　Lettre de Flaubert à Maupassant, 10 août ［1876］, *in FM*., p. 104.

（21）　一八八〇年の記事「一年前の思い出」の中では、ある日曜日のフロベール宅の情景が回想されており、フロベールの友人たちの姿が描かれている。

（22）　この事件の詳細については以下を参照。Jacques Hamelin, *Hommes de lettres inculpés*, Minuit, 1956, le troisième chapitre : « Guy de Maupassant inculpé », p. 73-104 ; Yvan Leclerc, *Crimes écrits. La Littérature en procès au 19e siècle*, Plon, 1991, p. 387-389. モーパッサンは友人のアルベール・ド・ジョアンヴィル（あだ名はアジ）に一八八〇年二月二十七日の書簡で「そこで僕はフロベールを解き放った」と述べている。Lettre présentée par Christoph Oberle, *Bulletin Flaubert – Maupassant*, n° 9, *Maupassant 2000*, 2001, p. 344.

(23)　Lettre de Flaubert à Maupassant, 25 octobre 1876, *in FM.*, p. 106-107.

(24)　ルイ＝グザヴィエ・ド・リカール（一八四三―一九一一年）は『ある高踏派詩人の回想』の中で、同じような喪失感を述べている。「我々の世代にだって希望はあった！　帝国の終わりの頃、この世代は魂の大いなる飛翔が近いことを感じていた。そのために十年もの間準備してきたのだ！　飛躍しようとするその瞬間に、一八七〇年の棍棒の一撃で翼を砕かれてしまったとしたら、それはこの世代の過ちだったのか？――そう、私は確信しているが、我々の世代は芸術においても行動においても、内に温めていた作品を生み出すことはできないだろう。」Cité dans l'*Introduction*, par Michel Golfier et Jean-Didier Wagneur, de *Dix ans de Bohème*（1888）d'Émile Goudeau, Champ Vallon, 2000, p. 34-35.

(25)　Émile Zola, « Revue dramatique et littéraire », *Le Voltaire*, 25 mai 1880, repris dans *DV.*, p. 278.

(26)　Yvan Leclerc, « Maupassant, poète naturaliste ? », *Bulletin Flaubert – Maupassant*, n° 9, *Maupassant 2000*, 2001, p. 187-188.

(27)　« Les Poètes français du XVIème siècle »（1877）, *in Chro.*, t. I, p. 65.

(28)　抒情詩に関しては次の論考が特に有意義である。Ludmila Charles-Wurtz, *La Poésie lyrique*, Bréal, 2002.

(29)　« Gustave Flaubert »（1876）, *in Chro.*, t. I, p. 53-54.

(30)　Lettre de Flaubert à Louise Colet, [18 avril 1854], dans Gustave Flaubert, *Correspondance*, éd. Jean Breneau, Gallimard, coll. « Bibliothèque de la Pléiade », t. II, 1980, p. 555.

(31)　Lettre de Flaubert à Louise Colet, [22 avril 1854], *Ibid.*, p. 557.

(32)　Lettre de Flaubert à Maupassant, 14 [mars 1880], *in FM.*, p. 236.

(33)　Théodore de Banville, *Petit Traité de poésie française*（1872）, Bibliothèque-Charpentier, 1894, p. 115. 抒情詩を歌と結びつけるのは伝統的な考え方である。

(34)　Yvan Leclerc, « Maupassant, poète naturaliste ? », art. cit., p. 189.

(35)　« Les Poètes français du XVIème siècle »（1877）, *in Chro.*, t. I, p. 65. フロベールの書簡の一節を引いておく。「それ（詩情）をどんなものからでも引き出しましょう。それはすべてのものに、至るところに横たわっているのだから。」Lettre de Flaubert à Louise Colet, [27 mars 1853], dans Gustave Flaubert, *Correspondance*, éd. cit., t. II, p. 284.

(36)　Mariane Bury, « "Au commencement était la femme" : de la poésie à la poétique chez Maupassant », dans *Masculin / Féminin dans la poésie et les poétiques du XIXe siècle*, Presses universitaires de Lyon, 2002, p. 392.

(37)　「壁」、「日射病」、「征服」、「チュイルリー公園の愛の使い」、「水辺にて」、「発見」、「鳥刺し」、「欲望」、「最後の逃走」、「十六歳の散歩」、「慎みのない請願」、「愛の終わり」、「田舎のヴィーナス」の十三篇。

(38) Mariane Bury, « “Au commencement était la femme” », art. cit., p. 392.
(39) Émile Zola, « Revue dramatique et littéraire », art. cit., dans *DV.*, p. 279.
(40) Louis Desprez, *L'Évolution naturaliste*, Tresse, 1884, p. 309. ルイ・デプレ（一八六一―一八八五年）は小説『鐘楼のまわりで』（一八八四年）による風俗壊乱の廉で刑務所に入るが、入所中に体を悪くし、出所後ほどなくして亡くなった。Cf. Yvan Leclerc, *Crimes écrits*, éd. cit., p. 391-395.
(41) Mariane Bury, « “Au commencement était la femme” », art. cit., p. 401.
(42) Yvan Leclerc, « Maupassant, poète naturaliste ? », art. cit., p. 191.
(43) Lettre à Paule Parent-Desbarres［G. d'Estoc］en janvier 1881, *in* Guy de Maupassant, *Correspondance*, édition établie par Jacques Suffel, Evreux, Le Cercle du Bibliophile, 3 tomes, 1973（abréviation : *Corr.*）, t. II, p. 11.
(44) Lettre à Paule Parent-Desbarres［G. d'Estoc］en janvier 1881, *in Corr.*, t. II, p. 6.
(45) モーパッサンの「知覚神経の鋭敏さ」に関しては次を参照。Mariane Bury, *La Poétique de Maupassant*, SEDES, 1994, « La Fête des sens », p. 55-95.
(46) Lettre à Flaubert,［avant le 13］janvier 1880, *in FM.*, p. 209.
(47) Lettre à Laure de Maupassant, 21 mars 1878, *in Corr.*, t. I, p. 155.
(48) réalisme, réaliste の語は一般的に「写実主義」と訳されることが多い。しかし「写実」という語は美術的な「模倣」の意味合いが強いために、文学表現におけるレアリスムを指す語としてはふさわしくないように思われる。また本論では、réalisme の概念は、idéalisme「理想主義・観念論」との対比において「現実」に重きを置く姿勢を意味するという点を重視し、あえて「現実主義」の訳語を採用する。
(49) Lettre à Flaubert, 2 décembre 1879, *in FM.*, p. 201.
(50) « Le Roman »（1888）, *in R.*, p. 714.
(51) モーパッサン文学におけるイメージの重要さについては次を参照。Mariane Bury, *La Poétique de Maupassant*, éd. cit., « Le Rôle des images », p. 173-225.
(52) « Les Poètes français du XVIème siècle »（1877）, *in Chro.*, t. I, p. 62.
(53) « Styliana »（1881）, *in Chro.*, t. I, p. 386.
(54) « Les Poètes français du XVIème siècle »（1877）, *in Chro.*, t. I, p. 63. 原典はロンサール『第一恋愛詩集』第五十九歌。モーパッサンの引用は正確ではない。

(55)　Louis Desprez, *L'Évolution naturaliste*, éd. cit., p. 307.

(56)　〈本当らしさ〉は後の小説家モーパッサンが重視する概念の一つである。「今日の小説家は、本当らしい小説を作ると主張しているのではないだろうか?」,« Les Bas-fonds »(1882), *in Chro.*, t. I, p. 548. 彼は現実主義、あるいは自然主義の流派を「本当らしさの流派」という語で要約している。« Romans »(1882), *ibid.*, p. 495.

(57)　アンリ・ミットランによると、「現代的でいくらか通俗化した用法で、『神話』の語は、個人的ないし社会的な日常の要素を象徴的な表象によって捉えようとする営為を指す。その表象は永遠かつ自然な様相をその要素に付与し、一時的な文化事象を永続的な自然現象へと変化させるのである。」*Zola et le naturalisme*, PUF, coll. « Que sais-je ? », 2002 (4ᵉ édition), p. 83-84.

(58)　*La Vie errante* (1890), *in* Guy de Maupassant, *Carnets de voyage*, éd. Gérard Delaisement, Rive Droite, 2006, p. 367. シラクサのヴィーナス像についての言葉。「彼女には頭がない! だがそれが何だというのか! それゆえにこそ象徴は完璧なものとなった。それは、愛撫についての現実的詩情を表明する女性の身体である。」*Ibid.*, p. 368.

(59)　Mariane Bury, « "Au commencement était la femme" », art. cit., p. 401.

(60)　Note d'Emmanuel Vincent dans *DV.*, p. 361.

(61)　Alberto Savinio, *Maupassant et « l'Autre »*, traduit par Michel Arnaud, Gallimard, 1977, p. 103.

(62)　Théodore de Banville, « Revue dramatique et littéraire », *Le National*, 10 mai 1880, repris dans *DV.*, p. 276.

(63)　Antonin Bunand, « Guy de Maupassant poète », *Le Monde poétique*, février 1887, repris dans *DV.*, p. 292.

(64)　Note d'Emmanuel Vincent, dans *DV.*, p. 326.

(65)　Lettre à Paul Alexis, 17 janvier 1877, *in Corr.*, t. I, p. 113. ここでも『ボヴァリー夫人』執筆時のフロベールの教訓が見える。「私にとっての主要な困難は、それでも文体、形式であり、定義不可能な〈美〉なのですが、その〈美〉とは概念そのものの結果としてあり、プラトンの言ったように、〈真実〉の崇高さなのです。」Lettre de Flaubert à Mˡˡᵉ Leroyer de Chantepie, 18 mars [1857], dans Gustave Flaubert, *Correspondance*, éd. cit., t. II, p. 691.

(66)　Lettre de Flaubert à Louise Colet, 31 mars 1853, dans Gustave Flaubert, *Correspondance*, éd. cit., t. II, p. 292.

(67)　Henry Roujon, « Souvenirs d'Art et de Littérature. Guy de Maupassant », *La Grande Revue*, 15 février 1904, p. 249.

(68)　*Ibid.*, p. 251.

(69)　Alphonse Daudet, « Guy de Maupassant » (1880), dans *Pages inédites de critique dramatique (1874-1880)* (1922), L'Harmattan, coll. « Les Introuvables », 1993, p. 313.

(70)　Théodore de Banville, « Revue dramatique et littéraire », art. cit., dans *DV.*, p. 277.

（71） Jean Richepin, « Portraits à l'encre. Les Six Naturalistes », *Gil Blas*, 21 avril 1880, repris dans *DV.*, p. 271.

（72） Gérard Delaisement, « Maupassant, poète en vers et en prose », *Bulletin Flaubert – Maupassant*, n° 9, *Maupassant 2000*, 2001, p. 136.

（73） Alberto Savinio, *op. cit.*, p. 103.

（74） Jean-Michel Gouvard, *La Versification*, PUF, coll. « Premier Cycle », 1999, p. 40.

（75） « Les Poètes français du XVIème siècle »（1877）, *in Chro.*, t. I, p. 64.

（76） Paul Bourget, « Souvenirs personnels »（1893）, dans *Études et portraits*, t. III, *Sociologie et Littérature*, Plon, 1906, p. 308.

（77） Théodore de Banville, *Petit traité de poésie française*, éd. cit., p. 63.

（78） *Ibid.*, p. 64.

（79） *Ibid.*, p. 6.

（80） たとえば中学校で用いられた教科書 Louis Quicherat, *Petit traité de versification française*, Hachette, 1866. では，詩的破格について詳しく説明されている。これと比較するなら，高踏派詩人の進歩的な面が窺われるだろう。

（81） Yvan Leclerc, « Maupassant, poète naturaliste ? », art. cit., p. 186.

（82） Brigitte Bercoff, *La Poésie*, Hachette, coll. « Contours littéraires », 1999, p. 69.

（83） Jules Lemaître, « Guy de Maupassant », *Revue politique et littéraire*, 29 novembre 1884, repris dans *Les Contemporains*, série 1, Société française d'imprimerie et de librairie, 1886, p. 304-305.

（84） « Poètes »（1882）, *in Chro.*, t. I, p. 569.

（85） « Gustave Flaubert »（1876）, *in Chro.*, t. I, p. 53.

（86） Alphonse Daudet, art. cit., p. 313 ; Théodore de Banville, art. cit., p. 277.

（87） Louis Forestier, « "La meilleure garce". Observation sur *Des Vers* de Maupassant », *Dix-neuf / vingt*, n° 6, 1998, p. 38.

（88） Jean Richepin, « Portraits à l'encre », art. cit., dans *DV.*, p. 271.

（89） Lettre de Flaubert à Maupassant, [25 avril 1880], *in FM.*, p. 243.

（90） Émile Zola, « Revue dramatique et littéraire », art. cit., dans *DV*, p. 283.

（91） Émile Zola, « Les Poètes contemporains », art. cit., p. 725.

（92） Michèle Aquien et Jean-Paul Honoré, *Le Renouvellement des formes poétiques au XIXe siècle*, Nathan, coll. « 128 », p. 121.

（93） Henri de Régnier, « Poètes d'aujourd'hui et poésie de demain », *Mercure de France*, août 1900, repris dans *Le Parnasse*, textes réunis par Yann Mortelette, Presses de l'Université Paris-Sorbonne, 2006, p. 271.

（94）Cf. Dominique Combe, *Poésie et récit, une rhétorique des genres*, Corti, 1989.
（95）Lettre de Flaubert à Maupassant, [22 ou 23 janvier 1880], *in FM.*, p. 213.
（96）Mariane Bury, *La Poétique de Maupassant*, éd. cit., p. 22.
（97）Lettre à Paul Alexis, 17 janvier 1877, *in Corr.*, t. I, p. 113.
（98）Lettre à Flaubert, 26 décembre [1878], *in FM.*, p. 161.

第二章　演劇への挑戦

（1）Anne-Simone Dufief, *Le Théâtre au XIX*^{e} *siècle*, Bréal, coll. « Amphi Lettres », 2001, p. 18 et p. 19.
（2）Lettre à sa mère, 30 octobre 1874, *in Corr.*, t. I, p. 56.
（3）Artine Artinian Collection dans Harry Ransom Humanities Research Center à Texas, Box 13. 二十五枚からなる資料の中に問題の草稿がある。恐らくアルチニアンの手になったと思われるメモを引用する。「詩篇」と題され、冒頭の頁に書かれている。「両面に書かれた六枚と、小さな文字で書かれた一頁。未刊行の劇の断片、約百三十行。フェルナンとその叔父ボーフルトン氏との対話で、後者は甥が愛人と一緒にいるのを見て憤慨し、甥がいつか彼女と結婚すると主張するに至ってはなおさらである。いつか彼女が純真で貞淑になると考えるとはなんという幻想だろう！　この議論には修正が加えられ、幾つかの状態を留めている。深刻で重々しい調子。」Cf. *Bibliographie Maupassant*, dir. Noëlle Benhamou, Yvan Leclerc, Emmanuel Vincent, Paris / Roma, Memini, coll. « Bibliographie des Écrivains Français », 31, 2008, t. I, p. 44. さらにこのコレクションには別の草稿も存在する。同じメモを引用する。「十一枚、一から十一までの番号が振られ、未刊行、未完成の喜劇の第一場、第二場を含んでいる。約百七十行。叔父オニジムと甥ピエールの大変に生き生きとして愉快な対話。叔父は甥に対して愛人が二人もいることを非難するが、甥は冗談で叔父の怒りを宥める。モーパッサンは明らかに『何も誓うべからず』の第一幕に想を得ている。愛人の一人オクタヴィーの登場、ピエールは彼女を従妹として紹介し、状況は一層喜劇的となる。」Cf. *Bibliographie Maupassant*, éd. cit., t. I, p. 40.『何も誓うべからず』はミュッセの作。恐らくは『ボーフルトン氏』を改めてやり直したもので、一八七四年末に書かれたのではないか。
（4）Lettre à sa mère, 26 novembre 1874, *in Corr.*, t. I, p. 58.
（5）Lettre à Flaubert, [fin 1874 ou début 1875], *in FM.*, p. 94-95.
（6）Lettre à sa mère, 26 novembre 1874, *in Corr.*, t. I, p. 59.
（7）Lettre à sa mère, 6 octobre 1875, *in Corr.*, t. I, p. 90.

(8) Lettre à Robert Pinchon, 11 mars 1876, *in Corr.*, t. I, p. 93.
(9) Lettre à sa mère, 8 mars 1875, *in Corr.*, t. I, p. 71.
(10) Lettre à Edmond Laporte, 13 avril 1875, *in Corr.*, t. I, p. 76.
(11) 上演の日付に関しては次を参照。Noëlle Benhamou, « Maupassant dans le *Journal* des Goncourt », *Cahiers Edmond & Jules de Goncourt*, n° 10, 2003, p. 284-285, note 4.
(12) Edmond et Jules de Goncourt, *Journal*, 31 mai 1877, éd. Robert Ricatte, Laffont, coll. « Bouquins », t. II, 1989, p. 742. アンリ・セアールは回想の中で、ゾラは「重々しい」態度のままで、フロベールは「この荒々しい恋のアヴァンチュール」が彼にもたらした「若返った気分」に夢中になったと記している。Henry Céard, « La Toque et Prunier », *L'Événement*, 22 août 1896.
(13) Lettre à Flaubert, 17 novembre 1876, *in FM.*, p. 109.
(14) Lettre à Robert Pinchon, [février 1877], *in Corr.*, t. I, p. 116.
(15) Lettre de Flaubert à Maupassant, 22 [mars 1877], *in FM.*, p. 355.
(16) Pierre Borel, *Le Destin tragique de Guy de Maupassant*, Les Éditions de France, 1927, p. 109-210.
(17) *Catalogue d'éditions originales de manuscrits et de lettres autographes de Guy de Maupassant provenant de la bibliothèque de M. le Comte D S*** [Sickles]*, L. Giraud-Badin, 1938, p. 7.
(18) Lettre de Flaubert à Maupassant, [21 mars 1877], *in FM.*, p. 116.
(19) Lettre à Flaubert, 10 décembre 1877, *in FM.*, p. 132.
(20) Lettre à sa mère, 21 janvier 1878, *in Corr.*, t. I, p. 146.
(21) *Ibid.*, p. 145.
(22) Lettre à sa mère, 15 février 1878, *in Corr.*, t. I, p. 151.
(23) Lettre à sa mère, 21 mars 1878, *in Corr.*, t. I, p. 156.
(24) Lettre à sa mère, 3 avril 1878, *in Corr.*, t. I, p. 157.
(25) Lettre à Robert Pinchon, 23 avril 1878, *in Corr.*, t. I, p. 161.
(26) Robert Pinchon, « Guy de Maupassant et son théâtre. Souvenirs personnels », dans Albert Lumbroso, *Souvenirs sur Maupassant*, Rome, Bocca, 1905, p. 133.
(27) Note d'Emmanuel Vincent, dans *DV.*, p. 380.
(28) Lettre à Flaubert, 26 décembre [1878], *in FM.*, p. 161.

(29) Lettre à Flaubert, [4 février 1879], *in FM*., p. 168.
(30) Lettre à Flaubert, 18 février 1879, *in FM*., p. 174. 劇場における「さくら」の習慣に関しては次を参照。Michel Autrand, *Le Théâtre en France de 1870 à 1914*, Champion, 2006, p. 50-55.
(31) Lettre à Flaubert, 26 février 1879, *in FM*., p. 178.
(32) Lettre de Flaubert à Maupassant, [27 février 1879], *in FM*., p. 179. Voir la notice d'Emmanuel Vincent dans *DV*., p. 381.
(33) Lettre à sa mère, 14 août 1879, *in Corr*., t. I, p. 228.
(34) Lettre à Albert de Joinville, surnommé Hadji, [mi-janvier 1880], présentée par Christophe Oberle dans *Bulletin Flaubert-Maupassant*, n° 9, *Maupassant 2000*, 2001, p. 342.
(35) Lettre à Mme Tresse, 22 août 1879, *in Corr*., t. I, p. 233.
(36) *Ibid*., p. 232.
(37) Lettre à Flaubert, [avant le 13] janvier 1880, *in FM*., p. 209.
(38) Lettre de Flaubert à Maupassant, [1er février 1880], *in FM*., p. 216.
(39) Lettre à Ballande, 29 janvier [1879], reprise dans Guy de Maupassant et William Busnach, *Madame Thomassin*, éd. Marlo Johnston, Publications des Universités de Rouen et du Havre, 2005, p. 152.
(40) 戯曲をコメディー゠フランセーズに提出する際、モーパッサンはすでに「次にはオデオンに持ちかけるでしょう」と告げていた。Lettre à sa mère, 21 janvier 1878, *in Corr*., t. I, p. 146.
(41) Lettre à Mme Tresse, 22 août 1879, *in Corr*., t. I, p. 233.
(42) 「習慣として〔……〕当時の出し物の多くは二作品で構成されていた。目当てとする大作の前、時には後に、観客は一幕の幕開き劇を鑑賞することができた。」Michel Autrand, *Le Théâtre en France de 1870 à 1914*, éd. cit., p. 66, note 5.
(43) 草稿の『ボーフルトン氏』では、娼婦との結婚が話題となっていた。ボーフルトンの甥フェルナンへの説教の台詞を引用する。「だが信じるがよい、純粋なものは何も／娼婦の内に生まれることはないだろう。／彼女は排水溝に馴染んでいて／泥から出てきたものにはその匂いが染みついている。／売りものの存在は決して恥じらいを学ばない。／堕落を怖れることなく／彼女たちのいるどぶで一人を捕まえたとしても／あいつの日か彼女を尊敬できるなどと思うな／泥から出てきた女はそこへ押し返すべきなのだ。」Le manuscrit cité plus haut, p. 13. モーパッサンがこの案を断念して『昔がたり』を選択したのは、社交界に受け入れられやすいように礼節を尊重したからではないだろうか。
(44) トレス夫人宛ての書簡の中の「格言劇」という言葉を思い出せば、ここにもミュッセの影響を見て取ることが可能かもしれない。一八七四年の習作『ボーフルトン氏』がミュッセの『何も誓うべからず』（一八三六年）を思い出させるなら、『昔がたり』の二人の対話は、同じく伯爵と侯爵夫人の対話からなる『ドアは開いているか閉まっているかのどちらか』（一八四五年）を想起させる。

（45）Guy de Maupassant, *Théâtre*, éd. Noëlle Benhamou, Éditions du Sandre, 2011 (abréviation : *Th.*), p. 112. 戯曲に関する引用はこの版により、以下では引用の後ろに略号と頁数を記す。

（46）同時期に書かれた小説『エラクリユス・グロス博士』にも同様の言葉がある。「どうしてヘラクレスはオンファレの足元から逃れ、どうしてサムソンはデリラに彼の髪に宿る力と勇気を奪うに任せたのか、聖書が我々に教えるところに尋ねてみるがいい。」Guy de Maupassant, *Contes et nouvelles*, éd. Louis Forestier, Gallimard, coll. « Bibliothèque de la Pléiade », t. I, 1974 (abréviation : *CN. I*), p. 24.

（47）Lettre à sa mère, 26 novembre 1874, *in Corr.*, t. I, p. 59.

（48）Louis Forestier, « La Lyre et le projecteur », *Le Magazine littéraire*, n° 310, mai 1993, p. 79.

（49）Lettre à Flaubert, [fin 1874 ou début 1875], *in FM.*, p. 94.

（50）Louis Forestier, « La Lyre et le projecteur », art. cit., p. 79.

（51）Théodore de Banville, « Revue dramatique et littéraire », *Le National*, 24 février 1879.

（52）Adrien Laroque, « Premières représentations », *Le Petit Journal*, 22 février 1879.

（53）Lettre à Flaubert, [vers le 23 avril 1880], *in FM.*, p. 241.

（54）Mariane Bury, « "Au commencement était la femme" », art. cit., p. 392.

（55）この戯曲に関しては一部ないし二部の手書き原稿と一部の複写（ルイ・ル・ポワトヴァンの夫人の手になる）が存在していた。最初に印刷されたのは一九四五年にニースにおける地下出版で、次に一九六〇年に公刊される。詳細は次を参照。Pierre Brunel, « Maupassant et le théâtre : *À la feuille de rose* », dans *La Tentation théâtrale des romanciers*, SEDES, 2002, p. 34-44. なお次の書物に掲載されたテクストには異同が認められる。Germain Galérant, *Les Roses sadiques de Maupassant*, Luneray, Bertout, 1992, p. 63-103.

（56）ピエール・ボレルの聞き取りによるレオン・フォンテーヌ（プチ・ブルー）の証言。「劇を書こうというアイデアを思いついたのは誰だろうか？　恐らくはジョゼフ・プリュニエだが、実際には作品は皆の手になるものだ。／ジョゼフ・プリュニエがペンを手にし、各人がアイデア、才気に富んだ言葉を持ち寄り、そんな風にして冗談で笑い合いながら一場面一場面と作られていったのだ。」Pierre Borel, *Lettres de Guy de Maupassant à Gustave Flaubert*, Avignon, Édouard Aubanel, 1940, p. 14, et cité dans *À la feuille de rose. – Maison Turque*, éd. Alexandre Grenier, Encre, 1984, p. 23.

（57）　Armand Lanoux, *Maupassant le Bel-Ami*, éd. cit., p. 127.

（58）　Pierre Brunel, « Maupassant et le théâtre : *À la feuille de rose* », art. cit., p. 40. イヴァン・ルクレールはその他に「フロベールに向けられた数多くの目配せ」を指摘している。たとえばコンヴィルという町の名は、『ボヴァリー夫人』のヨンヴィルを想起させる。*FM.*, p. 97.

（59）　『バラの葉陰』の上演を母親に告げる書簡の中で、モーパッサンは「慎みのない請願」に触れている。Lettre à sa mère, 8 mars 1875, *in Corr.*, t. I, p. 71. したがって、この二つの作品はほぼ同時期に書かれたものである。

（60）　騙され搾取される地方のブルジョアという点で、ボーフランケ氏はフロベールの喜劇『候補者』（一八七四年）の主人公ルスラン氏の同胞と言うこともできるだろう。

（61）　作中で娼婦のラファエルはボーフランケ夫人に「よくバラの葉陰をするの?」（*Th.*, 63.）と訊いている。フロリアーヌ・プラス＝ヴェルヌによれば、「バラの葉陰」とは肛門を舐める行為であり、この表現は当時広く知られていたという。Floriane Place-Verghnes, « Maupassant pornographe », *Neophilologus*, vol. LXXXV, No. 4, October 2001, p. 504.

（62）　フロリアーヌ・プラス＝ヴェルヌは「ポルノ的作品は現実主義というよりもラブレー的な性格を示している」と指摘している。« Maupassant pornographe », art. cit., p. 515, n. 25.

（63）　Edmond de Goncourt, *Journal*, 31 mai 1877, dans éd. cit., t. II, p. 741.

（64）　モーパッサンはゾラに次のように書き送っている。「まさしくあなた、ドーデ、エドモン・ド・ゴンクールのために、私たちはこの再演を企画したのだということを思い出してください。もしあなたが出席してくれなかったら私たち皆が残念に思うでしょう。」Lettre à Émile Zola, 15 mai 1877, *in Corr.*, t. I, p. 126.

（65）　Lettre à Robert Pinchon, 11 mars 1876, *in Corr.*, t. I, p. 94.

（66）　Lettre à sa mère, 21 mars 1878, *in Corr.*, t. I, p. 156.

（67）　Note d'Emmanuel Vincent, dans *DV.*, p. 427.

（68）　Yvan Leclerc, « Maupassant, poète naturaliste ? », art. cit., p. 189-190.

（69）　Floriane Place-Verghnes, « Maupassant pornographe », art. cit., p. 508.

（70）　Pierre Borel, *Lettres de Guy de Maupassant à Gustave Flaubert*, éd. cit., p. 14.

（71）　自然主義青年たちとの最初の出会いに関しては次を参照。Nadine Satiat, *Maupassant*, Flammarion coll. « Grandes Biographes », 2003, p. 130-132. ゾラに関しては、今日残っているモーパッサンからゾラ宛書簡の最初のものは一八七五年四月二十八日のもので、『ムレ神父の過ち』の献呈に対して礼を述べている。「あなたの書物は完璧に私を酔わせ、さらには大変に興奮させたことに気づきました！」*Corr.*, t. I, p. 78. なおこの書簡の日付の特定はルイ・フォレスティエによる。Voir *CN. I*, p. LXIX.

（72） Cf. Florence Naugrette, *Le Théâtre romantique. Histoire, écriture, mise en scène*, Seuil, coll. « Points Essais », 2001, chapitre IV : « Drame historique et drame moderne », p. 185-239.

（73） Anne-Simone Dufief, *Le Théâtre au XIX*^{e} *siècle*, éd. cit., p. 116.

（74） Armand Lanoux, *Maupassant le Bel-Ami*, éd. cit., p. 83.

（75） Alain Vaillant, « Le théâtre en vers au XIXe siècle : essai d'histoire quantitative », *Revue de la Société d'histoire du théâtre*, n° 178-179, II-III, « Les derniers feux du théâtre en vers, de Hugo à Cocteau（1800-1950）», 1993, p. 19.

（76） Michel Autrand, « Présentation », *ibid.*, p. 8.

（77） Anne-Simone Dufief, *Le Théâtre au XIX*^{e} *siècle*, éd. cit., p. 37.

（78） Michel Autrand, *Le Théâtre en France de 1870 à 1914*, éd. cit., p. 85.

（79） コメディー＝フランセーズで上演。この戯曲に関しては一三八頁を参照。

（80） コメディー＝フランセーズで上演。この劇は「悲劇」と銘打たれている。書簡の中で、モーパッサンはこの作品をからかっている。*Corr.*, t. I, p. 106.

（81） Lettre à sa mère, 29 juillet 1875, *in Corr.*, t. I, p. 82.

（82） Lettre à sa mère, 3 avril［1878］, *in Corr.*, t. I, p. 158.

（83） Pierre Bourdieu, *Les Règles de l'art*（1992）, Seuil, coll. « Points », 1998, p. 193-194.

（84） ウェルメードプレイに関しては次を参照。Michel Autrand, *Le Théâtre en France de 1870 à 1914*, éd. cit., p. 61-67.

（85） エミール・ベルジェラは『候補者』初演について語る際に、「モーパッサンはアトリエからごつい手の持ち主たちの集団を連れてきた」と述べている。Émile Bergerat, *Souvenirs d'un enfant de Paris*, t. II, Charpentier, 1912, p. 134.

（86） Yvan Leclerc, « Maupassant, poète naturaliste ? », art. cit., p. 184.

（87） Lettre à Robert Pinchon, 11 mars 1876, *in Corr.*, t. I, p. 94.

（88） 検閲に関しては以下を参照。« Introduction » par Odile Krakovitch dans *Censure de répertoires des grands théâtres parisiens（1835-1906）Inventaire*, Centre historique des archives nationales, 2003, p. 7-91.

（89） Émile Zola, « Le Drame patriotique »［dans *Le Naturalisme au théâtre*（1881）］, dans *Œuvres complètes*, éd. cit., t. X, p. 134.

（90） *Ibid.*, p. 135.

（91） Louis Forestier, Boule de suif *et* La Maison Tellier *de Guy de Maupassant*, Gallimard, coll. « Foliothèque », 1995, p. 19.

（92） Lettre à sa mère, 8 mars 1875, *in Corr.*, t. I, p. 71.

（93） Jean-Marie D'Heur, « *La Fille de Roland* de Henri de Bornier », dans *Charlemagne et l'épopée romane*, Société d'Édition « Les Belles Lettres », 1978, t. II, p. 486.

（94） Émile Zola, « Le Drame patriotique », art. cit., p. 136. なおデルレードは一八九五年に百年戦争を舞台とした『デュゲクラン殿』という作品を上演しているが、この有名な軍人は『リュヌ伯爵夫人の裏切り』にも端役として登場している。

（95） Lettre à Flaubert, 5 janvier 1880, *in FM.*, p. 207.

（96） François Coppée, *Théâtre de François Coppée 1873-1878*, Lemerre, 1878, p. 108.

（97） Mariane Bury, « "Au commencement était la femme" », art. cit., p. 392.

（98） Lettre à Paul Alexis, 17 janvier 1877, *in Corr.*, t. I, p. 114-115.

（99） 「モーパッサンの作品の中で中世はステレオタイプ化されている」として、残酷さ、暴力性という点で、モーパッサンの戯曲とスコットやユゴーの歴史小説とに類似が見られるとノエル・ベナムーは指摘している。Noëlle Benhamou, « Le Moyen Âge dans l'œuvre de Maupassant. Histoire, légende, poétique », *Études littéraires*, vol. 37, n° 2, 2006, p. 136.

（100） Émile Zola, « Le Drame patriotique », art. cit., p. 140. だがゾラがとりわけ主張するのは「歴史的真実」である。「正確な分析、人物や場の再現なくしては、歴史劇は今日不可能である」*Ibid.*, p. 132. モーパッサンにはこの種の正確さへのこだわりはさほど見られない。

（101） « Les Soirées de Médan », (1880), *in Chro.*, t. I, p. 68.

（102） Lettre à Paul Alexis, 17 janvier 1877, *in Corr.*, t. I, p. 112 et p. 113.

（103） Pier Antonio Borgheggiani, « Maupassant e il dramma storico : *L'Histoire de la Comtesse de Rhune* », *Il Confronto letterario*, n. 27-maggio 1997, p. 264-266. ここで指摘されているように、戯曲の中で兵士が語る物語は、『マクベス』の中のバーナムの森を想起させる。「けれども、突然に森全体が消え、／その時に見えたのです、イギリスの槍と兜と／大弓からなる森が動くのを／我らの頭上に矢と死が雨と降りました。」*Th.*, p. 399.

（104） Renée d'Ulmès, « Guy de Maupassant (Détails inédits sur son enfance et sa première jeunesse) », *La Revue des Revues*, 1er juin 1900, p. 486. Repris dans Albert Lumbroso, *Souvenirs sur Maupassant*, éd. cit., p. 303.

（105） « Le Roman » (1888), *in R.*, p. 713.

（106） Lettre de Flaubert à Maupassant, 22〔mars 1877〕, *in FM.*, p. 355.

（107） Lettre à Flaubert, 10 décembre 1877, *in FM.*, p. 132.

(108) *La Comtesse de Rhétune*, drame en 3 actes en vers, 79 feuillets, dans la Bibliothèque municipale de Rouen, cote : MS. g333. 原稿は（恐らく作者自身の手によって）頁番号が付されている。以下の引用に際しては略号 *Rh.* およびこの頁番号を記す。

(109) Note de Flaubert, citée dans le catalogue de vente, *Livres et autographes*, Drouot-Richelieu, 17 juin 1998, n° 113, MAUPASSANT (Guy de) et Gustave FLAUBERT, *La Trahison de la Comtesse Rhune*.「二幕と三幕の余白に鉛筆書きの七つの短いメモ」が書かれているという。

(110) ミシュレは『中世』（一八六九年）の中で、ジャンヌ・ド・モンフォールに関してフロワッサールを引用している。「伯爵夫人が城から降りて来て、ゴーチエ・ド・モニー殿とその仲間に、次々に二度三度と接吻を与えるのを見た者は、彼女が勇敢な夫人であると言うことができる。」Jules Michelet, *Le Moyen Âge* (1869), Laffont, coll. « Bouquins », 1981, p. 501.

(111) この詩は八音節の詩句で書かれているが、ジャン＝ミッシェル・グヴァールによれば、八音節の詩句は「中世に最もよく見られた韻律の一つであり、宮廷恋愛の抒情詩〔……〕と同じく、より語りの傾向の強い韻文叙事詩においても見られる」という。ここにも本当らしさへの配慮が見られる。Jean-Michel Gouvard, *La Versification*, éd. cit., p. 109.

(112) 「僕はシェニエ、ボワロー、コルネイユ、モンテスキュー、それにヴォルテールを見事だと思う」とモーパッサンは「文学的信仰告白」の中で述べている。*Corr.*, t. I, p. 113. 一八八〇年代にはモーパッサンは好んでボワローの詩句「真実は時に真実らしくない」（『詩法』、第三歌四十八行）を引用してもいる。モーパッサンにおける古典主義は、学校教育はもとよりフロベールに大きく影響を受けたものだろう。フロベールと古典主義に関しては以下を参照。Mariane Bury, *La Nostalgie du simple*, Champion, 2004, troisième partie, « 2. 3 Flaubert et le classicisme réaliste », p. 203-212.

(113) ただしこうした劇作術は、ウェルメードプレイについても言えることである。「明晰さ、平明さ、論理性、効率の良さという点において、ウェルメードプレイは古典主義の伝統に連なるものであるが、その伝統は、劇作術において観客の支持を求める最優先の配慮が培ってきたものである。」Michel Autrand, *Le Théâtre en France de 1870 à 1914*, éd. cit., p. 66.

(114) ボワローの別の詩句「主題の提示には早すぎるということはない」（『詩法』、第三歌二百四十一行）を思い出してもよいかもしれない。

(115) 初稿は一三三―一三四頁に引用。「肉体」が「体」に、「体がうめき声をあげ」が「目に涙が溢れ」に代えられるなどの推敲の跡が確認できる。自主検閲ないし〈礼節〉への配慮は単語単位でなされている。

(116) フロベールは「ヴァルドローズは上演不可能な場面」と指摘しているが、どの場面かを決定するのは難しい。三幕のジャックと伯爵夫人の対話の可能性はあり、実際にモーパッサンは幾つかの大胆な台詞を修正している。あるいは同幕のジャックによる伯爵殺害未遂の場面であろうか。この場合にはモーパッサンは師の意見に従わなかったことになる。

(117) Lettre à sa mère, 21 janvier 1878, *in Corr.*, t. I, p. 146.
(118) モーパッサンは最初の長編小説を執筆中に「展開」に関して困難を感じていた。また『ナナ』を執筆中のゾラを批判する時には「展開」の不在を理由に挙げている。モーパッサンが「展開」すなわち場面をどう進めていくかという問題に直面したのは、劇の書き直しの中でだったかもしれない。以下の二四六頁を参照。
(119) 「共感の持てる人物」は、ウェルメードプレイを作るための当時の慣習の一つであり、ゾラは「共感の持てる人物、男女についての理想主義的な概念であって、自然に基づく真実の人物の不愉快な印象を埋め合わせるためのもの」とこれを批判している。Émile Zola, « Le Naturalisme au théâtre », dans *Le Roman expérimental*（1880）, GF Flammarion, 2006, p. 143.
(120) « Gustave Flaubert »（1876）, *in Chro.*, t. I, p. 53-54.
(121) *Ibid.*, p. 54.
(122) Lettre à sa mère, 21 janvier 1878, *in Corr.*, t. I, p. 146.
(123) Lettre à sa mère, 15 février 1878, *in Corr.*, t. I, p. 151.
(124) Lettre à sa mère, 21 mars 1878, *in Corr.*, t. I, p. 156.
(125) Lettre à sa mère, 3 avril 1878, *in Corr.*, t. I, p. 157.「二幕全体」という言葉には曖昧な点がある。モーパッサンは作品を「二幕二景」に分けることを考えた（この語は原稿の一頁に書かれ、抹消されている）後、最終的に元の三幕に戻している。したがって、「二幕全体」というのは、実際には二・三幕両方を指しているのかもしれない。
(126) Voir la lettre de Zola à Sarah Bernahardt, 26 janvier 1878, dans Émile Zola, *Correspondance*, éd. B. H. Bakker, Les Presses de l'Université de Montréal, t. III, 1982, p. 160.
(127) Alphonse Daudet, « Reprise de "Hernani" de Victor Hugo », dans *Pages inédites de critique dramatique*（*1874-1880*）（1922）, L'Harmattan, coll. « Les Introuvables », 1993, p. 82.
(128) Francisque Sarcey, « Chronique théâtrale », *Le Temps*, 26 novembre 1877.
(129) Lettre à sa mère, 21 mars 1878, *in Corr.*, t. I, p. 155.
(130) 「柔軟性を受け入れるようになったとはいえ、大作については五幕がなんとしても古典主義から継承された規範でありつづけた。」Michel Autrand, *Le Théâtre en France de 1870 à 1914*, éd. cit., p. 63, note 6.
(131) Lettre à Robert Pinchon, 23 avril 1878, *in Corr.*, t. I, p. 161.
(132) Lettre à Edmond de Goncourt, 18 juillet 1879, *in Corr.*, t. I, p. 226.
(133) Les Goncourt, *Préfaces et manifestes littéraires*, Charpentier, 1888, p. 162.

(134) しかしながらルイ・フォレスティエの言うように、「彼は決して若い頃から自分と演劇を結びつけていた関係を断ち切りはしなかった」のも事実である。Louis Forestier, « La Lyre et le projecteur », art. cit., p. 78. 八〇年代のモーパッサンと演劇に関しては、マルロ・ジョンストンの書が詳しい。Guy de Maupassant et William Busnach, *Madame Thomassin*, éd. cit.

(135) « Contemporains », (1881), *in Chro.*, t. I, p. 366.

(136) Louis Forestier, « La Lyre et le projecteur », art. cit., p. 79.

第三章　小説の誘惑

(1) Lettre à sa mère, 24 septembre 1873, *in Corr.*, t. I, p. 33.

(2) Lettre à sa mère, 30 octobre 1874, *in Corr.*, t. I, p. 55.

(3) Lettre à sa mère, 8 mai 1875, *in Corr.*, t. I, p. 79.

(4) Armand Lanoux, *Maupassant le Bel-Ami*, éd. cit., p. 73.

(5) Lettre à sa mère, 29 juillet 1875, *in Corr.*, t. I, p. 81.

(6) Armand Lanoux, *Maupassant le Bel-Ami*, éd. cit., p. 89.

(7) Guy de Maupassant, *Contes et nouvelles*, éd. Louis Forestier, Gallimard, coll. « Bibliothèque de la Pléiade », t. II, 1979 (abréviation : *CN. II*), p. 1169. 同じ作品の中で語り手は述べている。「何度私は、『セーヌの上で』というタイトルの小さな本を書いて、二十歳から三十歳までの間に私が過ごした、力強く無頓着で、陽気で貧しく、たくましさに溢れて騒がしかった、お祭り騒ぎのあの生活を語ってみたいと思ったことだろう。」なお、小説の引用はすべてプレイヤッド版により、引用の後ろに略号、巻数および頁数を記す。

(8) Lettre à sa mère, 6 octobre 1875, *in Corr.*, t. I, p. 90.

(9) Note de Louis Forestier, dans *CN. I*, p. 1309.

(10) 『エラクリユス・グロス博士』に関する先行研究に関しては次を参照。Maria Giulia Longhi, « Relire *Le Docteur Héraclius Gloss* », *Bulletin des Amis de Flaubert et de Maupassant*, n° 7, 1999, p. 137, n. 1. これらの研究に教えられる点は多いが、青年期の作品としての特殊性について論じたものは見られない。

(11) Lettre à Robert Pinchon, 11 mars 1876, *in Corr.*, t. I, p. 95.

(12) アルフォンス・ドーデは次のような証言を残している。「毎回、彼は私のところに短編や印象といった百五十行から二百行のものを持って来ては、『どこかに載せて』くれるように頼んだもので、私が思うには、それについてフロベールには話していなかっただろう。これらの短編小説の内の二、三のものは、『ビュルタン・フランセ』に載ったはずだと思うが、どんな筆名だったかは私は知らない。」*L'Écho de Paris, supplément littéraire*, 8 mars 1893.

（13） Lettre à Robert Pinchon, [février 1877], *in Corr.*, t. I, p. 116.

（14） モーパッサンがギィ・ド・ヴァルモンの筆名を捨てるのは、詩篇「最後の逃走」を『ゴーロワ』紙に掲載した一八七八年三月十九日であり、翌七九年二月十九日の『昔がたり』初演時にも本名を名乗っている。ルイ・フォレスティエの説くようにジョゼフ・プリュニエの名がはっきりとボート仲間たちと結びついているとすれば（*CN. I*, p. 1265-1266）、ギィ・ド・ヴァルモンの名は、モーパッサンが本名を隠す必要を感じていたある時期（七六—七八年）を表している。象徴的な意味において、ギィ・ド・ヴァルモンがギィ・ド・モーパッサンになる時が、作家モーパッサンが〈誕生〉する時だと言えるかもしれない。

（15） Voir la lettre à Léon Fontaine, décembre [1879], *in Corr.*, t. I, p. 191, et la lettre au directeur de *La Réforme* (sans doute Francolin), 17 décembre 1879, *ibid.*, p. 243.

（16） さらに言えば、散文の誘惑は少年時代にまで遡ることができる。十二歳の時に、彼は『サランボー』に魅了されたという。「息子のギィも同じくらい関心を持っています。しばしばとても優美で、時にはとても恐ろしいあなたの描写が、彼の黒い瞳の中に稲妻を光らせますし、戦闘の物音や象のいななきが彼の耳に響いているように思われます。」Lettre de Laure de Maupassant à Flaubert, 6 décembre 1862, *in FM.*, p. 66.

（17） Lettre à Flaubert, 10 décembre 1877, *in FM.*, p. 132.

（18） Lettre à sa mère, 21 janvier 1878, *in Corr.*, t. I, p. 146.

（19） Lettre à sa mère, 15 février 1878, *in Corr.*, t. I, p. 152.

（20） Lettre à sa mère, 21 mars 1878, *in Corr.*, t. I, p. 156.

（21） Lettre à sa mère, 3 avril 1878, *in Corr.*, t. I, p. 158.

（22） 『人間喜劇』の名は一八八〇年十月頃のモーパッサンの書簡に名が見られる。「僕は『人間喜劇』のためにアダン夫人に渡すつもりだった短編小説を取ってある。」Lettre à J.-K. Huysmans, [octobre 1880], *in Corr.*, t. I, p. 295. Cf. « Huysmans fondateur de journal » (par l'auteur anonyme dans la rublique « Écho »), *Mercure de France*, 1er décembre 1919, p. 572.

（23） Lettre à Robert Pinchon, 23 avril 1878, *in Corr.*, t. I, p. 161.

（24） Lettre à Albert de Joinville, 8 juin 1878, présentée par Christophe Oberle dans *Bulletin Flaubert-Maupassant*, n° 9, *Maupassant 2000*, 2001, p. 339.

(25) Lettre à Flaubert, 21 août 1878, *in FM*., p. 143.

(26) Lettre à sa mère, [fin août 1878], *in Corr*., t. I, p. 129. この書簡の日付の特定はルイ・フォレスティエによる。Voir *R*., p. 1232.

(27) André Vial, *La Genèse d'« Une Vie » premier roman de Guy de Maupassant avec de nombreux documents inédits*, Société d'édition Les Belles Lettres, 1954, p. 15. Et *R*., p. 1232.

(28) Louis Barthou, « Maupassant inédit. Autour d'"Une vie" », *Revue des Deux Mondes*, 15 octobre 1920, p. 746-775.

(29) Note de Louis Forestier, dans *R*., p. 1232.

(30) André Vial, *La Genèse d'« Une Vie »*, éd. cit., p. 12-13.

(31) Lettre à Flaubert, 13 janvier [1879], *in FM*., p. 164.

(32) André Vial, *La Genèse d'« Une Vie »*, éd. cit., p. 21.

(33) *Revue de Paris*, 15 novembre 1921, p. 225-251, et 1er décembre 1921, p. 502-523.

(34) *Revue de Paris*, 15 novembre 1921, p. 225. Cité dans *CN. I*, p. 1269.

(35) *CN. I*, p. 1273, n. 2.

(36) *CN. I*, p. 1271, n. 1. ジャン・オソラもこの物語に「ヴォルテール風の構成に想を得るという一時的な傾向」を認めていた。*Revue de Paris*, 15 novembre 1921, p. 225.

(37) Maria Giulia Longhi, « Relire *Le Docteur Héraclius Gloss* », art. cit., p. 127. 我々は先に『バラの葉陰、トルコ館』について検討する中でラブレーの名を出した。ラブレーの文体を真似て「パンタグリュエリスクな食事」について語っているジョゼフ・プリュニエ名義の書簡（一八七三年八月二十八日）を参照することもできるだろう。*Corr*., t. I, p. 31. この書簡に関しては次の論文を参照。Floriane Place-Verghnes, « Flaubert / Maupassant : Correspondances rabelaisiennes », dans *Poétiques de la parodie et du pastiche de 1850 à nos jours*, Oxford, Peter Lang, 2006, p. 107-117. ノエル・ベナムーは七四年頃に書かれた「ポルノグラフィックな」書簡を掲載しているが、そこでもラブレー的な文体でエロチックな逸話が語られている。Noëlle Benhamou, « Lettres et documents inédits », *Guy de Maupassant*, *CRIN*, n° 48, 2007, p. 143-152.

(38) « Les Soirées de Médan »（1880）, *in Chro*., t. I, p. 67.

(39) « La Lysistrata moderne »（1880）, *in Chro*., t. I, p. 126.

(40) モーパッサンと神学校に関しては次を参照。Robert Tougard, *À la rencontre de Maupassant au « Séminaire d'Yvetot »*, chez l'auteur, 1992. 一八六六年三月十六日の書簡で母ロールはフロベールに述べている。「彼は向こうでの暮らしが全然気に入りませんでした。修道院の暮らしの厳しさが、感じやすく繊細なあの子の性質とうまく合わず、可哀相なあの子は、外の噂がまったく届かないあの高い壁の中で息を詰まらせていたのです。」*FM.*, p. 71.

（41） Note de Louis Forestier, dans *CN. I*, p. 1271.

（42） Lettre à Flaubert, [15 ou 16 janvier 1880], *in FM.*, p. 212.

（43） « Les Soirées de Médan » (1880), *in Chro.*, t. I, p. 68.

（44） アドリアン・C・リッチによれば、「デビュー時から最後の作品に至るまで、宗教と信仰は嘲笑でないにしても皮肉な相のもとに提示されている。」Adrien C. Ritchie, « Religion et foi dans l'œuvre de Guy de Maupassant », *Les Amis de Flaubert*, n° 63, décembre 1983, p. 18.

（45） Jacques Bienvenu, *Maupassant, Flaubert et le Horla*, Muntaner, 1991, p. 85.

（46） Yvan Leclerc, « Maupassant, l'imitation, le plagiat », *Europe*, n° 772-773, août-septembre 1993, p. 127, et « Maupassant : le texte hanté », dans *Maupassant et l'écriture*, Nathan, 1993, p. 268.

（47） グエナエル・ポノーは十九世紀の幻想小説における「狂気の科学者」の役割について述べている。「幻想小説の狂気の科学者は、門外漢には禁じられ接近不可能な知識の領域が次第に広がっていくことへの不安の産物である。だが過剰な存在であるこの人物は、また別の不安も表現しており、それは〔……〕科学の発展にもかかわらず、可視・不可視双方の世界の謎は、人間の探求から逃れているという思いに基づいている。不可知なものの厳然たる部分を前に、狂気の科学者とは、正統な科学の欠陥に対して憤る者でもあり、解決不能で、それゆえに魅惑的な謎を解明したいという彼の情熱的な欲望は、幻想小説の世界では、人間の条件の限界の拒絶を意味している。」Gwenhaël Ponnau, *La Folie dans la littérature fantastique*, PUF, coll. « écriture », 1997, p. 123.

（48） *Ibid.*, p. 299.

（49） モーパッサンの狂気小説に関しては以下の拙論を参照。Kazuhiko Adachi, « Le Trajet vers *Le Horla* – la "folie" dans les contes "fantastiques" de Maupassant », *GALLIA*, 大阪大学フランス語フランス文学会, n° 43, mars 2004, p. 41-48.

（50） 「剥製の手」の登場人物が陥る狂気は、極度の恐怖の後の心神喪失、完全な理性の崩壊である。このタイプの狂気の症例としては、「マドモワゼル・ココット」« Mademoiselle Cocotte »（一八八三年）、「宿屋」« L'Auberge »（一八八六年）、「エルメ夫人」« Madame Hermet »（一八八七年）などが挙げられる。

（51） « Bouvard et Pécuchet » (1881), *in Chro.*, t. I, p. 183-184.

（52） *Ibid.*, p. 184.

（53） アンドレ・ヴィアルはこの作品に「完成した『誘惑』のテーマに関する、構想中の『ブヴァール』の調子」を認めていた。André Vial, *Guy de Maupassant et l'art du roman*, Nizet, 1954 (réédition : 1994), p. 148.

(54) Note de Louis Forestier, dans *CN. I*, p. 1270.
(55) Mariane Bury, « Maupassant pessimiste ? », art. cit., p. 76.
(56) Lettre à Robert Pinchon, 11 mars 1876, *in Corr.*, t. I, p. 94.
(57) Note de Louis Forestier sur « Le Mariage du lieutenant Laré », dans *CN. I*, p. 1288.
(58) もっとも、あたかも妥協の報いと言うべきか、モーパッサンは結果的にこの六編の短編小説を雑誌に掲載することができた。それに対し、文学的かつ前衛的な『文芸共和国』はモーパッサンの詩篇も快く受け入れたが、他の雑誌はそうではなかったのである。
(59) Note de Louis Forestier sur « *Coco, coco, coco frais !* », dans *CN. I*, p. 1288.
(60) Jean Thoraval, *L'Art de Maupassant d'après ses variantes*, Imprimerie nationale, 1950.
(61) *Ibid.*, p. 5.
(62) ここで「幻想」fantastique の語は、モーパッサンが時評文「幻想的なもの」の中で指しているものを示す語として使用する。彼は「『幻想』の語に今日我々が『驚異』のカテゴリーに与えている意味を与えている。つまり、それ自体非現実的な法則に支配されている世界に起こる非現実的な出来事を指している。」Yvan Leclerc, « D'un fantastique vraiment littéraire », *Études normandes*, n° 2, 1994, p. 67. この意味で「超自然」、「不思議な」、「本当らしくない」といった語はほとんど等価であり、モーパッサンは実証主義の時代における「幻想文学」の終焉を予言している。
(63) « L'Anglais d'Étretat » (1882), *in Chro.*, t. I, p. 577.
(64) Edmond de Goncourt, *Journal*, 28 février 1875, dans éd. cit., t. II, p. 629-631.
(65) Armand Lanoux, *Maupassant le Bel-Ami*, éd. cit., p. 74.
(66) ルイ・フォレスティエは切られた腕というテーマを扱った作品としてネルヴァルの短編「魔法の手」を挙げている。*CN. I*, p. 1266. モーパッサンがネルヴァルの作品を実際に読んでいたかどうかは定かではない。
(67) « Le Fantastique » (1883), *in Chro.*, t. I, p. 719-720.
(68) *Ibid.*, p. 720.
(69) Note de Louis Forestier, dans *CN. I*, p. 1611.
(70) 引用は「水の上」(一八八一年)。初出の「カヌーに乗って」には「大きな」の語が無い。
(71) Note de Mariane Bury, dans *Le Horla et autres récits fantastiques*, Le Livre de poche, 2000, p. 47, n. 1.
(72) 幻想小説における登場人物の機能については次を参照。Joël Malrieu, *Le Fantastique*, Hachette, coll. « Supérieur », 1992, p. 53-79.

（73）　モーパッサンにおける心理学や精神分析については次を参照。Pierre Bayard, *Maupassant, juste avant Freud*, Minuit, 1994.

（74）　Lettre à Paul Alexis, 17 janvier 1877, *in Corr.*, t. I, p. 115.

（75）　« Adieu mystères »（1881）, *in Chro.*, t. I, p. 360.

（76）　モーパッサンと〈恐怖〉に関しては次の拙論を参照。Kazuhiko Adachi, « Le Trajet vers *Le Horla* – la “peur” dans les contes “fantastiques” de Maupassant », *Études de Langue et Littérature Françaises*, 日本フランス語フランス文学会, n° 85 / 86, mars 2005, p. 89-105.

（77）　モーパッサンと悪しき偶然に関しては次を参照。Marie-Claire Bancquart, *Maupassant conteur fantastique*, Lettres modernes, Minard, 1976, p. 27-28 : « le mauvais hasard ».

（78）　« Introduction », dans *CN. I*, p. LVII.

（79）　Note de Louis Forestier, dans *CN. I*, p. 1284.

（80）　Renée d’Ulmès, « Les mères des grands écrivains. Madame Laure de Maupassant », *La Revue*, 15 avril 1904, p. 419. ロール・ド・モーパッサンの証言を聞き取ったこの記事の著者は、モーパッサンの伝記作者の誰もが引用するエピソードを記している。それによると、子どもたちの集まりに出かけようとしていた時に、父が若い娘たちに会うことを楽しみにしているのを見抜いた少年は、せかす父親に自分の靴の靴ひもを結ばせたのだという。またロンブローゾの書物には、ギィが母親に宛てた書簡の一節が引用されている。「僕は作文で一等を取りました。ご褒美としてX夫人はパパと一緒にサーカスに連れて行ってくれました。彼女はパパにもご褒美のつもりのようでしたが、何についてかは分かりません。」Albert Lumbroso, *Souvenirs sur Maupassant*, éd. cit., p. 301. ポール・モーランはこの二つのエピソードについてコメントしている。「茶目っ気ある外見の下に見られるのは、嫉妬、父親を困らせるというエディプス的快楽、母親の復讐をしようという明白な欲求である。」Paul Morand, *Vie de Guy de Maupassant*（1942）, Pygmalion, 1998, p. 37.

（81）　「彼女はギィにとって貴重な助言者でした。彼は母親にすべての作品を読んで聞かせ、時には彼女は批評もしました。」Renée d’Ulmès, « Guy de Maupassant（Détails inédits sur son enfance et sa première jeunesse）», art. cit., p. 491.

（82）　Lettre de Gustave de Maupassant à Me Jacob, 27 février 1892, *in Corr.*, t. III, p. 299-300.

（83）　ギィはクローゼル通り十七番地、ギュスターヴは同じ通りの十九番地に住んでいた。アマチュア画家ギュスターヴ・ド・モーパッサンの生涯に関しては次を参照。Marlo Johnston, « Gustave de Maupassant, artiste-peintre », *Bulletin Flaubert-Maupassant*, n° 7, 1999, p. 7-25.

（84）　Lettre à sa mère, 23 novembre 1872, *in Corr.*, t. I, p. 25.

(85) Lettre à sa mère, 22 septembre 1874, *in Corr.*, t. I, p. 49.

(86) モーパッサンの義妹の証言を引用しておこう。「私はギィと父親との書簡を読みました。それはとても愛情にあふれ、父親に対して彼にふさわしいだけの尊敬を抱いている息子の手紙です。私は義兄と何度も、彼の両親の不和について話しました。ギィはいつでも父親の振る舞いについて情熱的に弁護したものでした。」Lettre de Marie-Thérèse de Maupassant à Me Jacob, 15 février [1894], *in Corr.*, t. III, p. 319.

(87) ルネ・デュルメスはギュスターヴについて、「魅力的な外面の下に知的な凡庸さと、情事から情事へと移ろう性格の弱さ」があったと指摘している。Renée d'Ulmès, « Souvenirs. Mme Laure de Maupassant », *L'Éclaireur de Nice*, 12 décembre 1903, cité dans Albert Lumbroso, *op. cit.*, p. 108. ところで、伝記作家は皆、両親の不和に苦しむ男の物語「ギャルソン、もう一杯！」« Garçon, un bock !... »（一八八四年）を自伝的な作品として取り上げている。たとえば、「いずれにせよ、この種の出来事が夫婦の仲違いを決定づけた。〔……〕作家のペシミズムには最も深い根があったのである」とアルマン・ラヌーは述べている。Armand Lanoux, *Maupassant le Bel-Ami*, éd. cit., p. 26.

(88) Cf. Marthe Robert, *Roman des origines et origines du roman*, Gallimard, coll. « tel », p. 1972.

(89) より直接的に、モーパッサンが実際に自らを婚外子と見なすことがなかったか問うこともできるだろう。「モーパッサンは自分自身が婚外子であるという考えに抵抗できなかった」と、アルマン・ラヌーは言う。*Maupassant le Bel-Ami*, éd. cit., p. 133. アラン・ビュイジーヌがモーパッサンの親子関係について論じる際にも、非嫡出子の意識があったことを想定しているようである。Alain Buisine, « Tel fils, quel père ? », dans *Le Naturalisme*, U. G. E., coll. « 10/18 », 1978, p. 317-337.

(90) Lettre à sa mère, 26 novembre 1874, *in Corr.*, t. I, p. 59. 一一二―一一三頁を参照。

(91) Note d'Yvan Leclerc, dans *FM.*, p. 94.

(92) とはいえ、「父殺し」« Un parricide »（一八八二年）や「遺言」« Le Testament »（一八八二年）のように婚外子を主人公とする短編もあり、『ピエールとジャン』（一八八八年）のピエールを忘れることはできない。捨て子ないし婚外子の主題を、モーパッサンは様々な角度から繰り返し取り上げている。

(93) Voir surtout la note sur « Un fils », *CN. I*, p. 1424. ジョゼフィーヌに関しては次の論考を参照。Noëlle Benhamou, « Joséphine Litzelmann : la mystérieuse dame en gris de Guy de Maupassant », *Les Cahiers Naturalistes*, n° 73, 1999, p. 263-274. および Marlo Johnston, *Guy de Maupassant*, Fayard, 2012, p. 1109-1117. « Annexe A. Les enfants Litzelmann ».

(94) Lettre à sa mère, [27 août 1870], *in Corr.*, t. I, p. 19.

(95) Lettre à sa mère, [fin 1870 ou début 1871], *in Corr.*, t. I, p. 19.

（96） Lettre à son père ［1871］, présentée dans Jacques Bienvenu, *Maupassant inédit*, Édisud, 1993, p. 58.

（97） Note de Louis Forestier, dans *CN. I*, p. 1286.

（98） Philippe Baron, « Les Nouvelles de guerre de Guy de Maupassant », dans *Écrire la guerre*, Clermont-Ferrand, Presses universitaires Blaise Pascal, coll. « Littératures », 2000, p. 58.

（99） Mariane Bury, *La Poétique de Maupassant*, éd. cit., p. 169.

（100） ジャン・トラヴァルは「大佐の考え」における同場面について、描写の正確さによってもたらされる「真実の印象」を強調している。Jean Thoraval, *L'Art de Maupassant d'après ses variantes*, éd. cit., p. 27-28. なおトラヴァルの著書が刊行された一九五〇年には、まだ短編「思い出」の存在は世に知られていなかった。

（101） « Profils d'écrivains » (1882), *in Chro.*, t. I, p. 521. ここではポール・ブールジェについて述べられている。

（102） « Les Audacieux » (1883), *in Chro.*, t. I, p. 739.

（103） « Contemporains » (1881), *in Chro.*, t. I, p. 366.

（104） « Les Poètes grecs contemporains » (1881), *in Chro.*, t. I, p. 228.

（105） Lettre à Émile Zola, ［mai 1880］, *in Corr.*, t. I, p. 279. 皮肉なことに、散文家としての出発を告げるこの書簡の中で、モーパッサンはゾラに『詩集』の書評を求めている。

（106） « Profils d'écrivains » (1882), *in Chro.*, t. I, p. 521.

（107） Note de Louis Forestier sur « *Coco, coco, coco frais !* », dans *CN. I*, p. 1288.

（108） André Vial, *La Genèse d'« Une Vie »*, éd. cit., p. 18. 実際にはこの原稿は他の重要なエピソードも含んでいる。「――彼女は母親になってからの具体的な希望を抱く。――『お母さん』は太り、息切れしてあえいでいる。――いつかフールヴィル家となるがまだアングレクマール家である者たちがジャンヌの生活に入ってきて、ジュリヤンの生活にはすでに入ってきているように見える。Fは将来のすべての出来事とエピソードで膨らんでおり、完成に必要なのは時間と持続、そして幾つかの点では偶発的な要因だけである。」*Ibid.*

（109） Voir André Vial, *Maupassant et l'art du roman*, éd. cit., première partie, chapitre III, « L'empreinte du Naturalisme », surtout p. 251-261.

（110） 自然主義に関する年譜は以下を参照。Alain Pagès, *Le Naturalisme*, PUF, coll. « Que sais-je ? », 1989, p. 7-24.

（111） *R.*, p. 1230.

（112） ただし、メダンのグループの結束が常に堅固だったわけではない。アラン・パジェスが強調するように、「結束の固いグループという夢」を保持するために、「メダンの神話」と言うべきものが事後的に作られていったことに注意すべきであろう。Alain

Pagès, « Le Mythe de Médan », *Les Cahiers naturalistes*, n° 55, 1981, p. 40.

(113) Lettre à Robert Pinchon, [février 1877], *in Corr.*, t. I, p. 116.

(114) Bernard Valette, *Guy de Maupassant – Une vie*, PUF, coll. « Études littéraires », 1993, p. 12.

(115) Yvan Leclerc, « Flaubert le Patron », *Cahiers Ivan Tourguéniev*, n° 17-18, 1993-1994, p. 56.

(116) Roger Bismut, « Un cas privilégié de filiation littéraire : *Une vie* de Guy de Maupassant », dans *Essais sur Flaubert en l'honneur du professeur Don Demorest*, Nizet, 1979, p. 102.

(117) André Vial, *La Genèse d'« Une Vie »*, éd. cit., p. 43.

(118) *Ibid.*, chapitre deuxième « La substance », p. 27-57.

(119) *Ibid.*, p. 81.

(120) Lettre à sa mère, [fin août 1878], *in Cor.*, t. I, p. 129.

(121) Lettre à Flaubert, 2 décembre 1878, *in FM.*, p. 153.

(122) 反対にBの前半部においてはまだ作者のぎこちなさが感じられる。父娘間の対話などもその弛緩した様子には驚かされる。「どこから来たの」と彼女は言った。／「イポールからだよ」／「それは何?」／「村さ」／「どこにあるの?」／「ノルマンディーだよ」／「何をしていたの?」／「家を買ったのさ」／「誰のために?」／「お前のために」Louis Barthou, « Maupassant inédit. Autour d'"Une vie" », art. cit., p. 756.

(123) Louis Barthou, « Maupassant inédit. Autour d'"Une vie" », art. cit., p. 768.

(124) *Ibid.*, p. 769.

(125) 「小説論」の中で、モーパッサンは作家の使命を「個人的世界観」の表明であると述べることになる。« Le Roman »（1888）, *in R.*, p. 706.

(126) Louis Barthou, « Maupassant inédit. Autour d'"Une vie" », art. cit., p. 758.

(127) André Vial, *La Genèse d'« Une Vie »*, éd. cit., p. 65.

(128) Mariane Bury, Une vie *de Guy de Maupassant*, Gallimard, coll. « Foliothèque », 1995, p. 42.

(129) Louis Barthou, « Maupassant inédit. Autour d'"Une vie" », art. cit., p. 755.

(130) *Ibid.*, p. 759.

(131) Lettre à Edmond de Goncourt, 23 mars 1877, *in Corr.*, t. I, p. 118.

(132) Lettre à Tourgueniev, 12 mai 1877, *in Corr.*, t. I, p. 125.

(133) Louis Barthou, « Maupassant inédit. Autour d'"Une vie" », art. cit., p. 771-772.

(134) Émile Zola, « Discours de M. Zola » [dans Albert Collarius, « Les Obsèques de Guy de Maupassant »], *Gil Blas*, 10 juillet 1893. もっとも、ゾラは一八八一年の記事の中では詩人モーパッサンについて語り、その才能を賞讃していた。「だから我々は大変に驚いたのだが、それは彼が『水辺にて』という小詩を発表した時のことで、そこで彼は第一級の資質、表現の稀なる単純さと堅固さ、すでに自分の仕事に熟達した作家の性質を示してみせたのである。その時から、彼は我々の数に加わり、青年たちの仲間入りをした〔……〕。」 Émile Zola, « Alexis et Maupassant », *Le Figaro*, 11 juillet 1881, dans Émile Zola, *Œuvres complètes*, éd. cit., t. XI, 2005, p. 841. モーパッサンの詩作を省略することで、ゾラの追悼演説は「脂肪の塊」によって作家の才能が突然に開花したという伝説の形成に寄与したかもしれない。

(135) Le témoignage de Huysmans, *L'Écho de Paris, supplément illustré*, 8 mars 1893. 一八七〇年代にはトゥルゲーネフもモーパッサンの才能を認めていなかったかもしれないことを、レオン・エニックが回想の中で述べている。「青年作家の習作の一つについて、トゥルゲーネフは、彼が才能を持つことは決してないだろうと予言したものだった。」 Léon Hennique, préface des *Soirées de Médan*, éd. du Cinquantenaire (1930), Grasset, coll. « Les Cahiers Rouges », 1955, p. 13.

(136) この有名な比喩はエレディアの証言の中のモーパッサンの言葉に由来する。「私は文学生活の中に彗星のように入った。そこから出て行くのは雷のようにだろう！」 « Discours de M. de Heredia », lors de l'inauguration du monument de Maupassant à Rouen, 27 mai 1900, repris Albert Lumbroso, *Souvenirs sur Maupassant*, éd. cit., p. 206.

(137) Paul Bourget, « Souvenirs personnels » (1893), art. cit., p. 310.

(138) Yvan Lcelerc, la préface de *FM*., p. 24.

(139) Lettre à Flaubert, [fin janvier 1880], *in FM*., p. 214.

(140) Yvan Lcelerc, la préface de *FM*., p. 25.

(141) Paul Alexis, « Les Cinq », *Gil Blas*, 22 avril 1881.

(142) Lettre à Paul Alexis, 17 janvier 1877, *in Corr.*, t. I, p. 115.

(143) « Les Soirées de Médan » (1880), *in Chro*., t. I, p. 67.

(144) Le témoignage de Huysmans, *L'Écho de Paris, supplément illustré*, 8 mars 1893.

(145) Cité par Yvan Leclerc, dans *FM*., p. 117.

(146) Edmond de Goncourt, *Journal*, 28 mai 1879, dans éd. cit., t. II, p. 825.

(147) Préface des *Soirées de Médan* (1880), Grasset, coll. « Les Cahiers Rouges », 1955, p. 15.

(148) Lettre à Flaubert, 24 avril 1879, *in FM.*, p. 188.

(149) Noëlle Benhamou, « Maupassant, lecteur de Zola », *Les Cahiers naturalistes*, n° 77, 2003, p. 120.

(150) Lettre à Flaubert, 27 mai 1879, *in FM.*, p. 194.

(151) Lettre à Flaubert, 5 janvier 1880, *in FM.*, p. 207.

(152) Sylvie Thorel-Cailleteau, « Un malentendu », *Cahiers Ivan Tourguéniev*, n° 17-18, 1993-1994, p. 81.

(153) ティエリー・ポワイエはモーパッサンの自然主義への参加について述べている。「モーパッサンにとっては、あるがままの人間の自然に語らせる、というごく単純な振る舞いに限定するのでなければ、自然主義は存在しなかった。」Thierry Poyet, « Une question d'école. De l'inscription de Maupassant dans le cercle des romanciers naturalistes », *L'École des lettres, second cycle*, n° 14, juin 2002, p. 20.

(154) Lettre à Flaubert, 5 janvier 1880, *in FM*, p. 207.

(155) シルヴィー・トレル＝カイユトーは、『ゴーロワ』への記事の執筆を勧めたのはフロベールではないかと推測している。Art. cit., p. 79. 実際、フロベールは書簡の中で「『脂肪の塊』を世に知らせるための方法について私にはアイデアがある」と述べている。Lettre de Flaubert à Maupassant, [1er février 1880], *in FM.*, p. 217.

(156) « Les Soirées de Médan » (1880), *in Chro.*, t. I, p. 67.

(157) Préface des *Soirées de Médan* (1880), éd. cit., p. 15. アルベール・ヴォルフはこの「中学生なみのいたずら」に憤慨して批判記事を執筆している。Albert Wolff, « Courrier de Paris », *Le Figaro*, 19 avril 1880.

(158) Armand Lanoux, *Maupassant le Bel-Ami*, éd. cit., p. 118.

(159) « Le Roman » (1888), *in R.*, p. 710.

(160) Note de Louis Forestier, dans *CN. I*, p. 1297.

(161) René Dumesnil, *Guy de Maupassant*, Tallandier, 1947, p. 167.

(162) Richard Bolster, « "Boule de suif" : une source documentaire ? », *Revue d'histoire littéraire de la France*, n° 6, 1984, p. 901-908. 一八七一年一月五日付の『ル・アーヴル日報』に「脂肪の塊」と類似する事件が語られている。

(163) Lettre à Flaubert, 2 décembre 1879, *in FM.*, p. 202.

(164) Lettre à Flaubert, 5 janvier 1880, *in FM.*, p. 207.

(165) Colette Becker, « Introduction » des *Soirées de Médan*, Courbevoie, Le livre à venir, 1981, p. 17.

(166) Théodore de Banville, « Lettres chimériques. La Sincérité. À Guy de Maupassant », *Gil Blas*, 1er juillet 1883, repris dans *Lettres*

chimériques, Charpentier, 1885, p. 182.

(167) Lettre à Flaubert, 5 janvier 1880, *in FM.*, p. 207.

(168) Lettre de Flaubert à Maupassant, [1er février 1880], *in FM.*, p. 216.

(169) デイヴィッド・バーグリーは現実主義・自然主義の作品における諷刺的性格について述べている。「諷刺は現実主義の物語とよく調和する。何故なら、再現や模倣的幻想の要素は、暴露するような仕方での社会的現実の説得的な提示に不可欠だからである。」David Baguley, *Le Naturalisme et ses genres*, Nathan, coll. « Le Texte à l'œuvre », 1995, p. 111.

(170) Louis Forestier, Boule de suif *et* La Maison Tellier *de Guy de Maupassant*, Gallimard, coll. « Foliothèque », 1995, p. 129.

(171) Mary Donaldson-Evans, « The Decline and Fall of Elisabeth Rousset : Text and Context in Maupassant's "Boule de suif" », *Australian Journal of French Studies*, vol. XVII, no. 1, 1981, p. 20.

(172) Note de Louis Forestier, dans *CN. I*, p. 1299.

(173) Louis Forestier, Boule de suif *et* La Maison Tellier *de Guy de Maupassant*, éd. cit., p. 40.

(174) この娼婦の抽象的な性格が、作品全体の象徴的解釈をも可能にする。たとえばマリー・ドナルドソン＝エヴァンスは、〈脂肪の塊〉を第二帝政のフランスの象徴と捉えている。Voir art. cit.

(175) Alain Corbin, *Les Filles de Noce* (1978), Flammarion, coll. « Champs », 1982, p. 15.

(176) Pierre Bourdieu, *Les Règles de l'art, genèse et structure du champs littéraire* (1992), éd. cit., p. 19.

(177) Émile Zola, « Les Poètes contemporains », art. cit., p. 724-725.

(178) Yvan Leclerc, « Maupassant, poète naturaliste ? », art. cit., p. 186.

(179) Louis Forestier, « "La meilleure garce" », art. cit., p. 34.

(180) « Gustave Flaubert d'après ses lettres » (1881), *in Chro.* t. I, p. 84.

(181) Cf. Albert Cassagne, *La Théorie de l'art pour l'art* (1906), Champ Vallon, coll. « Dix-neuvième », 1997, la deuxième partie, le chapitre I, « Le Sentiment aristocratique », p. 155-196.

(182) La note d'Emmanuel Vincent dans *DV.*, p. 374.

(183) Mariane Bury, *La Poétique de Maupassant*, éd. cit., p. 18.

(184) « Le Préjugé du déshonneur » (1881), *in Chro.* t. I, p. 210.

(185) Louis Forestier, « Préface », dans *DV.*, p. 7.

(186) Paul Bourget, « Guy de Maupassant », art. cit., p. 311.

（1）　Lettre à Flaubert, ［14 février 1880］, *in FM.*, p. 221.

（2）　『ボヴァリー夫人』の裁判の時に、フロベールは記している。「〈芸術〉のモラルはその美の中にこそ存在する。そして私は何にもましてまず文体を、そして〈真〉を評価している。」Lettre de Flaubert à Louis Bonenfant, 12 décembre 1856, dans Flaubert, *Correspondance*, éd. cit., t. II, p. 652.

（3）　« Les Audacieux »（1883）, *in Chro.*, t. I, p. 739.

（4）　« Sursum corda »（1883）, *in Chro.*, t. I, p. 746.

（5）　Cf. la lettre adressée à Émile Zola, ［avril 1881］, *in Corr.*, t. II, p. 34, et la chronique « Le Monopole Hachette »（1883）, in *Chro.*, t. I, p. 656-660.

（6）　« Gustave Flaubert »（1876）, *in Chro.*, t. I, p. 53.

（7）　« La Femme de lettres »（1884）, *in Chro.*, t. I, p. 879.

（8）　« Gustave Flaubert »（1876）, *in Chro.*, t. I, p. 52.

（9）　*Ibid.*, p. 53.

（10）　« Les Soirées de Médan »（1880）, *in Chro.*, t. I, p. 68.

（11）　Mariane Bury, *La Poétique de Maupassant*, éd. cit., p. 52.

書誌

本書において引用あるいは参照したもののみを掲載する。より詳細なモーパッサンについての文献書誌は次を参照のこと。

Bibliographie Maupassant, dir. Noëlle Benhamou, Yvan Leclerc, Emmanuel Vincent, Paris / Roma, Memini, coll. « Bibliographie des Écrivains Français », 2 tomes, 2008.

Noëlle Benhamou, *Bibliographie Guy de Maupassant*, site *Maupassantiana*, http://www.maupassantiana.fr/Bibliographie/Bibliographie.html

[一] モーパッサンの作品

小説

Contes et nouvelles, texte établi et annoté par Louis Forestier, Paris, Gallimard, coll. « Bibliothèque de la Pléiade », 2 tomes, 1974 ; 1979.（*CN. I*, *CN. II*）

Romans, texte établi et annoté par Louis Forestier, Paris, Gallimard, coll. « Bibliothèque de la Pléiade », 1987.（*R.*）

詩

Œuvres poétiques complètes. Des vers et autres poèmes, textes établis, présentés et annotés par Emmanuel Vincent, Rouen, Publications de l'Université de Rouen, 2001. (*DV.*)

戯曲

Théâtre, texte établi, présenté et annoté par Noëlle Benhamou, Paris, Éditions du Sandre, 2011. (*Th.*)

La Trahison de la comtesse de Rhune, dans Pierre Borel, *Le Destin tragique de Guy de Maupassant*, Paris, Les Éditions de France, 1927, p. 109-210.

Guy de Maupassant en collaboration avec William Busnach, *Madame Thomassin, pièce inédite*, éd. Marlo Johnston, Publication des Universités de Rouen et du Havre, 2005.

旅行記

Carnets de voyage, édition critique présentée par Gérard Delaisement, Paris, Rive droite, 2006.

時評文

Chroniques, éd. Hubert Juin, Paris, U. G. E. coll. « 10 / 18 », 3 tomes, 1980.

Chroniques, édition complète et critique présentée par Gérard Delaisement, Paris, Rive Droite, 2 tomes, 2003. (*Chro.*)

書簡

Correspondance, édition établie par Jacques Suffel, Evreux, Le Cercle du Bibliophile, 3 tomes, 1973. (*Corr.*)

Gustave Flaubert – Guy de Maupassant, *Correspondance*, texte établi, préfacé et annoté par Yvan Leclerc, Paris, Flammarion, 1993. (*FM.*)

——, « Vers une deuxième édition de la Correspondance Flaubert – Maupassant (avec trois lettres inédites de Maupassant) », *Bulletin Flaubert - Maupassant*, n° 3, 1995, p. 53-68.

« Correspondance Tourguéniev – Maupassant », publiée par Alexandre Zviguilsky, *Cahiers Ivan Tourguéniev, Pauline Viardot, Maria Malibran*, n° 17-18, 1993-1994, p. 119-144.

手稿

[M. de Beaufreton], 6 feuillets doubles et un simple, dans Harry Ransom Humanities Research Center, Artine Artinian Collection, Box 13.

[Comédie inédite], 11 feuillets, dans Harry Ransom Humanities Research Center, Artine Artinian Collection, Box 13.

La Comtesse de Rhétune, drame en 3 actes en vers, 79 feuillets, dans la Bibliothèque municipale de Rouen, cote : MS. g333.（*Rh.*）

La Trahison de la comtesse de Rhune, pièce en 3 actes en vers, fragments du brouillon, 19 feuillets, dans la Bibliothèque municipale de Rouen, cote : MS. g347.

邦訳

『モーパッサン全集』全三巻、春陽堂書店、一九六五―一九六六年。

［二］伝記・資料・証言

伝記

Benhamou, Noëlle, « Joséphine Litzelmann : la mystérieuse dame en gris de Guy de Maupassant », *Les Cahiers naturalistes*, n° 73, 1999, p. 263-274.

Borel, Pierre, *Le Destin tragique de Guy de Maupassant*, Paris, Les Éditions de France, 1927.

——, *Lettres de Guy de Maupassant à Gustave Flaubert*, Avignon, Édouard Aubanel, 1940.

——, *Maupassant et l'androgyne*, Montrouge, Éditions du Livre Moderne, 1944.

Brochier, Jean-Jacques, *Maupassant. Jeudi, 1er février 1880*, Paris, J.-C. Lattès, coll. « Une journée particulière », 1993.

Douchin, Jacques-Louis, *La Vie érotique de Maupassant*, Paris, Suger, 1986.

Dumesnil, René, *Guy de Maupassant*（1933）, Paris, Tallandier, 1947.

Johnston, Marlo, « Gustave de Maupassant, artiste-peintre », *Bulletin Flaubert-Maupassant*, n° 7, 1999, p. 7-25.

——, *Maupassant*, Paris, Fayard, 2012.

Lanoux, Armand, *Maupassant le Bel-Ami*, Paris, Fayard, 1967（nouvelle édition revue : Paris, Bernard Grasset, 1979, coll. « Les Cahiers

Rouges » ; Le Livre de Poche, 1983).（アルマン・ラヌー『モーパッサンの生涯』、河盛好蔵・大島利治訳、新潮社、一九七三年。）
Maynial, Edouard, *La Vie et l'œuvre de Guy de Maupassant* (1906), Paris, Mercure de France, 1935 (8e édition).
Morand, Paul, *Vie de Guy de Maupassant*, Paris, Flammarion, 1942 (nouvelle édition, 1958 ; réédition : Paris, Pygmalion / Gérard Watelet, 1998).
Murat, Laure, *La Maison du docteur Blanche. Histoire d'un asile et de ses pensionnaires de Nerval à Maupassant*, Paris, J. C. Lattès, 2001, p. 328-348.（ロール・ミュラ『ブランシュ先生の精神病院――埋もれていた十九世紀の「狂気」の逸話』、吉田春美訳、原書房、二〇〇三年。）
Normandy, Georges, *La Fin de Maupassant*, Paris, Albin Michel, 1927.
Satiat, Nadine, *Maupassant*, Paris, Flammarion, coll. « Grandes Biographies », 2003.
Schmidt, Albert-Marie, *Maupassant par lui-même*, Paris, Éditions du Seuil, 1962 (nouvelle édition : *Maupassant*, Éditions du Seuil, 1976, coll. « Écrivains de toujours »).
Thuillier, Guy, « Maupassant fonctionnaire », *La Revue administrative*, mars-avril 1976, p. 130-144.
Tougard, Robert, *À la rencontre de Maupassant au « Séminaire d'Yvetot »*, chez l'auteur, 1992.
Troyat, Henri, *Maupassant*, Paris, Flammarion, coll. « Grandes Biographies », 1989.

資料

*Catalogue d'éditions originales de manuscrits et de lettres autographes de Guy de Maupassant provenant de la bibliothèque de M. le Comte D S*** [Sickles]*, L. Giraud-Badin, 1938.
Bienvenu, Jacques, *Maupassant inédit*, Aix-en-Provence, Edisud, 1993.
Réda, Jacques, *Album Maupassant*, Paris, Gallimard, coll. « Bibliothèque de la Pléiade », 1987.

証言、同時代評、ただし校訂版『詩集』に収録のものは省略

Albalat, Antoine, « Mme de Maupassant », *Journal des débats*, 10 décembre 1903.
Alexis, Paul, « Les Cinq », *Gil Blas*, 22 avril 1881.
Banville, Théodore de, « Revue dramatique et littéraire », *Le National*, 24 février 1879.
——, « Lettres chimériques. La Sincérité. À Guy de Maupassant », *Gil Blas*, 1er juillet 1883, repris dans *Lettres chimériques*, Charpentier, 1885, p. 181-186.

Bergerat, Émile, *Souvenirs d'un enfant de Paris*, Paris, Charpentier, t. II, 1912.

Bourget, Paul, « Guy de Maupassant », dans *Études et portraits*, t. III, *Sociologie et Littérature*, Paris, Plon, 1906, p. 290-319.

Céard, Henry, « La Toque et Prunier », *L'Événement*, 22 août 1896.

Daudet, Alphonse, « Guy de Maupassant » (1880), dans *Pages inédites de critique dramatique (1874-1880)* (1922), Paris, L'Harmattan, coll. « Les Introuvables », 1993, p. 311-313.

Estoc, Gisèle d', *Cahier d'amour*, suivi de *Poèmes érotiques* de Guy de Maupassant, éd. Jacques-Louis Douchin, Paris, Arléa, 1997.

Laroque, Adrien, « Premières représentations », *Le Petit Journal*, 22 février 1879.

Lemaître, Jules, « Guy de Maupassant », *Revue politique et littéraire*, 29 novembre 1884, repris dans *Les Contemporains*, série I, Paris, H. Lecène et H. Oudin, 1886, p. 285-310.

Lumbroso, Albert, *Souvenirs sur Maupassant : sa dernière maladie, sa mort*, Rome, Bocca, 1905 (réédition : Genève, Slatkine, 1981).

Rod, Édouard, « Les Poésies de Maupassant », *La Revue hebdomadaire*, 24 octobre 1908, p. 540-558.

Roujon, Henry, « Souvenirs d'Art et de Littérature. Guy de Maupassant », *La Grande Revue,* 15 février 1904, p. 249-266. (Repris dans *La Galerie des Bustes*, Paris, J. Rueff, 1908, p. 7-30.)

Sarcey, Francisque, « Chronique Théâtrale », *Le Temps*, 28 avril 1879.

Tassart, François, *Souvenirs sur Guy de Maupassant*, Paris, Plon Nourrit et Cie, 1911.

——, *Nouveaux Souvenirs intimes sur Guy de Maupassant* (*inédits*), texte établi, annoté et présenté par Pierre Cogny, Paris, A.-G. Nizet, 1962.

Ulmès, Renée d', « Guy de Maupassant (Détails inédits sur son enfance et sa première jeunesse) », *La Revue des Revues*, 1er juin 1900, p. 482-495.

——, « Les mères des grands écrivains. Madame Laure de Maupassant », *La Revue*, 15 avril 1904, p. 414-426.

Wolff, Albert, « Courrier de Paris », *Le Figaro*, 19 avril 1880.

Zola, Émile, « Les Poètes contemporains », *Le Messager de l'Europe*, février 1878, repris dans *Documents littéraires* (1881). Dans *Œuvres complètes*, dir. Henri Mitterand, Nouveau Monde, t. X, 2004, p. 712-727.

——, « Le Drame historique », repris dans *Le Naturalisme au théâtre* (1881). Dans *Œuvres complètes*, éd. cit., t. X, 2004, p. 128-134.

——, « Le Drame patriotique », repris dans *Le Naturalisme au théâtre* (1881). Dans *Œuvres complètes*, éd. cit., t. X, 2004, p. 134-145.

——, « Alexis et Maupassant », *Le Figaro*, 11 juillet 1881, dans *Œuvres complètes*, éd. cit., t. XI, 2005, p. 841-845.

——, « Discours de M. Zola » [dans Albert Collarius, « Les Obsèques de Guy de Maupassant »], *Gil Blas*, 10 juillet 1893.

［三］ モーパッサンとその作品について

論文集

［シンポジウムの記録］

Flaubert et Maupassant écrivains normands, actes du colloque international, Rouen, 8-10 mai 1980, sous la direction de Joseph-Marc Bailbé et Jean Pierrot, PUF, Publications de l'Université de Rouen, 1981.

Flaubert - Le Poittevin – Maupassant. Une affaire de famille littéraire, actes du colloque international de Fécamp 27-28 octobre 2000, réunis et présentés par Yvan Leclerc, Publication de l'Université de Rouen, 2002.

Maupassant, actes du colloque de Paris, 20 novembre 1993, avant-propos de Louis Forestier, *Revue d'histoire littéraire de la France*, n° 5, septembre-octobre 1994.

Maupassant aujourd'hui, actes du colloque de Nanterre, 8-10 mars 2007, sous la direction de Laure Helms et de Jean-Louis Cabanès, *RITM* (*Recherches Interdisciplinaires sur les Textes Modernes*), n° 39, Université Paris Ouest – Nanterre La Défense, 2008.

Maupassant conteur et romancier, actes du colloque de Durham, 21-23 septembre 1993, edited by Christopher Lloyd and Robert Lethbridge, Durham, University of Durham, 1994.

Maupassant, du réel au fantastique, actes du colloque de Rouen, 30 septembre et 1er octobre 1993, réunis par Joseph-Marc Bailbé, *Études normandes*, n° 2, 1994.

Maupassant et l'écriture, actes du colloque de Fécamp 21-22-23 mai 1993, sous la direction de Louis Forestier, Nathan, 1993.

« Maupassant et le groupe des cinq », actes de la table ronde, Bougival, 17 octobre 1993, *Cahiers Ivan Tourguéniev, Paulina Viardot, Maria Malibran*, « Trois admirateurs de Tourguéniev, Taine, Maupassant, Henry James », n° 17-18, 1993-1994, p. 51-144.

Maupassant et les pays du soleil, actes de la rencontre internationale de Marseille, 1er et 2 juin 1997, sous la direction de Jacques Bienvenu, Klincksieck, 1999.

Maupassant Miroir de la Nouvelle, actes du colloque de Cerisy, du 27 juin au 7 juillet 1986, réunis et présentés par Jacques Lecarme et Bruno Vercier, Presses Universitaires de Vincennes, 1988.

Maupassant multiple, actes du colloque de Toulouse, 13-15 décembre 1993, publiés par Yves Reboul, Toulouse, Presses de l'Université du

Mirail, 1995.

［雑誌の特集号］

Bulletin Flaubert – Maupassant, n° 2, numéro spécial Maupassant, Amis de Flaubert et de Maupassant, 1994.

——, n° 7, numéro spécial Maupassant, 1999.

——, *Maupassant 2000*, n° 9, 2001.

CRIN (*Cahiers de recherches des instituts néerlandais de langue et de littérature françaises*), « Guy de Maupassant », études réunies par Noëlle Benhamou, n° 48, Amsterdam – New York, Rodopi, 2007.

Dix-neuf / vingt, revue de littérature moderne, « Dossier : Guy de Maupassant », n° 6, octobre 1998.

L'École des lettres, second cycle, « Guy de Maupassant (I) », n° 13, 1er juin 1993.

——, « Guy de Maupassant (II). Autour du "Horla" », n° 12, 15 juin 1994.

Europe, « Guy de Maupassant », n° 482, juin 1969.

——, « Guy de Maupassant », n° 772-773, août-septembre 1993.

Magazine littéraire, « Dossier : Guy de Maupassant », n° 156, janvier 1980.

——, « Guy de Maupassant », n° 310, mai 1993.

——, « Le Mystère Maupassant », n° 512, octobre 2011.

Revue des Deux Mondes, « Dossier : Guy de Maupassant », juin 1993.

Revue des sciences humaines, « Imaginer Maupassant », n° 235, 1994.

著作および論文

（１）詩に関して

Bury, Mariane, « "Au commencement était la femme" : de la poésie à la poétique chez Maupassant », dans *Masculin / Féminin dans la poésie et les poétiques du XIXe siècle*, dir. Christiane Planté, Presses universitaires de Lyon, 2002, p. 391-403.

Delaisement, Gérard, « Maupassant, poète en vers et en prose », voir *Maupassant 2000*, p. 131-141.

Derrien, Jehanne-Emmanuelle, « L'ambivalence du régime nocturne dans le recueil *Des Vers* de Guy de Maupassant », *Recherches sur l'imaginaire*, cahier XX, 1990, p. 155-173.

Dulau, Alexandra Viorica, « Le Rôle de la poésie dans l'œuvre de Guy de Maupassant », voir *Maupassant 2000*, p. 143-157.

Forestier, Louis, « Maupassant et la poésie », dans *Le Lieu et la formule, hommage à Marc Eigeldinger*, Neuchâtel, Éditions de la Baconnière, 1978, p. 137-151.

——, « La Lyre et le projecteur », *Magazine littéraire*, n° 310, mai 1993, p. 76-80.

——, « "La meilleure garce". Observation sur *Des Vers* de Maupassant », *Dix-neuf / vingt, revue de littérature moderne*, n° 6, octobre 1998, p. 25-41.

——, « Maupassant lecteur de "Voyelles" », *Rimbaud vivant*, n° 42, juin, 2003, p. 21-36.

Hartoy, Maurice d', « Les Poèmes d'écolier de Guy de Maupassant », *Bulletin des Amis de Flaubert*, n° 15, 1959, p. 3-9.

Leclerc, Yvan, « Maupassant, poète naturaliste ? », voir *Maupassant 2000*, p. 181-193.

Marcoin, Francis, « L'Éventail poétique de Maupassant », *Revue des sciences humaines*, n° 235, juillet-septembre 1994, p. 9-35.

Place-Verghnes, Floriane, « "Vénus rustique" : sublimation de la femme errante chez Maupassant », dans *La Bohémienne. Figure poétique de l'errance aux XVIIIe et XIXe siècles*, éd. Pascale Auralix-Jonchière et Gérard Loubinoux, 2005, p. 343-361.

Villani, Jacqueline, « *Vénus rustique* ou le thème de la jeune fille *portée* », voir *Maupassant 2000*, p. 159-168.

Vincent, Emmanuel, « *"Des vers" et autres poèmes* de Maupassant », voir *Maupassant 2000*, p. 169-180.

——, « Généalogie poétique de Maupassant », voir *Flaubert - Le Poittevin - Maupassant*, p. 95-113.

（2）戯曲に関して

Ben Farhat, Arslène, « L'Inscription du récit dans le théâtre de Maupassant », voir *Maupassant 2000*, p. 109-118.

Benhamou, Noëlle, « Le Théâtre de Maupassant, précurseur de celui de Courteline : de *La paix du ménage* à *La paix chez soi* », voir *Maupassant 2000*, p. 95-108.

Borgheggiani, Pier Antonio, « Maupassant e il dramma storico : *L'Histoire de la Comtesse de Rhune* », *Il Confronto letterario*, Anno XIV, n. 27-maggio 1997, p. 257-270.

Brunel, Pierre, « Maupassant et le théâtre : *A la feuille de rose* », dans *La Tentation théâtrale des romanciers*, actes du colloque de Tours des 10 et 11 mai 2001, éd. Philippe Chardin, Paris, SEDES, coll. « Questions de littérature », 2001, p. 34-44.

Himber, Elisabeth, « La Théâtralité dans l'œuvre de Maupassant », voir *Maupassant 2000*, p. 119-127.

Place-Verghnes, Floriane, « Maupassant pornographe », *Neophilologus*, vol. LXXXV, no. 4, October 2001, p. 501-517.

Stivale, Charles J., « Horny Dudes: Guy de Maupassant and the Masculine Feuille de rose », *L'Esprit créateur*, vol. XLIII, No 3, Fall 2003, p. 57-67.

(3)『女の一生』に関して

Analyses et réflexions sur Guy de Maupassant, Une vie, ouvrage collectif, Paris, Ellipse, 1999.

Barthou, Louis, « Maupassant inédit. Autour d' "Une vie" », *Revue des Deux Mondes*, 15 octobre 1920, p. 746-775.

Ben Farhat, Arselène, « Pratique du récit court dans les romans et de l'écriture romanesque dans les récits courts chez Maupassant : *Le Saut du berger* et *Une vie* comme exemples », dans *Roman et récit bref*, Travaux du groupe de recherche tuniso-français sur les formes romanesques, Gabès, Université de Sfax pour le Sud, coll. « Publications de l'Institut Supérieur des Langues de Gabès », 2002, p. 59-71.

Bury, Mariane, Une vie *de Guy de Maupassant*, Paris, Gallimard, coll. « Foliothèque », 1995.

Cabanès, Jean-Louis, « *Une vie* ou le temps perdu », voir *Maupassant multiple*, 1995, p. 79-86.

Foucart, Claude, « *Une vie* de Maupassant : un paysage (première partie) », *Literature in Wissenschaft und Unterricht*, Band VII, Heft 2, August 1974, p. 88-97.

——, « *Une vie* de Maupassant : un paysage (deuxième partie) », *Literature in Wissenschaft und Unterricht*, Band VII, Heft 3, Oktober 1974, p. 154-163.

Jørgensen, Jean-Claude, « *Une vie* de Maupassant (I) », *L'École des lettres, second cycle*, n° 3, 15 septembre, 1999, p. 23-43.

——, « *Une vie* de Maupassant (II) », *L'École des lettres, second cycle*, n° 4, 1er octobre, 1999, p. 19-35.

Mathet, Marie-Thérèse, « Le Nom dans *Une vie*, de Maupassant », dans *Le Texte et le nom*, dir. Martine Léonard et Élisabeth Nardout-Lafarge, Montréal, XYZ, 1996, p. 305-314.

Maurice, Jean, « Réflexions sur la vitesse du récit dans Une vie », voir *Maupassant, du réel au fantastique*, p. 105-116.

Mitterand, Henri, « Clinique du mariage : *Une vie* », dans *Le Regard et le signe*, Paris, PUF, 1987, p. 159-167.

Mody Niang, Papa, « L'Organisation du temps dans *Une vie* », *Bulletin Flaubert - Maupassant*, n° 13, 2003, p. 7-14.

Mzabi-Karouia, Raoudha, « La Symbolique des objets dans *Une vie* et *Pierre et Jean* de Guy de Maupassant », *Bulletin Flaubert - Maupassant*, n° 13, 2003, p. 51-60.

Schor, Naomi, « "Une vie" / Des Vides ou le nom de la mère », *Littérature*, n° 26, mai 1977, p. 51-71.

Valette, Bernard, *Guy de Maupassant – Une vie*, Paris, PUF, coll. « Études littéraires », 1993.

Vial, André, *La Genèse d'« Une Vie », premier roman de Guy de Maupassant avec de nombreux documents inédits*, Paris, Société d'Édition les Belles Lettres, 1954.

Yates, Susan Claire, « Loss of Illusions : *Une vie* », *Essays in French Literature*, vol. XXX, 1993, p. 63-74.

（4）「脂肪の塊」とその他の初期短編に関して

Anoll, Linda, « Une critique sociale sous une structure parfaite : *Boule de suif* », *Anuari de filologia / Filologia romanica*, vol. XIV, no. 2, 1991, p. 77-85.

Begin, Marc, « La Tension narrative dans *Boule de suif* », *Études Littéraires*, vol. XVI, no. 1, 1983, p. 121-134.

Bem, Jeanne, « Le Travail du texte dans *Boule de suif* », *Texte, revue de critique et de théorie littéraire*, n° 10, 1990, p. 97-108.

Bolster, Richard, « "Boule de suif" : une source documentaire ? », *Revue d'histoire littéraire de la France*, n° 6, novembre-décembre 1984, p. 901-908.

Bourreau, Alain, « "Boule de suif", ou la république des orges », *L'École des lettres, second cycle*, n° 13, 1993, p. 27-37.

Donaldson-Evans, Mary, « The Decline and Fall of Elisabeth Rousset: Text and Context in Maupassant's *Boule de suif* », *Australian Journal of French Studies*, vol. XVIII, no. 1, 1981, p. 16-34.

Dubuc, André, « Un autre modèle probable de *Boule de suif* », *Les Amis de Flaubert*, n° 68, mai-décembre, 1986, p. 23-28.

Fauvel, Daniel, « "Boule de suif" : le cadre historique », voir *Maupassant 2000*, p. 311-326.

Forestier, Louis, Boule de suif *et* La Maison Tellier *de Guy de Maupassant*, Paris, Gallimard, coll. « Foliothèque », 1995.

Fornasiero, F. J., « Consommation et idéologie dans *Boule de suif* », *Essays in French Literature*, vol. XXX, November 1993, p. 1-15.

Gould, Michael, « La Composition temporelle de *Boule de suif* », *Revue du Pacifique*, vol. IV, no. 1, 1978, p. 42-46.

Kars, Henk, « L'Esclave dominante : la description des personnages dans 'Boule de suif' de Maupassant », *Rapports, Het Franse Boek*, n° 4, 1986, p. 145-159.

Killick, Rachel, « Fiction and journalism in Maupassant. A footnote to *Boule de Suif* », *French Studies Bulletin*, no. 21, Winter 1986-1987, p. 7-10.

Lacoste, Francis, « Maupassant et la guerre. De "Boule de suif" à "Un duel" », dans *Écrire la guerre*, actes du colloque tenu à l'Université Blaise Pascal, Clermont-Ferrand, 12-14 novembre 1998, éd. Catherine Milkovitch-Rioux et Robert Pickering, Clermont-Ferrand, Presses universitaires Blaise Pascal, 2000, p. 61-72.

Lethbridge, Robert, « *Boule de suif*, ou les mésaventures d'un récit », *Bulletin Flaubert - Maupassant*, n° 5, 1997, p. 15-22.

Longhi, Maria Giulia, « Relire *Le Docteur Héraclius Gloss* », *Bulletin Flaubert - Maupassant*, n° 7, 1999, p. 125-140.
Mabille, Marianne, « *Boule de suif* : la société et la guerre de 1870 en Normandie », *L'École des lettres, second cycle*, n° 13, 1993, p. 39-51.
Privat, Jean-Marie, « Le Carnaval de *Boule de suif* », dans *Problèmes de l'écriture populaire au XIXe siècle*, éd. Roger Bellet et Philippe Regnier, Limoges, Presses universitaires de Limoges, coll. « Littératures en marge », 1997, p. 135-151.

（5）モーパッサンの美学・芸術に関して

Bailbé, Joseph-Marc, *L'Artiste chez Maupassant*, Paris, Lettres modernes, Minard, 1993.
Bancquart, Marie-Claire, « Réalisme et mystère chez Barbey d'Aurevilly, Flaubert et Maupassant », *Les Amis de Flaubert*, n° 33, décembre 1968, p. 4-8.
Biaggi, Vladimir, « Maupassant polémiste », *Bulletin Flaubert - Maupassant*, n° 2, 1994, p. 67-72.
Boullard, Bernard, « Paysages normands dans l'œuvre de Flaubert et Maupassant », *Études normandes*, n° 3, 1988, p. 71-84.
Bowles, Thelma Marie, « The stacked deck: a study of technique in Maupassant's novels », *Romance notes*, vol. XXXVI, no. 1, 1995, p. 55-62.
Bury, Mariane, « Rhétorique de Maupassant ou les figures du style simple », *Études normandes*, n° 3, 1988, p. 63-69.
——, *La Poétique de Maupassant*, Paris, SEDES, 1994.
——, « Récit court et langage dramatique : 'l'effet' dans la poétique de Maupassant », voir *Maupassant conteur et romancier*, p. 125-133.
——, « Comment peut-on lire "Le Horla" ? Pour une poétique du recueil », *Op. cit. - revue de littératures française et comparée*, n° 5, 1995, p. 253-258.
——, « Le goût de Maupassant pour l'équivoque », *Dix-neuf / vingt, revue de littérature moderne*, n° 6, octobre 1998, p. 83-94.
——, « Maupassant iconoclaste », *La Pensée du paradoxe. Approches du romantisme, hommage à Michel Crouzet,* dir. Fabienne Bercegol et Didier Philippot, Paris, Presses de l'Université Paris-Sorbonne, 2006, p. 363-373.
——, « Maupassant et la critique : pour l'amour de la littérature », voir *Maupassant aujourd'hui*, p. 35-48.
Cahné, Pierre, « Quelques aspects de la poétique du conte bref », *Europe*, n° 772-773, août-septembre 1993, p. 89-98.
Cogman, Peter W. M., « Comment s'en tirer : quand narrer, c'est tricher chez Maupassant », dans *La Nouvelle hier et aujourd'hui*, actes du colloque de University College Dublin, 14-16 septembre 1995, éd. Johnnie Gratton et Jean-Phillipe Imbert, Paris, L'Harmattan, 1997, p. 21-28.
Cogny, Pierre, « La Rhétorique trompeuse de la description dans les paysages normands de Maupassant », dans *Le Paysage normand dans la littérature et dans l'art*, PUF - Publications de l'Université de Rouen, 1980, p. 159-168.

Crouzet, Michel, « Une rhétorique de Maupassant ? », *Revue d'histoire littéraire de la France*, n° 2, 1980, p. 233-262.

Dugan, John Raymond, *Illusion and Reality: A Study of Descriptive Techniques in the Works of Guy de Maupassant*, La Haye, Mouton, 1974.

Forestier, Louis, « Guy de Maupassant et le Salon de 1886 », voir *Flaubert et Maupassant écrivains normands*, p. 111-125.

——, « Maupassant et la peinture », *L'École des lettres, second cycle*, n° 13, 1993, p. 201-211.

——, « Maupassant et l'impressionnisme », dans *Maupassant, 1850-1893, catalogue de l'exposition Maupassant et l'Impressionnisme*, Musées de Fécamp, 1993, p. 17-32.

Färnlöf, Hans, *L'Art du récit court. Pantins et parasites dans les nouvelles de Maupassant*, Stockholm, Université de Stockholm, 2000.

Genevoix, Maurice, « Le Réalisme de Guy de Maupassant », *Le Bel-Ami, bulletin de l'Association des amis de Guy de Maupassant*, n° 3-4, 1954, p. 18-22.

Giacchetti, Claudine, « La Structure narrative des nouvelles de Maupassant », *Neophilologus*, vol. LXV, no. 1, January 1981, p. 15-20.

——, *Maupassant, espace du roman*, Genève, Droz, 1993.

Grandadam, Emmanuèle, *Contes et nouvelles de Maupassant : pour une poétique du recueil*, Publications des Universités de Rouen et du Havre, 2007.

Haezewindt, Bernard P. R., *Guy de Maupassant : de l'anecdote au conte littéraire*, Amsterdam, Atlanta, Rodopi, coll. « Faux titre », 1993.

Hainsworth, G., « Pattern and Symbol in the works of Maupassant », *French Studies*, vol. V, January 1951, p. 1-17.

——, « Schopenhauer, Flaubert, Maupassant : Conceptual Thought and Artistic 'Truth' », dans *Currents of Thought in French Literature. Essays in Memory of G. T. Clapton*, Oxford, Blackwell, 1965, p. 165-190.

Hoek, Leo H., « Stylisation et symbolisation dans les titres des *Contes et nouvelles* de Guy de Maupassant », *C. R. I. N.* (*Cahiers de recherches des instituts néerlandais de langue et de littérature françaises*), n° 13, 1985, p. 70-85.

Joly, Bernard, « La Première Phrase dans les *Contes et Nouvelles* de Maupassant », *Les Cahiers naturalistes*, n° 57, 1983, p. 132-144.

Leclerc, Yvan, « Maupassant théoricien », voir *Maupassant aujourd'hui*, p. 17-33.

Lehman, Tuula, *Transitions savantes et dissimulées. Une étude structurelle des contes et nouvelles de Guy de Maupassant*, Helsinki, Societas Scientiarum Fennica, 1990.

Lethbridge, Robert, « Le Texte encadré : les tableaux "illusionnistes" dans les romans de Maupassant », voir *Maupassant et l'écriture*, p. 197-205.

Lintvelt, Jaap, « L'Homme et l'animal dans les Contes de Guy de Maupassant », *Acta Litteraria Academiae Scientiarum Hungaricae*, vol. XXXII, n° 1-2, 1990, p. 71-78.

——, « La Polyphonie de l'encadrement dans les contes de Maupassant », voir *Maupassant et l'écriture*, p. 173-185.

——, « Les Récits de Maupassant. Narration, thématique et idéologie », dans *Aspects de la narration. Thématique, idéologie et identité (Guy de Maupassant, Julien Green, Anne Hébert, Jacques Poulin)*, Québec / Paris, Nota Bene / L'Harmattan, coll. « Littérature(s) », 2000, p. 25-117.

MacNamara, Matthew, « A critical Stage in the Evolution of Maupassant's Story-Telling », *The Modern Language Review*, vol. 71, no. 2, April 1976, p. 294-303.

——, *Style and vision in Maupassant's Nouvelles*, Berne / Francfort-s. / New York, Peter Lang, "European University studies Series", 1986.

——, « Maupassant et la création dans la nouvelle », *Europe*, n° 772-773, août-septembre 1993, p. 44-52.

——, « Langage maupassantien et effet de réel », dans *La Nouvelle hier et aujourd'hui*, actes du colloque de University College Dublin, 14-16 septembre 1995, par Johnnie Gratton et Jean-Philippe Imbert, Paris, L'Harmattan, 1997, p. 63-71.

Maillard, Pascal, « L'Innommable et l'illimité. Poétique de la nature et du souvenir dans quelques nouvelles de Maupassant », *Romantisme*, n° 81, 1993, p. 95-99.

Marmot Raim, Anne, *La Communication non verbale chez Maupassant*, Paris, A.-G. Nizet, 1986.

Mathet, Marie-Thérèse, « Ambiguïté énonciative dans l'œuvre romanesque de Maupassant », voir *Maupassant multiple*, p. 49-57.

Moger, Angela, « Kissing and telling: narrative crimes in Maupassant », voir *Maupassant conteur et romancier*, p. 111-123.

Moger, Angela S., « Narrative structure in Maupassant: frames of desire », *PMLA*, n° 100, mars 1985, p. 315-327.

Schapira, Charlotte, « La Technique du récit englobé dans les contes de Maupassant », *Neophilologus*, vol. LXXI, no. 4, 1987, p. 513-522.

——, « Maupassant : présentation des personnages et narration impersonnelle », *Neophilologus*, vol. LXXIII, no. 1, January 1989, p. 46-51.

Schöne, Maurice, « La Langue et le style de Maupassant : I. La langue des personnages en action », *Le Français moderne*, n° 2, avril 1941, p. 95-110.

——, « La Langue et le style de Maupassant : II. La langue de l'auteur », *Le Français moderne*, n° 3, juillet 1941, p. 207-222.

Stivale, Charles J., *The Art of Rupture: Narrative Desire and Duplicity in the Tales of Guy de Maupassant*, Ann Arbor (Mich.), The University of Michigan Press, 1994.

Sullivan, Edward D., « Maupassant et la nouvelle », *Cahiers de l'Association internationale des études françaises*, n° 27, mai 1975, p. 223-236. (Discussions : p. 419-428.)

Thoraval, Jean, *L'Art de Maupassant d'après ses variantes*, Paris, Imprimerie Nationale, 1950.

Thumerel, Thérèse, « D'une littérature légère à une littérature de la légèreté », *L'École des lettres, second cycle*, n° 13, 1993, p. 5-26.

Vial, André, *Guy de Maupassant et l'art du roman*, Paris, A.-G. Nizet, 1954 (réédition : Nizet, coll. « Références », 1994).

Voisin-Fougère, Marie-Ange, « Dissimulation de la rhétorique, rhétorique de la dissimulation : l'ironie en littérature (Balzac, Maupassant, Zola) », dans *Écriture / Parole / Discours : littérature et rhétorique au XIXe siècle*, dir. Alain Vaillant, Saint-Étienne, Printer, coll. « Lieux littéraires », 1997, p. 131-138.

(6) 一般的研究

Adachi, Kazuhiko, « Le Trajet vers *Le Horla* – la "folie" dans les contes "fantastiques" de Maupassant », *GALLIA*, Société de langue et littérature françaises de l'Université d'Osaka, n° 43, mars 2004, p. 41-48.

——, « Le Trajet vers *Le Horla* – la "peur" dans les contes "fantastiques" de Maupassant », *Études de Langue et Littérature Françaises*, n° 85 / 86, mars 2005, p. 89-105.

Antoine, Régis, « Structure de la tentation dans les contes cauchois de Maupassant », *Les Amis de Flaubert*, n° 38, mai 1971, p. 34-36.

——, « État présent des *études* sur Maupassant », *Revue des sciences humaines*, n° 144, octobre-décembre 1971, p. 649-655.

Artinian, Artine, *Pour et contre Maupassant, enquête internationale. 147 témoignages inédits*, Paris, A.-G. Nizet, 1955.

Artinian, Robert W. et Artinian, Artine, *Maupassant criticism. A centennial bibliography 1880-1979*, Jefferson and London, Mc Farland, 1982.

Bancquart, Marie-Claire, *Maupassant conteur fantastique*, Paris, Lettres modernes, Minard, 1976.

——, « Maupassant journaliste », voir *Flaubert et Maupassant écrivains normands*, p. 155-166.

——, « Maupassant et l'argent », *Romantisme*, n° 40, 1983, p. 130-139.

——, « Maupassant et l'artiste », *Europe*, n° 772-773, août-septembre 1993, p. 61-70.

Baron, Philippe, « Les nouvelles de guerre de Guy de Maupassant », dans *Écrire la guerre*, Clermont-Ferrand, Presses universitaires Blaise Pascal, coll. « Littératures », 2000, p. 51-60.

Bayard, Pierre, *Maupassant, juste avant Freud*, Paris, Éditions de Minuit, 1994.

Benhamou, Noëlle, *Filles, prostituées et courtisanes dans l'œuvre de Guy de Maupassant*, Villeneuve d'Ascq, Presses universitaires du Septentrion, 1997.

——, « De l'influence du fait divers : les Chroniques et Contes de Maupassant », *Romantisme*, n° 97, 1997, p. 47-58.

——, « L'Amour maternel dans l'œuvre de Maupassant : une grande vertu des femmes de petite vertu », *Bulletin Flaubert – Maupassant*, n° 7, 1999, p. 49-62.

——, « Le Moyen Âge dans l'œuvre de Maupassant. Histoire, légende, poétique », *Études littéraires*, volume 37, n° 2, printemps 2006, p. 133-149.

——, « Redécouvrir Maupassant », *Histoires littéraires*, n ° 32, octobre-novembre-décembre 2007, p.73-113.

Besnard-Coursodon, Micheline, *Étude thématique et structurale de l'œuvre de Maupassant : le piège*, Paris, A.-G. Nizet, 1973.

——, « Regard et destin chez Guy de Maupassant », *Revue des sciences humaines*, n° 167, 1977, p. 423-441.

Bienvenu, Jacques, « Le canular du Corbeau », *Histoires littéraires*, n° 4, octobre-novembre-décembre, 2004, p. 43-52.

Bijaoui-Baron, Anne-Marie, « L'Expressionnisme de Maupassant, entre Schopenhauer et Gogol », *L'École des lettres, second cycle*, n° 12, 1994, p. 53-66.

Bonnefis, Philippe, *Comme Maupassant,* Presses universitaires de Lille, 1981 (3e édition revue et corrigée, 1993).

Bosson, Olof, *Guy de Maupassant : quelques recherches sur sa langue*, Lund, 1907.

Botterel-Michel, Catherine, « La Maternité dans l'œuvre de Maupassant : un mythe perverti », *Bulletin Flaubert – Maupassant*, n° 7, 1999, p. 35-48.

Brunel, Pierre, « Sirènes. Pour une mythocritique de Maupassant », dans *Studi in memoria di Antonio Possenti*, a cura di Gabriella Almanza Ciotti, Sandro Baldoncini et Giulia Mastrangelo Latini, Pisa / Roma, Università degli studi di Macerata, 1998, p. 127-136.

Buisine, Alain, « Prose tombale », *Revue des sciences humaines*, n° 160, 1975, p. 539-551.

——, « Tel fils, quel père ? », dans *Le Naturalisme*, U. G. E., coll. « 10/18 », 1978, p. 317-337.

——, « Paris-Lyon-Maupassant », voir *Maupassant Miroir de la nouvelle*, p. 18-38.

Bury, Mariane, « Maupassant pessimiste ? », *Romantisme*, n° 61, 1988, p. 75-83.

——, « Maupassant chroniqueur ou l'art de la polémique », voir *Maupassant et l'écriture*, p. 17-28.

——, « L'Être voué à l'eau », *Europe*, n° 772-773, août-septembre 1993, p. 99-107.

——, « Introduction », dans Guy de Maupassant, *Le Horla et autres récits fantastiques*, Le Livre de poche, 2000, p. 7-28.

Castella, Charles, *Structures romanesques et vision sociale chez Maupassant*, Lausanne, L'Âge d'Homme, 1972.

——, *Les Récits et nouvelles réalistes de Maupassant, apôtre du Marché-Dieu, lecture socio-génétique*, Lausanne, L'Age d'Homme, 2000.

Cogny, Pierre, *Maupassant l'homme sans Dieu*, Bruxelles, La Renaissance du Livre, 1968.

——, « La Structure de la farce chez Guy de Maupassant », *Europe*, n° 482, juin 1969, p. 93-99.

——, *Maupassant peintre de son temps*, Paris, Larousse, 1975.

——, « Maupassant, écrivain de la décadence ? », voir *Flaubert et Maupassant écrivains normands*, p. 197-205.

Danger, Pierre, *Pulsion et désir dans les romans et nouvelles de Guy de Maupassant*, Paris, A.-G. Nizet, 1993.

——, « La Transgression dans l'œuvre de Maupassant », voir *Maupassant et l'écriture*, p. 151-159.

Decorde, Sylvie, « Le Procédé de la réécriture dans l'œuvre de Maupassant : de la chronique à l'œuvre fictive », *Études normandes*, n° 4, 1996, p. 55-68.

Delaisement, Gérard, *Maupassant journaliste et chroniqueur,* Paris, Albin Michel, 1956.

——, *Guy de Maupassant : le témoin, l'homme, le critique*, Orléans, C. R. D. P. d'Orléans-Tours, 2 tomes, 1984.

——, *La Modernité de Maupassant*, Paris, Rive droite, 1995.

Demont, Bernard, *Représentations spatiales et narration dans les contes et nouvelles de Guy de Maupassant. Une rhétorique de l'espace géographique*, Paris, Champion, coll. « Romantisme et Modernités », n° 89, 2005.

Donaldson-Evans, Mary, *A Woman's Revenge: The Chronology of Dispossession in Maupassant's Fiction*, Lexington, Kentucky, French Forum, coll. « French Forum Monographs », 1986.

——, « La Femme(r) enfermée chez Maupassant », voir *Maupassant et l'écriture*, p. 63-74.

Dumesnil, René, « Essai de classement par sujets et par dates des contes et des nouvelles de Guy de Maupassant », *Revue d'histoire littéraire de la France*, n° 1, janvier-mars, 1934, p. 106-127.

Fernandez, Ramon, « Rappel de Maupassant », *La Nouvelle Revue Française*, 1er septembre, 1942, p. 349-357.

Fonyi, Antonia, *Maupassant 1993*, Paris, Kimé, coll. « Détours littéraires », 1993.

Forestier, Louis, « La Recherche de la vérité », *Europe*, n° 772-773, août-septembre 1993, p. 53-60.

——, « Maupassant et le fait divers », *Bulletin Flaubert - Maupassant*, n° 5, 1997, p. 7-14.

——, « Femmes de lettres et lettres de femmes dans l'œuvre de Maupassant », *Bulletin Flaubert - Maupassant*, n ° 7, 1999, p. 27-34.

Galérant, Germain, *Les Roses sadiques de Maupassant*, Luneray, Bertout, 1992.

Gaudefroy-Demombynes, Jean, « L'Amoralité de Maupassant », *Revue de l'Université de Laval,* vol. IV, n° 5, janvier 1950, p. 435-440.

Gaudefroy-Demombynes, Lorraine Nye, *La Femme dans l'œuvre de Guy de Maupassant*, Paris, Mercure de France, 1943.

Greimas, Algirdas Julien, *Maupassant, la sémiotique du texte : exercices pratiques*, Paris, Éditions du Seuil, 1976.

Harris, Trevor A. Le V., *Maupassant in the Hall of Mirrors: Ironies of Repetition in the work of Guy de Maupassant*, Mac Millan, 1990.

Jennings, Chantal, « La Dualité de Maupassant : son attitude envers la femme », *Revue des sciences humaines*, n° 140, octobre-décembre 1970, p. 559-578.

Lacaze-Duthiers, Gérard de, *Guy de Maupassant, son œuvre, portrait et autographe : document pour l'histoire de la littérature française*, Paris, La Nouvelle revue critique, Collection du Carnet-critique, Célébrités d'hier, 1926.

Lecarme-Tabone, Éliane, « Énigme et prostitution », voir *Maupassant Miroir de la nouvelle*, p. 111-123.

Leclerc, Yvan, *Le Horla, manuscrit transcrit et annoté*, Zulma / BN / CNRS, 1993.

——, « Maupassant, une vie, des œuvres », dans *Maupassant, 1850-1893, catalogue de l'exposition Maupassant et l'Impressionnisme*, Musées de Fécamp, 1993, p. 55-70.

——, « D'un fantastique vraiment littéraire », voir *Maupassant, du réel au fantastique*, p. 66-73.

Lejeune, Philippe, « Maupassant et le fétichisme », voir *Maupassant Miroir de la nouvelle*, p. 91-109.

Lethbridge, Robert, « Maupassant a centenary *état présent* », voir *Maupassant conteur et romancier*, p. 185-201.

Longhi, Maria Giulia, « Maupassant préfacier, avec une préface inédite », *Dix-neuf / vingt, revue de littérature moderne*, n° 6, octobre 1998, p. 43-82.

——, « La Seine de Maupassant », *La Poétique du fleuve*, actes du colloque de Gargnano des 17-20 septembre 2003, éd. Francesca Melzi d'Eril avec la collaboration de Maria Silvia Da Re et Eleonora Sparvoli, Milano, Cisalpino, 2004, p. 297-308.

Malrieu, Joël, Le Horla *de Guy de Maupassant*, Paris, Gallimard, coll. « Foliothèque », 1996.

——, Bel-Ami *de Guy de Maupassant*, Paris, Gallimard, coll. « Foliothèque », 2002.

Marcoin, François, « La Représentation bloquée », *Revue des sciences humaines*, n° 154, juin 1974, p. 249-266.

——, « Mutisme de Maupassant », voir *Maupassant Miroir de la nouvelle*, p. 61-69.

Montmort, Sandrine de, *Un autre Maupassant. Dictionnaire*, suivi de « Le Canular de Le Corbeau » par Jacques Bienvenu et « Souvenirs » de Madame X, Paris, Scali, 2007.

Neveux, Pol, « Guy de Maupassant. Étude », dans *Boule de suif* (*Œuvres complètes* de Guy de Maupassant), Paris, Conard, 1926, p. IX-XC.

Paris, Jean, « Maupassant et le contre-récit », dans *Univers parallèles, t. II : Le Point aveugle : poésie, roman,* Paris, Éditions du Seuil, 1975, p. 135-222.

Petrovskii, M. A., « Short Story Composition in Maupassant: Toward a theoretical description and analysis », translated by Sue Amert and Ray Parrott, *Essays in Poetics*, vol. XII, no. 2, September, 1987, p. 1-21.

Pierrot, Jean, « Espace et mouvement dans les récits de Maupassant », voir *Flaubert et Maupassant écrivains normands*, p. 167-196.

Ritchie, Adrian C., « Maupassant et la démocratie parlementaire », *Studi francesi*, n° 78, settembre-dicembre 1982, p. 426-434.

——, « Maupassant journaliste et le patriotisme républicain », *Les Amis de Flaubert*, n° 67, décembre 1985, p. 23-28.

——, « Maupassant en 1881 : entre le conte et la chronique », dans *Guy de Maupassant*, éd. Noëlle Benhamou, *CRIN*, n° 48, 2007, p. 11-20.

Sangsue, Daniel, « De seconde main : rire et parodie chez Maupassant », voir *Maupassant Miroir de la nouvelle*, p. 177-187.

Savinio, Alberto, *Maupassant et « l'Altro » [Maupassant et « l'Autre »]*, Milano, Adelphi, 1975.（Traduit par Michel Arnaud, Paris, Gallimard, 1977.）

Togeby, Knud, *L'Œuvre de Maupassant*, Copenhague, Danish Science Press - PUF, 1954.

Thorel-Cailleteau, Sylvie, « Le Râtelier de Schopenhauer », *L'École des lettres, Second cycle*, n° 12, 15 juin 1994, p.47-51.

Trevor, A. Le V. Harris, *Maupassant et* Fort comme la mort *:le roman contrefait*, Paris, A. -G. Nizet, 1991.

Vial, André, *Faits et significations*, Paris, A.-G. Nizet, 1973.

Vincent, Emmanuel, « Maupassant et ses œuvres : l'instant critique », voir *Maupassant 2000*, p. 279-293.

大塚幸男『流星の人モーパッサン』、白水社、一九七四年。

村松定史『モーパッサン』、清水書院「人と思想」、一九九六年。

（7）フロベールとモーパッサンの関係に関して

Biasi, Pierre-Marc de, « Flaubert, le père symbolique », *Magazine littéraire*, n° 310, mai 1993, p. 40-43.

Bienvenu, Jacques, *Maupassant, Flaubert et le Horla*, Marseille, Muntaner, 1991.

——, « La lettre volée », voir *Flaubert - Le Poittevin - Maupassant*, p. 23-46.

Bismut, Roger, « Quelques Problèmes de création littéraire dans "Bel-Ami" », *Revue d'histoire littéraire de la France*, n° 3, 1967, p. 577-589.

——, « Un cas privilégié de filiation littéraire : *Une vie* de Guy de Maupassant », dans *Essais sur Flaubert. En l'honneur du professeur Don Demorest*, éd. Charles Carlut, Paris, A.-G. Nizet, 1979, p. 97-119.

——, « Présence de Gustave Flaubert dans *Mont-Oriol* », voir *Flaubert et Maupassant écrivains normands*, p. 207-225.

Buisine, Alain, « Le Mot de passe », voir *Maupassant et l'écriture*, p. 161-171.

——, « En haine de Flaubert », *Revue des sciences humaines*, « Imaginer Maupassant », n° 235, juillet-septembre 1994, p. 91-115.

Dubuc, André, « L'Amitié entre Flaubert, Zola et Maupassant », *Les Cahiers naturalistes*, n° 55, 1981, p. 24-30.

Emptaz, Florence, « Flaubert et Maupassant : les enfants indésirables », voir *Flaubert – Le Poittevin – Maupassant*, p. 127-143.

Forestier, Louis, « Un lecteur privilégié de Flaubert : Guy de Maupassant », *Le Letture / La Lettura di Flaubert, Quaderni di Acme*, n° 42,

2000, p. 181-196.
——, « “Bref, c’est mon disciple”, le cas Flaubert – Maupassant », *Romantisme*, n° 122, 2003, p. 93-105.
Fournier, Louis, « Trois lecteurs de *Bouvard et Pécuchet* : Maupassant, Thibaudet, Sabatier », *French Studies*, vol. XLIX, no. 1, January 1995, p. 29-48.
Johnston, Marlo, « Relations familiales : certitudes et incertitudes », voir *Flaubert - Le Poittevin - Maupassant*, p. 47-60.
Killick, Rachel, « Family likeness in Flaubert and Maupassant : *La Légende de Saint Julien l’hospitalier* and *Le Donneur d’eau bénite* », *Forum for Modern Language Studies*, vol. XXIV, no. 4, October 1988, p. 346-358.
——, « Maupassant, Flaubert et *Trois contes* », voir *Maupassant conteur et romancier*, p. 41-56.
Lacoste, Francis, « L’Esthétique de Flaubert », *Bulletin Flaubert - Maupassant*, n° 6, 1998, p. 7-21.
——, « Maupassant entre Zola et Flaubert », voir *Flaubert - Le Poittevin - Maupassant*, p. 145-166.
Leclerc, Yvan, « Maupassant, l’imitation, le plagiat », *Europe*, n° 772-773, août-septembre 1993, p. 115-128.
——, « Maupassant : le texte hanté », voir *Maupassant et l’écriture*, p. 259-270.
——, « Flaubert le Patron », *Cahiers Ivan Tourguéniev, Pauline Viardot, Maria Malibran*, n° 17-18, 1993-1994, p. 53-56.
——, « Portraits de Flaubert et de Maupassant en photophobes », *Romantisme*, n° 105, 1999, p. 97-106.
——, « Flaubert par Maupassant : ce que le disciple fait du maître », *Littérature et nation*, 2e série, n° 22, 2000, p. 9-30.
——, « Flaubert / Maupassant. La dépression en héritage », *Le Magazine littéraire*, n° 411, juillet-août 2002, p.42-44.
Marcoin, Francis, « Maupassant l’infidèle », voir *Maupassant 2000*, p. 75-83.
——, « Maupassant et la statue de Flaubert », voir *Flaubert - Le Poittevin - Maupassant*, p. 229-240.
Place-Verghnes, Floriane, « Flaubert / Maupassant : Correspondances rabelaisiennes », dans *Poétiques de la parodie et du pastiche de 1850 à nos jours*, éd. par Catherine Dousteyssier-Khoze et Floriane Place-Verghnes, Oxford, Peter Lang, 2006, p. 107-117.
Poyet, Thierry, *L’Héritage Flaubert Maupassant*, Paris, Kimé, 2000.
——, « L’Influence de Flaubert sur Maupassant », voir *Flaubert - Le Poittevin - Maupassant*, p. 215-228.
——, « Flaubert – Maupassant : le couple au masculin. Complicité et héritage face aux femmes », dans *Le couple littéraire. Intertextualité et discours des sexes*, Aisthesis Verlag, Bielefeld, 2003, p. 229-243.
Smirnoff, Renée de, « Réminiscences flaubertiennes dans *Pierre et Jean* », dans *Voix de l’écrivain, mélanges offerts à Guy Sagnes*, éd. Jean-Louis Cabanès, Toulouse, Presses universitaires du Mirail, 1996, p. 151-161.

Verjat Massmann, Alain, « Flaubert dans les *Chroniques* de Maupassant », *Anuario de filología*, vol. VIII, 1982, p. 379-393.

Wetherill, Peter Michael, « Dérapages thématiques : Flaubert / Maupassant », voir *Flaubert - Le Poittevin - Maupassant*, p. 115-126.

（8）モーパッサンと自然主義に関して

Baguley, David, « L'Envers de la Guerre : *Les Soirées de Médan* et le mode ironique », *The French Forum*, vol. VII, no. 3, September 1982, p. 235-244.

Benhamou, Noëlle, « Maupassant, lecteur de Zola », *Les Cahiers naturalistes*, n° 77, 2003, p. 117-137.

——, « Maupassant dans le *Journal* des Goncourt », *Cahiers Edmond et Jules de Goncourt*, n° 10, 2003, p. 283-304.

Bienvenu, Jacques, « Maupassant – Tourguéniev. Le Maître salutaire », *Cahiers Ivan Tourguéniev, Pauline Viardot, Maria Malibran*, n° 17-18, 1993-1994, p. 87-89.

Deffoux, Léon et Zabie, Émile, *Le Groupe de Médan : Émile Zola, Guy de Maupassant, J.-K. Huysmans, Henry Céard, Léon Hennique, Paul Alexis, suivi de deux essais sur le naturalisme*, Crès, s.d. (Payot, 1920.)

Joly, Bernard, « Maupassant et Zola », *Les Cahiers naturalistes*, n° 46, 1973, p. 205-226.

Matthews, J. H., « Maupassant écrivain naturaliste », *Les Cahiers naturalistes*, n° 16, 1960, p. 655-661.

Pagès, Alain, « Le Mythe de Médan », *Les Cahiers naturalistes*, n° 55, 1981, p. 31-40.

——, « A propos d'une origine littéraire : *Les Soirées de Médan* », *Nineteenth-Century French Studies*, vol. XII, Nos 1-2, Fall-Winter 1983-84, p. 207-212.

Palacio, J. de, « Léon Hennique poète ou de la poésie naturaliste », *Les Cahiers naturalistes*, n° 71, 1997, p. 63-80.

Poyet, Thierry, « Une question d'école. De l'inscription de Maupassant dans le cercle des romanciers naturalistes », *L'École des lettres, second cycle*, n° 14, 2002, p. 15-24.

Schober, Rita, « Les Soirées de Médan (Dialectique entre sujet / matière-thème-idée narrative) », *Philologica Pragensia*, vol. XXVI, no 3-4, 1983, p. 174-187.

Suwala, Halina, « Zola et Maupassant lecteurs de Flaubert », *Les Cahiers naturalistes*, n° 65, 1991, p. 57-77.

——, « Maupassant et le naturalisme », voir *Maupassant et l'écriture*, p. 243-252.

Thorel-Cailleteau, Sylvie, « Un malentendu », *Cahiers Ivan Tourguéniev, Pauline Viardot, Maria Malibran*, n° 17-18, 1993-1994, p. 77-86.

Vassevière, Jacques, « Zola, Maupassant et le naturalisme (I) », *L'École des lettres, second cycle*, n° 1, juillet 1999, p. 25-36.

——, « Zola, Maupassant et le naturalisme (II) Le naturalisme de Zola », *L'École des lettres, second cycle,* n° 2, août 1999, p. 37-57.

——, « Zola, Maupassant et le naturalisme (III) Maupassant et le “roman objectif” », *L'École des lettres, second cycle*, n° 3, 15 septembre 1999, p. 1-21.

Zviguilsky, Alexandre, « Interférences tourguénieviennes dans l'œuvre de Maupassant », *Cahiers Ivan Tourguéniev, Pauline Viardot, Maria Malibran*, n° 17-18, 1993-1994, p. 90-103.

[Ⅳ] レアリスム（現実主義）・自然主義に関して

Le Naturalisme, dir. Pierre Cogny, Paris, U. G. E, coll. « 10 / 18 », 1978. (Colloque de Cerisy.)

Le Naturalisme en question, présenté par Yves Chevrel, Paris, Presses de la Sorbonne, 1986. (Colloque de Varsovie, 20 -22 septembre, 1984.)

Relecture des « petits » naturalistes, éd. Colette Becker et Anne-Simone Dufief, Paris, Université Paris X, coll. « Ritm », 2000.

Alexis, Paul, *Naturalisme pas mort, lettres inédites de Paul Alexis à Émile Zola, 1871-1900*, University of Toronto Press, 1971.

Auerbach, Erih, *Mimésis. La représentation de la réalité dans la littérature occidentale* (1946), Paris, Gallimard, coll. « Tel », 1968. (Traduit de l'allemand par Cornélius Heim.)

Baguley, David, *Le Naturalisme et ses genres*, Paris, Nathan, coll. « Le Texte à l'œuvre », 1995.

Bakhtine, Mikhaïl, *Esthétique et Théorie du roman* (1975), Paris, Gallimard, coll. « Tel », 1978.

Barthes, Roland, « L'Effet de réel » (1968), dans *Littérature et réalité*, éd. Gérard Genette et Tzvetan Todorov, Paris, Éditions du Seuil, coll. « Points », 1982, p. 81-90.

Becker, Colette, « Introduction », dans *Les Soirées de Médan*, Courbevoie, Le Livre à venir, 1981, p. 7-25.

——, *Lire le réalisme et le naturalisme*, Paris, Nathan, coll. « Lettres Sup », 1998 (2e édition, 2000).

Beuchat, Charles, *Histoire du naturalisme français*, Paris, Corrêa, 2 vol., 1949.

Bigot, Charles, « L'Esthétique naturaliste », *Revue des Deux Mondes*, 15 septembre 1879, p. 415-432.

Bornecque, Jacques-Henri et Cogny, Pierre, *Réalisme et naturalisme*, Paris, Hachette, coll. « Documents France », 1958. (« Guy de Maupassant », p. 120-139.)

Brunetière, Ferdinand, *Le Roman naturaliste*, Paris, Calmann-Lévy, 1883.

Cabanès, Jean-Louis, *Le Corps et la maladie dans les récits réalistes (1856-1893)*, Paris, Klincksieck, 1991. (2 vol.)

Carassus, Emilien, *Le Snobisme et les lettres françaises de Bourget à Proust*, Paris, Almand Colin, 1966.

Cassagne, Albert, *La Théorie de l'art pour l'art en France chez les derniers romantiques et les premiers réalistes* (1906), Seyssel, Champ Vallon, coll. « Dix-neuvième », 1997.

Charle, Christophe, *La Crise littéraire à l'époque du naturalisme. Roman, théâtre et politique*, Paris, Pens, 1979.

Chevrel, Yves, *Le Naturalisme*, Paris, PUF, coll. « Littératures modernes », 1982.

Cogny, Pierre, *Le 'Huysmans intime' de Henry Céard et Jean de Caldain. Avec de nombreux inédits et une préface de René Dumesnil*, Paris, A.-G. Nizet, 1957.

——, *Le Naturalisme*, Paris, PUF. coll. « Que sais-je ? », 1968.（ピエール・コニー『自然主義』、河盛好蔵・花輪光訳、白水社、文庫クセジュ、一九五七年。）

Deffoux, Léon, *Le Naturalisme, avec un florilège des principaux écrivains naturalistes*, Les Œuvres représentatives, coll. « Le xixe siècle », 1929.

Delfau, Gérard, « 1871 : la fausse coupure. Contribution à l'histoire du naturalisme », dans *Recherches en sciences des textes. Hommage à Pierre Albouy*, Presses universitaires de Grenoble, 1977, p. 19-53.

Desprez, Louis, *L'Évolution naturaliste*, Paris, Tresse, 1884.

Dubois, Jacques, *Romanciers français de l'instantané au xixe siècle*, Bruxelles, Palais des Académies, 1963.

——, *Les Romanciers du réel. De Balzac à Simenon,* Paris, Éditions du Seuil, coll. « Points », 2000.（ジャック・デュボア『現実を語る小説家たち——バルザックからシムノンまで』、鈴木智之訳、法政大学出版局、二〇〇五年。）

Duchet, Claude, « Une écriture de la socialité », *Poétique*, n° 16, 1973, p. 446-454.

Dufour, Philippe, *Le Réalisme*, Paris, PUF, coll. « Premier Cycle », 1998.

Dumesnil, René, *L'Époque réaliste et naturaliste*, Paris, Tallandier, 1945.

——, *Le Réalisme et le naturalisme*, Paris, Del Duca, 1955.

Fischer, Jan-O, *"Époque romantique" et réalisme : problèmes méthodologiques*, Praha, Univerzita Karlova, 1977.

Genette, Gérard, « Vraisemblance et motivation » (1969), dans *Figures II*, Paris, Éditions du Seuil, coll. « Points », 1979, p. 71-99.（ジェラール・ジュネット『フィギュールII』、花輪光監訳、水声社、一九八九年。）

——, *Figures III*, Paris, Éditions du Seuil, coll. « Poétique », 1972.（ジェラール・ジュネット『物語のディスクール——方法論の試み』、花輪光・和泉涼一訳、水声社、一九八五年。）

Hamon, Philippe, « Pour un statut sémiologique du personnage » (1972), dans *Poétique du récit*, éd. Gérard Genette et Tzvetan Todorov, Paris, Éditions du Seuil, coll. « Points », 1977, p. 115-180.

——, « Un discours contraint », dans *Littérature et réalité*, éd. Gérard Genette et Tzvetan Todorov, Paris, Éditions du Seuil, coll. « Points », 1982, p. 119-181.

——, *Du descriptif* (1981), Paris, Hachette, coll. « Supérieur », 1993 (4e édition).

——, *Texte et idéologie*, Paris, PUF, coll. « Quadrige », 1984.

Henriot, Émile, *Réalisme et naturalisme. Courrier littéraire XIXe siècle*, Paris, Albin Michel, 1954.

Jakob, Gustave, *L'Illusion et la désillusion dans le roman réaliste français (1851 à 1890)*, Paris, Jouve, 1912.

Jakobson, Roman, « Du réalisme en art » (1921), dans *Théorie de la littérature*, éd. Tzvetan Todorov, Paris, Éditions du Seuil, coll. « Points », 1965, p. 98-109.

Lattre, Alain de, *Le Réalisme selon Zola*, Paris, PUF, 1975.

Lukács, Georg, *La Théorie du roman* (1920), trad. Jean Clairevoye, Paris, Denoël, 1968. (Rééd. : Gallimard. coll. « Tel », 1989.)

Martino, Pierre, *Le Naturalisme français (1870-1895)*, Paris, A. Colin, 1923 (7e édition, revue et complétée par Robert Ricatte, 1965). (ピエール・マルチノー『フランス自然主義』、尾崎和郎訳、朝日出版社、一九六八年。)

Mitterand, Henri, *Le Discours du roman*, Paris, PUF, coll. « Écritures », 1980.

——, *Zola et le naturalisme*, Paris, PUF, coll. « Que sais-je ? », 1986.

——, *Le Regard et le signe*, Paris, PUF, coll. « Écritures », 1987 (« Clinique du mariage : *Une vie* », p. 159-167).

——, *L'Illusion réaliste*, Paris, PUF, coll. « Écritures », 1994.

Mornet, Daniel, *Histoire de la littérature française et de la pensée françaises contemporaines (1870-1925)*, Paris, Larousse, 1927.

Pagès, Alain, *Le Naturalisme*, Paris, PUF, coll. « Que sais-je ? », 1989. (アラン・パジェス『フランス自然主義文学』、足立和彦訳、白水社、文庫クセジュ、二〇一三年。)

——, *La Bataille littéraire. Essai sur la réception du naturalisme à l'époque de* Germinal, Paris, Séguier, 1989.

——, *Zola et le groupe de Médan*, Paris, Perrin, 2014.

Pierrot, Jean, *L'Imaginaire décadent (1880 -1900)*, Rouen, Publications de l'Université de Rouen - PUF, 1977.

Prendergast, Christopher, *The Order of Mimesis: Balzac, Stendhal, Nerval, Flaubert*, Cambridge, Cambridge University Press, 1986.

Raimond, Michel, « L'Expression des sentiments dans la tradition naturaliste », *Cahiers de l'Association internationale des études françaises*,

n° 26, mai 1974, p. 269-280.
——, *La Crise du roman. Des lendemains du Naturalisme aux années vingt*, Corti, 1985 (nouvelle édition).
Riffaterre, Michael, « L'Illusion référentielle » (1978), dans *Littérature et réalité*, éd. Gérard Genette et Tzvetan Todorov, Paris, Éditions du Seuil, coll. « Points », 1982, p. 91-118.
Sagnes, Guy, *L'Ennui dans la littérature française de Flaubert à Laforgue (1848-1884)*, Paris, Armand Colin, 1969.
Terras, Victor, « Tourgenev's Aesthetic and Western Realism », *Comparative Literature*, vol. XXII, no. 1, winter 1970, p. 19-35.
Thorel-Cailleteau, Sylvie, *Panorama de la littérature française. Réalisme et Naturalisme*, Paris, Hachette, coll. Les Fondamentaux, 1988.
——, *La Tentation du livre sur rien. Naturalisme et Décadence*, Mont-de-Marsan, Éditions InterUniversitaires, 1994.
——, *Splendeurs de la médiocrité. Une idée du roman*, Genève, Droz, coll. « Histoire des Idées et Critique Littéraire », 2008.
Zola, Émile, *Le Roman expérimental* (1880), éd. François-Marie Mourand, Paris, GF Flammarion, 2006.

[V] その他の著作

詩と詩法に関して

Figures du sujet lyrique, dir. Dominique Rabaté, Paris, PUF, coll. « Perspectives littéraires », 1996.
La Poésie française du Moyen Age jusqu'à nos jours, dir. Michel Jarrety, Paris, PUF, coll. « Premier Cycle », 1997.
Aquien, Michèle et Honoré, Jean-Paul, *Le Renouvellement des formes poétiques au XIXe siècle*, Paris, Nathan, coll. « 128 », 1997.
Banville, Théodore de, *Petit Traité de poésie française* (1872), Paris, Charpentier, 1894.
Bercoff, Brigitte, *La Poésie*, Paris, Hachette, coll. « Supérieur », 1999.
Campa, Laurence, *Parnasse, Symbolisme, Esprit nouveau*, Paris, Ellipse, coll. « Thèmes & études », 1998.
Charles-Wurtz, Ludmila, *La Poésie lyrique*, Rosny-sous-Bois, Brél, 2002.
Combe, Dominique, *Poésie et récit, une rhétorique des genres*, Paris, José Corti, 1989.
Cornulier, Benoît de, *Art poëtique. Notions et problèmes de métriques*, Lyon, Presses universitaires de Lyon, 1995.
Dessons, Gérard, *Introduction à l'analyse du poème,* Paris, Nathan, coll. « Lettres sup », 2000.
Dessons, Gérard et Meschonnic Henri, *Traité du rythme* (1998), Paris, Nathan, coll. « Lettres sup », 2003.

Gouvard, Jean-Michel, *La Versification*, Paris, PUF, coll. « Premier Cycle », 1999.

Jakobson, Roman, « Linguistique et poétique », dans *Essais de linguistique générale*, t. I, *Les Fondations du langage*, Paris, Éditions de Minuit, 1963, p. 209-248.

Joubert, Jean-Louis, *La Poésie*, Paris, Armand Colin, coll. « Cursus Lettres », 1988 (3e édition, 1999).

Maulpoix, Jean-Michel, *Du lyrisme*, Paris, José Corti, coll. « En lisant en écrivant », 2000.

Quicherat, Louis, *Petit Traité de versification française* (1866), Paris, Hachette, 1882 (8e édition).

Régnier, Henri de, « Poètes d'aujourd'hui et poésie de demain », *Mercure de France*, août 1900, repris dans *Le Parnasse*, textes réunis par Yann Mortelette, Presses de l'Université Paris-Sorbonne, 2006, p. 269-272.

Rincé, Dominique, *La Poésie française du XIXe siècle*, Paris, PUF, coll. « Que sais-je ? », 1977 (3e édition, 1995). (ドミニック・ランセ『十九世紀フランス詩』、阿部良雄・佐藤東洋麿訳、白水社、文庫クセジュ、一九七九年。)

Vaillant, Alain, *La Poésie. Initiation aux méthodes d'analyse des textes poétiques*, Paris, Nathan, coll. « 128 », 1992.

十九世紀の演劇に関して

Mise en crise de la forme dramatique 1880-1910, éd. Jean-Pierre Sarrazac, *Études théâtrales*, n° 15-16, 1999.

Revue de la Société d'histoire du théâtre, II-III, n° 178-179, « Les derniers feux du théâtre en vers, de Hugo à Cocteau (1800-1950) », 1993.

Théâtre naturaliste - Théâtre moderne ?, éd. Karl Zieger & Amos Fergombé, Presses universitaires de Valenciennes, « Recherches Valenciennes », n° 6, 2001.

Autrand, Michel, « Présentation », *Revue de la Société d'histoire du théâtre*, II-III, n° 178-179, 1993, p. 7-10.

——, *Le Théâtre en France de 1870 à 1914*, Paris, Champion, 2006.

Dufief, Anne-Simone, *Le Théâtre au XIXe siècle*, Rosny, Bréal, 2001.

Gold, Arthur et Fizdale, Robert, *Sarah Bernhardt*, trad. Jean-François Sené, Paris, Gallimard, 1991.

Heur, Jean-Marie d', « *La Fille de Roland* de Henri de Bornier », dans *Charlemagne et l'épopée romane*, Société d'Édition « Les Belles Lettres », 1978, t. II, p. 481-492.

Krakovith, Odile, *Censure des répertoires des grands théâtres parisiens (1835-1906) Inventaire*, Paris, Centre historique des Archives nationales, 2003.

Naugrette, Florence, *Le Théâtre romantique. Histoire, écriture, mise en scène*, Éditions du Seuil, coll. « Points Essais », 2001.

Sarrazac, Jean-Pierre, « Reconstruire le réel ou suggérer l'indicible », dans *Le Théâtre en France*, Paris, Armand Colin, coll. « La Pochothèque », 1992, p. 705-730.

Vaillant, Alain, « Le théâtre en vers au xixe siècle : essai d'histoire quantitative », *Revue de la Société d'histoire du théâtre*, II-III, n° 178-179, 1993, p. 11-22.

その他

Bouilhet, Louis, *Œuvres de Louis Bouilhet,* Paris, Alphonse Lemerre, 1891.

Bourdieu, Pierre, *Les Règles de l'art. Genèse et structure du champ littéraire* (1992), Paris, Éditions du Seuil, coll. « Points », 1998.（ピエール・ブルデュー『芸術の規則』全二巻、石井洋二郎訳、藤原書店、一九九五―九六年。）

Bourget, Paul, *Essai de psychologie contemporaine, études littéraires* (1889), Paris, Gallimard, coll. « Tel », 1993.

Bury, Mariane, *La Nostalgie du simple. Essai sur les représentations de la simplicité dans le discours critique au* xixe *siècle*, Paris, Honoré Champion, coll. « Romantisme et Modernité », 2004.

Colin, René-Pierre, *Schopenhauer en France : un mythe naturaliste,* Lyon, Presses universitaires de Lyon, 1979. (Chapitre V : Maupassant et le « saccageur de rêves », p. 193-202.)

Coppée, François, *Théâtre de François Coppée 1873-1878*, Paris, Lemerre, 1878.

Corbin, Alain, *Les Filles de Noce* (1978), Flammarion, coll. « Champs », 1982.（アラン・コルバン『娼婦』、杉村和子監訳、藤原書店、一九九一年。）

Flaubert, Gustave, *Correspondance*, éd. Jean Brunrau et Yvan Leclerc, Paris, Gallimard, coll. « Bibliothèque de la Pléiade », 5 tomes, 1973-2007.

Goncourt, Edmond et Jules, *Journal* (1887-1896), éd. Robert Ricatte, Paris, Robert Laffont, coll. « Bouquins », 3 tomes, 1989.（『ゴンクールの日記』上下巻、斉藤一郎訳、岩波文庫、二〇一〇年。）

Goudeau, Émile, *Dix ans de bohème* (1888), suivi de *Les Hirsutes* de Léo Trézenik, Seyssel, Champ Vallon, coll. « Dix-neuvième », 2000.

Goyet, Florence, *La nouvelle 1870-1925. Description d'un genre à son apogée*, Paris, PUF., coll. « Écriture », 1993.

Hamelin, Jacques, *Hommes de lettres inculpés, Mérimée, Barbey d'Aurevilly, Maupassant, Flaubert, Baudelaire, Les Goncourt, Diderot*, Paris, Éditions de Minuit, 1956. (« Guy de Maupassant inculpé », p. 75-104.)

Leclerc, Yvan, *Crimes écrits. La littérature en procès au 19e siècle*, Paris, Plon, 1991.

Le Poittevin, Alfred, *Une promenade de Bélial et œuvres inédites*, précédés d'une introduction sur la vie et le caractère d'Alfred Le Poittevin par

René Descharmes, Paris, Les Presses Françaises, 1924.
Malrieu, Joël, *Le Fantastique*, Paris, Hachette, coll. « Contours littéraires », 1992.
Michelet, Jules, *Le Moyen Âge* (1869), Paris, Robert Laffont, coll. « Bouquins », 1981.
Musset, Alfred de, *Premières Poésies, Poésies nouvelles*, Paris, Gallimard, coll. « Poésie », 1976.
——, *Théâtre complet*, éd. Simon Jeune, Paris, Gallimard, coll. « Bibliothèque de la Pléiade », 1990.
Ponnau, Gwenhaël, *La Folie dans la littérature fantastique*, Paris, PUF, coll. « Écriture », 1997.
Robert, Marthe, *Roman des origines et origines du roman*, Paris, Gallimard, coll. « Tel », p. 1972.（マルト・ロベール『起源の小説と小説の起源』、岩崎力・西永良成訳、河出書房新社、一九七五年。）
Ronsard, Pierre de, *Œuvres complètes*, Paris, Gallimard, coll. « Bibliothèque de la Pléiade », 2 tomes, 1993-1994.
Sainte-Beuve, *Tableau historique et critique de la poésie française et du théâtre français au xvie siècle*, 2 tomes, Paris, Alphonse Lemerre, 1876 (nouvelle édition).
Schopenhauer, Arthur, *Pensées et Fragments* (1881), trad. Jean Bourdeau, Paris, Félix Alcan, 1913 (25e édition).
Zola, Émile, *Correspondance*, éd. B. H. Bakker, Les Presses de l'Université de Montréal, 10 tomes, 1978-1995.

あとがき

本書は、二〇一二年二月にパリ第四大学に提出・受理された博士論文、*La Genèse de l'esthétique réaliste de Maupassant jusqu'à* Une vie – *la naissance d'un écrivain*（『女の一生』に至るまでのモーパッサンの現実主義美学の生成——作家の誕生」、指導教官はマリアヌ・ビュリー）の前半に当たる第一部（および第二部の一部分）を日本語に翻訳した上で、適宜加筆・修正を加えたものである。本書の刊行にあたっては、名城大学学術研究奨励制度による助成を受けた。名城大学に深く御礼申し上げる。また、それぞれの章には元になった論文が存在する場合もある。その書誌を以下に記し、各学会に感謝したい。

第一章　ポエジー・レアリスト

- « La Poésie réaliste de Maupassant »,『フランス語フランス文学研究』、第九二号、日本フランス語フランス文学会、二〇〇八年三月、五一—六七頁。

第二章　演劇への挑戦

・« Maupassant et le théâtre : une tentative dans les années 1870 »,『GALLIA』、第四六号、大阪大学フランス語フランス文学会、二〇〇七年三月、九―一六頁。

・« Maupassant et le théâtre (2) : la réécriture d'un drame historique »,『GALLIA』、第四七号、二〇〇八年三月、六一―六八頁。

第三章　小説の誘惑

・「モーパッサン『エラクリウス・グロス博士』――真理の探究から狂気へ」、『待兼山論叢　文学篇』、第四一号、大阪大学文学会、二〇〇七年十二月、七九―九四頁。

・« *Boule de suif* : l'existence problématique de la prostituée »,『GALLIA』、第四四号、二〇〇五年三月、一―八頁。

・「封じられる女の声――モーパッサン初期作品における女性の表象」、『関西フランス語フランス文学』、第一四号、日本フランス語フランス文学会関西支部、二〇〇八年三月、六九―七九頁。

ギィ・ド・モーパッサンは、日本でも短編小説や『女の一生』がよく読まれてきた作家であるが、本国フランスでも二十世紀半ばまでは大衆作家に位置づけられていたこともあり、日本語で書かれた専門の研究書はほとんど存在していない。一方フランスでは、二十世紀後半に至って、アンドレ・ヴィアル、マリー゠クレール・ヴァンカール、ピエール・コニー、ジェラール・ドゥレーズマンらの優れた研究者が登場して以降、決して専門の研究者が多いとは言えない中でも、着実に研究成果が積み上げられてきた。ルイ・フォレスティエの編集によって七〇年代から八〇年代にかけてプレイヤッド叢書に中・短編二巻と長編一巻が収録され、モーパッサンは名実共に古典作家の仲間入りを果たしたと言えるだろう。その後、死後百周年にあたる一九九三年、生誕百五十周年にあたる二〇〇〇年前後に集中的に研究が進められた。モーパッサンが残した多様な作品に、様々な角度から光が当てられることによって、モーパッサンが決して深みの乏しい、いわゆる「軽い」作家ではないということが明らかにされてきた。とりわけ彼が『ゴーロワ』や『ジル・ブラース』に掲載しながら、生前は単行本に纏められることのなかった時評文について多くの頁が割かれ、批評家としての慧眼と、機知に富んだ文才が再評価されるに至っている。ドゥレーズマンの半世紀以上にわたる調査の賜物である二巻の批評校訂版が刊行されたのは二〇〇三年のことで、これによって総計二百五十を超える時評文の全貌がようやく明らかにされた。詩や演劇といった、本書が中心に扱っている作品についても、詩に関しては二〇〇一年にエマニュエル・ヴァンサンによって、戯曲は二〇一一年にノエル・ベナムーによって信頼に足る批評校訂版が出版されており、短編以外のモーパッサンの文学活動の全貌を理解することは、近年になってようやく容易になってきたのである。本書がそうした先行研究の恩恵を大いに受けた上で構想・執筆されたものであることは言うまでもない。

ところで、フランス語で書かれたモーパッサンの伝記は多数存在するが、大抵の場合、個々の伝記的記述が、特定の作品の読解と深く結びついているとは言い難い（あるいは逆に安易な結びつけにがっかりさせられることもあるが）。些細なエピソードが幾つも積み重ねられてゆくほどに、読者が真に知りたい事柄から離れてゆくように感じられるのである。一方で作品研究の場合には、ヌーヴェル・クリティック以降の研究の多くは、作品を作者と切り離した上で、テクストについての緻密な分析がなされることが多かった。モーパッサンについても、テーマ研究や精神分析批評、そしてナラトロジー（物語論）に関する論考が多数存在し、それらがいずれも示唆に富むものであることは確かであるにしても、作家を置き去りにして展開される議論には、しばしば疑問を感じないではなかった。

そのような状況にあって、本論考は、伝記的な研究と個別の作品の読解を密接に結びつけることによって、伝記的事実による作品の説明ではなく、いわば作品による作家の伝記的記述を試みたものだと、筆者としてはそのように考えている次第である。一人の人間の〈人格〉を実体のあるものと想定し、その精神的〈成長〉や人間的〈成熟〉の軌跡を作品の内に辿るという試みは、そのように述べてみればいかにもナイーヴなものであり、厳密な批判に耐えるような論理的基盤を有しているものでもない。各作品に対するアプローチの仕方も、必ずしも一貫した方法論に基づくものではなく、その都度対象にふさわしいと思われる分析の観点を採用している点に批判もありうるだろう。

筆者としては、とりわけ初期作品のそれぞれには、それを執筆した時点での作者の〈人格〉が投影されているという風に考える誘惑に抗することができなかったと言うよりない。一八七〇年代、モーパッサンは未熟であったが故に、一つ一つの作品に対して、事前に内容や形式をどのようなものにするかをよく考えた上で執筆していたように見受けられる。言い換えれば、それぞれの作品によって作者が何を実現しようとしていたのか、その〈意図〉が、後期の作品よりもかなり明瞭に見て取ることができるように思われたのである。そして恐らくはそのことは、これらの習作が、文学的・芸術的観点からして深みと広がりを欠いているということを意味するのであろう。真の傑作と呼ばれる作品は、作者が意図せざることまでを実現しているが故に、多様な解釈を誘発し、いつまでも読者を惹きつけてやまないのではないだろうか。その意味で言うならば、一八七〇年代のモーパッサンの作品には、やはり「傑作」と呼びきれない狭さや浅さが感じられることは確かなのである。ともかくそのような次第で、成熟に達していない作品だからこそ見て取りやすい作者の意識のありようを推定することを通して、本書では、もし精神の〈成熟〉というものがあるとすれば、それは何によって計られ、そしてどのようにして達成されるものなのかということを考察した次第である。その結果について、読者のご叱正を賜ることができれば幸いである。

結果的に、本書はモーパッサンの主要な短編小説を取り上げるまでに至っておらず、もっぱら青年期の習作というマイナーな作品ばかりを扱ったものとなってしまったが、モーパッサンという作家の〈核〉がどのように形成されたかを理解することは、成熟期の彼の作品を深く理解する助けとなってくれることを願い、そう信じている。また、今後、博士論文の後半となる第二部に関しても、能うならばいずれ公の形にしたいと思っている。ここで簡単にその内容に触れておきたい。

モーパッサンは「脂肪の塊」の成功によって作家として実質的にデビューするが、その後に彼が辿った道も決して平坦なものではなかった。『ゴーロワ』紙に掲載した連作短編小説『パリのあるブルジョアの日曜日』の連載は十回で打ち切られ、その後、モーパッサンは新聞紙上ではもっぱら時評文を執筆しつつ、その背後で最初の短編集『テリエ館』を準備する。この時期、時評文と短編小説とはそれぞれに独立しながら互いに関連を持つ車輪の両輪として、モーパッサンの文学活動を構成する。そして一八八一年末、モーパッサンは『ジル・ブラース』紙にも原稿を提供するようになるが、そこにおいて、いわば時評文作家と短編小説家が融合することによって、新しい形の新聞小説が誕生するのである。読者の関心を惹きつけるための三面記事的な事件性と、その中に現代人のありようを洞察する作家の批評性および文学的手腕が合致したところで、今日の我々の知る真の短編小説家が生まれる。さらに、作家の成長はそこで終わるわけではない。七〇年代に未完のまま残された長編小説は、一八八二年についに完成する。青年時代の夢と理想を内に秘めた初長編が、社会化し、成熟した作家の手腕によって実現される。『女の一生』こそは、七〇年代と八〇年代のモーパッサンを結ぶことによって、青春時代の真の決算と言うべき作品となるだろう。

以上が一八八三年までのモーパッサンの成長の軌跡である。したがって、本書の冒頭で問いかけた「作家はいつ誕生するのか」という問いに対して、本論では「脂肪の塊」の完成時という、それ自体は従来通りの見解を示すに留まったが、実はそれ以降、最初の短編集『テリエ館』出版の時点、新聞小説家モーフリニューズ（モーパッサンの筆名）が登場し、新聞に掲載された短編が集められた『マドモワゼル・フィフィ』の刊行時、そして最初の長編『女の一生』の完成時と、それぞれに新しい様相を伴う重要な契機が複数存在し、どの時点でモーパッサンという一人の作家が真に〈誕生〉したかは、容易に決定することは困難であるというのが、博士論文での結論（？）となっていたのである。願わくはそこまでの道筋をしっかり示した上で、今後さらにその先のモーパッサンの歩みを検証してゆきたい。

以下、本書の完成までにお世話になった方々に謝意を申し述べたい。

大阪大学および大学院博士課程においては、柏木隆雄先生と和田章男先生、そしてAgnès Dissonアニエス・ディソン先生にご指導を賜った。未熟な学生に対していつも寛大なお心で接して頂き、またしばしば公私にわたって厳しくご指導頂いたことについて、感謝の言葉を申しきれない。私自身が多少でも〈成長〉できたとすれば、それは先生方のお蔭である。心より御礼申し上げる。また在学中に研究室にてお世話頂いた先輩方、同期の友人、後輩の皆さんにも御礼を述べたい。とりわけ当時助手を勤められていた藤本武司氏には、博士課程在籍中に大変にお世話になった。毎晩のように遅くまで研究室に残っては、学食で一緒に夕ご飯を食べたことは懐かしい思い出である。そして私が学部生時代に助手を勤めていらっしゃった故黒岡浩一氏にも感謝を申し上げたい。研究室に入った当初、何も知らない学生に学問の手ほどきをして頂いたことはまことにありがたいことだった。ようやくここまで来ることができましたとご報告したい。

関西ネルヴァル研究会では、小林宣之先生と藤田衆先生、また阪口勝弘氏に特別にお世話になった。博士前期課程の頃から読書会や研究会にお招き頂き、文学研究の楽しみとはかくあるものということを教えて頂いた。亡き七尾誠先生への感謝もここに申し添えておく。また藤田先生には最終段階で原稿をお読み頂き、貴重なご指摘を賜ったことに、重ねてお礼を申し上げたい。

専門とはほとんど関わりのない人間を、研究会発足時から快く迎え入れてくれた関西マラルメ研究会の坂巻康司氏と中畑寛之氏にも深く御礼申し上げる。難解なテクストをあれこれ文句を言いながら読んだ日々は、その後の宴会も含めて、実に貴重で得難いものであった。また、モーパッサンとは対極にあるかのようなマラルメの世界に触れることで、実に多くの刺激を受けることができた。そして両研究会の場でお世話になった諸先輩方や後輩諸君にも感謝を述べたい。

博士論文のフランス語のチェックをしてくれたChris Belouadクリス・ベルアド君にも御礼を。四五〇頁にも及ぶ拙いフランス語の全部に目を通すという、寛大なる援助に感謝。

DEA課程から始まり、博士課程の六年間にわたるまで、指導教官としてご指導頂いたMariane Buryマリアヌ・ビュリー先生に、この場を借りて深く御礼申し上げる。いつも情愛細やかに接して頂いたこと、遅々として進まない論文の完成を辛抱強く待って頂いたことを大変にありがたく思っている。もとより先生の著書『モーパッサンの詩学』*La Poétique de Maupassant*は常に私の研究の指針であり、遠い目標であったし、博士論文を書き終えた今でもそうありつづけている。モーパッサンに詩学と呼ぶべきものがしっかりと存在していること、しかもそれは究極的には〈崇高〉にまで届かんとする高度なものであることを論証された先生のこの著作に巡り会えたことが、モーパッサンを専門として研究しようという私の決意を固めてくれることになった。Je vous remercie toujours pour votre soutien cordial.

そして、本書の刊行を引き受けて頂いた水声社、および編集を行って下さった井戸亮氏にもあつく御礼申し上げる。

最後に、これまで見守ってくれた家族に感謝したい。そして思えばもう長くにわたってずっと支えてくれた聡子さんに、心よりの感謝と共にこの本を捧げます。ありがとう。

二〇一七年八月

足立和彦

著者について——

足立和彦（あだちかずひこ）　一九七六年、京都府に生まれる。大阪大学大学院文学研究科博士後期課程単位取得退学、パリ第四大学博士課程修了。現在、名城大学法学部准教授。専門は十九世紀フランス文学。主な著書に、『フランス文学小事典』（共著、朝日出版社、二〇〇七年）、『即効！　フランス語作文——自己紹介・メール・レシピ・観光ガイド』（共著、駿河台出版社、二〇一五年）、訳書に、アラン・パジェス『フランス自然主義文学』（白水社、二〇一三年）がある。

装幀——齋藤久美子

モーパッサンの修業時代——作家が誕生するとき

二〇一七年九月二〇日第一版第一刷印刷　二〇一七年一〇月一〇日第一版第一刷発行

著者——足立和彦

発行者——鈴木宏

発行所——株式会社水声社

東京都文京区小石川二—七—五　郵便番号一一二—〇〇〇二

電話〇三—三八一八—六〇四〇　ＦＡＸ〇三—三八一八—二四三七

郵便振替〇〇一八〇—四—六五四一〇〇

URL : http://www.suiseisha.net

［**編集**］横浜市港北区新吉田東一—七七—一七　郵便番号二二三—〇〇五八

電話〇四五—七一七—五三五六　ＦＡＸ〇四五—七一七—五三五七

印刷・製本——モリモト印刷

ISBN978-4-8010-0283-8